W0406115

ullstein

Das Buch

Kommissarin Verena Irlenbusch und ihre Kollegen Christoph Todt und Leonie Ritte eilen von einem Fall zum nächsten: Ein Journalist verunglückt bei einem inszenierten Autounfall, eine Archivarin wird vergiftet aufgefunden, das nächste Opfer erschlagen. Nur was verbindet die drei scheinbar so gar nicht zusammenpassenden Fälle?

Die Spuren führen das Ermittlerteam zunächst im Kreis, und Verena Irlenbusch hat auch privat alle Hände voll zu tun. Sie kümmert sich um ihre an Alzheimer erkrankte Großmutter. Als sie aus Neugier auf ihre Familiengeschichte in Dokumenten aus der Vergangenheit stöbert, findet sie eindeutige Hinweise darauf, dass ihr Großvater überzeugter Nazi war. Verena ist bestürzt: Wie soll sie diese Erkenntnis mit dem Bild in Einklang bringen, das sie von ihrem liebevollen Großvater hatte?

Verena sieht sich mit ganz neuen Fragen konfrontiert, und vielleicht sind gerade sie es, die ihr dabei helfen können, den Fall zu lösen.

Die Autorin

Elke Pistor, Jahrgang 1967, schreibt Kriminalromane, arbeitet als Seminartrainerin und leitet Schreibworkshops. 2015 wurde sie für den Friedrich-Glauser-Preis, den höchstdotierten deutschsprachigen Krimipreis, nominiert. Sie lebt mit ihrer Familie in Köln.

Von Elke Pistor sind in unserem Hause erschienen:

Vergessen · *Treuetat*

ELKE PISTOR

TREUETAT

KRIMINALROMAN

ULLSTEIN

Besuchen Sie uns im Internet:
www.ullstein-taschenbuch.de

MIX
Papier aus verantwortungsvollen Quellen
FSC® C083411
FSC
www.fsc.org

Originalausgabe im Ullstein Taschenbuch
1. Auflage Juli 2015

Umschlaggestaltung: bürosüd° GmbH, München
Titelabbildung: © Arcangle / Richard Nixon
Satz: LVD GmbH, Berlin
Gesetzt aus der Galliard
Druck und Bindearbeiten: CPI books GmbH, Leck
Printed in Germany
ISBN 978-3-548-28611-2

Prolog

Das Kind muss sich anstrengen, um Schritt zu halten, schiebt seine Hand fester in die des Mannes. Laub raschelt unter seinen Füßen. Die Nacht schwärzt die Bäume und taucht den Waldboden in Zwielicht. Klamme Feuchtigkeit kriecht wie Nebel über die Kleidung, dringt in jede Faser. Sie sind weit gefahren, und das Kind ist müde und hungrig. Auf dem letzten Stück des Weges war es eingeschlafen und hatte geträumt, obwohl der Wagen so gerumpelt hatte. Es konnte sich nicht an den Traum erinnern, nur an das warme Gefühl. An die Fröhlichkeit, mit der es aufgewacht war. Jetzt ist es dunkel, und sie gehen schon seit einer ganzen Weile. Aber das Kind hat keine Angst vor dem Wald, solange der Mann bei ihm ist. Der Mann ist gut, das weiß es, weil er es ihm immer wieder versichert hat. Er hat dabei gelächelt, ihm über den Kopf gestrichen und versprochen, dass es eine große Tasse Kakao bekommen wird, wenn sie am Ziel angekommen sind. Das Kind liebt Kakao.

»Es ist nicht mehr weit«, sagt der Mann, wendet sich im Gehen zu dem Kind um und nickt. »Bald hast du's geschafft.«

»Wohin wollen wir?«, fragt es, aber der Mann bleibt stumm. Stapft und stampft weiter und weiter. Nur sein schnaufender Atem ist zu hören. Er geht noch schneller. Das Kind stolpert, der Mann reißt es hoch und zerrt es hinter sich her. Als er sich wieder zu ihm umdreht, ist sein Gesicht verändert. Kein Lächeln mehr. Die Augen zusammengekniffen, die Lippen aufeinandergepresst, die Stirn angestrengt in Falten gelegt. Das Kind schweigt. Jetzt hat es doch Angst und sehnt sich nach seiner Mutter. Aber die ist nicht hier. Hier sind nur der Mann und der Wald und das raschelnde Laub in der Dunkelheit. Der Griff um seine Hand fühlt sich auf einmal nicht mehr sicher an, sondern kalt wie ein Eisenring.

»Wir sind da«, sagt er nach einer Weile und bleibt unvermittelt stehen. Das Kind prallt aus dem Lauf heraus mit der Stirn an die Hüfte des Mannes. Es spürt etwas Hartes, wie eine kleine Tasche, die am Gürtel befestigt ist. »Stell dich hier hin«, verlangt der Mann, löst den Griff und wendet sich dem Kind zu. Er tritt einen Schritt zurück. Sein Mantel öffnet sich, und das Kind sieht die Tasche, gegen die es gestoßen ist. Metall blitzt auf. Der Mann hat eine Pistole. Das Kind erkennt es auf den ersten Blick, weil es schon andere Waffen gesehen hat. Auf Bildern und in der Zeitung, die die Mutter ihm gezeigt hat. Mit Pistolen schießt man Leute tot, hat sie ihm erklärt. Böse Leute. Aber das Kind ist nicht böse gewesen. Es hat sich doch so angestrengt, mit dem Mann Schritt zu halten. Warum will er es jetzt bestrafen?

Das Kind schreit auf. Sofort ist der Mann bei ihm und legt ihm die Hand auf den Mund.

»Sei still!«, zischt er und schaut über die Schulter nach hinten. »Keinen Mucks.« Er drückt fester zu. »Hast du mich verstanden?« Das Kind nickt langsam. »Ja«, will es murmeln, aber wieder drückt die Hand zu. »Keinen Laut, hab ich gesagt.« Drohend richtet der Mann sich auf, schiebt mit einer einzigen Bewegung den Mantel nach hinten und zieht die Pistole hervor. Es klackt leise. Der Mann zielt auf den Waldboden. »Du bleibst hier. Egal, was passiert. Bis ich dich wieder holen komme.«

»Gehst du weg?«, flüstert das Kind und ist gleichzeitig froh und entsetzt darüber. Aber der Mann hat sich bereits umgedreht und geht mit langen Schritten weiter in den Wald hinein.

Das Kind starrt ihm hinterher, bis er nicht mehr zu sehen ist. Es friert. Ein Knacken in der Dunkelheit. Das Kind zuckt zusammen. Das Kind atmet schneller, dreht sich um sich selbst, erst langsam, dann immer schneller, bis sein Atem rasselt. Allein. Bäume. Büsche. Gras und Laub. Das Kind lässt die Arme sinken. Was ist, wenn der Mann nicht wiederkommt? Wenn er gegangen ist und es hier lassen will? So wie die Mutter, die nicht zurückgekommen ist. Das Kind friert. Es zittert. Vor klammer Kälte und vor der Angst, die es jetzt aus dem Unterholz anspringt.

»Sei still!«, hat der Mann mit ihm geschimpft. Er wollte nicht, dass es laut ist. Vielleicht kommt er zurück, wenn es nach ihm ruft. Und dann? Was geschieht dann?

Ein Geräusch von einem Tier schräg hinter ihm. Ein Grunzen oder ein Brummen. Tief und gierig. Das Kind fährt zusammen, schreit auf, dreht sich in die Richtung des Geräuschs. Nichts. Wieder ein Geräusch, diesmal aus einer anderen Richtung. Äste knacken laut. Das Kind spürt sein Herz rasen. Es will weg, egal wohin. Es rennt los, den Pfad entlang, den die langen Schritte des Mannes wie eine Schneise getreten haben. Es stolpert über Äste, verfängt sich in Zweigen, fällt und steht wieder auf, rennt weiter, bis es ein Licht entdeckt und stehen bleibt. Ein Licht aus dem Fenster eines kleinen Holzhauses. Vielleicht sind da Menschen, die ihm helfen können? Das Kind geht langsam weiter. Schritt für Schritt auf das Haus zu. Die Helligkeit verspricht ihm Wärme und Schutz. Immer wieder bleibt es stehen und schaut sich um, nähert sich im Schutz der Baumstämme. Der Wald reicht bis an die Hütte heran. Das Kind glaubt, ein anderes Kind lachen zu hören. Kurz nur, dann ist es wieder still. Gebückt schleicht es bis zur Hütte, presst sich an die Wand und späht über den unteren Rand des Fensters in die Hütte. Es muss die Augen zusammenkneifen, so hell ist das Licht mit einem Mal. Trotzdem kann es den Raum hinter der Scheibe erkennen. Er ist beinahe leer. In einer Ecke erkennt es ein ordentlich gemachtes Bett, daneben einen Schrank und eine Tür. Wieder hört das Kind das Lachen und folgt mit den Blicken dem Geräusch. Ein Mädchen steht auf der anderen Seite des Raumes. Es ist so groß wie das Kind. Strahlend hält es einen Apfel in die Höhe, will hineinbeißen, als eine andere Stimme zu hören ist, die einer Frau. Das Kind versteht die Worte nicht, aber es sieht, wie die Frau aus der Ecke des Zimmers, die das Kind nicht sehen kann, zu dem Mädchen geht, freundlich lächelt und den Apfel nimmt. Das Mädchen protestiert, aber die Frau nimmt es in den Arm, streicht ihm über den Kopf und tröstet es. Das Kind spürt Tränen in den Augen brennen. Die Frau erinnert es an seine eigene Mutter. Daran, wie es war.

Mit dem Handrücken wischt es sich die Tränen fort und drückt die Nase an die Scheibe, weil es mehr sehen will. Weil es sicher sein will, dass die Leute in der Hütte gute Leute sind, vor denen es keine Angst zu haben braucht. Jetzt sieht es auch einen Mann. Er ist groß und sehr dünn, hat dunkle Ränder unter den Augen und schmale Lippen. Aber die Augen und die Lippen lachen, als er etwas zu der Frau sagt und auf den Apfel und danach auf das Mädchen deutet. Blitzschnell ist das Mädchen beim Tisch, greift nach dem Apfel und beißt hinein. Das Kind sieht, wie der Saft nach allen Seiten spritzt. Sein Magen knurrt, und es stellt sich vor, wie der Apfel schmeckt. Diese Leute sind gute Leute. Das weiß es nun sicher. Trotzdem bleibt es stehen, ist ganz versunken in den Anblick. Erst als der Mann aufspringt, einen der beiden Stühle greift und zu der Tür läuft, schreckt es hoch. Die Tür steht offen. Das Mädchen schreit, läuft zu der Frau, flüchtet sich in ihre Arme. Ein Schatten an der Tür. Groß. Dunkel. Ein Blitz, ein lauter Knall, ein weiterer greller Schein und noch einer. Die Ohren des Kindes surren. Die Scheibe vor seinem Gesicht zerspringt in viele kleine Stücke. Es weicht zurück, duckt sich. Dann herrscht Stille. Vorsichtig schaut es wieder in die Hütte. Alles ist beinahe unverändert.

Das Mädchen liegt mit offenen Augen in den Armen seiner Mutter auf dem Boden und schaut unverwandt auf das Kind vor dem Fenster. Das Kind starrt zurück, wartet auf ein Blinzeln, ein Lächeln, eine Regung. Nichts. Nur die dunkelrote Lache neben dem Ohr des Mädchens breitet sich aus. Wird größer und größer. Der Mann und die Frau liegen so still wie das Mädchen. Das Lachen ist aus ihren Gesichtern verschwunden. Das Kind öffnet den Mund, will schreien, aber es bleibt stumm. Gebannt von dem Rot, den stillen Augen, der dunklen Flecken auf dem Holzboden, die sich immer weiter ausbreiten und ineinanderfließen.

Eine Hand legt sich auf die Schulter des Kindes.

»Komm«, sagt der Mann und steckt die Pistole in die Tasche an seinem Gürtel. »Bald sind wir da.«

1. Kapitel

Die Nacht gehörte ihm. Kai Ziegler trat das Gaspedal seines Wagens durch, ließ den Motor aufheulen und drehte die Musik lauter. Die Bässe dröhnten durch das Innere, vibrierten. Der Sänger der Prodigys brüllte seine Wut heraus. Kai Ziegler lachte laut auf, spürte eine Welle des Glücks, ein Gefühl der eigenen Größe und des kommenden Erfolgs. Er hatte es geschafft. Niemand würde ihn je wieder einen Versager nennen, ihn mitleidig belächeln. Niemand. Niemals. Er war der Firestarter.

Morgen war es so weit. Morgen würde er mit der großen Story aufwarten. Die, auf die er sein ganzes Berufsleben lang gewartet hatte. Der Hauptgewinn. Gerade hatte er die letzten Weichen gestellt, nun konnte nichts mehr diesen Zug aufhalten.

Er fädelte sich in den fließenden Verkehr ein, gab Gas und überholte den vor ihm fahrenden Wagen. Hinter ihm hupte jemand. Er ließ das Fenster herunter, streckte die geballte Faust hinaus und zeigte den Mittelfinger. Sie konnten ihn mal. Alle. Restlos.

Ihn interessierte es nicht mehr, ob diese kleine Schlampe heulte und wehklagte oder ob sie ihm drohte. Jetzt saß er am längeren Hebel. Musste nicht mehr kriechen. Nicht mehr ans Geld denken. Diese Story würde ihn nicht nur berühmt machen, sondern auch reich. Und ihm die Anerkennung verschaffen, die er verdient hatte.

Skrupel waren fehl am Platz, aber ohnehin noch nie sein Problem gewesen. Durchstarten. Ohne Rücksicht.

Das Entsetzen im Gesicht seines Gegenübers hatte ihn fasziniert. Die Wut. Die Hilflosigkeit. Hatte ihm ein Gefühl der Macht verliehen. Es gefiel ihm.

Er beschleunigte erneut, blieb auf der linken Spur, blendete auf, wenn jemand nicht schnell genug auswich. Aus dem Weg. Jetzt war er an der Reihe. Er stellte sich die Türen vor, die sich von nun an vor ihm öffnen, und die Wege, die sich ihm ebnen würden. Ab morgen hätte sein Name endlich das Gewicht, das er verdient hatte. Ihm wurde schwindelig.

Das Display seines Handys blinkte auf. Eine Kurznachricht. Mit der rechten Hand griff er danach, öffnete mit dem Daumen die Nachrichtenapp und las den Text. Leere Drohungen. Er lachte auf, warf das Telefon auf den Beifahrersitz und richtete den Blick nach vorn auf die Straße. Was wollten sie ihm schon? Er beschleunigte weiter. Der Motor brüllte. Die Umrisse der Wagen, die er überholte, vermischten sich mit dem Grün des Straßenrandes. Flogen an ihm vorbei. Seine Lider wurden schwer. Er kämpfte dagegen an. »Firestarter«, brüllte er lauter als der Sänger aus den Lautsprecherboxen gegen die Müdigkeit an. Trommelte mit den Handballen auf das Lenkrad. Es half nichts. Wie Blei kroch die Schwere durch seinen Körper, lähmte ihn und ließ ihn doch klar denken. Der Wagen holperte, begann zu schlingern, geriet aus der Spur. Er umklammerte das Lenkrad. Vor seinen Augen verschwamm der Asphalt zu einer grauen Fläche. Sein Fuß suchte die Bremse, trat ins Leere. Was war los mit ihm? Das konnte nicht sein. Das durfte nicht sein. Nicht jetzt. Morgen wäre sein Tag. Morgen. Ein Ruck ging durch den Wagen, gefolgt von einem lauten metallischen Kreischen und Funkenregen. Für den Bruchteil einer Sekunde sah er klar und wusste, dass er sterben würde. Jetzt. Kein Morgen.

*

Jedes Wort, das sie über Selbstbeherrschung jemals gehört oder selbst erzählt hatte, war Unsinn. So von der Art, alles sei eine Frage des Willens, dann ginge es schon. Dabei wäre es grundsätzlich ungeheuer hilfreich, zu wissen, was genau man zu wollen hatte. Oder zu tun. Welche einfachen oder halt in ihrem Fall eben ganz und gar nicht einfachen Bewegungen sie auszuführen hatte.

Leonie konzentrierte sich darauf, die vor ewiger Zeit in Fleisch und Blut übergegangenen Abläufe von der einen auf die Muskeln der anderen Hand zu übertragen. Zielen, konzentrieren, Schuss. So war der Ablauf. So sollte er sein.

Es war kalt hier unten, die Luft klamm nach der Nacht. Die Lüftung surrte leise und kämpfte vergeblich gegen die Feuchtigkeit an. Der Schießstand bedurfte einer dringenden Renovierung, aber immer wieder fiel dieses Projekt den chronisch blanken Landeskassen zum Opfer.

Mit der rechten, für sie ungewohnten, Hand hob sie die Waffe auf. Die taube Linke tastete nach dem Magazin, versuchte es zu greifen. Langsam umschlossen die Finger das Metall. Sie stieß die Luft aus und biss sich bewusst auf die Zunge. Der Schmerz half. Schmerz war gut. Er war ein Signal ihres Körpers. Ich bin da, sagte dieses Signal. Ich bin hier. Ich spüre. Zu lange hatten große Teile dieses Körpers keine Reaktionen von sich gegeben. Waren still geblieben, wenn Nadeln in ihn gestochen, er gedreht und gewendet wurde oder fremde Hände ihn gewaschen hatten.

Schädigung des Armnervengeflechts war eine der vielen Diagnosen gewesen, die die Ärzte ihr nach ihrem Motorradunfall präsentiert hatten. Drohende Lähmung der unteren Extremitäten eine andere. Den Rollstuhl hatten sie in ihr Zimmer geschoben, damit sie sich an den Anblick gewöhnen konnte. Sie hatte in dem weißen Krankenhausbett gelegen, zugehört und Interesse geheuchelt. Und es vermieden, den Rollstuhl anzusehen. Das alles galt nicht ihr. Dieser Körper, dieser kaputte Körper war nicht ihrer. Sie war wie zweigeteilt und betrachtete ihn mit Distanz. Sprach von dem Körper, als würde ihr Verstand nicht dazugehören. Keine Einheit mehr. In ihrer Vorstellung von sich selbst waren ihre Beine stark und schnell, konnten ohne Problem zwanzig Kilometer laufen. Ihre Arme waren kräftig und ihr Griff an der Kletterwand zielsicher. Geschickte Finger. So wie es bis zu dieser einen Sekunde vor einem Jahr war.

Leonie atmete tief ein und schob das Magazin ein. Das Geräusch beim Einrasten empfand sie wie eine Belohnung. Sie umfasste mit der linken Hand den Griff, bewegte den Daumen im Zeitlupentempo zum Schlittenfanghebel und betätigte ihn. Ihre Haut prickelte. Der Schlitten glitt nach vorn, die erste Patrone befand sich im Lauf der Pistole.

»Erfreulich gute Fortschritte«, hatte der Arzt vermeldet. Das war über acht Monate her. Eine gefühlte Ewigkeit. »Es wird dauern, und nichts wird hundertprozentig so sein wie früher.« Früher bedeutete vor dem Unfall. Vor dem Koma. Vor der Lähmung. »Verlangen Sie nicht zu schnell zu viel von sich. Sie hatten ungeheures Glück. Sie können wieder gehen. Es hätte deutlich schlimmer kommen können. Danken Sie Ihrem Schutzengel, und gehen Sie's langsam an.«

Langsam. Das Wort beinhaltete Hoffnung und Verzweiflung zugleich. Sie, die nie Geduld gelernt hatte, die mit den Fingern trommelte und den Füßen wippte, wenn ihr Gegenüber nicht schnell genug handelte, sprach, dachte, sie musste dem Körper Zeit geben, wieder zu ihr zu gehören. Diese beiden Teile ihres Selbst wieder zusammenzufügen. Im Nachhinein der härteste Teil.

Direkt nach dem Motorradunfall und dem Erwachen war es mit jedem Tag besser geworden. Gebrochene Knochen hatten sich gefügt, Fleisch war abgeschwollen, Blutergüsse hatten sich durch die gesamte Farbpalette gearbeitet und waren schließlich verschwunden. Ihr Sport und Gesundheit gewohnter Körper wollte in seinen Ausgangszustand zurück. Wollte wieder laufen und klettern. Ihr Verstand hasste sein Versagen.

Sie suchte das Fleckziel der Scheibe, legte die Fingerkuppe des rechten Zeigefingers auf den Abzugshahn und spürte den Druckpunkt. Aber das Gefühl war fremd, obwohl es richtig aussah. Als Linkshänder mit rechts zu schießen erforderte mehr als nur Willenskraft. Sie ließ die Waffe sinken, legte den Kopf in den Nacken und schloss die Augen. Nicht aufgeben. Niemals.

»Von den fünf Wurzeln der Nerven, die Ihren Arm steuern, sind zwei am Rückenmark abgerissen. Im Moment des Unfalls haben Sie sich vermutlich aus einem Reflex heraus am Lenkrad festgekrallt. Durch die Fliehkraft und den Aufprall auf die Motorhaube des Wagens ist der komplette Arm überdehnt worden. Wenn Sie eine Chance darauf haben wollen, Ihren Arm jemals wieder zu bewegen, müssen wir jetzt etwas tun«, hatte der Arzt erklärt. »Wenn wir länger warten, ist es zu lange.«

Leonie hatte nur genickt.

Zwei Jahre konnte es dauern, bis der Nerv nach der Operation, bei der ein kleines Stück Hautnerv an anderer Stelle entnommen und neu eingesetzt wurde, sich neu gebildet hatte. Wenn er es denn tat.

Physiotherapie sollte hilfreich sein. Bewegung, damit die Muskeln nicht abschlafften.

Bis zu dem Moment, in dem sie sich zu bewegen begann, sah man ihr die körperlichen Einschränkungen nicht an. Ihre durchtrainierte, schlanke Statur ließ sie größer wirken als ihre eins fünfundsechzig. Sie hatte während ihrer Auszeit viel Energie darauf verwendet, wieder in Form zu kommen. Äußerlich war es ihr gelungen. Die inneren Verletzungen, den Schock, den sie durch den Unfall erlitten hatte, die Verzweiflung und anfängliche Perspektivlosigkeit, waren nicht sichtbar, aber noch lange nicht verheilt. Wie frische Wunden rissen sie unvermittelt auf und schmerzten. Leonie konzentrierte sich wieder. Sie blinzelte, schloss die Finger beider Hände erneut um die Waffe und hob sie an. Der gesunde Arm trug die Hauptlast, und sie spürte, wie sie zitterte. Atmen. Ein. Aus. Ein. Aus. Vor ihr das Ziel auf der Leinwand. Der Druckpunkt.

Einatmen. Ausatmen. Konzentration.

Der Schuss riss ihre Arme hoch und drückte Leonie

nach hinten. Sie taumelte und stolperte, schaffte es aber gerade noch, wieder Halt zu finden.

»Scheiße!«, brüllte sie gegen den dumpfen Ton unter ihrem Gehörschutz an, riss den Schutz vom Kopf und schleuderte ihn zu Boden. »Scheiße!«

»Hör auf zu fluchen und so auszurasten, Leo. Du bist Beamtin. Das gehört sich nicht.« Ihr Vorgesetzter Walter Rogmann lehnte an der Wand neben der Eingangstür, schob seinen Gehörschutz in den Nacken und kam nun auf sie zu. Sie hatte ihn bis zu diesem Moment gar nicht bemerkt. »Du schaffst das. Ich bin mir sicher.«

»Ich nicht. Das unterscheidet uns voneinander, Walter.« Leonie nahm wieder ihre Position ein, hob erneut die Waffe und zielte. Konzentrierte sich auf den Zielpunkt und versuchte, Walters Anwesenheit auszublenden. Es gab einen Grund, warum er ihr bis auf den Schießstand folgte. Sie hatte Angst vor dem, was er ihr zu sagen hatte. Trotzdem musste sie sich stellen. Drücken kam nicht infrage.

Der zweite Schuss riss sie nicht um, aber es wurde kein Treffer vermerkt.

»Ich bin mir überhaupt nicht sicher.« Laden. Konzentration. Schuss. Wieder nichts. Leonie ließ die Pistole sinken. Ihre Muskeln schmerzten. »Aber ich muss es schaffen, verstehst du? Wenn der Doc mich für den Polizeidienst unfähig schreibt, ist der Ofen aus, und ich kann nach Hause gehen.« Sie wunderte sich über die Leichtigkeit ihres Tonfalls, die Beiläufigkeit, mit der sie ihre schlimmste Befürchtung aussprach. Sie sicherte die Waffe und legte sie auf den Waffentisch. »Ich habe keinen Bock, als Sachbearbeiterin in irgendeiner Firma zu versauern.«

»Wirst du auch nicht.«

»Bisher war ich erst einmal da, um meine Verwendungsfähigkeit zu überprüfen. Der Doc hat noch nichts Endgültiges von sich gegeben.«

»Doch, hat er.« Walter Rogmann lächelte, und ein feines Netz von Fältchen zeigte sich um seine Augen.

»Wann?« Ihre Zukunft. Jetzt.

»Gestern. Sagt jedenfalls das Datum auf dem Schreiben an mich.« Walter Rogmann hielt ihr einen Umschlag hin. Leonie zögerte, bevor sie auf ihn zutrat.

»Hast du's gelesen?«

»Ja.«

»Und?«

»Lies es selbst, Leo.« Er wedelte mit dem Brief vor ihrer Nase herum. Sie nahm den Umschlag, ohne einen Blick darauf zu werfen, und schluckte.

»Egal was drinsteht, ich will mich bei dir für deine Unterstützung bedanken, Walter. Du hast so viel …«

»… nichts hab ich, Kollegin Ritte. Gar nichts. Nur um das ein für alle Mal klarzustellen: Du musstest dein privates Motorrad nehmen, weil kein Dienstwagen zur Verfügung stand, du angefordert worden warst und Gefahr im Verzug war. Ich hatte dir die ausdrückliche Erlaubnis gegeben. Auch wenn zunächst nur mündlich. So steht es im Protokoll, und so habe ich es unterschrieben. Also war dein Unfall ein Dienstunfall. Alles klar?« Er machte eine kurze Pause, um Luft zu holen. »Denn stell dir mal vor, es wäre nicht so gewesen, und du hättest auf eigene Faust dein Motorrad für die Fahrt zum Einsatzort genommen, weil du eine Kollegin decken wolltest, die aus privaten Gründen zu spät kam.« Walter Rogmann schüttelte mit übertriebener Entrüstung den Kopf. »Nicht auszudenken, nicht wahr? Du hättest nichts als Ärger am Hals, ein

Disziplinarverfahren und eine Entlassung in der Tasche. Das will doch niemand, oder?«

Leonie sah ihren Vorgesetzten an. »Nein.« Sie lächelte vorsichtig. »Nein, du hast recht. Das will niemand.« Leonie holte den Brief aus dem Umschlag und überflog ihn.

Viele der medizinischen Fachbegriffe kannte sie mittlerweile in- und auswendig, andere waren neu für sie. Trotzdem dauerte es einige Sekunden, bis sie die Kernaussage verstanden hatte.

Der Arzt hatte ihre Polizeidienstfähigkeit bestätigt. Wenn auch noch mit Einschränkung und Auflagen zur Rehabilitierung, aber mit der ganz klaren Prognose, dass es wieder werden würde. Eine Mischung aus Seufzen und Lachen machte sich in ihr breit.

»Er schlägt das Hamburger Modell für deine Wiedereinarbeitung vor. Ab sofort darfst du stundenweise wieder an den Arbeitsplatz zurück.« Walter Rogmann ging zum Waffentisch, griff nach der Pistole und hielt Leonie die Waffe hin. »Du hast noch zwanzig Minuten, dann fahren wir ins Präsidium. Dienstbesprechung. Also gib dir Mühe.« Er verschränkte die Arme. »Vor allem mach nie wieder so einen Bockmist.«

*

Der kleine Anhänger an ihrem Schlüsselbund lag glatt und weich in ihrer Hand. Heidemarie Alligs war die goldene Kugel sofort ins Auge gefallen, als sie den Laden betreten hatte. Eigentlich hatte sie nichts kaufen wollen, sich nur umsehen zwischen all den schönen Sachen, deren Glanz sie so liebte und mit denen sie sich gern umgab. Spiegel, die den bronzefarbenen Schimmer ihrer Barockrahmen vervielfältigten. Mehrarmige Kerzenleuchter, die wie Blumen aus den Wänden zu wachsen schienen. Kandelaber. Zierliche Anrichten. Geschliffene Gläser. Heidemarie Alligs liebte diese Kleinigkeiten. Sie verliehen ihrem Leben einen Hauch von Luxus, von dem sie bereits als kleines Mädchen geträumt hatte und den sie sich nur in den seltensten Fällen leisten konnte.

Die kleine Goldkugel hatte in ihr Budget gepasst, und jedes Mal, wenn sie ihren Schlüsselbund durch die Finger gleiten ließ, genoss sie das Gefühl auf ihrer Haut.

Heidemarie Alligs öffnete die Tür und betrat ihr kleines Reich im Hinterhof eines dieser größeren Mietshäuser, wie sie in diesem Viertel zahllos zu finden waren. Seelenlose Bauten gegen die Wohnungsnot. Den flachen Hinterhofbau hatte sie zu ihrem Reich gemacht. Strahlend weiße Wände und elegante Dekorationen. Die Kunden wussten es zu schätzen. Fühlten sich wohl bei ihr, begaben sich gern in ihre kundigen Hände. Stets achtete sie auf eine angemessene Kleidung. Nicht zu lässig und nicht zu edel. Professionelle Eleganz. Sauberkeit und Hygiene.

Noch brachten die Hausbesuche das meiste Einkommen, aber mehr und mehr neue Kunden fanden den Weg zu ihr, anstatt sie zu sich zu rufen. Für Heidemarie Alligs fühlte es sich wie der nächste Schritt nach oben an. Eine Art der Anerkennung, die sie sich verdient hatte. Sie war gut in dem, was sie tat, kannte die Tricks und Kniffe, wo sie ansetzen musste, wann eine Massage guttat und wann ein beherztes Zupacken den Kunden Erleichterung verschaffte.

Leise summend nahm sie die Post, überflog die Absender und legte den Stapel auf den kleinen Tisch im Eingangsbereich. Rechnungen und ein wenig Reklame. Die

Rechnungen würde sie später sofort überweisen, wie sie es immer tat. Ihr war es wichtig, keine Schulden zu haben. Bei niemandem.

Anders als ihre Mutter. Die hatte sich nie gescheut, auf Pump einzukaufen, bei Versandhäusern so lange zu bestellen und nicht zu bezahlen, bis sie von niemandem mehr beliefert worden war. Die alles in der Wohnung gehortet hatte. Heidemarie Alligs hatte versucht, ihrer Mutter zu helfen, Ordnung in deren Leben zu bringen, bis sie die Sinnlosigkeit eingesehen hatte, mit siebzehn ausgezogen war und ihr eigenes Leben begonnen hatte. Eine Lehre, ein eigenes Einkommen. Geregelt. Adrett. Nicht von Müllbergen bestimmt. Gold und strahlendes Weiß. Aber ihre Mutter hatte sie gefunden, hatte sich ihr aufgedrängt, sie um Geld angebettelt. Heidemarie hatte helfen wollen. Aus der Distanz. Mit dem Abstand, der es ihr ermöglicht hätte, nicht selbst wieder in den Strudel gezogen zu werden. Aber die Mutter hatte auf der Straße vor ihrer Wohnung geschrien. Hatte vor der Tür ihrer Arbeitsstätte getobt. So lange, bis Heidemarie das Gefühl hatte, die mitleidigen und misstrauischen Blicke der Kollegen und Nachbarn nicht mehr ertragen zu können. Sie war geflohen. In eine andere Stadt, mit geheimen Telefonnummern sich versteckt. Tief in ihrer Tasche verborgen lag ein altes Handy. Die einzige Verbindung in ihr altes Leben. Ein Sozialarbeiter kannte diese Nummer, für den Fall, dass der Mutter etwas zustoßen sollte. Sie hatte es stumm geschaltet. Sie wusste nicht, wie sie reagieren würde, wenn es eines Tages klingeln und Nachrichten überbringen würde. Wäre sie erleichtert? Würde sie trauern? Heidemarie Alligs verdrängte den Gedanken. Hier in dieser Umgebung war kein Platz dafür.

Das Fenster im hinteren Bereich knirschte leise, als sie es kippte. Ein paar Minuten Stoßlüften, bevor es Zeit für den ersten Termin des Tages würde. Sie legte die Handtücher zurecht, strich über das weiche Frottee und genoss den sanften Geruch, der von der frischen Wäsche ausging.

An der Eingangstür klingelte es. Heidemarie Alligs runzelte die Stirn. Sie mochte es gar nicht, wenn die Kunden zu früh erschienen. Trotzdem warf sie einen Blick in den Spiegel, strich über ihre Kleidung und zupfte eine Haarsträhne zurecht, die sich aus ihrer Frisur gelöst hatte. Dann setzte sie ein strahlendes Lächeln auf und öffnete die Tür.

*

Verena zog den Stuhl neben ihrem Kollegen Christoph Todt mit dem Fuß näher zu sich heran und setzte sich.

»Morgen«, sagte sie und schob den Rucksack zwischen ihre Beine, wobei sie darauf achtete, nichts von dem heißen Kaffee zu verschütten, den sie balancierte. Christoph Todt nickte und verzog das Gesicht zu einem angedeuteten Lächeln, eine für seine Verhältnisse schon überschwängliche Begrüßung.

Leises Murmeln füllte den Raum. Etliche Kollegen hatten sich bereits zur morgendlichen Dienstbesprechung eingefunden. Das Licht der grellen Büroleuchten ließ einige von ihnen noch müder und abgespannter aussehen, als sie es ohnehin vermutlich waren. Das KK11 der Kriminalinspektion 1, zu dessen hauptsächlichen Aufgaben die Ermittlungen bei ungeklärten Todesfällen gehörten, hatte in den letzten Monaten, wenn auch nichts Spektakuläres, so doch viel zu tun gehabt. Ein junger Mann war tot in seinem Bett aufgefunden worden, gestorben an einer verdächtigen Schädelverletzung. Es hatte gedauert, bis sie die Umstände so weit klären und eine Tötung hatten ausschließen können. Sie hatten seine letzten Stunden rekonstruiert und mit den Freunden, Bekannten und der Familie gesprochen. Ein heftiger Streit mit der Exfreundin ergab ein naheliegendes Motiv. Sie hatten die Hintergründe mehr als gründlich unter die Lupe genommen, aber am Ende hatte es sich tatsächlich als ein furchtbares Unglück herausgestellt. Der junge Mann war betrunken mit dem Rad von einer Feier nach Hause gefahren und dabei gestürzt. Natürlich hatte er keinen Helm aufgehabt. Laut Aussage des Rechtsmediziners hatte ihm die innere Verletzung noch Zeit genug gegeben, nach Hause und in sein Bett zu kommen. Die Schwellung im Hirn, an der er schließlich gestorben war, musste entstanden sein, während er seinen Rausch ausschlief. Niemand war für den Tod des Mannes verantwortlich außer ihm selbst. Das hatte Verena auch der Exfreundin versucht klarzumachen, die sich darauf versteift hatte, die Schuld an seinem Tod zu tragen, weil er nur wegen ihrer Trennung getrunken hatte. Ihr Bemühen war allerdings ohne einen nennenswerten Erfolg geblieben. Die junge Frau würde noch lange mit dem Geschehen zu kämpfen haben. Verena bedauerte es, hier nicht weitermachen und den Hinterbliebenen einen Weg aufzeigen zu können, wie sie mit dem schrecklichen Ereignis umgehen konnten. Aber ihr Job war erledigt, sobald die Todesumstände geklärt waren und der Fall als gelöst in die Statistik eingehen konnte. Immerhin wies die Kriminalstatistik der Kölner Polizei für das letzte Jahr eine Aufklärungsquote von beinahe hundert Prozent auf. Daran hatten sie und Christoph

Todt einen erheblichen Anteil. Trotz ihrer anfänglichen gegenseitigen Abneigung und den daraus resultierenden Schwierigkeiten hatten sie sich von Fall zu Fall mehr zusammengerauft und waren mittlerweile ein gut eingespieltes Team. Jeder akzeptierte die Schwächen des anderen, respektierte seine Eigenheiten und verließ sich auf die Fähigkeiten. Wenn sie ehrlich war und es ihr gelang, ihr schlechtes Gewissen ihrer ehemaligen Kollegin Leonie Ritte gegenüber auszublenden, empfand sie das letzte Jahr der gemeinsamen Tätigkeit als extrem erfolgreich. Sie hatte von seiner längeren Erfahrung profitiert, er von ihren unvoreingenommenen Ermittlungsansätzen. Sie hatten ein gemeinsames Ziel. Den Opfern zu ihrem Recht zu verhelfen. Dafür nahmen sie die Härte ihres Berufs in Kauf. Der Anblick der Tatorte, deren Grauen immer die Befürchtungen übertraf und deren erbarmungslose Wirklichkeit man nie in einem Fernsehkrimi zu sehen bekam. Der erste Blick auf die Leiche, die Sekunden, die sie brauchte, um einen sachlichen Standpunkt zu finden, der ihr die Ermittlungsarbeit erst ermöglichte. Nicht das fremde Schicksal Oberhand gewinnen lassen. Die Fakten zählten, brachten sie in den Ermittlungen vorwärts. Ergaben die Puzzlestücke, eins nach dem anderen. Christophs nüchterne und sachbezogene Art half ihr. Sie schätzte ihn sehr und arbeitete gern mit ihm zusammen.

Verena drehte sich auf dem Stuhl nach hinten und grüßte die Kollegen in der Runde. Die Stühle waren nicht vollständig besetzt. Die Männer und Frauen saßen in kleinen Gruppen oder zu zweit zusammen. Auch wenn bei den Mordfällen die großen Teams immer wieder neu zusammengestellt wurden, um die vielfältigen und unterschiedlichen Aufgaben bewältigen zu können, hatten sich doch Kernteams gebildet, die gut aufeinander eingespielt waren und in den meisten Fällen gemeinsam an einen Fall gesetzt wurden.

»Ich habe gestern Abend noch die Akte fertig gemacht, damit das endlich erledigt ist. Wenn du Zeit hast, dann guck bitte gleich mal rein und gib dein Okay«, wandte sie sich an Christoph.

»Mach ich.«

»Weißt du, ob es was Neues für uns gibt?« Sie nippte an ihrem Kaffee.

»Werden wir bald erfahren.« Christoph Todt wies mit einer knappen Geste auf die Eingangstür, durch die gerade Walter Rogmann trat. Es dauerte einen Augenblick, bis Verena die Frau hinter ihm erkannte.

»Leo«, sagte sie lauter als beabsichtigt. Walter Rogmann wandte sich ihr und den anderen wartenden Kollegen zu.

»Kollegin Ritte wird ab heute wieder ihren Dienst aufnehmen. Noch nicht Vollzeit, aber jeden Tag einige Stunden, mit der Perspektive, dass es mehr wird. Wir werden von Fall zu Fall entscheiden, wo ihr Einsatzbereich sein wird.« Er berührte Leo leicht am Oberarm. »Ich freue mich, dich nach so langer Zeit wieder in unserer Runde begrüßen zu dürfen, und wünsche dir einen guten Wiedereinstieg.« Er deutete auf die Sitzreihen. »Du findest deinen Platz.« Leo nickte und steuerte den freien Stuhl neben Verena an.

»Du hast nichts davon gesagt, dass du wieder anfangen kannst«, flüsterte Verena ihr zu, nachdem Leo sich gesetzt hatte.

»Rogmann hat mich heute Morgen erst informiert, sonst hätte ich dich angerufen.«

»Ich freue mich für Sie, Frau Kollegin.« Christoph Todt beugte sich vor und reichte Leonie über Verenas Beine hinweg die Hand. »Dann werde ich mich wohl bald nach einem anderen Teampartner umsehen müssen.« Er lächelte freundlich, aber verhalten. Verena rückte mit ihrem Stuhl ein Stückchen nach hinten, damit sie nicht mehr so eingeklemmt zwischen den beiden saß.

»Hauptsache, du bist erst mal wieder da, Leo.« Demonstrativ richtete sie den Blick nach vorn, wo Rogmann die Dienstbesprechung mit der Aufteilung der anstehenden Fälle beginnen wollte. Leo nickte. Christoph verharrte für einen Moment in der Körperhaltung und musterte sie auf eine Art und Weise, die sie an ihre Anfangsschwierigkeiten miteinander erinnerte. Verena hatte nicht vor, sich jetzt auf eine Diskussion einzulassen. Er wusste aus vielen Gesprächen und Erzählungen, wie eingeschworen sie und Leo bis zu deren Unfall gewesen waren. Aber er wusste auch, so hoffte sie, um die Wertschätzung, die sie ihm mittlerweile entgegenbrachte. Beides gegeneinander auszuspielen war das Letzte, was Verena sich vorstellen konnte.

»Heute Nacht wurde eine männliche Leiche aus dem Rhein gezogen. Der Tote weist mehrere Messerstiche auf und hatte keinerlei Papiere, dafür aber eine Tüte Crystal Meth bei sich.« Rogmann blickte in die Runde. »Ebenfalls neu im Angebot haben wir einen Journalisten, bei dem nicht klar ist, ob bei seinem Autounfall vielleicht doch noch jemand anderer die Hände im Spiel hatte. Die Kollegen vom Verkehr haben uns die Sache rübergegeben. Da wartet einiges an Akten.« Er zog ein Papiertaschentuch aus der Hose und putzte sich die Nase. »Verena und Christoph, ihr bearbeitet die Wasser …«, fuhr er fort, wurde aber von Verena unterbrochen: »Wir nehmen den Journalisten. Leo kann den Papierkram machen.«

»Was?«, fragten Christoph Todt, Leo und Rogmann gleichzeitig und starrten sie an.

»Bei dem Fall können wir zu dritt arbeiten. Walter, du hast doch gesagt, da wäre eine Menge Schriftkram.«

»Wer sagt denn, dass ich das will?« Leo kniff die Lippen zusammen. »Ihr müsst auf mich keine Rücksicht nehmen, fangt erst gar nicht damit an«, zischte sie in Verenas Richtung.

»Ich nehme keine Rücksicht, ich dachte nur …«

»Du brauchst auch nicht für mich zu denken.«

»Wenn hier überhaupt jemand denken würde, wäre das auch unbedingt hilfreich.« Christoph Todt verschränkte die Arme vor der Brust. »Es ist komplett egal, welchen der beiden Fälle wir übernehmen, so oder so müssen Sie schauen, wie weit Ihre Kräfte reichen, Frau Ritte.«

»Die reichen schon ziemlich weit. Da bin ich sicher.«

»Rogmann ja anscheinend auch, sonst säßen Sie nicht hier.«

»Diese Diskussion können wir gerne im kleinen Kreis weiterführen«, mischte der sich mit lauter Stimme ein. Ärgerlich stopfte er das Taschentuch zurück. »Jetzt haben wir hier eine Dienstbesprechung, die ich sehr gerne zu Ende bringen möchte.«

2. Kapitel

Das Haus ist dunkel und kalt. Wasser tropft von den Wänden. Wind streicht durch die leeren Fensteröffnungen und bringt Regen mit sich. Das Kind kauert in einer Ecke, zieht den löchrigen Mantel enger um sich, sucht Wärme in der eigenen Umarmung. Es friert. Aber hier ist es heller als in den anderen Räumen, und die Gesichter aus seinen Träumen verschwinden in den Schatten. Hunger frisst sich durch seinen kleinen Leib. Vor mehr als zwei Tagen hat es das letzte Mal etwas gegessen. Da, wo es war, bevor der Mann es weggeholt hat.

Im Haus ist nichts. Keine Möbel. Es muss schon lange verlassen worden sein. Verfällt. Die Haustür ist verschlossen. Die Fenster in der unteren Etage vernagelt, sperren das schale Licht aus. Das Kind hat am Holz gerüttelt, versucht, einen Spalt zu finden, durch den es kriechen und fliehen kann. Vergeblich. Den Sprung aus den oberen Fenstern wagt es nicht. Zu hoch.

Schritte knarzen auf der Holztreppe. Das Kind schließt die Augen, versucht, sich unsichtbar zu machen. Der Mann betritt den Raum. Es kann ihn riechen. Seinen Geruch nach Schweiß und Dreck und etwas, was wie süßes Eisen auf dem Gaumen schmeckt. Das Kind blinzelt durch die vom Weinen verklebten Wimpern. Der Mann legt ein schmales Paket vor die Füße des Kindes, faltet die Hülle aus altem Zeitungspapier auseinander. Brot. Ein winziges Stück Speck. Eine Kartoffel. Er schiebt alles auf das Kind zu. Nickt.

»Iss das.«

Das Kind presst die Lippen zusammen, dreht den Kopf weg.

»Iss es.«

Das Kind zieht die Beine nah an den Körper, legt die Stirn auf seine Knie, umklammert sich selbst und atmet flach.

Der Mann reißt den Arm des Kindes nach oben, packt sein Kinn und presst Daumen und Zeigefinger auf die Kiefer, bis es den Schmerz nicht mehr aushält und nachgibt. Mit einem Schrei öffnet es den Mund. Der Mann stopft das Brot zwischen die Lippen des Kindes. Es schmeckt Schimmel, würgt, aber der bohrende Hunger ist stärker. Es schlingt und verschluckt sich an den Brocken, die sich lösen. Der Mann schlägt es auf den Rücken, heftig. Zu heftig. Es tut weh. Das Kind stöhnt, hustet noch mehr. Der Mann zieht eine Flasche aus der Manteltasche, öffnet sie und drückt sie dem Kind an die Lippen. Es schmeckt modriges Wasser. Der Gestank des Mannes wird stärker, als er sich neben dem Kind niederkniet. Die Schwaden kommen aus dem dicken Stoff des schweren Mantels, aus seinen Haaren und aus seinem Mund. Er starrt ihm in die Augen. Sucht und forscht darin. Dann steht er auf, dreht sich um und geht zur Tür.

»Bleib hier«, sagt er und schaut das Kind noch einmal an. »Wenn du wegläufst, werde ich dich finden.«

*

»Deine Absicht in allen Ehren, Verena«, knurrte Rogmann eine halbe Stunde später und schloss die Tür zu seinem Büro, in das er sie alle drei zitiert hatte. »Aber du solltest dich daran erinnern, wer der Hauptverantwortliche in diesem Laden ist.« Er ging um seinen Schreibtisch herum, setzte sich. »Das bin ich. Und es geht überhaupt nicht, dass du einfach öffentlich meine Entscheidungen infrage stellst.«

»Ich wollte nur …« Verenas Blick blieb an einem Strauß rosafarbener Nelken hängen, die in Rogmanns ansonsten nüchternem Büro seltsam fehl am Platz erschienen. Er brachte sie regelmäßig aus der Mittagspause mit und nahm sie am Abend für seine Frau mit nach Hause, weil es ihre Lieblingsblumen waren, seitdem er ihr bei ihrem ersten Treffen genau so einen Strauß geschenkt hatte. Rogmann hatte ihr irgendwann davon erzählt, und sie hatte den Eindruck gehabt, es sei ihm peinlich. Dabei fand Verena es wundervoll, dass er nach vielen Jahren Ehe noch daran dachte, seiner Frau eine Freude zu machen. Rogmann war ein durch und durch friedfertiger Mensch, der es hasste, mit anderen Konflikte auszutragen, die sich hätten vermeiden lassen. Sein scharfer Ton ließ darauf schließen, wie ungehalten er über die Situation war.

Der schwere Duft der Blumen hing in der Luft und legte sich auf ihre Lunge wie ein altmodisches Parfüm. Sie räusperte sich.

»Ich weiß, was du wolltest, Verena. Und du hast sogar recht. Trotzdem. So nicht noch mal.« Rogmann schaute in die Runde. »Leo soll sich erst mal wieder in Ruhe einarbeiten, bevor sie an einen Fall muss.«

»Wenn ich nur stundenweise arbeiten darf, dann bitte an einem richtigen Fall, Walter. Ich kann meine Kräfte sehr gut einschätzen und weiß, wann es zu viel ist. Und sprich nicht von mir, als wenn ich nicht da wäre«, entgegnete Leo in scharfem Ton.

»Deine Kräfte schon. Aber was ist mit deinem Ehrgeiz, Leo. Ich habe dich heute auf dem Schießstand beobachtet.«

»Und was hast du da gesehen?«

»Jemanden, der um jeden Preis sein Ziel erreichen will.«

»Ist das schlecht?«

»Ja, verdammt, das ist es. Wenn du darüber deine Objektivität in der Sache vergisst. Wenn der Fall nur dazu da ist, damit du dir selbst beweisen kannst, dass du wieder im Spiel bist«, donnerte er. Leo zuckte zurück.

»Du hast mich hierhergeholt, weil du denkst, ich packe es.«

»Der Arzt hat es bestätigt.«

»Er hat meine Knochen, Nerven und Muskeln begutachtet. Nicht mich.«

»Zur Dienstfähigkeit gehört auch die psychische Belastbarkeit. Wenn du die noch nicht hast, kannst du noch nicht bleiben. Egal, was der Doc über deine Knochen sagt.« Rogmann senkte den Kopf und atmete langsam aus. Niemand erwiderte etwas. Nur die Stimmen der Kollegen auf dem Gang vor dem Büro und der gleichmäßige Verkehrslärm von der Straße füllten die Stille.

»Teil mich da ein, wo du es für am besten hältst, Walter«, brach Leo nach einer kurzen Weile das Schweigen. Sie verschränkte die Hände im Schoß und knetete ihre Finger.

»Ich möchte sie wirklich gerne dabeihaben, Walter, weil ich fest davon überzeugt bin, dass wir zu dritt hervorragende Arbeit leisten können«, erklärte Verena.

Walter Rogmann schürzte die Lippen, zögerte kurz.

»Also gut, Leo. Du bist dabei.«, sagte er schließlich. »Und ihr drei habt den Fall. Kai Ziegler heißt der gute Mann.«

»Wo finden wir ihn, wenn wir mit ihm reden wollen?«

»Im Krankenhaus. Auf der Intensivstation. Allerdings ist er zurzeit ein sehr schlechter Ansprechpartner, weil er im Koma liegt.«

»Ich habe mit dem Krankenhaus telefoniert.« Leo betrat ohne anzuklopfen das Büro, nahm sich einen der Besucherstühle und setzte sich neben Verena. Sie legte einen Notizblock auf den Schreibtisch und schlug ihn auf. »Die Ergebnisse der Blutuntersuchung liegen vor. Er hatte Barbiturate intus, und das nicht zu knapp. Er ist nach wie vor nicht ansprechbar, und sie können nicht abschätzen, wie lange das noch dauert. Seine Verletzungen sind ziemlich schwer, und sie halten ihn im künstlichen Koma, damit der Heilungsprozess besser verlaufen kann. Vielleicht hat er Glück. Soll ja vorkommen.« Sie sah zu Christoph Todt hinüber, der den beiden Frauen gegenübersaß, musterte ihn und ließ dann den Blick langsam über den Schreibtisch wandern. »Sie haben umgeräumt. Ich hatte das Telefon immer an der anderen Seite stehen«, warf sie ein und fuhr dann, ohne Christoph Todt antworten zu lassen, fort: »Die Kollegen haben mir aber die Kontaktdaten seiner Freundin und der Uni gegeben …«

»Der Uni? Ich dachte, er wäre Journalist«, unterbrach Verena sie. Christoph hatte in Rogmanns Büro geschwiegen, als es um Leo ging, und auch bisher nichts verlauten lassen, wie er die ganze Sache sah.

»Er arbeitet dort als Dozent. Nicht Vollzeit, sondern

nur stundenweise. Aber schon in dem Umfang, dass es ihm ein kleines Grundeinkommen sichert. Bis vor anderthalb Jahren war er noch bei einer Zeitung. Dann hat der Verlag beschlossen, seine festangestellten Redakteure, bis auf die Chefetage, zu feuern und nur noch mit Freien zu arbeiten. Meistens sind das dann die gleichen Leute, nur wesentlich schlechter bezahlt und ohne Sozialleistungen.« Sie machte eine Pause, griff nach dem Wasserglas und trank einen Schluck. »Außerdem habe ich den genauen Wortlaut der Drohung, die er per SMS bekommen hat.« Sie beugte sich vor und blätterte eine Seite des Blocks um. »›Hören Sie auf, solange Sie noch können. Zu viel Neugierde ist lebensgefährlich.‹«

»Konnte das Handy ermittelt werden, von dem aus die Nachricht verschickt wurde?«, brach Christoph Todt sein Schweigen.

»Nein. Es ist ein Prepaidhandy eines Discounters. Zum Versendezeitpunkt der SMS war es in einen Sendemast in der Innenstadt eingeloggt. Andere Daten konnten die Kollegen nicht finden. Entweder ist es wirklich nur zu diesem Zweck gekauft worden, oder es wird nur sehr selten benutzt.«

»Der Wortlaut hört sich eher wie eine Warnung und nicht wie eine Drohung an.« Verena lehnte sich auf ihrem Stuhl zurück und verschränkte die Arme hinter dem Kopf.

»Stimmt. Aber die Radmuttern des Wagens, mit dem er verunglückt ist, wurden manipuliert. Das spricht nicht für einen Profi.«

»Wissen wir, ob er die Barbiturate freiwillig geschluckt hat?«

»Du meinst, ob da jemand besonders gründlich sein

wollte? Erst das Auto manipulieren und ihn gleichzeitig mit Betäubungsmitteln füttern?«

»Zum Beispiel.«

»Der Wirkstoff Diazepam, den sie in seinem Blut gefunden haben, ist nicht ungewöhnlich und hat viele Anwendungsgebiete. Epilepsie zum Beispiel.«

»Ist Ziegler Epileptiker?«

»Bisher weiß ich nichts davon. Auf jeden Fall macht das Zeug süchtig, wenn man nicht aufpasst.« Leo fuhr mit dem Finger an den Notizen entlang und runzelte die Stirn. »Der Doktor hat gesagt, ich solle den rechten Arm und die Hand so oft benutzen, wie es geht, aber meine Schrift sieht immer noch aus wie Hühnerdreck.« Sie nickte. »Ah ja, hier. Ich habe noch mehr an Infos über ihn: Ziegler hätte heute Nachmittag ein Seminar durchführen müssen. Vielleicht habt ihr Glück, und noch nicht alle Studenten haben mitgekriegt, dass er nicht kommen wird.« Sie hob den Kopf, setzte sich gerade und ließ sich dann gegen die Lehne des Stuhls sacken. »Das war's, was ich in der Kürze der Zeit zusammenbekommen habe.«

»Beachtlich.« Christoph Todt stand auf, nahm seine Jacke von der Rückenlehne des Stuhls und griff nach dem Wagenschlüssel, bevor er zur Tür ging und sie öffnete. »Wie lange man ohne Luft zu holen reden kann, ist beeindruckend«, ergänzte er, ohne eine Miene zu verziehen. »Aber ich danke Ihnen für die wirklich umfassende Auskunft.« Er ging und schloss die Tür lauter als notwendig.

Das Telefon klingelte. Leo riss wortlos ein Blatt aus dem Block und reichte es Verena.

»Hier sind die Angaben zur Uni. Wo das Seminar stattfindet, die Nummer der Sekretärin und so weiter.«

»Danke.« Verena stand ebenfalls auf.

Leo nahm den Hörer ab, meldete sich und hörte schweigend zu. Am Ende bedankte sie sich und legte wieder auf. Sie war bleich geworden. »Das war das Krankenhaus. Ziegler hat es nicht geschafft.«

*

»Ziegler ist tot.« Verena erreichte Christoph Todt vor dem Fahrstuhl. Sie drückte auf den Knopf.

»Sehr unerfreulich. Für ihn und für uns.« Er sah sie kurz von der Seite an, schob die Hände in die Hosentaschen und wippte auf den Fußspitzen auf und ab, während sie auf den Fahrstuhl warteten. »Haben wir das offizielle Go?«

»Wenn wir die Studenten erwischen wollen, bevor sie merken, dass ihr Kurs heute ausfällt, können wir darauf keine Rücksicht nehmen. Leo kümmert sich darum und gibt uns Bescheid. Wir fangen an.« Die Fahrstuhltür öffnete sich, und sie betraten die Kabine.

»Sagt das unsere Chefin?«

»Wieso Chefin?«

Statt einer Antwort hob Christoph Todt eine Augenbraue und wies mit einer ruckartigen Bewegung des Kopfes in Richtung ihres Büros.

»Leo kämpft darum, wieder gute Arbeit als Polizistin leisten zu können. Es bedeutet ihr so viel. Sie war immer schon ehrgeizig, und jetzt wird sie das Gefühl haben, doppelt und dreifach so gute Arbeit abliefern zu müssen.«

»Warum verteidigst du sie? Hat sie das nötig?«

»Warum greifst du sie an? Hast du das nötig?«

»Hab ich sie angegriffen?«

»Ja. Hast du. Jetzt tu nicht so unschuldig. Das war von dir doch nicht als Scherz gedacht.«

»Ich scherze nicht so sonderlich oft.«

»Müssen wir dieses Spielchen jetzt noch mal durchmachen?«, fragte Verena genervt.

»Welches Spielchen?«

»Das Du-spielst-den-Rüpel-und-benimmst-dich-unausstehlich-Spielchen. Du erinnerst dich. So zu Beginn unserer Zusammenarbeit.«

»Interessant. Du hast mich also für einen Rüpel gehalten?«

»Und Schlimmeres.«

»Was zum Beispiel?«

»Arroganter Macho war einer der Begriffe, die ich im Zusammenhang mit dir öfter in den Mund genommen habe. Außerdem schienst du mir verbohrt, verstockt und unfähig zu einem normalen Umgang mit Menschen.« Sie drückte ungeduldig auf einen Knopf, bis der Fahrstuhl endlich losfuhr. »Es hat gedauert, bis ich verstanden hatte, warum du so warst, wie du warst. Gib Leo bitte die gleiche Chance.«

Die Tür öffnete sich, und Christoph Todt ließ Verena mit einer übertrieben höflichen Geste den Vortritt.

»Wir hatten beide unsere Gründe, warum wir nicht die fröhlichsten Zeitgenossen waren.«

»Und die hat Leo jetzt auch.«

»Du hast vermutlich recht. Ich sollte mich bei ihr entschuldigen.« Verena nickte.

Schweigend liefen sie Richtung Parkplatz.

Christoph öffnete mit der Fernbedienung den Wagen, reichte ihr den Wagenschlüssel und ging zur Beifahrertür.

»Am Wochenende kommt meine Tochter zu mir. Zum ersten Mal wieder mehr als drei Nächte. Ich bin vermutlich nervös.« Er grinste. »Vor dem Alltag als alleinerziehender Vater habe ich höllischen Respekt.«

»Wie weit seid ihr?« Verena startete den Motor, fuhr los und fädelte sich in den Verkehr ein. Sie war froh, das Thema wechseln zu können, auch wenn dieses Thema ein ähnliches Minenfeld sein konnte wie die Gespräche über Leo. Aber hier war sie weniger involviert, fühlte sich weniger zwischen den Stühlen.

»Es wird. Schritt für Schritt. Emma erinnert sich zwar an Annika, aber ich bin mir nicht sicher, wie viel davon eher auf die Fotoalben zurückzuführen ist, die wir zusammen anschauen. Ich erzähle ihr, wie ihre Mutter war und wie lieb sie ihre kleine Prinzessin gehabt hat.«

»Hat die Therapeutin das empfohlen?«

»Ja. Es ist wichtig, damit Emma nicht irgendwann denkt, dass Annika sich wegen ihr umgebracht hat.«

»So wie du das denkst.«

»So wie ich.« Christoph Todt wandte sich ab und trommelte mit den Fingern gegen die Fensterscheibe. »Es gedacht habe. Eine Zeitlang.« Er schluckte. »Und manchmal immer noch.« Er sah sie an. »Aber es wird besser. Es gibt Tage, da denke ich ununterbrochen an sie. Aber der Schmerz ist nicht mehr wie ein Messer, das mir jemand hinterrücks in den Leib jagt. Er ist dumpfer geworden. Genau wie meine Wut. Mein Abstand dazu wird größer. Ich kann besser damit umgehen. Klarer denken. Die Zusammenhänge erkennen. Meistens. Und die Tage, an denen ich erst an sie denke, wenn mir etwas in die Hände fällt, was mich an sie erinnert, sind mittlerweile in der Überzahl. Der Rekord sind vier Tage.« Er lächelte. Verenas Handy meldete sich. »Soll ich?«, fragte Christoph Todt, griff mit einer Hand nach hinten auf den Rücksitz und holte Verenas Rucksack nach vorn.

»Seitentasche«, wies Verena ihn an. Christoph Todt zog das Gerät hervor und schaute auf das Display.

»Nina«, las er vor.

»Schalt auf laut.« Verena runzelte die Stirn. »Hoffentlich ist nichts mit Ruth.«

»Hallo«, knackte es brüchig aus dem Telefon. »Verena?«

»Ich bin unterwegs, Nina. Ist etwas mit Ruth passiert?« Ihre Großmutter war in den letzten Wochen öfter gestürzt. Eine Folge ihres immer öfter schwindenden Gleichgewichts. Bisher war alles gutgegangen und sie jedes Mal mit ein paar blauen Flecken davongekommen.

»Nein, nein. Mit Ruth ist alles gut«, sagte Nina Rawowa in ihrem gutturalen Akzent, der ihre Herkunft verriet. »Ruth geht es gut. Sie hatte einen sehr schönen Tag heute. Aber ich habe ein Problem.«

»Bist du krank?« Verena spürte, wie sie nervös wurde.

»Nicht ich bin krank, aber meine Mutter hat sich das Bein gebrochen, und jetzt muss ich ein paar Tage nach Polen, um ihr zu helfen. Sie liegt im Krankenhaus, und niemand kann sich so richtig um die Tiere auf dem Hof kümmern. Ein Nachbar macht es, bis ich da bin …«

»Das heißt, du musst morgen los?«

»Tut mir wirklich leid, aber wenn es geht schon heute Abend. Wann kannst du kommen, Verena?«

»Mist!« Verena fluchte und schlug mit dem Handballen aufs Lenkrad. »Ich versuche pünktlich Schluss zu machen, Nina. Ich melde mich, sobald ich aus dem Präsidium raus bin. Danke, dass du mich vorgewarnt hast.« Sie nickte Christoph zu, und der beendete die Verbindung.

»Hast du einen Notersatz?«

»Ich kann die Nachbarin fragen, die sich früher um Ruth gekümmert hat. Aber ich weiß nicht, ob sie es noch schafft. Ruths Alzheimer ist viel schlimmer geworden in den letzten Monaten. Man darf sie nicht mehr alleine lassen.«

»Und das Heim ist immer noch keine Option für dich?«

»Nicht auf Dauer. Mit Nina klappt es ja gut, und seit ich nachts bei Ruth im Gästezimmer schlafe, kommen wir wunderbar hin. Auch wenn ich keine Nacht durchschlafen kann. Aber das wäre ja auch nicht anders, wenn ich Kinder hätte.«

»Du hast damit eine große Last auf dich genommen.«

»Stimmt. Aber ich mache das, weil sie es für mich auch getan hat. Sie hat auch nicht gefragt, wo sie mich hingeben konnte, als meine Eltern verunglückt sind. Für sie war es selbstverständlich, dass ich bei ihr aufwachsen sollte. Sie hat sich um mich gekümmert, als ich jung war, und jetzt kümmere ich mich um sie, seit sie Hilfe braucht.«

»Soll ich alleine in die Uni fahren, und du regelst die Betreuung für deine Großmutter?«

»Nein. Auf keinen Fall.« Verena hob abwehrend die Hand. »Nach allem, was passiert ist, habe ich mir geschworen, das Private und die Arbeit ganz klar voneinander zu trennen. Auch wenn es oft fast nicht zu schaffen ist.«

»Denkst du immer noch, Leos Unfall wäre deine Schuld?«

»Nein. Ja. Ich weiß nicht. Sie wäre nicht mit ihrem Motorrad verunglückt, wenn wir gemeinsam mit dem Dienstwagen zum Einsatzort gefahren wären und ich nicht während meiner Dienstzeit bei Ruth gewesen wäre.« Sie bedachte ihn mit einem schnellen Seitenblick. »Mir geht's wie dir mit Annika. Ich sehe meine Rolle in dem Ganzen und versuche sie richtig einzuordnen. Nicht immer leicht. Trotzdem danke für das Angebot.«

Christoph Todt nickte und lächelte. »Ich kann nett sein. Nur eben selten.«

Verena setzte den Blinker, bog nach rechts auf die Universitätsstraße ein und ordnete sich direkt links in die Wendespur ein. Vor ihnen lag das Universitätsgelände.

3. Kapitel

Das Kind öffnet die Augen. Ein anderer Raum. Ein anderes Haus. Es hat geschlafen. Tief und traumlos. Es bleibt reglos liegen, weil es weiß, dass der Schmerz wiederkommen wird, wenn es sich bewegt. Es hat Angst vor dem Schmerz, weil er nicht auszuhalten ist und alles beherrscht. Seine Beine und Arme, sein Rücken, sein Brustkorb. Der Schmerz ist überall. Stimmen haben es geweckt. Der Mann. Andere Männer. Oder ist es nur einer? Die Männer schreien. Das Kind kann nicht verstehen, was sie sagen. Die Tür zu dem Raum, in dem es auf einer Decke liegt, ist angelehnt. Es hört die Wut und die Angst unter den Worten. Etwas kracht polternd zu Boden. Einer der Männer stöhnt. Brüllt. Ein lauter Knall. Dann Stille. Das Kind starrt mit weit aufgerissenen Augen in die Dunkelheit. Ein Wimmern dringt in das Zimmer. Hoch und lang gezogen wie von einem kleinen Tier, schraubt sich in die Höhe, verstummt. Das Kind zittert. Wartet. Die Dunkelheit kriecht unter die dünne Decke, die es um seine Schultern geschlungen hat, zieht und zerrt mit schmalen Fingern. Komm, flüstert die Finsternis durch die Stille, komm. Das Kind sucht Halt, stützt sich mit den Händen ab, richtet sich auf. Der Schmerz ist schlimm, aber er beißt nicht mehr wie ein wilder Hund.

Vorsichtig schiebt das Kind die Beine in die richtige Position, steht auf. Geht langsam zur Tür, sorgsam darauf bedacht, kein Geräusch zu machen, sich durch nichts zu verraten. Hinter dem Spalt weitere Dunkelheit. Die Tür am anderen Ende des Flurs ist ebenfalls angelehnt. Der schmale Spalt durchschneidet die Dunkelheit mit schwachem Licht, an dessen Rändern die Schatten tanzen. Dahinter ist die Stille, wo vorher das Wimmern war. Das Kind betritt den Flur. Bleibt stehen. Lauscht. Horcht hinter die angelehnte Tür. Schritt. Stille. Schritt. Atmen.

Als es in den Schattenkranz tritt, ist das Wimmern wieder da. Höher und lauter jetzt. Nicht menschlich. Mit einer Hand schiebt es die Tür ein winziges Stück weiter auf, presst den Kopf an den Türrahmen, versucht, etwas zu erkennen.

Ein Tisch. Ein Stuhl liegt umgestürzt auf dem Boden. Ein leerer Topf. Eine Hand, ausgestreckt, als ob sie nach etwas greift, das niemand sehen kann. Reglos. Bleich. Das Kind hält den Atem an. Wünscht sich, das kalte Zimmer nie verlassen zu haben. Das Wimmern hat aufgehört. Scharren. Schritte. Die Tür wird von innen aufgerissen. Grelles Licht blendet es.

Das Kind schreit.

*

Dumpfes Gemurmel drang aus dem Seminarraum, vor dem ein paar Studenten standen und sich unterhielten.

Verena warf einen Kontrollblick auf den Notizzettel. Leo hatte ganze Arbeit geleistet. Sie hatten den Raum sehr schnell finden können und hofften darauf, dass die meisten Teilnehmer des Kurses noch nicht aufgegeben hatten und bereits gegangen waren.

»Sie warten vermutlich auf Herrn Ziegler«, sagte Verena und betrat den Raum. Sofort verstummten die Gespräche. Mehr als vierzig Gesichter wandten sich ihr zu. Einige Studenten nickten. »Ich muss Ihnen mitteilen, dass Herr Ziegler einen Unfall hatte und heute an den Folgen verstorben ist.« Ein Raunen ging durch die Reihen.

»Gibt es Ersatz?«, fragte ein junger Mann, stand von seinem Platz auf und packte die um ihn herumliegenden Unterlagen in seine Botentasche.

»Das kann ich Ihnen nicht sagen, da ich …!«

»Mist, ich brauche den Kurs unbedingt, sonst verliere ich ein ganzes Semester.« Der junge Mann warf sich den Riemen der Tasche über die Schulter. »Bekommen wir denn die Teilnahmebescheinigung trotzdem?«, fragte er über den lauter werdenden Lärm hinweg. Stühle scharrten über den Boden. Alle waren im Aufbruch begriffen.

»Haben Sie gehört, was ich gesagt habe?«, fragte Verena fassungslos. »Herr Ziegler ist verstorben, und Sie fragen nach Teilnahmebescheinigungen?« Für einen Moment trat Stille ein. Alle verharrten in ihren Bewegungen. Verena schaute in die Runde, sprach nun trotz ihres Ärgers über die Gefühlskälte der Studenten ruhiger. »Ich bin nicht von der Universität, sondern von der Polizei und möchte Ihnen gerne ein paar Fragen stellen.«

»Wird man jetzt schon verhaftet, wenn man einen Kaffee trinken gehen will?«, witzelte einer aus der Menge. »Oder hat Ziegler Ihnen vorher noch Aufgaben für uns mitgegeben, die wir nun unter Polizeiaufsicht erledigen müssen?« Er erntete ein paar Lacher und vereinzeltes empörtes Zischen. Verena zögerte und konnte es nicht glauben. Sie war entsetzt und wusste nicht, wie sie sich verhalten sollte. Wenn sie diesen Spaßmacher ermahnen würde, mehr Respekt vor Zieglers Tod zu zeigen und ihr einen anderen Umgangston entgegenzubringen, wäre sie zwar im Recht, aber ihrem Anliegen, mehr von Zieglers Studenten über ihn zu erfahren, würde das vermutlich nicht dienen.

»Herr Ziegler ist tot. Aber wenn Sie das so lustig finden, ist es sicher eine sehr gute Idee, dass Sie uns auf das Präsidium begleiten.« Sie sah ihn ernst an. »Dort haben wir auch ausgezeichneten Kaffee.« Wieder lachten einige. Diesmal allerdings deutlich beklommener.

»Wir möchten gerne einzeln mit Ihnen sprechen«, schaltete Christoph Todt sich ein. »Wir werden uns beeilen, aber es kann trotzdem ein bisschen dauern. Bringen Sie also Geduld mit. Sie können ja untereinander ausmachen, wer es eilig hat und zuerst zu uns kommt, und wer mehr Zeit hat. Und ganz wichtig: Das ist kein Verhör. Wir brauchen lediglich ein paar Informationen von Ihnen.«

Die Studenten seufzten, drehten sich um und setzten sich wieder auf ihre Plätze.

»Wir waren nicht so.«

»Wie?«

»Auf der einen Seite handzahm und auf der anderen so abgebrüht.« Christoph Todt lachte bitter, während sie hinausgingen und sich ein Stück von der Tür entfernt im Gang positionierten. Eine junge Frau streckte den Kopf zur Tür heraus und schaute sie an. »Kann ich?«, fragte sie. »Ich habe es sehr eilig, weil ich meine Kleine aus der Kita abholen muss. Normalerweise komme ich nach dem Seminar immer zu spät. Jetzt habe ich die Chance, dass sie nicht als Letzte alleine auf der Bank sitzen muss.«

Christoph nickte, und die Studentin kam zu ihnen. Sie stellte ihre Tasche auf den Boden, bückte sich und legte ihre Jacke darauf. Als sie sich wieder aufgerichtet hatte, schaute sie erwartungsvoll zwischen Verena und Christoph hin und her. Sie war eine schmalschulterige, zierliche mit einem wirren Lockenschopf, den sie mühsam in einem voluminösen Knoten gebändigt hatte. Er verlieh ihrem Gesicht die Zartheit der klassischen Frauenportraits des 19. Jahrhunderts. Verena fragte sich, ob der Frau dieser Vergleich etwas sagen würde oder ob diese Art von Allgemeinwissen durch das Raster des zielorientierten Fachlernens gefallen war.

Christoph lehnte sich gegen die Wand und verschränkte die Arme.

»Sie besuchen das Seminar von Herrn Ziegler?«, wollte Verena wissen.

»Ja.«

»Was ist das Thema?«

»Journalistisches Schreiben.«

»Wollen Sie Journalistin werden?«

»Nein.« Die junge Frau schüttelte den Kopf. »Ganz bestimmt nicht. Das ist mir zu unsicher. Da verdient man ja nichts mehr. Ich studiere auf Lehramt. Deutsch und Sport. Da gehört das dazu.«

»Kannten Sie Herrn Ziegler schon vor dem Seminar?«

»Nein.«

»Hatten Sie außerhalb der Uni Kontakt zu ihm?«

»Nein, das schon mal gar nicht.« Sie hob abwehrend die Hände. »Wieso sollte ich auch?«

»Wieso weisen Sie das so weit von sich?«, hakte Christoph nach. »So ungewöhnlich ist es doch nicht, dass man nach einem Seminar noch etwas zusammen trinken geht.«

Die junge Frau musterte ihn von oben bis unten.

»Heutzutage haben wir dafür meistens keine Zeit mehr, Herr Kommissar. Unsere Stundenpläne sind sehr eng getaktet, und wir müssen sehen, dass wir unsere Arbeit schaffen. Da bleibt keine Zeit für wildes Studentenleben, wie Sie es vielleicht noch von vor fünfundzwanzig Jahren kennen.«

Verena musste sich ein Grinsen verkneifen, als sie Christophs verblüfftes Gesicht bemerkte. Er ging auf die vierzig zu, hatte aber anscheinend nicht damit gerechnet, von einer Anfang Zwanzigerin als älter eingeschätzt zu werden, als er tatsächlich war.

»Sie sagen ›meistens‹. Das heißt aber doch, ab und an gibt es doch Ausnahmen«, nahm Verena das Gespräch wieder auf und hoffte, dass man ihrer Stimme ihr Amüsement nicht anhörte.

»Sehr selten.«

»Aber mit Herrn Ziegler nicht?«

»Nein.« Die Studentin presste die Lippen zusammen und schaute zu Boden.

»Warum nicht?«

»Weswegen wollen Sie das eigentlich alles wissen?« Die Studentin klang nun deutlich genervter. Sie trat einen Schritt zurück, bückte sich nach ihrer Tasche und kramte darin herum. »Sie haben doch gesagt, Herr Ziegler hätte einen Unfall gehabt. Da wird doch normalerweise gar nicht so nachgeforscht.« Sie richtete sich wieder auf, schob die Tasche mit dem Fuß ein Stückchen zur Seite.

»Es gibt vieles, was die Polizeiarbeit betrifft, was die Bürger gar nicht so mitbekommen und es deswegen nicht als normal bezeichnen würden.« Christophs Tonfall war deutlich abgekühlt. Verena warf ihm einen schnellen Seitenblick zu. War er beleidigt? Das waren ja ganz neue

Züge an ihm. Sie kannte ihn zynisch und sarkastisch, aber Eitelkeit war in seinem Repertoire bisher noch nicht vorgekommen.

»Wir ermitteln in alle Richtungen, um sicherzugehen, dass es ein Unfall war.«

»Was könnte es denn sonst sein?«, fragte die Studentin verhalten. Ihre Körperhaltung vermittelte etwas Lauerndes, Abwartendes.

»Wie gesagt, wir ermitteln in alle Richtungen«, erwiderte Verena. »Können Sie sich denn vorstellen, dass es etwas anderes sein könnte?«

Die junge Frau zuckte mit den Schultern, schaute auf ihre Armbanduhr, bückte sich erneut und hob ihre Tasche samt Mantel auf. »Ich muss los, sonst sitzt meine Kleine da und denkt, ich komme nicht mehr.«

»Sie haben die Frage der Kollegin noch nicht beantwortet.« Christoph Todt ließ nicht locker. Er runzelte die Stirn. »Können Sie sich etwas anderes vorstellen?«

»Sagen wir mal so. Ich würde mich nicht wundern.«

»Inwiefern?«

»Hören Sie, Frau …« Sie blickte Verena hilfesuchend an. Ihr war deutlich anzusehen, wie unangenehm ihr das Gespräch wurde.

»Irlenbusch.«

»Also, Frau Irlenbusch, ich hatte nie irgendwelchen Ärger mit Ziegler. Und ich will auch keinen haben. Ich will die Klausur am Ende des Seminars bestehen, weil ich es für die Prüfungszulassung brauche, damit ich so schnell wie möglich meine Ausbildung zu Ende bekomme und anfangen kann zu arbeiten. Ich bin alleinerziehend und schwimme nicht gerade im Geld.«

»Sie befürchten, Ärger zu bekommen? Wenn Sie was

erzählen?«, insistierte Christoph. Verena nickte der Studentin aufmunternd zu.

»Es ist nicht gerade einfach. Ich weiß nicht, ob er das mit seinem Lehrauftrag so richtig verstanden hat.«

»Hat er Sie oder eine andere Kommilitonin belästigt?«

»Er wurde nicht handgreiflich.«

»Sondern?« Verena spürte, wie sie langsam ungeduldig wurde.

»Er war unberechenbar in seinem Verhalten.« Die Studentin schluckte. »Er war arrogant und ungerecht. Und sexistisch.«

»Inwiefern?«

»Zu Frauen sagte er gerne Dinge wie: Sie sind wohlgenährt, liefern aber leichte Kost ab.«

»Konnten Sie sich darüber nicht an entsprechenden Stellen beschweren?«

»Wie gesagt. Mich hat es noch nicht getroffen.«

»Aber andere.«

»Ja.«

»Auch Männer?«

»Eher selten. Er schoss sich lieber auf Frauen ein. Aber es kam durchaus vor.«

»Einen von Ihren Kommilitonen im Seminarraum?«

»Mit Mike hat er sich letzte Woche angelegt. Es war ziemlich heftig. Die beiden haben sich vor versammelter Mannschaft angeschrien. Ich habe wirklich gedacht, sie gehen gleich mit Fäusten aufeinander los.«

»Worum ging es denn?«

»So genau habe ich das nicht verstanden.«

»Wie heißt dieser Mike denn weiter?«

»Ich weiß nicht. Ich kenne seinen Nachnamen nicht. Er gehört nicht zu den Menschen, mit denen ich mehr

Kontakt als notwendig habe.« Wieder sah sie auf die Uhr und dann Richtung Ausgang.

»Wieso nicht?«

»Er ist ein Punk. Lederklamotten, gepierct bis unter den Haaransatz und nicht sonderlich zielstrebig. Nicht, dass ich was dagegen hätte, aber es ist halt nicht mein Geschmack.« Sie lud die Tasche auf die andere Schulter. »Bitte, Frau Irlenbusch, ich muss jetzt wirklich los.«

»Ist er unter den Anwesenden?« Christoph Todt ging zur Tür des Seminarraums und legte die Hand auf die Klinke. Die Studentin nickte. Christoph öffnete die Tür, und Verena hörte ihn sprechen, ohne genau zu verstehen, was gesagt wurde.

»Sie können jetzt gehen. Bitte schreiben Sie mir noch Ihren Namen, die Adresse und Ihre Telefonnummer auf, damit wir Sie bei Bedarf erreichen können«, bat Verena und reichte ihr einen Zettel und einen Stift.

»Er ist abgehauen.« Christoph kam aus dem Seminarraum und wandte sich direkt in Richtung der Ausgangstür. »Durch das Fenster, weil er angeblich was Besseres mit seinem Leben anzufangen weiß, als darauf zu warten, dass ein paar Bullen Zeit für ihn haben. Immerhin kenne ich jetzt seinen ganzen Namen.« Er hielt im Gehen sein Handy ans Ohr gepresst. »Frau Ritte, finden Sie die Adresse von Mike Franke heraus und schicken sie mir als SMS.« Er legte auf, steckte das Telefon in die Hosentasche und verfiel in einen Laufschritt. »Ich schaue mal, ob ich ihn draußen noch erwische.«

*

Fünf Minuten später vibrierte Verenas Handy. »Was glaubt der denn, wer er ist, Verena? Ich bin doch nicht seine Sekretärin«, schnaubte Leo durch den Hörer. »... ›finden Sie die Adresse heraus und schicken sie mir als SMS‹. Das Wort ›bitte‹ scheint der Herr nicht zu kennen, oder?«

»Jetzt reg dich doch nicht so auf, Leo. Uns ist hier einer durch die Lappen gegangen, den wir finden wollen. Da kann es doch mal hektischer werden. Ist doch nicht so, als ob du das nicht kennst.« Verena beschwichtigte den Studenten, der im Türrahmen stand und auf sie wartete, mit einer Geste, während sie gleichzeitig mit Leo telefonierte.

»Dass du ihn verteidigst, hätte ich mir denken können.«

»Ich verteidige niemanden. Was für ein Quatsch.« Verena kehrte dem jungen Mann den Rücken und legte den Kopf in den Nacken. Das war wirklich das Letzte, worauf sie jetzt Lust hatte. Ihre alte Freundin und Kollegin Leo im Clinch mit Christoph Todt. »Hast du denn die Adresse?«

»Natürlich. Das Sekretariat hatte sie. Kostete einen Anruf. Nicht mehr.«

»Hast du sie Christoph geschickt?«, wollte sie wissen. Im gleichen Moment piepte ihr Telefon leise, das Zeichen für den Eingang einer SMS.

»Du hast sie grade bekommen.«

»Danke.«

»Bitte. Keine Ursache. Für dich mache ich das gerne.« Leo legte auf, bevor Verena etwas erwidern konnte.

»Gut.« Sie wandte sich dem wartenden Studenten zu und bemühte sich um Fassung. »Was können Sie mir über

Kai Ziegler sagen?« Irgendjemand musste das hier ja zu Ende führen.

*

Der Verkehr staute sich über die belebte Geschäftsstraße, und es dauerte, bevor sie die Querstraße erreichten, in der Mike Franke wohnte. Christoph Todt hatte nur die Augenbraue gehoben, als Verena ihm die Adresse genannt und ihm die Autoschlüssel gereicht hatte, und nicht hinterfragt, warum Leo nicht ihn informiert hatte. Er hatte Franke nicht erwischt, war fluchend, verschwitzt und außer Atem wieder aufgetaucht und hatte mit ihr die restlichen Studenten befragt. Seither hatte er nichts mehr gesagt, aber sein Bick sprach Bände. Warum soll ich mir Mühe geben, wenn sie es nicht tut, schien dieser Ausdruck in seinem Gesicht sie zu fragen. Je mehr sie über Leo und Christoph nachdachte, desto wütender wurde sie. Was erwarteten die beiden? Dass sie Partei ergreifen würde für den einen oder anderen? Oder dass sie den Vermittler spielen würde? Dabei kam Ersteres überhaupt nicht infrage, und das andere erschien ihr mit einem Kraftaufwand verbunden, den sie gerade nicht zu leisten in der Lage war, selbst wenn sie es gewollt hätte. Aber auch das machte keinen Sinn.

Sie suchte auf dem hellgrünen Display der Armatur die Uhrzeit. Eine Stunde bis Dienstschluss. Nina hockte vermutlich schon auf gepackten Koffern. Verena lehnte sich an die Seitenscheibe und schloss die Augen. Die dauerhafte Erschöpfung, die sie den größten Teil des Tages erfolgreich verdrängte, kroch in jede ihrer Körperzellen und machte sie bleischwer. Sie hatte das Gefühl, sich nie wieder bewegen zu können, bis sie jede Sekunde des verpassten Schlafes nachgeholt hatte. Sie schreckte hoch, als die Wagentür geöffnet wurde und sie den Halt verlor.

»Komm. Wir sind da.« Christoph Todt wandte sich ab, ging die Straße entlang und blieb vor einem ehemals schönen Altbau mit heruntergekommener Fassade stehen. Mühsam quälte sie sich aus dem Sitz. Jeder Muskel schmerzte. Um ihren Kopf herum gefühlte vier Lagen Watte. Verena blinzelte, durchdrang Schicht um Schicht des Nebels und schärfte ihre Wahrnehmung. Sie war schon lange nicht mehr zu Fuß durch diese Ecke der Stadt gegangen, sondern immer nur hindurchgefahren. Der Stadtteil hatte sich in dem vergangenen Jahrzehnt stark gewandelt, war vom Arbeiter- zum In-Viertel geworden. Aber anders als in anderen Bezirken hatten die Hipster und Akademikerfamilien es nicht geschafft, die früheren Bewohner völlig zu vertreiben. Und so spiegelten die Häuser die Vielfalt ihrer Bewohner. Herausgeputzte und bis in den letzten Winkel renovierte Altbauten neben schmucklosen Nachkriegsbauten. Bröckelnde Stuckarbeiten neben moderner Architektur, wie man sie eher in London erwartet hätte.

»Wenn du mit deinen Umgebungsstudien fertig bist, könnten wir weitermachen«, schreckte Christoph Todt sie aus ihren Gedanken auf. Sie drückte den Rücken durch und holte tief Luft.

»Alles klar«, murmelte sie, ohne auf seinen kritischen Blick zu reagieren. Sie ging an ihm vorbei, suchte und fand das Namensschild und drückte auf Mike Frankes Klingel. Durch das Fenster im Erdgeschoss hörte sie es läuten. Eine schwarze Katze erschien an der Innenseite des Fensters, presste sich seitlich dagegen und machte einen Buckel. Sie maunzte stumm. Verena drückte gegen die Haustür. Mit einem leisen Klacken öffnete sie sich, und sie betraten den Hausflur. Es roch nach orientalischen Gewürzen und Fahrradöl. Neben der alten Holztreppe in die oberen Etagen führte ein schmaler Gang nach hinten auf eine weitere Tür, die ebenfalls offen stand. Einige Mülltonnen standen ordentlich aufgereiht nebeneinander. Verena trat an die Wohnungstür, klingelte erneut und wartete. Diesmal hörten sie die Katze kommen und maunzen, aber sonst blieb alles still.

Die Haustür öffnete sich, und ein älterer Mann mit mehreren Plastiktüten eines Lebensmitteldiscounters kam in den Hausflur. Er stutzte und musterte Verena und Christoph von oben bis unten.

»Zu wem wollen Sie?«

»Zu Herrn Franke, Ihrem Nachbarn.« Christoph ging einen Schritt auf den Mann zu, der sofort zurückwich.

»Was wollen Sie denn von dem?« Er sprach nun lauter, aber Verena erkannte die Unsicherheit in seiner Stimme und holte ihre Dienstmarke hervor.

»Keine Sorge. Wir sind von der Polizei und …«, setzte sie an, wurde aber sofort von ihm unterbrochen.

»Wird der jetzt schon von der Polizei gesucht? Wundert mich nicht, so wie der immer rumläuft und was da für Leute ein und aus gehen.«

»Was meinen Sie denn für Leute?«, wollte Christoph Todt wissen.

»Penner, meine ich. Abgehalfterte Gestalten, die uns das Ungeziefer ins Haus schleppen.«

»Hat Herr Franke oft Besuch?«

»Von solchen Typen viel zu oft, wenn Sie mich fragen. Und er sieht ja selber aus wie ein Penner.« Er drehte sich um, als sich die Haustür ein zweites Mal öffnete und ein

Mann in ärmlicher, aber sauberer Kleidung den Hausflur betrat. Er trug einen Rucksack auf dem Rücken und hatte einen großen braunen Briefumschlag in der Hand.

»Na, was sag ich Ihnen. Ich habe mich schon hundertmal bei der Hausverwaltung beschwert, dass das Schloss endlich repariert werden muss, aber meinen Sie, die tun mal was? Aber unsere Miete kassieren, das können sie.« Er schnaubte und ruckte verächtlich mit dem Kinn in Richtung des Neuankömmlings, der erschrocken in die Runde starrte.

»Zu wem wollten Sie denn?«, sprach Christoph Todt ihn an.

»Ich möchte nur meinen Artikel bei Mike abgeben«, antwortete der Mann in einer Mischung aus Furcht und Stolz und hob den Umschlag an. »Er braucht ihn für unsere Zeitung.«

»Bei was für einer Zeitung arbeiten Sie denn?«

»Das ›Zornesblatt‹ ist eine Obdachlosenzeitung. Und Mike arbeitet zwar bei uns, bekommt aber kein Geld dafür, er unterstützt uns ehrenamtlich.« Sein klares Hochdeutsch und die gepflegte Sprache standen im krassen Gegensatz zu seinem Äußeren. Nicht zum ersten Mal fragte Verena sich, was einen Mann wie den, der vor ihr stand, in die Obdachlosigkeit getrieben hatte. Die Zeiten, wo ausschließlich Alkoholismus oder Drogensucht zu so einem Schicksal führten, waren schon lange vorbei. In der Realität, in den Köpfen der Menschen allem Anschein nach nicht, wie das angeekelte Gesicht des Hausbewohners deutlich verriet. Der Besucher schob sich an Verena und Christoph vorbei und steckte den Umschlag in Frankes Briefkasten. Dann grinste er. »Mike ist ein ganz feiner, hilfsbereiter Kerl. Dem sind wir nicht egal.« Er ging zur Tür, öffnete sie und drehte sich dann noch einmal zu dem älteren Mann um. »Das kann man ja nicht von jedem behaupten.«

»Sein frisch attestiertes Harte-Schale-weicher-Kern-Image nutzt Franke in meinen Augen nichts, solange ich mich nicht persönlich davon überzeugt habe, dass er nichts mit Zieglers Unfall zu tun hat«, erklärte Christoph auf der Rückfahrt ins Präsidium.

»Aber da wir keinen konkreten Verdacht gegen ihn haben, wird das vermutlich heute so oder so nichts mehr geben, und ich schaffe es vielleicht pünktlich zur Wachablösung bei Ruth.« Verena zog ihr vibrierendes Telefon aus der Tasche und meldete sich.

»Ja?« Sie lauschte, nickte und drückte dann auf den Lautsprecherknopf des Handys. »Du bist jetzt auf laut gestellt, Leo. Christoph hört mit.«

»In Ordnung. Ich muss euch nur noch ein paar Erkenntnisse für den Feierabend weitergeben. Während ihr beiden im Auto durch die Gegend kutschiert, habe ich recherchiert, mir die Finger wund gewählt und noch ein paar interessante Informationen über Ziegler zusammengetragen. Was wollt ihr hören, die Lang- oder die Kurzform?«

»Bitte die Kurzvariante.«

»Er war ein Arschloch. Nein, halt. Er war ein Riesenarschloch. So viel Zeit muss sein.«

4. Kapitel

Hier unten war sie schon lange nicht mehr gewesen. Sie tastete nach dem Lichtschalter. Kaltes Neonröhrenlicht flammte auf, tauchte alles in ein dämmriges Blaugrau. Die hohen schmalen Regale füllten den Raum bis in den hintersten Winkel aus, wirkten wie eingeklemmt zwischen Boden und der niedrigen Betondecke. Die Luft war staubtrocken. Elisabeth Schäfer hustete. Sie strich ihren engen Rock glatt und straffte die Schultern. Wenn ihre Annahme stimmte, musste es hier zu finden sein. Langsam schritt sie die Reihen ab. Die breiten Absätze ihrer Schuhe verursachten ein stumpfes Klacken auf dem Boden. Sie suchte nach der richtigen Stelle. Als sie davorstand, legte sie die Hand auf den kühlen Stahl. Davon hatte sie geträumt. All ihr Wissen und all ihr Können einmal für eine Sache wie diese einzusetzen. Hinaustreten aus ihrem unauffälligen Dasein. Einen Beitrag leisten. Sie holte tief Luft und atmete langsam aus, öffnete das Fach. Der Geruch von altem Papier stieg auf, stand wie eine Wolke vor dem Regal und würde von dem unsichtbaren Strom der steten Lüftung mitgenommen. Die Papphüllen der Aktenmappen schimmerten in brüchigem Grau. Sie würde behutsam damit umgehen müssen, wenn sie die Hüllen nicht beschädigen wollte.

Sie hatte ihre Suche nicht angemeldet. Sie wollte keine unnötige Aufmerksamkeit auf sich ziehen. Kein Hinweis in den Protokollen, kein Eintrag in irgendeiner der zahlreichen Listen, von denen ihr Leben sonst bestimmt war. Traue niemandem, hatte er ihr eingeschärft. Du weißt nicht, wer auf meiner Seite steht und wer nicht. Wie recht er damit hatte, ahnte er vermutlich selbst nicht. Zögernd streckte sie die Hand aus, griff nach der ersten Mappe in der Reihe.

»Frau Schäfer?« Die hohe Stimme der Kollegin. »Sind Sie hier?« Elisabeth Schäfer zuckte zusammen, hielt den Atem an. Ihre Hand verharrte reglos an der halb herausgezogenen Aktenmappe.

»Hallo?« Schritte näherten sich. »Frau Schäfer?«

Sie biss sich auf die Lippe. Was würde sie tun, wenn sie hier entdeckt wurde? Sie hatte keinen offiziellen Grund, hier zu sein. Das Misstrauen der Kollegin war schon länger geweckt. Sie hatte deren Blicke auf sich bemerkt, ihren Argwohn gespürt. Traue niemandem.

Kurz vor dem Gang, in dem sie sich befand, stoppten die Schritte.

»Hallo«, hörte sie die Kollegin wiederholen. Sie war so nah, dass sie das aufdringliche Parfüm der anderen riechen, ihr Atmen in der Stille hören konnte. Elisabeth Schäfer schloss die Augen. Sie wusste nicht, ob eine Minute oder nur Sekunden vergangen waren, als sie schließlich wieder ein Geräusch vernahm. Die Schritte entfernten sich langsam Richtung Ausgangstür, verhallten. Die Tür fiel ins Schloss, das Licht erlosch, eine Sekunde später flammten die Notleuchten auf. Elisabeth Schäfer blinzelte, nahm eine der Mappen und öffnete sie auf der Suche nach dem letzten Puzzlestück, das aus ihren Vermutungen Fakten werden ließ. Der Beweis, der Dinge in Bewegung setzen würde. Der gefährlich war. Der Anruf vor wenigen Minuten hatte ihr klargemacht, wie gefährlich. Sie legte die Mappe weg, nahm die nächste. Das Papier zerbröselte unter ihren Fingern, doch sie achtete nicht darauf. Starrte nur auf das, was sie sah, und spürte den Triumph. Sie hielt den letzten fehlenden Beweis in ihren Händen. Hastig zog sie ihr Handy aus der Jackentasche, machte ein Foto der Unterlagen und verschickte es.

»Sie ist mir wieder gefolgt«, tippte sie ein, drückte dann erneut auf »senden« und steckte das Telefon zurück in ihre Jackentasche. Sie presste die Mappe an sich, lief zur Ausgangstür und trat hinaus in den Flur. Hastig schaute sie sich um, konnte aber niemanden entdecken. Sie hätte das Gebäude gern direkt verlassen, aber das ging nicht. Sie musste noch einmal an ihren Arbeitsplatz zurück. Noch hatte sie nicht Feierabend. Und selbst wenn sie Übelkeit oder Kopfschmerzen vortäuschen konnte, musste sie dort hin, um ihren Mantel und ihre Tasche zu holen, sonst würde die Kollegin misstrauisch werden. Noch misstrauischer, als sie ohnehin schon war.

Traue niemandem. Auch nicht denen, die dir harmlos erscheinen. Gehörte die Kollegin zu denen, die harmlos erschienen, aber trotzdem eine Gefahr darstellten? Warum sonst war sie ihr in den letzten Tagen und Wochen hinterhergeschlichen? Hatte jeden ihrer Schritte überwacht?

Sie hastete die Treppe zum Lesesaal hinauf. Einzelne Besucher der Bibliothek kamen ihr entgegen. Vermutlich waren sie auf dem Weg zu den Toiletten, die sich ebenfalls in der unteren Etage befanden. Elisabeth Schäfer lächelte unverbindlich. In den Augen der anderen tat sie nichts, was sie nicht sonst auch getan hätte. Trotzdem musste sie die Mappe loswerden. Sie verstecken und erst kurz, bevor sie nach Hause gehen würde, wieder an sich nehmen. Sie bog in einen der Gänge ab, in denen nichts los war, eilte bis zum Ende und schob die Mappe, nachdem sie sich noch einmal vergewissert hatte, dass niemand sie beobachtete, hinter die Bücher im obersten Regal. Hier würde sie so schnell niemand vermuten, und auch ein Zufallsfund war eher unwahrscheinlich. Die Bücher hier waren alt und nicht mehr aktuell, dienten nur noch den wissenschaftlichen Nachweisen.

Elisabeth Schäfer ordnete mit den Fingern ihre Haare und strich ihre Kleidung glatt. Dann ging sie zum Informationsschalter und nickte der Kollegin freundlich zu, bevor sie sich der nächsten Ratsuchenden zuwandte, die geduldig in der Reihe gestanden und ausgeharrt hatten. Routiniert und ruhig beantwortete sie die Fragen und wies den Weg. Als nach einer halben Stunde niemand mehr in der Schlange wartete, griff sie nach Mantel und Tasche.

»Ich habe einen Arzttermin und muss jetzt los.« Sie wartete die Antwort nicht ab und kam hinter der Theke hervor. »Ich gehe noch mal schnell zur Toilette und bin dann weg.« Sie wandte sich in Richtung Treppe.

»Ach, warten Sie, Frau Schäfer. Heißt es nicht, Frauen gingen immer in Grüppchen aufs Klo? Da wollen wir den Vorurteilen mal entsprechen.« Sie lachte hoch und laut. »Jetzt ist grade nichts los. Da passt es gut.« Sie folgte ihr mit trippelnden Schritten. Elisabeth ging schneller. Das fehlte ihr gerade noch, dass ihre Kollegin wie eine Klette an ihr klebte. Sie beschleunigte ihre Schritte. Vielleicht konnte sie die Kollegin abhängen, sobald diese auf der

Toilette war, die Mappe aus dem Versteck holen und auf dem schnellsten Weg verschwinden. Die Hoffnung zerstob, als sie die Schlange der Studentinnen vor der Damentoilette sah, die sich nur langsam vorwärtsschob. Als Angestellte der Bibliothek hatten sie zwar ihre eigene abgeschlossene Toilettenkabine, aber eben nur eine. Mit großer Geste bot ihr die Kollegin den Vortritt an. Ihr blieb nichts anderes übrig, als der Aufforderung zu folgen, eine angemessene Zeit zu warten, bis sie die Kabine wieder verlassen konnte, wenn sie ihre Täuschung aufrechterhalten wollte. Die Kollegin stand bereits am Waschbecken.

»Eine gnädige Seele hat mich vorgelassen«, zwitscherte sie gut gelaunt, trocknete ihre Hände ab und heftete sich erneut an Elisabeths Fersen, bis sie den Informationsschalter erreicht hatten.

»Ich wünsche Ihnen einen schönen Feierabend, Frau Schäfer. Den Rest hier schaffe ich gut alleine.« Sie nickte ihr lächelnd zu, aber Elisabeth spürte hinter der Freundlichkeit noch etwas anderes. Etwas Abwartendes. Lauerndes. Sie nickte wortlos und ging Richtung Ausgang, spürte die Blicke der anderen förmlich in ihrem Rücken. Sie musste sich nicht umdrehen, um zu wissen, dass die andere sie beobachtete. Keine Chance darauf, die Mappe aus dem Versteck zu holen, ohne das ganze Unterfangen zu gefährden. Elisabeth Schäfer lief trotz der klimatisierten Luft der Bibliothek der Schweiß über den Rücken, und ihre Nerven lagen blank. So verlockend das Ergebnis auch für sie war, der Weg dort hin führte hart am Rand der Legalität entlang. Nein. Es überschritt die Grenze. Und ihre Fähigkeiten. Schon allein bei der Vorstellung, nun umzukehren, die Aktenmappe unter den Augen der wachsamen

Kollegin zu holen und mit sich zu nehmen, wurde ihr schlecht. Und zu glauben, ihrer Aufmerksamkeit entkommen zu können, war naiv. Nein. Es ging nicht. Die Mappe musste bis morgen in dem Versteck bleiben.

Die Straße vor dem Gebäude war ruhig. Die üblichen Passanten, die zu dieser Zeit hier zu erwarten waren. Sie schaute sich um, konnte aber nichts Verdächtiges entdecken. Vielleicht machte sie sich nur verrückt, sah Gespenster, wo keine waren. Sie presste ihre Tasche an sich, lief zur Bahnhaltestelle in der Mitte der Straße, gerade noch rechtzeitig, um kurz vor den sich schließenden Türen noch in die Straßenbahn einzusteigen. Erleichtert atmete sie auf und ließ sich auf einen der freien Sitze fallen. Den Wagen, der aus einer Parklücke fuhr und der Bahn folgte, bemerkte sie nicht.

*

Vor Ruths Haus, das nun auch ihr Zuhause war, suchte Verena einen Parkplatz und stellte den Wagen ab. Leo hatte angeboten, die Übergabe an die Kollegen zu machen, und sie war nicht mehr ins Präsidium gefahren. Dienst nach Vorschrift war ihr zuwider, aber heute ging es nicht anders. Für einen Augenblick stellte sie sich vor, alles wäre wie früher und drinnen würde sie eine fröhliche Ruth erwarten, die voller Neugierde auf ihren Job und Anteilnahme an ihrem Leben wäre. Während Verenas Ausbildungszeit hatten sie sich einen Spaß daraus gemacht, sich vorzustellen, wie sie als Ermittlerteam auf Verbrecherjagd gehen würden. Ruth als eine Art Miss Marple, allerdings deutlich größer und viel dünner als die Schauspielerin Margret Rutherford, wie sie lachend betont hatte, und Verena als ein weiblicher Sherlock Holmes. Zu ihrer ersten bestandenen Prüfung hatte Ruth ihr eine Sherlock-Holmes-Mütze geschenkt, die sie bis heute hoch in Ehren hielt, obwohl der Polizeiberuf sie längst eingeholt und die Realität sie ihrer Illusionen beraubt hatte. Trotzdem schöpfte sie immer noch Kraft aus dem, was Ruth und ihre Beziehung zueinander einmal ausgemacht hatten. Liebe und Vertrauen. Wertschätzung und Respekt vor der Sichtweise des anderen. Es schmerzte, alles schwinden zu sehen und sich jeden Tag ein Stückchen mehr zu verabschieden. Zu Beginn waren es nur Kleinigkeiten gewesen, die nicht weiter aufgefallen waren. Das fehlende Wort, der unauffindbare Wohnungsschlüssel, die ungewaschene Wäsche im Trockner. Die vielen kleinen Fehler im Alltag. Sie kam mit eingekauften Lebensmitteln nach Hause, die sie nicht brauchte, weil sie vergessen hatte, was sie zum Mittagessen geplant hatte. Sie blieb abrupt stehen, weil sie nicht mehr wusste, was sie hatte tun wollen. Das Alter, hatte sie scherzhaft gelacht und es mit einer Geste abgetan. Verena hatte ihr geglaubt, weil sie es glauben wollte. Weil sie nicht sehen wollte, was an irgendeinem Punkt nicht mehr zu übersehen gewesen war. Und selbst dann hatte sie sich geweigert, den Notwendigkeiten ins Gesicht zu sehen, und sich von Tag zu Tag gehangelt.

Verena stieg aus, schloss den Wagen ab und ging quer über den Rasen des Vorgartens zum Haus.

»Gut, dass du pünktlich bist«, sagte Nina, die ihr die Haustür öffnete. »Dann schaffe ich meinen Zug ganz bequem.« Im Hintergrund an der Wand erkannte Verena zwei große Koffer.

»Wie lange wolltest du verreisen? Ein ganzes Jahr?«,

versuchte sie einen Scherz, spürte aber, wie ihr das Lachen bei der Vorstellung, die Pflegerin wäre wirklich auf Dauer weg, im Hals stecken blieb.

»Nein, nein. Der eine Koffer ist leer.« Nina hob ihn mit einer Hand hoch. »Der ist für die Sachen, die ich wieder mitbringen werde. Meine Mutter glaubt ja, dass es hier in Deutschland nichts Richtiges zu essen gibt, und versorgt mich mit allem, was der Hof an Leckerem hergibt. Wenn ich wieder da bin, werde ich uns ein polnisches Bauern-Brunch machen.« Sie drehte sich um und ging Richtung Küche.

»Dein Essen wartet auf dich, Verena«, rief sie ihr über die Schulter hinweg zu. »Ich setze mich noch eine Viertelstunde zu dir. Ein bisschen Zeit habe ich noch, bevor mein Taxi kommt.«

Verena folgte ihr. Wenn sie ehrlich war, genoss sie den kleinen Luxus, jemanden zu haben, der kochte, die Wäsche machte und das Haus in Ordnung hielt. Bevor sie wieder zu Ruth gezogen war, hatte sie nur selten darauf geachtet, was und wann sie aß, und es war ihr egal gewesen, wenn der Staub sich in dicken Schichten auf die Möbel in ihrer eigenen Wohnung gelegt hatte. Aber die gleiche Ehrlichkeit zu sich selbst zwang sie auch zu dem Eingeständnis, dass sie allein die Aufgabe nicht bewältigen konnte. Es war unmöglich, einen Vollzeitjob zu haben und gleichzeitig eine Alzheimerpatientin zu betreuen. Schon mit Ninas Hilfe ging sie oft an ihre Grenzen.

»Wie war Ruths Tag heute?«, fragte sie Nina und setzte sich an den Küchentisch, während die andere eine Auflaufform in die Mikrowelle schob.

»Gut. Gisela ist mit ihr eine Runde spazieren gegangen. Ich habe mit ihr gesprochen, und sie kann dir aushelfen, während ich fort bin.« Nina stellte einen Teller samt Besteck und ein Glas vor Verena ab. »Sie hatte gesagt, sie könnte heute auf jeden Fall bleiben, bis du vom Dienst kommst.« Verena stand auf.

»Du brauchst mich nicht zu bedienen, Nina«, wehrte sie ab, aber Nina drückte sie wieder auf den Stuhl zurück.

»Nichts da. Das ist mein Job. Du bezahlst mich dafür.«

»Nicht genug, für das, was du alles machst.« Verena trank einen Schluck Wasser. Zusammen mit Ruths Rente und ihrem Gehalt schaffte sie es gerade so, alle anfallenden Kosten zu decken und Ninas Gehalt zu bezahlen. Pflegegeld hatten sie zu Anfang überhaupt nicht bekommen, weil Ruth noch zu selbständig in den Augen der Krankenkasse war. Solange sich jemand die Zähne selbst putzen, die Haare kämmen und die Kleider richtig anziehen konnte, galt er nicht als pflegebedürftig. Egal, ob der gleiche Mensch keinen Moment mehr ohne Aufsicht sein durfte, weil er sich ansonsten verlaufen oder aus Versehen das Haus in Flammen setzen würde.

Das Geld, auf das Ruth als Alzheimerpatientin einen Anspruch hatte, wurde nur als Sachleistung gewährt und brachte sie auch nicht wesentlich weiter. Verena löste ihren Zopf, fuhr sich mit den Fingern durch die Haare und schob den Haargummi übers Handgelenk. Ihr herausgewachsener Pony fiel ihr wie ein dunkler Vorhang ins Gesicht. Sie packte eine Strähne, betrachtete sie und seufzte. Wann war sie das letzte Mal bei einem Friseur gewesen?

»Du musst besser auf dich aufpassen, Verena«, nahm Nina ihren unausgesprochenen Gedanken auf. »Mal öfter an dich denken. Nicht nur deine Polizei und Ruth.« Sie stellte die dampfende Auflaufform vor ihr auf den Tisch, ging zum Kühlschrank und nahm einen kleineren Teller mit frischem Salat heraus, den sie ebenfalls vor Verena platzierte. »Mal ausgehen. Mit Leuten treffen.« Sie grinste. »Mit Männern treffen«, ergänzte sie und wedelte mit der Hand. Verena lachte leise und schüttelte den Kopf.

»Ich glaube, dafür habe ich nun gerade gar keine Energie.« Sie griff nach Messer und Gabel. »Aber ich könnte noch mal mit Leo weggehen. Sie ist vermutlich die einzige Freundin, die verstehen würde, wenn ich kurzfristig absage, weil mir wieder was im Job dazwischengekommen ist.«

»Dein Christoph Todt ist doch auch ein Kollege und hätte Verständnis, oder?«

»Christoph ist nicht ›mein‹ Christoph, sondern ein guter Kollege. Und nur das.«

»Aber ein netter, wie ich finde.« Nina setzte sich Verena gegenüber an den Küchentisch, schenkte sich selbst ein Glas ein und schaute wieder auf die Uhr. Sie zog einen Zettel aus der Hosentasche, faltete ihn auseinander und strich mit beiden Händen darüber. »Hier sind meine Kontaktdaten. Die Telefonnummer vom Hof meiner Mutter, meine Handynummer, wenn ich in Polen bin, und die Adresse und Telefonnummern des Nachbarn meiner Mutter. Er kann sehr gut Englisch. Nur für den Fall der Fälle.« Es klingelte an der Haustür. »Oh, das wird mein Taxi sein.« Sie trank das Wasser aus, stand auf und ging zur Tür. »Ich melde mich, sobald ich weiß, wie lange ich tatsächlich dableiben muss.« Dann kam sie zurück, zögerte kurz und umarmte Verena wortlos.

Verena stand auf und erwiderte die Umarmung. Sie begleitete Nina zur Haustür, half ihr mit den Koffern und winkte ihr nach. Als sie sich umdrehte, erkannte sie ihre

Nachbarin Gisela, die mit Ruth die Straße herunterkam. Gisela hatte Ruth fest untergehakt. Deren aufrechte Gestalt strafte ihren inneren Zustand äußerlich Lügen. Nach wie vor machte sie einen für ihr Alter sehr vitalen Eindruck. Eine Täuschung, der Verena nur zu gern aufgesessen wäre und sich der Illusion hingegeben hätte, alles wäre in Ordnung. Ruth hatte immer viel Sport getrieben, und es machte ihr auch heute noch Spaß, wenn jemand mit ihr spazieren ging. Sie wurde unruhig, wenn sie lange nicht vor die Tür kam, zog ihren Mantel unzählige Male an und wieder aus. Beim Näherkommen wurde die Hilflosigkeit deutlicher. Der klammernde Griff um den Arm der Nachbarin, die suchenden Schritte. Die Unsicherheit. Trotzdem lächelte sie Verena an, als sie neben ihr standen.

»Hallo, Ruth«, begrüßte Verena ihre Großmutter und nickte der Nachbarin freundlich zu. »Komm doch noch mit rein, Gisela.«

»Gisela war so nett und hat mich von der Arbeit abgeholt«, warf Ruth ein und löste ihre Hand. »Machst du das morgen wieder? Das ist ja so viel bequemer, als mit der Straßenbahn zu fahren.«

»Ja, das kann ich gerne machen, Ruth«, entgegnete die Nachbarin geduldig und lächelte. »Aber leider nur morgen«, ergänzte sie, diesmal an Verena gewandt. »Übermorgen habe ich selbst einen wichtigen Termin, den ich nicht verschieben kann. Den hatte ich völlig vergessen, als ich mit Nina darüber gesprochen habe. Und danach sind die Tage auch schon belegt. Da musst du dir leider einen Ersatz für mich suchen.« Sie verstummte, sah zur Seite und holte dann tief Luft. »Nein, Verena.« Sie schüttelte den Kopf. »Es tut mir leid. Ich will dich nicht belügen. Die Wahrheit ist, ich kann das nicht mehr auf Dauer. Es ist mir zu anstrengend, ich bin selbst nicht mehr die Jüngste.« Sie lächelte verzagt. »Ich mag dich sehr gerne, und um Ruths und meiner alten Freundschaft willen bin ich morgen den ganzen Tag für sie da. Aber mehr geht einfach nicht.«

Verena spürte, wie ihr die Hitze von hinten über den Rücken nach oben wallte und sich über den Hals und die Wangen ausbreitete. Wut und Enttäuschung.

»Mist! Und wie bitte …« Sie brach mitten im Satz ab. Am liebsten hätte sie sich lauthals beschwert und Gisela beschimpft. Wie konnte die sie so hängen lassen? So allein mit ihrem Problem. Mit Ruth. Aber sie hatte kein Recht, die Hilfe von der Nachbarin einzufordern. Sie musste froh sein, dass Gisela ihr überhaupt half, wenn auch nur ein paar Stunden. Und ja. Es war anstrengend, nervenaufreibend und erschöpfend, sich den ganzen Tag mit Ruth zu beschäftigen. Sie selbst hatte oft das Gefühl, im Umgang mit ihrer Großmutter auf Autopilot zu schalten, zu funktionieren und nur mechanisch zu reagieren, wenn bestimmte sinnlose Verhaltensmuster sich ungezählte Male wiederholten und sie es nicht schaffte, sie zu durchbrechen. »Ich kümmere mich um einen Ersatz.« Sie schluckte und lächelte die Nachbarin an. »Danke, dass du morgen bei Ruth sein kannst. Das verschafft mir ein wenig Luft.«

»Heute Abend kann Ihnen leider niemand mehr Auskunft geben, Frau Irlenbusch, aber unsere Verwaltung ist morgen ab acht Uhr wieder gerne für Sie da.« Die Stimme der Pflegerin klang routiniert und etwas genervt. Verena bedankte sich, beendete das Telefongespräch und strich den Namen des Pflegeheims auf ihrer Liste durch. Vermutlich war es komplett naiv von ihr zu denken, dass sie nach zwanzig Uhr noch jemanden erreichen konnte, der ihr weiterhalf. Sie klickte sich weiter durch die Seite der Suchmaschine. Es gab eine Menge Pflegeheime in Köln und Umgebung, die Kurzzeitpflege anboten, aber nicht alle entsprachen ihren Vorstellungen. Sie wollte für Ruth einen Platz in einer Einrichtung haben, die sich auf Demenzkranke spezialisiert und das dementsprechende Angebot hatte. Auch oder gerade weil Ruth nur ein paar Tage aus ihrer gewohnten Umgebung heraus musste, wollte sie den Aufenthalt für sie so angenehm und stressfrei wie möglich gestalten. Verena schaute hoch. Neben dem Esstisch, auf dem sie an ihrem Laptop arbeitete, saß Ruth auf dem Sofa und schaute einen Tierfilm an, den sie sehr liebte. Eine Hündin mit ihren Jungen, zwischendurch sang ein bekannter Kinderliedersänger alte Volkslieder. Ruth summte leise mit und wiegte sich im Rhythmus der Musik. Es gehörte zu ihrem Abendritual, nach dem Essen diesen Film anzuschauen, dann Milch mit Honig zu trinken und sich für die Nacht fertig zu machen. Verena klappte den Laptop zu, schob den Stuhl zurück und stand auf. Es war Zeit für den letzten Teil des Rituals, der eine gewisse Zeit in Anspruch nehmen und damit ihre Chance auf Erfolg bei der Suche nach einem Platz für Ruth noch schlechter werden ließ. Aber es machte keinen Sinn, davon abzuweichen, weil jede Unregelmäßigkeit Ruth beunruhigte und die Sache nur verkomplizierte.

Eine Stunde später lag Ruth im Bett. Auf ihrem Kassettenrekorder lief die gleiche Musik wie im Film. Verena lehnte die Tür von Ruths Zimmer an, als sie es verließ.

»Reni?«, hörte sie Ruth leise rufen, ging zurück und schaute wieder ins Zimmer. Ihre Großmutter lag in den hellen Kissen und starrte sie mit großen Augen an. »Ich möchte nicht alleine sein.«

»Ich bleibe hier, Ruth. Ich gehe nicht weg. Ich werde im Wohnzimmer sitzen und noch ein bisschen am Computer arbeiten.«

»Das ist gut.« Sie lächelte und strich mit beiden Händen die Bettdecke glatt. »Kannst du die Tür auflassen, damit ich dich sehe und keine Angst bekomme?«

»Natürlich.« Verena nickte. An manchen Abenden schlief Ruth sofort ein und wachte erst in den frühen Morgenstunden wieder auf. Das waren die guten Nächte, in denen sie genügend Schlaf bekam und am nächsten Tag ausgeruht zum Dienst erscheinen konnte. Es gab aber auch andere Nächte. Nächte, in denen Ruth rastlos umherwanderte, von Zimmer zu Zimmer ging, Dinge suchte, die sie nicht benennen konnte, Schränke auf- und zuklappte, Bücher aus den Regalen nahm und an den unterschiedlichsten Stellen wieder ablegte. Wie getrieben stromerte sie durchs Haus, hatte einen ungeheuren Bewegungsdrang und ließ sich durch nichts dazu bewegen, wieder ins Bett zu gehen. Das waren die weniger guten Nächte. In den schlechten Nächten weinte Ruth. Weil sie Angst hatte vor dem Leben, das sie nicht mehr verstand, weil sie in wenigen lichten Momenten ihre Situation erfasste und betrauerte, weil sie sich hilflos und allein fühlte und kein Trost und keine Umarmung dagegen ankamen. Diese Nacht schien eine schlechte Nacht zu werden. Im Flur lehnte Verena sich außerhalb von Ruths Sichtweite mit dem Rücken an die Wand und schloss die Augen. Die Stille des Hauses, nur unterbrochen von der quäkenden Stimme aus dem Kassettenrekorder, umklammerte sie, hielt sie fest und erwischte sie mit voller Wucht. Was war das für ein Leben, das sie führte? Eingesperrt in einem Haus mit einer alten Frau, die dabei war, ihr Selbst zu verlieren. Ohne das Wissen, wann sich der Zustand ändern würde. Wann sie ihr eigenes Leben wiederbekommen würde, wenn sie dann noch eines hätte. Die Gewissheit um die einzig mögliche Veränderung – Ruths Tod. Nina hatte recht. Wann war sie das letzte Mal ausgegangen? Hatte Spaß mit Freunden gehabt? Wann gelacht, getanzt, geküsst? Sie war dreiunddreißig Jahre alt. Sie war jung. Sie sollte ein Leben haben.

Der Gesang aus Ruths Zimmer verstummte. Mit einem leisen Klacken stoppte der Kassettenrekorder. Verena lauschte, ob Ruth sich melden und sie bitten würde, die Kassette umzudrehen, aber es blieb still. Sie presste die Handflächen gegen die Wand und öffnete die Augen. Ihr Blick fiel auf die antike Standuhr. Das Klacken des Pendels gab einen neuen Rhythmus vor. Sie stieß sich von der Wand ab, ging durch den Flur ins Wohnzimmer und setzte sich wieder an den Esstisch.

Weiter im Text. Zumindest musste sie heute Abend noch eine Liste mit Adressen, Namen der Ansprechpartner und der Telefonnummern erstellen, damit sie morgen nur noch dort anrufen musste. Nach Leos Aufstellung hatten sie morgen eine Menge zu tun, und sie war nicht sicher, ob sie genügend Zeit würde abzweigen können. Aber sie musste das Problem mit Ruths Versorgung so schnell wie möglich lösen. Das letzte Angebot auf der Seite gefiel ihr sehr gut, und sie griff zum Telefon, statt wie bei den anderen nur die Informationen zu notieren. Einen letzten Versuch noch, dann wäre Schluss für heute. Ein Anrufbeantworter sprang an und verkündete die Erreichbarkeit der Verwaltung am nächsten Tag. Verena brachte ihr Anliegen vor und bat um Rückruf. »Es ist wirklich sehr dringend«, betonte sie noch einmal, bevor sie auflegte. »Ich habe nur für morgen eine Betreuung für meine Großmutter organisieren können.« Sie starrte das Telefon an, nahm es wieder und wählte Rogmanns Privatnummer.

»Könnte ich einen Tag Urlaub bekommen?«, fragte sie, als er sich meldete.

»Was ist los?«, wollte er wissen. Sie erklärte es ihm.

»Wir stecken in zwei Fällen, und drei Kollegen sind krank, Verena. Ich verstehe deine Not, aber ich kann den Laden hier auch nicht zumachen.«

»Wenn ich krank wäre, könnte ich auch nicht kommen.«

»Du bist aber nicht krank.«

»Nein.«

»Tut mir leid, aber es geht nicht.« Er schwieg, und sie hörte ihn atmen. »Möchtest du reden?«, fragte er freundlich in die Stille hinein. Verena schloss die Augen. Es wäre so einfach, ihm alles zu erzählen. Was sie belastete, wovor sie Angst hatte. Sie wusste, Rogmann würde sie reden lassen, zuhören, ab und an brummen, um zu zeigen, dass er noch da war. Er war ein Chef, wie sie sich ihn besser nicht hätte wünschen können. Aber eben Chef. Ihr Vorgesetzter. Sie wusste nicht, wie sich zu viel Nähe und Vertrautheit auswirken würde.

»Nein. Heute nicht, Walter«, sagte sie leise. »Aber trotzdem danke.«

Sie legte auf und reckte sich gegen die Müdigkeit in den Gliedern. Im Kühlschrank stand ein Rest Weißwein, und Schokolade musste auch noch irgendwo sein. Sie schlenderte in die Küche, nahm ein Glas aus dem Schrank und goss sich den Wein ein. Mit dem Glas in der einen und der Schokolade in der anderen Hand trat sie an die

Küchentür, öffnete sie und atmete tief die frische Luft ein. Auf dem Küchentisch vibrierte ihr Handy. Für einen kurzen Moment war sie versucht, es zu ignorieren. Sie hatte keine Lust und keine Kraft mehr. Für nichts und niemanden. Aber sie schaffte es nicht. Ärgerlich über sich selbst wandte sie sich um und war mit wenigen Schritten bei ihrem Handy.

»Ja«, sagte sie, ohne auf das Display zu achten.

»Spreche ich mit Frau Irlenbusch?« Eine Frauenstimme.

»Ja. Worum geht es bitte?«

»Sie hatten sich bei uns gemeldet und um Rückruf gebeten.« Die Frau am anderen Ende der Leitung wirkte irritiert. »Sie suchen doch einen Kurzzeitpflegeplatz für Ihre Großmutter? Oder habe ich das falsch verstanden?«

»Nein. Nein. Ich hatte nur nicht damit gerechnet, dass Sie jetzt noch anrufen.«

»Das ist auch eher Zufall, dass ich Ihren Anruf noch abgehört habe. Aber wie dem auch sei. Wir haben einen Platz. Sie müssten sich aber schnell entscheiden, ob Sie ihn haben wollen. Können Sie morgen früh vorbeikommen? So gegen elf?«

»Ja. Vielen Dank.«

»Über unser Angebot und unsere Preise haben Sie sich ja sicher schon im Vorfeld informiert. Trotzdem stelle ich Ihnen gerne für morgen dann noch einmal ein individuelles Angebot zusammen. Können Sie mir einen kurzen Überblick über den Zustand Ihrer Großmutter und den genauen Pflegeaufwand geben?«

»Natürlich.« Verena fasste die wesentlichen Informationen zusammen und war von der professionellen Reaktion ihrer Gesprächspartnerin angenehm überrascht. »Ich komme dann direkt von der Arbeit zu Ihnen und hoffe, dass ich es pünktlich schaffe.«

5. Kapitel

Das Containerschiff arbeitete sich schwer beladen gegen den Strom, zog schwere Wellen in seinem Kielwasser, die sich ausbreiteten, aufs Ufer zurollten und dort über die Uferbefestigung schwappten.

Mike Franke hob die Füße an, rutschte ein Stückchen vom Ufer weg, um nicht nass zu werden. Hier auf dem Gras war es bequemer gewesen, der Boden weicher. Das war nicht seine erste Nacht im Freien gewesen, aber die erste unfreiwillige. Es war etwas völlig anderes, auf einem Konzert am Morgen mit dröhnendem Schädel und dem Gesicht im Schlamm aufzuwachen, als diese Nummer hier. Das eine war cool. Das andere war scheiße. Und zwar ganz große Scheiße. Er musste dringend pissen. Spitze Steine bohrten sich in seine Handflächen und durch das Leder seiner Hose, aber das machte ihm nichts aus. Hier würden ihn die Bullen nicht entdecken, und er hatte genügend Zeit, um nachzudenken, was er nun machen sollte. Wenn es ihm denn gelingen würde, einen klaren Gedanken zu fassen.

Zu türmen war ein Fehler gewesen. Eine spontane Reaktion, ein Fluchtinstinkt, der ihm zum Verhängnis werden konnte. Das wurde ihm langsam bewusst.

Mike Franke griff eine Handvoll Kieselsteine und

schleuderte sie mit einem wütenden Aufschrei in den Fluss. Er hatte nicht nachgedacht. Mal wieder. Seine größte Schwäche hatte ihm wieder einen Strich durch die Rechnung gemacht. Erst denken, dann handeln. Nicht direkt in Aktion ausbrechen. Nicht den Stein werfen, weil die Wut zu groß war, sondern die Kraft nutzen, um sich selbst zur Vernunft zu zwingen.

Er hatte gemeint, auf dem richtigen Weg zu sein, sein Leben und sich selbst in den Griff bekommen zu haben. Studium, Arbeit, Wohnung. Sogar eine verdammte Katze hatte er sich angeschafft. Und jetzt war Ziegler tot.

»Scheiße!« Wieder prasselten Steine in den Fluss. Mike sprang auf, trat wild um sich in den Kies. »Fuck, fuck, fuck.«

Das lief ganz und gar nicht so, wie er es geplant hatte. Menschen starben. Die Sache lief aus dem Ruder. Wurde gefährlicher, als er es sich vorgestellt hatte. Nein, falsch, er durfte sich nicht selbst in die Tasche lügen. Er hatte überhaupt nicht daran gedacht, dass so etwas gefährlich werden könnte. Nicht im Traum. Ziegler war tot. Ein Unfall, hatten die Bullen gesagt, aber er wusste es besser. Er musste Elisabeth Schäfer finden und sie aufhalten, bevor die Sache komplett außer Kontrolle geriet.

»Geht's noch, Alter?« Jemand stand unvermittelt neben ihm. Geduckte Körperhaltung, zum Sprung bereit, die Hände zu Fäusten geballt. Sein kahlrasierter Schädel, die Armeehose und die Bomberjacke versprachen Ärger. Mike kannte solche Typen, und solche Typen kannten ihn.

»Verpiss dich, Arschloch!«, knurrte Mike, schob die Hände in die Hosentaschen und richtete sich zu seiner vollen Körpergröße auf. Der andere lachte, nickte kurz zur Seite, und Mike erkannte an den langen Schatten, die neben dem Brückenpfeiler auf den Boden fielen, dass das Arschloch nicht allein war. Mindestens zwei, vielleicht sogar drei seiner Kumpane warteten nur auf ein Zeichen, zuzuschlagen. Mike sah sich um. Wäre der andere allein gewesen, er hätte es locker mit ihm aufnehmen können, aber so? Seine Chancen standen denkbar schlecht. Er zögerte. Der Druck in seiner Blase wurde unerträglich.

»Du verpisst dich besser, du Opfer, bevor wir dich aufmischen.« Der andere kam einen Schritt näher. Der Kies knirschte unter seinen Füßen. Er hob lässig die Hand und winkte kurz. Seine Kumpane bauten sich hinter ihm auf. »Für Abschaum und Penner wie dich ist hier kein Platz.« Der Trupp schob sich näher an ihn heran.

Mikes Herz begann vor Wut zu rasen. Keinen Zentimeter würde er vor diesen hirnlosen Scheißern weichen. Blut pulsierte hinter seinen Schläfen. Jeder Muskel seines Körpers spannte sich, bereit zum Angriff. Nicht denken. Zuschlagen. Angreifen, bevor sie es taten. Er keuchte.

»Komm schon, du Memme«, höhnte der Anführer. Mike zuckte zusammen. Nein. Nicht. Denken. Erst denken. Atmen. Nicht den Stein werfen. Nicht die Wut gewinnen lassen. Er hatte sich im Griff. Hatte sein Leben im Griff. Reden. Nicht schlagen.

»Hör mal«, sagte er und wusste im gleichen Moment, dass es ein Fehler gewesen war. Der andere dachte nicht. Die Faust traf seinen Schläfenknochen. Ein dumpfer Knall. Kein Schmerz, nur Taubheit. Dann platzte die Haut auf, und warmes Blut schoss in einem Schwall aus der Wunde über seine Wangen. Der nächste Schlag ging in die Magengrube und der dritte, als er sich krümmte, in den Nacken. Mike stöhnte auf, sackte in sich zusammen. Sie traten ihn. Auf die Beine, in den Rücken, an die Arme.

Er hob schützend die Hände über den Kopf, machte sich klein. Er spürte den warmen Urin in seiner Hose. Die Horde lachte. Sie würden nicht aufhören, bis er still lag. Mike erschlaffte, gab alle Spannung im Körper auf, rollte auf den Bauch. Die Tritte hörten auf.

»Los, lass ihn filzen und dann weg«, hörte er einen von ihnen sagen. Hände packten ihn und drehten ihn um. Tief in seiner Lederjacke meldete sein Handy eine SMS. »Was haben wir denn da?« Die Hand wühlte sich durch seine Taschen, riss und zerrte das Handy heraus. Es war ein altes Gerät, das einzige, das er sich hatte leisten können.

»Eh, lass. So ein Pennerteil brauchen wir nicht.« Der Anführer schlug es seinem Kumpan aus der Hand, trat es in den Kies. »Lass ihn verrecken. Bei dem stinkenden Sack ist nichts zu holen.« Er stieß noch einmal mit dem Fuß in Mike Frankes Seite, wandte sich ab und stapfte den Weg zurück, den er gekommen war. Die anderen folgten ihm. Mike Franke lag reglos. Minutenlang. Lauschte auf die Schritte. Sein Körper war ein einziger Schmerz. Er atmete vorsichtig ein und aus. Hatten sie ihm die Rippen gebrochen? Er bewegte sich langsam. Das feste Leder der Hose und der Jacke hatte das Schlimmste verhindert. Trotzdem konnte er förmlich spüren, wie sich unter seiner Haut die Blutergüsse bildeten. Aber er lebte. Kroch zu dem Handy, starrte auf das Display. Ein Riss zog sich quer darüber. Er drückte auf den Startknopf. Kurz flammte eine Nachricht auf, ohne dass er sie hätte lesen können. Mühsam zog er die Beine unter den Körper, richtete sich im Knien auf, kämpfte gegen den Schwindel. Ein Schwall Übelkeit erfasste ihn, und er übergab sich in hohem Bogen. Als das Würgen aufhörte und er langsam wieder zu Atem kam, versuchte er es erneut. Er musste aufstehen. Er musste hier weg. Er musste zu Elisabeth Schäfer, bevor es zu spät war.

*

»Ich habe um elf Uhr einen Termin in einem Pflegeheim. Ich weiß, dass es Dienstzeit ist, aber ich muss da hin.« Verena setzte sich auf den Besucherstuhl in Rogmanns Büro. »Walter, ich versuche mein Bestes, aber ich komme an meine Grenzen.« Sie stützte sich mit den Ellbogen auf seinem Schreibtisch ab und vergrub das Gesicht in den Händen. »Sie ist die ganze Nacht durch die Wohnung gewandert und hat mich wach gehalten.«

»Ich sehe es. Deine Augenringe sprechen Bände.« Rogmann griff nach einem Kugelschreiber. »Ich beurlaube dich für die Zeit. Reicht dir das?«

»Danke.« Verena nickte. »Wenn es länger dauert, melde ich mich.«

»Hast du mal darüber nachgedacht, Pflegezeit zu beantragen? Du weißt, dass es diese Möglichkeit gibt?«

»Sagt der, der mir gestern erklärt hat, er könne niemanden entbehren.«

»Das wäre ja nicht von heute auf morgen, und ich könnte einen offiziellen Ersatz für dich beantragen.«

»Ja. Aber ich weiß nicht, ob ich das will, Walter. Ich glaube, ich brauche die Arbeit, um einigermaßen normal weiterzuticken. Wenn ich den ganzen Tag nur mit Ruth zusammen wäre, dann würde ich verrückt werden.«

»Noch verrückter, als du ohnehin schon bist?« Walter Rogmann lächelte, wurde aber sofort wieder ernst. »Die Dienstbesprechung nimmst du aber noch mit, oder?« Er schaute auf seine Armbanduhr, stand auf und kam um seinen Schreibtisch herum. »Ein bisschen Zeit hast du noch.« Er ging zur Tür und ließ Verena den Vortritt.

»Wie klappt's mit Leo?«, wollte er wissen, während sie gemeinsam durch die Flure zum Besprechungsraum gingen.

»Sie hängt sich rein und leistet wunderbare Hintergrundarbeit.«

»Das ist mir klar. Leo macht nie etwas nur halb. Was ich meinte, ist, wie klappt's mit euch?«

»Es ist schwierig.« Verena zögerte. Sie wollte weder Leo noch Christoph in ein schlechtes Licht stellen. Aber so würde es aussehen, egal bei wem der beiden sie anfangen würde.

»Ich warte.«

»Bei Christoph und mir hat es auch gedauert, bis wir uns arrangiert hatten«, wich sie aus.

»Es klappt also nicht«, stellte Rogmann sachlich fest.

»Noch nicht. Es klappt noch nicht«, betonte sie erneut. »Ich bin fest davon überzeugt, dass wir es schaffen werden, ein gutes Team zu werden. Wir brauchen nur Zeit.«

»Ich dachte, du hättest keine Probleme mit den beiden.«

»Hab ich auch nicht. Weder mit Leo noch mit Christoph. Das Problem ist, wenn wir zu dritt sind. Ich fühle mich zwischen den Stühlen sitzend. Wenn ich es dem einen recht mache, ist der andere sauer oder beleidigt oder was auch immer, und umgekehrt.«

»Weil du es beiden recht machen willst?«

»Weil ich sie beide mag, weil es tolle Kollegen sind und weil es auch meine Arbeit beeinflusst.« Verena zögerte und schluckte. »Und ja, auch weil ich es beiden recht machen will.«

»Du musst besser auf dich aufpassen, Verena«, sagte Rogmann leise und blieb stehen. »Mal öfter an dich denken.«

»Das hab ich gestern schon mal gehört.«

»Dann wird wohl was dran sein.« Rogmann streckte die Hand aus und strich Verena über den Oberarm. »Du bist eine talentierte Polizistin mit großem Potenzial. Aber wenn du nicht lernst, mit deinen Kräften hauszuhalten, wirst du schneller wieder aus der Mordkommission raus sein, als dir lieb ist, weil du es dann alles nicht mehr verarbeiten kannst.« Er ließ sie los und ging weiter Richtung Besprechungsraum. Verena sah ihm hinterher. Er hatte recht. Wie so oft. Sie wusste, dass eine Menge Kollegen in der Mordkommission nach einigen Jahren um ihre Versetzung in andere Abteilungen baten, weil sie es nicht mehr aushielten. Weil die Schicksale der Menschen, mit denen sie während der Ermittlungsarbeit zu tun hatten, ihnen zu nahe gingen. Die der Opfer und der Täter. In den wenigsten Fällen ließ sich das Böse klar abgrenzen. Fast nie war der Mörder nur böse und das Opfer nur Opfer. Natürlich gab es die Psychopathen unter den Tätern, die ohne Gefühle töten konnten. Aber die waren selten. Bei vielen verschwammen die Grenzen. Waren die Täter an anderen Stellen Opfer. Hatte ihnen ihr Leben Aufgaben gestellt, an denen sie gescheitert waren, weil sie keinen Ausweg mehr gewusst hatten. Weil niemand da gewesen war, der ihnen diesen anderen Weg aufgezeigt hatte. Weil sie nie gelernt hatten, ihre Ängste mit Worten zu bekämpfen, sondern lieber zuschlugen. Weil sie dachten, sich wehren zu müssen. Oder sich tatsächlich erwehren mussten. Jeder konnte zum Mörder werden, auch wenn die wenigsten diese Wahrheit für sich akzeptierten und lieber die, die diese Grenzen überschritten hatten, verurteilten. Verena suchte nach den Wahrheiten, die hinter dem Offensichtlichen standen. Das war es, was sie antrieb und motivierte, sich jeden Tag aufs Neue ihrer Arbeit zu stellen. Die Frage, ob diese schmale Grenze auch von ihr selbst überschritten werden konnte, hatte sie sich mehr als einmal gestellt und im Laufe der Jahre immer mehr Zweifel an einem klaren Nein entwickelt. Nicht, weil sie abstumpfte. Nicht, weil sie so viel Blut und Schmerz gesehen hatte. Sondern weil die Gedanken, die sich in den Gesichtern der Täter während der Verhöre spiegelten, oft so erschreckend nah waren. So nachvollziehbar. Nicht die Habgierigen und die Racheengel. Nicht die Brutalen. Aber die in die Enge Getriebenen. Die Verzweifelten. Was würdest du tun? Was würde ich tun? Die Antwort würde sie erst wissen, wenn es so weit war. Bis dahin kostete diese Suche viel Kraft. Im Kleinen und im Großen. »Kommst du?«, holte Rogmanns Stimme sie aus ihren Gedanken. Die Müdigkeit hatte sie ins Grübeln getrieben. Sie gab sich einen Ruck und folgte ihm.

Im Besprechungsraum projizierte der Beamer ein Testbild an die Wand. Leo stand neben dem Tisch, schloss ihren Laptop an und kontrollierte die Verbindungen. Ein anderes Bild erschien. Der Cursor verschob sich synchron mit Leos Handbewegungen. Das Gesicht einer Frau blitzte kurz auf, bevor es wieder verschwand. Leo blickte zwischen ihrem Laptop und der Projektionswand hin und her. Verena betrat hinter Rogmann den Raum und suchte sich einen freien Platz am Besprechungstisch. Heute waren sie nur in einer kleinen Runde, da es ausschließlich um den Fall Ziegler gehen sollte.

Christoph Todt schaute sie über den Rand seiner Kaffeetasse hinweg an, lächelte knapp und nickte ihr zu.

»Wenn dann alle da sind, kann ich ja anfangen«, verkündete Leo und setzte sich. »Ich habe euch ja gestern schon angekündigt, dass es eine Menge Interessantes zu berichten gibt.«

»Du nanntest ihn ein Riesenarschloch, wenn ich mich recht erinnere«, warf Verena ein.

»Das ist ein Zitat seiner Exfreundin Karin Hilgers.« Das Bild der jungen Frau erschien wieder auf der Wand. Lange blonde Haare, leicht gebräunter Teint, teuer anmutende legere Kleidung, intelligenter Blick. Im Hintergrund war eine Achterbahn zu erkennen.

»Wo hast du das Bild denn her?«, wollte Verena wissen.

»Facebook«, antwortete sie knapp. »Das war kein Problem, da Frau Hilgers ein offenes Profil führt, in das jeder Einblick hat. Darüber habe ich sie auch gefunden.«

»Inwiefern?«

»Ich habe Ziegler im Netz überprüft. Natürlich ist so jemand wie er in den sozialen Netzwerken unterwegs. Facebook, Twitter und ein paar mehr beruflich ausgerichtete. Aber dazu komme ich später.« Sie drehte sich um und zeigte auf das Bild von Karin Hilgers. »Sie tauchte auf vielen Fotos auf. Also habe ich sie mir angeschaut. Und siehe da. Vor ein paar Wochen hat Frau Hilgers ihren Status von ›in einer Beziehung‹ zunächst zu ›es ist kompliziert‹ und schließlich zu ›Single‹ geändert.« Sie sah Rogmann fragend an, der nickte, lehnte sich zurück und verschränkte die Arme. »Die Posts in ihrem Profil ließen darauf schließen, dass es keine einvernehmliche Trennung gewesen ist«, fuhr Leo fort. »Ich habe sie angerufen und mit ihr gesprochen. Sie ist, gelinde ausgedrückt, sehr, sehr böse auf Ziegler gewesen.«

»Weswegen?«

»Ziegler hat sie klassisch abserviert, und sie fühlte sich vor ihrem gesamten Freundeskreis bloßgestellt.«

»Das ist aber kein Grund, jemanden umzubringen«, warf Christoph Todt ein. »Da muss schon ein bisschen mehr geboten werden.«

»Er hat mehr geboten.« Leo zog ein Blatt aus einem Stapel Papier, der neben dem Laptop lag. »Er schüttet die Häme gleich eimerweise über ihr aus. Auf ihren Post ›Ich bin ziemlich sauer, wenn ihr euch das vorstellen könnt‹, antwortet er: ›Och ja. Können wir. Und weil du dich auf der Höhe der Zeit wähnst, musst du das gleich all deinen lieben Freunden hier in dem sogenannten sozialen Netzwerk erzählen. Schwer angesagt, gell?‹«

»So antwortet er ihr öffentlich?« Verena schüttelte den Kopf.

»Ich will euch nicht mit weiteren Einzelheiten belästigen, aber zusammengefasst kann man sagen, dass er kein gutes Haar an ihr gelassen hat, aber nichts davon bezieht sich auf ein wie auch immer geartetes sachliches Thema, sondern alles ist darauf angelegt, persönlich zu verletzen. Er zieht über ihre Figur her und macht ihre Arbeit lächerlich.«

»Vielleicht hatte sie ihn so verletzt, dass er als Rache um sich geschlagen hat«, murmelte Verena.

»Die Kollegen haben Ähnliches über ihn erzählt. Er war nicht nur bei ihr so«, widersprach Leo und schob ihr ein weiteres Blatt hin.

»Warum suchst du nach einem Grund für sein Verhalten bei ihr, Verena?« Christoph Todt beugte sich vor, griff nach einem Glas und schenkte sich Mineralwasser ein. »Selbst wenn sie ihn nicht fair behandelt hat, gibt ihm das noch lange nicht das Recht, sich so zu verhalten, wie er es augenscheinlich getan hat. Es war seine Verantwortung. Nicht ihre.« Mit großen Schlucken trank er es aus.

»So ähnlich hat sie sich auch mir gegenüber geäußert«, fügte Leo hinzu. »Ich habe sie angerufen. Sie wirkte erstaunlich aufgeräumt und hat keinen Hehl aus ihrer Wut auf ihn gemacht.«

»Wie hat sie auf die Nachricht von seinem Tod reagiert?«

»Überrascht und schockiert. Mehr nicht. Klang aber ehrlich.«

»Was haben Zieglers Kollegen über ihn zu sagen gewusst?« Er stellte das Glas wieder ab.

»Er hat keinen guten Ruf in der Redaktion gehabt. Statt gründlicher Recherche und sachlichen Inhalten hat er auch hier lieber mit Häme und Spott um sich geworfen.«

»Und damit ist er durchgekommen?«

»Nein. Das war vermutlich einer der Gründe, warum er schließlich gefeuert wurde.«

»Sagt wer? Sein Chefredakteur?«

»Nein. Der wird sich hüten. Einer seiner ehemaligen Kollegen.« Leo zog die Flasche zu sich heran. Verena reichte ihr ein Glas. »Eine Zeitlang hat er sich als freier Mitarbeiter durchgeschlagen und sich als Feuilletonist versucht. Da er aber wohl auch hier keine wirklichen Inhalte, sondern nur böse Worte als gehaltvolle Kunstkritik verkleidet hat, war auch das nicht von dauerhaftem Erfolg gekrönt.« Leo schaute das Glas in ihren Händen an, schüttelte den Kopf und stellte es wieder weg. »Scheint aber eine Art Lebensmuster bei ihm gewesen zu sein.

Abitur mehr schlecht als recht, abgebrochenes Studium, mehrere gescheiterte Beziehungen.«

»Hört sich nach großen Minderwertigkeitskomplexen an, die er versucht hat zu kompensieren, indem er andere niedermacht«, sagte Verena und schaute auf ihr Handy, um die Uhrzeit abzulesen. Sie stand auf.

»Und bei irgendwem hat er es so übertrieben, dass derjenige an seinem Auto herumgefummelt hat und ihn buchstäblich hat gegen die Wand fahren lassen.« Leo klappte den Laptop zu. »Ich habe euch alle Informationen, Bilder und Kontaktangaben schriftlich zusammengefasst und per Mail geschickt. Insgesamt ein paar Namen, die ihr euch zumindest mal kurz ansehen solltet.«

»Ein äußerst beliebter Zeitgenosse, wie es scheint.« Christoph Todt stand ebenfalls auf und reckte sich. »Dann frisch ans Werk, Kollegen.« Er nickte Leo zu. »Vielen Dank für die wirklich gründliche Zuarbeit, Frau Ritte. Das erspart uns viel Lauferei.«

Verena bekam mit, wie sie sich eine Antwort verkniff.

»Wie machen wir's? Erst die Liste abtelefonieren?«, lenkte sie das Gespräch in eine andere Richtung, bevor die beiden wieder aneinandergerieten.

»Das schaffe ich allein. Kein Problem. Aber jemand muss ins Krankenhaus und sich Zieglers persönlicher Sachen annehmen.«

»Das kann ich noch vorher erledigen.«

»Vor was?«

»Ich habe einen Termin in einem Pflegeheim.« Verena nickte Rogmann zu, der die ganze Zeit schweigend in der Runde gesessen und das Gespräch mitverfolgt hatte.

»Willst du Ruth in ein Heim geben?« Leo runzelte die Stirn.

»Nur vorübergehend.« Verena griff nach ihrer Handtasche. »Bis Nina wieder da ist.« Sie lächelte mit zusammengepressten Lippen. »Aber das ist jetzt nicht das Thema.«

Laut Arbeitsvertrag hatten sie eine Stunde vor der offiziellen Öffnungszeit der Bibliothek den Dienst anzutreten. Almuth Gerskens schaute auf die Uhr. Die Kollegin Schäfer kam zu spät. Sie war schon mehr als zwanzig Minuten überfällig. Sehr ungewöhnlich. Normalerweise war Schäfer ein Ausbund an Pünktlichkeit und Pflichterfüllung, was bei so einer jungen Person ja eher überraschend war, auch wenn Elisabeth Schäfer sich in letzter Zeit mehr als einmal seltsam verhalten und sie, Almuth, sich furchtbar darüber aufgeregt hatte. Aber darüber wollte sie jetzt nicht weiter nachdenken. Almuth Gerskens räusperte sich, schaltete den Computer an und starrte nachdenklich auf die Schriften, die über den Bildschirm huschten, ohne sie wirklich zu sehen.

Gestern hatte Schäfer etwas versteckt. Davon war sie überzeugt. Auch wenn sie die Jüngere nicht erwischt hatte, war sie sicher, dass Schäfer in dem Kellerarchiv gewesen sein musste. Und als sie dann später zurückkehrte, war ihre Nervosität mit den Händen zu greifen gewesen. Hatte sie etwa vor, wertvolle Schriften zu entwenden? Sich zu bereichern? Zuzutrauen wäre es ihr.

Almuth Gerskens hatte das Gefühl, die Jüngere habe sie ausgetrickst, und das ärgerte sie maßlos. Seit mehr als zwanzig Jahren stand sie hier hinter diesem Schalter, länger als jede andere, und das gab ihr das Recht, über alles Bescheid zu wissen, auch wenn sie keine offizielle Führungsposition innehatte. Wobei auch das seit langem überfällig war, wie ihr in diesem Moment wieder schmerzlich bewusst wurde.

Dann hätte sie auch endlich das Gehalt, das ihr zustünde und das ihren zugegebenermaßen nicht ganz billigen Lebensstil auf solidere Füße stellen würde. Aber was sollte man machen. Sie hatte nun einmal Ansprüche. An das Leben und auch an die Dinge, mit denen sie sich umgab. Wohnung, Möbel, Kleidung, Auto, Reisen. Zurückstecken oder gar zurückstehen kam für sie nicht infrage. Sie hatte ein Recht darauf, dass es ihr gutging. Almuth hatte sich schon immer gefragt, wie Elisabeth Schäfer ihren Lebensstil finanzierte. Sie, Almuth, hatte sehr wohl die Markenlabels und die teuren Schmuckstücke bemerkt und auf Nachfragen zur Wohnsituation auch entsprechende Antworten erhalten.

Almuth Gerskens seufzte. Sie dachte an den besorgten Blick ihres Bankberaters bei ihrem letzten Besuch und daran, dass sie dringend sparen musste, um aus den roten Zahlen herauszukommen, wenn sie nicht weitere unangenehme und peinliche Situationen in Bezug auf ihre pekuniäre Situation erleben wollte.

Sie straffte die Schultern, trat hinter dem Informationsschalter hervor und eilte zielstrebig den Gang hinunter in die Richtung, in der sie Schäfers Beuteversteck vermutete. Was Elisabeth Schäfer konnte, dürfte für sie doch ein Leichtes sein. Und Diebstahl im eigentlichen Sinne wäre es ja nicht, wenn sie die Bücher zunächst an sich nehmen, auf mögliche Schäden überprüfen und dann weitersehen müsste.

Die Gänge zwischen den Regalen waren nur schwach ausgeleuchtet. In den Deckenleuchten blieben einzelne

Leuchtstoffröhren ausgeschaltet oder flackerten altersschwach vor sich hin, bevor sie beim nächsten Anschalten ebenfalls tot und dunkel sein würden. Ob die Dunkelheit dazu beigetragen hatte, die Putzfrauen ebenfalls fernzuhalten, konnte Almuth Gerskens nicht sagen. In die dicke Staubschicht auf dem Boden hatte jemand mit schnellem Wischer einen Pfad gezogen, der gerade breit genug war, um auf den ersten Blick den Eindruck von Sauberkeit zu vermitteln, dessen schmutzstarrende Ränder einem scharfen Auge wie dem ihren aber nicht entgehen konnten. Langsam schritt sie den Gang ab, suchte abwechselnd den Boden und danach die Regale nach verräterischen Spuren ab, konnte aber nichts entdecken. Trotzdem lohnte sich dieser kleine Ausflug, da sowohl der Hausmeister als auch der Chef des Reinigungstrupps ein ernstes Wort von ihr zu hören bekommen würden. Wenn sich schon niemand aus den höheren Etagen um Ordnung und Hygiene kümmerte, dann wenigstens sie. Allerdings würde ihr im Fall des Chefs der Reinigungsfirma ein hartes Wort sehr schwerfallen. Der Mann verfügte über einen gewissen Charme und fand sich immer mal wieder zu einem kleinen Schwätzchen bei ihr ein, von dem sie heimlich hoffte, dass es nicht dem ohnehin geschuldeten Maß an professioneller Höflichkeit, sondern einem persönlichen Interesse seinerseits an ihrer Person geschuldet war. Immerhin trug er keinen Ehering. Schon oft hatte sie sich vorgestellt, wie es wäre, ihn einfach zu einem Kaffee einzuladen. Ganz unverfänglich selbstverständlich. Nach Dienstschluss und in aller Öffentlichkeit. Aber dann hatte sie die Idee wieder verworfen. Es geziemte sich nicht, sich mit Dienstpersonal oder anderen Leuten abzugeben, die gesellschaftlich weit unter einem standen. Das brachte nur Unruhe und Verdruss. Almuth Gerskens schüttelte sich bei dem Gedanken daran, wovon sie vor kurzem hatte Zeugin werden müssen, als sie Elisabeth Schäfer nachgegangen war, um ihre Arbeitsweise zu kontrollieren. Nein. Das kam nicht infrage.

Sie bog in den nächsten Gang ab, aber auch hier bot sich ihr das gleiche trostlose und vernachlässigte Bild. Sie nahm sich vor, diese Kontrollgänge demnächst öfter durchzuführen und gegebenenfalls täglich die Arbeitsergebnisse der Reinigungsfirma zu protokollieren und entsprechend anzumahnen. Charmeoffensive hin oder her. Vielleicht war das ja genau der Zweck der Plaudereien und Scherze? Der Chef der Reinigungsfirma wollte sie einlullen, ablenken von den oberflächlichen Arbeiten seiner Angestellten. Das schnelle Geld machen und sie dabei auch noch veralbern. Sehr wahrscheinlich lachte er sich nach jedem Besuch ins Fäustchen darüber, wie er sie wieder eingelullt hatte. Almuth Gerskens spürte, wie die Wut in ihr hochkochte. Das sollte er sich nur noch einmal erlauben. Sie stapfte in den nächsten Gang, stieß hier mit einem Schlag der flachen Hand ein vorwitziges Buch zurück in die Reihe, stellte dort einen umgestürzten Stapel wieder auf. Jedes Staubkorn, das sie mir ihren hastigen Bewegungen aufwirbelte, legte sich mit seinem tausendfachen Gewicht auf die Waage der gesammelten Vorwürfe, die sich mehr und mehr zu einer Seite senkte, die diesem Hallodri nicht gefallen würde. Aus den Augenwinkeln nahm sie eine Unregelmäßigkeit in der Reihe der Buchrücken wahr und stutzte. Hinter den Bänden lugte ein Stück Pappe heraus. Almuth Gerskens trat näher heran, griff in die Tiefe des Regals und zog eine alte vergilbte Aktenmappe hervor. Konnte es sein, dass sie gefunden hatte, was Elisabeth Schäfer versucht hatte zu verstecken?

Sie schlug die Akte auf, blätterte stirnrunzelnd durch die Seiten. Es machte keinen Sinn. Dieses Teil war nichts wert. Schäbiges Papier, eine Archivmappe, wie sie zu Hunderten unten in den Kellerräumen gelagert wurden. Trotzdem. Es musste etwas daran sein, sonst hätte Elisabeth Schäfer sich nicht eine solche Mühe gegeben, sie zu verstecken. Und dass diese Mappe hier nicht hingehörte, machte ein Blick auf die Bücher schnell klar. Alte Interpretationen noch älterer englischer Theaterstücke.

Almuth Gerskens presste die Mappe an sich und hastete wieder hinter den Informationsschalter, vor dem sich bereits eine Schlange gebildet hatte. Sie schob die Akte in ihre Handtasche, nahm ihren Dienst ohne weitere Erklärungen wieder auf und ignorierte das unverschämte Murren einiger wartender Studenten. Sie war sicher, dass sie noch darauf kommen würde, was es mit der Mappe auf sich hatte.

*

Die Einfahrt in das Parkhaus der Uniklinik schlängelte sich in einer engen Linkskurve nach unten. Verena parkte den Wagen in der Nähe des Treppenhauses. Ihre Schritte hallten auf dem nackten Betonboden wider, und sie fror. Ein gläserner Aufzug brachte sie in den Eingangsbereich der Klinik. Christoph Todt wartete an der Pförtnerloge und hatte sich bereits nach dem Weg zur Station erkundigt. Schweigend liefen sie nebeneinander bis zu den Aufzügen, die sie in den zweiten Stock zur Intensivstation bringen sollten. Hinter ihnen stieg ein Mann in einem Trainingsanzug ein und brachte einen Schwall Zigarettendunst mit sich in die enge Kabine. Er drehte sich um und stand nun direkt vor der sich schließenden Tür. Verena trat einen Schritt zurück und bemühte sich um eine flache Atmung. Sie hasste den Geruch nach schalem Rauch. Er legte sich auf ihre Lunge und ließ ihre Nase zuschwellen. Als sie sich an ihm vorbei nach draußen schob, mischte sich Schweißgeruch dazu. Sie schüttelte sich.

»Wir sollen uns bei den Schwestern melden, hat Leo gesagt. Sie haben Zieglers Habe aufbewahrt«, erklärte sie, ging zielstrebig auf die Stationstür zu und drückte auf die Klingel. Es dauerte eine Weile, bis sie Schritte hörten. Ein Pfleger erschien an der Schleusentür.

»Wir möchten die persönlichen Sachen von Kai Ziegler abholen. Man hat uns informiert, dass wir sie hier bekommen werden.« Verena hielt ihren Dienstausweis so, dass der Pfleger ihn gut lesen konnte. Er runzelte die Stirn.

»Die haben wir doch schon abgegeben.«

»An wen?« Christoph Todt schob sich neben Verena.

»Vor ungefähr einer Stunde war ein junger Mann hier, der sagte, er solle die Sachen abholen. Wir haben sie ihm ausgehändigt, weil wir dachten, die Polizei hätte ihn geschickt. Wir hatten ja kurz vorher bei Ihnen angerufen.«

»Hat er sich ausgewiesen?«

»Nein, aber ich dachte …« Er verstummte und sah von einem zum anderen. »Der war wohl nicht von Ihnen geschickt, oder?«

Verena schüttelte den Kopf, zog ihr Handy aus der Tasche und wählte Leos Nummer. »Ich erkundige mich noch einmal bei der Kollegin, aber …« Sie wandte sich ab und wartete.

»Können Sie mir den Mann beschreiben?«, übernahm Christoph das Gespräch mit dem Pfleger.

»Anfang, Mitte zwanzig, schätze ich mal. Ganz normal. Dunkle, kurze Haare. Graue Jeans, schwarzes T-Shirt.«

»Hat er irgendwas gesagt?«

»Nein. Nur, dass er die Sachen haben will.« Er zögerte kurz. »Er hat es mir sogar quittiert. Wollen Sie die Quittung sehen?« Christoph Todt nickte, und der Pfleger bat die beiden, ihm zu folgen. Er brachte sie in einen Warteraum. »Ich muss Sie bitten, hier zu warten. Hygienevorschriften zum Schutz der Patienten. Bin in einer Minute wieder da.«

»Wir haben niemanden geschickt, sagt Leo«, erklärte Verena und beendete das Gespräch. »Sie hat auch extra noch mal bei den anderen nachgefragt. Fehlanzeige.«

»Bitte schön.« Der Pfleger kam in den Warteraum und hielt ihnen ein Formular entgegen.

»Nach dem Namen gefragt haben Sie nicht?« Verena versuchte, die Unterschrift zu entziffern. Vergeblich.

»Wir sind heute unterbesetzt. Zwei Kolleginnen sind krank und alle Betten belegt. Ich war froh, die Angelegenheit schnell vom Hals zu haben.« Der Pfleger ließ die Schultern hängen. Verena erkannte die Erschöpfung in seinem Blick. Polizisten waren nicht die Einzigen mit einer hohen Arbeitsbelastung.

»Was hat er denn alles mitgenommen?«

»Die Sachen, die die Kollegin zusammengepackt hat. Kleidung, Handy, Laptop, eine Sonnenbrille. Sein Portemonnaie samt Inhalt natürlich. Hier, das steht auch alles auf dem Formular.«

»Und sonst trug Herr Ziegler nichts bei sich?«

»Nein.« Er schüttelte den Kopf. »Außer dem Müll. Den haben wir aber schon aussortiert.«

»Müll?«

»Ja. Den üblichen Kram. Einkaufsquittungen, Kaugummi. Wir schauen immer in alle Taschen, ob wir Hinweise auf Medikamenteneinnahme bei den Patienten finden, die uns selbst keine Auskunft geben können. Und bei denen wir auch keine Angehörigen befragen können. Das kann sehr wichtig werden.«

»Und diese Sachen, die Sie als Müll bezeichnen, werfen Sie dann einfach weg?« Verena hob eine Augenbraue.

»Natürlich nicht. Im Normalfall heben wir alles auf und überreichen es den Patienten, wenn es ihnen wieder bessergeht. Oder den Angehörigen, wenn die Patienten versterben.«

»Aber in diesem Fall nicht.«

»Nein.« Der Pfleger schluckte. »Hören Sie, ich weiß, dass das nicht richtig war, aber Fehler können passieren ...«

»Haben Sie diesen Müll noch?«, unterbrach Christoph Todt ihn. »Dann wäre Ihr Versehen vielleicht gar nicht so schlecht.«

»Ich schaue sofort nach.« Der Pfleger eilte hinaus und kam nach wenigen Minuten mit einem durchsichtigen Müllbeutel wieder zurück. Christoph öffnete den Beutel und schüttete den Inhalt auf den Besuchertisch – Papierschnipsel, leere Umverpackungen und Büroklammern.

Verena zog einen Stift aus ihrer Jackentasche und schob den kleinen Berg auseinander. Das Bild einer Banane in einem Kreis fiel ihr sofort ins Auge.

»Was ist das?« Sie runzelte die Stirn.

»Herr Ziegler hatte einen Aufkleber auf seinem Laptop, der aus dem leuchtenden Apfel auf der Rückseite des Bildschirms eine Banane machte. Sah witzig aus.«

Verena nickte und widmete sich wieder dem Inhalt des

Beutels. Sie las die Positionen auf den Kassenbelegen, konnte aber nichts Ungewöhnliches finden und schob die Belege zur Seite.

»Warte mal.« Christoph Todt runzelte die Stirn, griff in seine Jackentasche und zog ein Paar Einmalgummihandschuhe heraus. Er hob einen der Kassenbelege hoch und hielt ihn gegen das Licht der Lampe. »Siehst du das hier?« Er wies mit der Fingerspitze auf die linke untere Ecke des Zettels. Verena blinzelte.

»Sieht aus wie ein Durchschlag.«

»Kannst du es lesen?«

»Könnten Zahlen sein.«

»Eine Telefonnummer.« Christoph drehte den Beleg unter der Lampe hin und her. Verena zückte wieder ihr Handy. »Sag an.« Christoph diktierte die Nummer, Verena wählte und schaltete den Lautsprecher an.

»Fehlanzeige.« Sie legte auf, als eine freundliche Stimme vermeldete, dass diese Nummer zurzeit nicht vergeben war.

»Bei der einen Ziffer bin ich mir nicht sicher. Versuch's mal anders.« Wieder nannte er eine Zahlenfolge, Verena wählte, und diesmal hatten sie Erfolg. Nach dreimaligem Klingeln schaltete sich ein Anrufbeantworter ein. Die Ansage der Fußpflegerin klang freundlich und professionell, brach aber nach dem angekündigten Piepston ab.

»Das Band ist voll, wie es scheint.« Verena beendete die Verbindung und schaute auf die Uhr. »Ungewöhnlich für einen Geschäftsanschluss. Da achtet man doch darauf, für die Kunden erreichbar zu sein.«

»Vielleicht hat sie noch nicht geöffnet«, gab Christoph Todt zu bedenken. »Oder sie behandelt gerade einen Kunden.« Er verschränkte die Arme. »Was ich ja deutlich interessanter finde, ist die Tatsache, dass Kai Ziegler die Telefonnummer einer Fußpflegerin auf einem Einkaufszettel notiert. Das ist doch eher Frauensache, oder?«

Verena schmunzelte. »Es soll durchaus Männer geben, die auf solche Sachen achten und nicht wie Neandertaler durch die Weltgeschichte schlurfen.«

»Aber dann hätte er die Nummer doch eher in seinem Telefon gespeichert«, ignorierte Christoph Todt ihren Einwurf.

»Vielleicht hat er sie gerade erst bekommen.«

»Oder er wollte sie nicht in seinen offiziellen Kontakten haben.«

»Sie hat sich mit ›Podologie Zollstock‹ gemeldet. Ich muss sowieso jetzt in die Richtung fahren. Das Pflegeheim ist in Zollstock. Ich schaue kurz dort vorbei und rede zwei, drei Worte mit ihr. Versuch du noch mehr über unseren Abholer in Erfahrung zu bringen. Vielleicht hat der Pförtner etwas gesehen, oder die Raucherclique vor der Tür.«

Heidemarie Alligs' Fußpflegepraxis lag in einer kleinen Seitenstraße zum Hönninger Weg, ganz in der Nähe einer großen Seniorenresidenz. Sicher hatte die Fußpflegerin hier eine Menge Stammkunden, die entweder noch selbst den kurzen Weg zu ihr finden konnten oder die für sie schnell und ohne großen Aufwand zu erreichen waren. Auch die Kurzzeitpflegeeinrichtung, zu der sie im Anschluss wollte, lag ganz in der Nähe. Verena schaute auf die Uhr. Ihr blieben noch mehr als vierzig Minuten Zeit bis zu ihrem Termin. Das würde sie sicher schaffen.

Am Eingang des Hauses wies ein kleines Schild auf die Praxis im Hinterhof des Hauses hin. Verena klingelte und wartete ab, aber nichts tat sich, obwohl die Praxis geöffnet sein musste. Sie trat einen Schritt zurück und schaute an der Fassade des Hauses hoch. Im dritten Stock stand ein Fenster weit offen.

An der anderen Seite des Eingangs hingen die Briefkästen. Verena brauchte nicht lange, um den von Heidemarie Alligs zu finden. Die Klappe stand offen, weil ein großer Katalog und einige Briefumschläge quer hineingequetscht worden waren.

»Seltsam«, murmelte Verena. Eigentlich hatte das nur ein kurzer Besuch sein sollen, aber die Situation erschien ihr immer fragwürdiger. Weder auf dem Anrufbeantworter noch hier vor Ort wies irgendetwas darauf hin, dass Heidemarie Alligs Urlaub machte, und trotzdem schien die Praxis verwaist.

Sie drückte auf den Klingelknopf, von dem sie vermutete, dass er zu der gut durchlüfteten Wohnung im dritten Stock gehörte.

»Was möchten Sie denn?« Ein Mädchen im Schlafanzug beugte sich aus dem Fenster. Ihr schulterlanges Haar fiel links und rechts in Strähnen und verdeckte ihr Gesicht. Mit einer hastigen Bewegung strich sie es hinter die Ohren. Verena schätzte sie auf etwa zwölf Jahre.

»Ich möchte zu Frau Alligs.«

»Die wohnt hier nicht.«

»Sie hat eine Praxis im Hinterhof.«

»Ach, die.« Das Mädchen reckte den Hals. »Und warum klingeln Sie dann bei mir?«

»Weil sie nicht öffnet.«

»Na, dann wird sie wohl nicht da sein.« Das Mädchen verschwand, und Verena hörte, wie sie das Fenster schloss. Sie wartete, dass sie ihr die Tür öffnete, aber nichts geschah. Erneut drückte sie die Klingel. Die Sprechanlage knackte.

»Ja?«

»Machst du mir denn auf?«

»Nein. Da kann ja jeder kommen.«

»Ich bin von der Polizei und …«, setzte Verena an, aber das Mädchen hatte die Verbindung bereits wieder unterbrochen. Verena klingelte ein drittes Mal.

»Was? Lass mich in Ruhe. Du kommst hier nicht rein.«

»Ich bin von der Polizei, und ich bitte dich, sofort zu öffnen.«

»Haben Sie einen Ausweis?« Die Stimme klang deutlich weniger frech. Vielleicht wägte sie gerade ab, welche Konsequenzen es hätte, wenn sie ihr glauben und die Tür öffnen würde, oder nicht.

»Es ist gut, dass du so vorsichtig bist. Ist deine Mutter nicht da?«

»Ich bin krank und nicht in die Schule gegangen. Mama ist arbeiten. Haben Sie denn nun einen Ausweis?«

»Ja.« Verena musste grinsen. Die Kleine gefiel ihr.

»Ich komme. Warten Sie.« Es knackte wieder in der Sprechanlage. Eine Minute später wurde die Haustür einen Spaltbreit geöffnet. Verena hielt ihren Ausweis so, dass das Mädchen ihn lesen konnte. »Vielleicht ist sie ja auch da und will nur nicht öffnen«, mutmaßte das Mädchen und ließ Verena in den Hausflur.

»Wieso sollte sie?«

Das Mädchen zuckte mit den Schultern. »Vielleicht ist es ihr peinlich.«

»Was sollte ihr denn peinlich sein?« Verena ging durch den Flur auf die Hintertür des Hauses zu und öffnete sie.

»Sie ist ziemlich unordentlich. Ich habe gestern Abend

schon die Post für sie aus dem Briefkasten gezogen, damit wieder Platz für neue Post ist.«

»Was hast du mit der Post gemacht?«

»Sie hat noch einen Briefschlitz an ihrer Praxis. Da hab ich die Sachen reingeschoben. Aber ich glaube, sie hat sie nicht weggenommen.« Das Mädchen blieb stehen. »Und außerdem …«, sie druckste herum.

»Was außerdem?«, wollte Verena wissen und blieb ebenfalls stehen.

»Es stinkt ganz eklig.«

»Wo?«

»Da.« Das Mädchen zeigte auf die Eingangstür der Praxis. »Als ich den Briefschlitz aufgemacht habe, um die Post reinzuwerfen.«

Verena wandte sich um, trat auf die Tür zu und ging in die Hocke. Behutsam schob sie mit zwei Fingern die Klappe auf und wich zurück. Drei Fliegen kamen durch den Schlitz ins Freie gesurrt.

6. Kapitel

Das Kind isst. Hungrig. Mit beiden Händen stopft es das Essen in sich hinein. Brot. Fleisch, Butter in Stücken. Kartoffeln. Kohl. Und Schokolade. Es ist so lange her. Die Süße auf der Zunge. Das Bittere. Es reißt den Mund auf. Schlingt und schluckt. Gierig. Maßlos. Alles andere um sich herum vergessend. Hunger. Dieses Bohren und Stechen in seinem Bauch, die Krämpfe, der Schmerz der vergangenen Tage, als es nichts gab außer Dunkelheit und Regen.

Sie sind nachts gegangen. Der Mann und das Kind an seiner Hand. Wie er es hinter sich hergezogen hat. Seine Finger um das Handgelenk des Kindes. Ein Tier auf dem Weg zur Schlachtbank. Das Kind hat geschrien, geweint und später, als die Kraft es verließ, gewimmert. Der Mann hat nicht darauf gehört, ist immer weiter gegangen. Gestolpert über Baumwurzeln, die aus der Dunkelheit auftauchten, gestrauchelt über Schlingen und in Untiefen des Weges. Weiter. Immer weiter. Weg von dem Mädchen, das es immer noch anstarrt, wenn es die Augen schließt.

Als das Kind gestolpert und gefallen ist, nicht mehr aufstehen konnte, nahm der Mann es hoch. Warf es sich über die Schulter und setzte seinen Weg fort. Unbeirrt durch die Dunkelheit. Der Schweißgeruch des Mannes, der feuchte Modergeruch, von dem es nicht wusste, ob es der Mantel oder der Wald ist, hüllten das Kind ein wie eine Wolke aus undurchdringlichem Dunst. Es schlief. Traumlos. Bis es wach wurde. In einem Haus. Vor sich das Essen.

Jetzt schlingt es, spürt, wie sein Magen sich füllt.

»Langsam«, sagt der Mann. »Kind, langsam.« Er sagt es mit Sorge in der Stimme, als würde es ihn kümmern, was mit ihm passiert. Das Kind schaut auf. Schaut den Mann an. Der Mann erwidert den Blick. Ruhig. Zum ersten Mal scheint er nicht mehr so gehetzt und getrieben. Er sieht das Kind. Nimmt es wahr. Das Kind hat Angst. Weiß nicht, was geschehen wird, als der Mann lächelt und über den Tisch hinweg nach seiner Hand greift und langsam darüberstreicht.

*

Eine Stunde später glich der Flur einem Bienenstock. Mitarbeiter der Spurensicherung trugen immer noch Leuchten, Stative und anderes Zubehör aus dem vor der Straße stehenden Bus ins Hinterhaus. Die Kollegen arbeiteten ruhig und konzentriert. Jeder Handgriff saß, die Abläufe waren routiniert und auf größtmögliche Effektivität ausgelegt.

Verena betrat die Praxis. Sie bestand aus zwei Räumen. Einem Eingangsbereich mit kleiner Empfangstheke, zwei Sesseln mit einem von Zeitungen bedeckten Tisch davor und einer Küchenzeile, die sich hinter Schranktüren versteckte. Das Licht der Kaffeemaschine leuchtete pulsierend durch den halb geöffneten Türspalt. Sie hatte sich automatisch in einen Energiesparmodus geschaltet. Auf der Theke lag ein aufgeklappter Laptop neben einem großen Terminkalender. Links neben dem Eingangsbereich öffnete sich eine doppelflügelige Tür zum eigentlichen Behandlungsraum. Auch hier dominierten warme, freundliche Farben, auf deren Ausgestaltung die Besitzerin der Praxis sicher sehr viel Wert gelegt hatte, um es ihren Kunden so angenehm wie möglich zu machen. Im Zentrum des Raumes stand ein mit hellgelbem Frottee überzogener Behandlungsstuhl. Ein gleichfarbiges Handtuch aus demselben dickflauschigen Material war halb von der Sitzfläche gerutscht.

Vor dem Stuhl lag eine Frauenleiche. Vermutlich Heidemarie Alligs.

Der Fotograf hatte seine Arbeit bereits aufgenommen. Er machte Aufnahmen aus den verschiedensten Blickwinkeln, suchte Details, die im weiteren Verlauf wichtig werden konnten, und erfasste den ganzen Tatort mit Panoramaaufnahmen. Verena beobachtete ihn von der Seite des Zimmers aus und bat ihn um noch weitere Bilder aus anderen Perspektiven, von denen sie sich später Aufschluss erhoffte. Der Raum hatte seine ursprüngliche Freundlichkeit eingebüßt. Die Wände sprenkelten dunkle Spritzer, auf dem hellen Laminatboden vermischten sich schwarze Flecken eingetrockneten Blutes mit der ausgetretenen hellroten Leichenflüssigkeit. Die Tote lag auf der linken Seite, die Beine angewinkelt, in der linken, beinahe vollständig unter dem Körper eingeklemmten, Hand einen Hornhauthobel, den rechten Arm nach vorn gestreckt. Der ursprünglich weiße Kittel, den Heidemarie Alligs getragen hatte, war braun von Blut und Fäulnisflüssigkeit und saß eng am Körper, der bereits von Gasen aufgetrieben wurde. An einigen Stellen löste sich die Haut blasenförmig von den sichtbaren Stellen des Körpers. Der Gestank nach Blut und Verwesung erdrückte den kleinen Raum.

Verena hatte Mühe, sich nicht der Übelkeit zu ergeben. Der Geruch würde in ihren Kleidern hängen bleiben und tief in die Poren ihrer Haut dringen. Sie sehnte sich nach frischer Luft und einer Dusche.

»Alles klar?« Christoph Todt trat neben sie. Er trug wie Verena einen weißen Schutzanzug, eine Haube auf dem Kopf und Schutzhüllen über den Schuhen, damit sie den Tatort nicht verunreinigten.

»Geht schon.« Verena schaute ihn von der Seite an. Er starrte auf die Leiche. In seinem Gesicht arbeitete es. Er ließ selten etwas von seinen Befindlichkeiten nach außen dringen, aber hier schien auch er zu kämpfen.

»Hast du schon genauer nachsehen können?«

»Nein. Ich musste nicht hinein, um ihren Tod festzustellen.« Sie deutete ein verrutschtes Grinsen an. »Die Spusi findet ein unberührtes Feld vor.« Christoph Todt nickte dem Fotografen zu, der seine Arbeit beendet hatte. Sofort nahmen die Kollegen der Spurensicherung seinen Platz ein und begannen mit ihrem Teil der Arbeit.

»Gab es Einbruchsspuren?«

»Nein. Die Haustür zur Praxis war verschlossen, aber nicht abgeschlossen, sondern nur zugezogen. Ebenso die Fenster.« Verena deutete auf die Fensterbank, auf der neben zwei weißen Orchideen einige goldene Dekorationsobjekte standen, auf denen ebenfalls Blutspritzer zu sehen waren. »Da ist niemand raus oder rein.«

Christoph holte sein Smartphone heraus und schaltete die Diktierfunktion ein. »Kampfspuren sind auf den ersten Blick nicht zu entdecken, Schränke, Schubladen und

Regale verschlossen, beziehungsweise in vermuteter, ursprünglicher Ordnung.«

»Hier ist eine bilderbuchartige Rissquetschwunde«, warf einer der Kollegen ein, der neben der Toten stand und die Leiche systematisch mit kleinen Stücken Klebeband bedeckte. »Ich bin zwar kein Rechtsmediziner, aber das sieht doch sehr nach einem Hammerschlag auf den seitlichen Vorderschädel aus.« Er wandte sich Verena und Christoph zu. »Wollt ihr wissen, wie ich das einschätze?«

»Der Täter sitzt als Kunde mit nackten Füßen auf dem Behandlungsstuhl, sie beugt sich darüber, um was auch immer zu machen. Sie ist arglos, weil es für sie ein normaler Kunde ist. Dann schlägt der Täter mit dem Hammer zu«, mutmaßte Verena.

»Richtig. Dazu passt auch die Lage der Leiche. Sie kippt zur Seite, bleibt dort liegen und stirbt an der Verletzung.«

»Der Täter muss voller Blutspritzer gewesen sein.« Christoph Todt runzelte die Stirn.

»Im Waschbecken ist ebenfalls Blut. Wir konnten die Reste sichtbar machen. Der Täter hat versucht, sich zu säubern«, informierte der Kollege der Spurensicherung. »Es wird zwar ein bisschen dauern, bis wir verwertbare Ergebnisse haben, aber hier ist eine reichhaltige Auswahl.« Er drehte sich einmal um sich selbst. »Der Täter hat keinen Wert darauf gelegt, seine Spuren zu verwischen. Jedenfalls nicht in dem Maße, wie ich das in den letzten Jahren immer mehr sehe.« Er zwinkerte Verena zu. »Auch wenn die Versuche immer davon zeugen, dass die Leute ihr Wissen in den meisten Fällen aus Kriminalromanen und den sonntäglichen Polizeischmonzetten haben.«

»Immerhin ist es ihm so gut gelungen, dass es zumindest niemandem aufgefallen ist, als er hier raus ist.«

»Wir müssen fragen, wer das Treppenhaus reinigt. So wie sie aussieht, ist sie mindestens schon seit einer Woche tot, da wird mindestens einmal gereinigt worden sein.« Er wischte sich den Schweiß von der Stirn. »Allerdings kann ich mich, was das angeht, auch irren. Als wir hier reingingen, herrschte eine Bullenhitze. Die Sonne steht den ganzen Tag auf dem Flachdach und heizt hier drin ordentlich ein. Das wirkt wie ein Backofen und beschleunigt die Verwesung um ein Vielfaches.«

»Das Mädchen hat gesagt, es habe gestern den Briefkasten geleert und die Sachen hier in den Schlitz geworfen«, gab Verena zu bedenken. »Das kommt auch mit der Menge an Post hin, die hinter der Tür auf dem Boden lag.« Sie warf wieder einen Blick auf die Leiche und sah dann zweifelnd zu Christoph hinüber. »Aber so oder so ist es trotzdem keine spontane Tat gewesen, wenn das Tatwerkzeug wirklich ein Hammer oder etwas Ähnliches gewesen ist.«

»Und der Täter hat das Werkzeug mitgenommen. Hier ist jedenfalls nichts, was auch nur annähernd zu der Wunde am Kopf passen würde«, erklärte der Kollege der Spurensicherung.

»Warten wir den Bericht des Rechtsmediziners ab, bevor wir uns in Spekulationen ergehen.« Christoph Todt ging hinter die Empfangstheke und blieb stehen. Sein weißer Schutzanzug knisterte. Er betrachtete nacheinander die einzelnen Bestandteile der Szenerie. »Alle Wertsachen sind am Platz. Sogar die Geldkassette.« Er zog eine schwarze Metalldose hervor und öffnete sie. Eine Handvoll Kleingeld lag auf einzelne Fächer einer separaten Lade verteilt. Darunter Geldscheine. Christoph Todt nahm sie heraus und zählte. »Achtzig Euro in kleinen Scheinen. Zwanzig Euro in Münzen.«

»Wechselgeld.«

»Der glatte Betrag lässt darauf schließen, dass es ihr erster Kunde an diesem Tag gewesen ist. Wir müssen das Bankkonto überprüfen, für den Fall, dass jemand mit EC-Karte bezahlt hat.« Er schlug den Terminkalender auf, blätterte zum aktuellen Datum und von da aus einige Tage zurück. »Sie hatte nicht sehr viele Kunden, die hierherkommen. Es sieht so aus, als ob sie in der Tat mehr auf Hausbesuchen unterwegs war.« Er fuhr mit dem Finger über die Zeilen, ohne das Papier zu berühren. »Fast ausschließlich Frauennamen. Auch an den infrage kommenden Tagen der letzten Woche.« Er fotografierte die Seiten des Kalenders mit seinem Smartphone. »Der Rechtsmediziner muss sich erst äußern, damit wir ungefähr den Zeitraum eingrenzen können.« Wieder bückte er sich und zog einen Stapel Papiere unter der Empfangstheke hervor. Langsam blätterte er sie durch. »Rechnungen. Aber entweder bezahlt oder ganz frisch.«

»Sind da auch Bankunterlagen?«, wollte Verena wissen.

»Nein.«

»Was ist mit dem Laptop?« Sie drehte den Computer zu sich herum und schaltete ihn ein. Auf dem Bildschirm erschien die Aufforderung, das Kennwort einzugeben.

»Passwortgeschützt?« Christoph Todt hob eine Augenbraue. Verena nickte.

»Versuch ihren Geburtstag.«

»Woher soll ich den wissen?«

»Kombination, lieber Watson.« Christoph stellte eine

Handtasche vor ihr ab, öffnete sie und nahm eine Geldbörse heraus. »15. Juli 1964«, las er vor, und Verena tippte die Zahlen in unterschiedlichen Kombinationen ein.

»Fehlanzeige.« Sie schüttelte den Kopf.

»Kombination aus Vor- und Nachname?«

»Funktioniert nicht.« Verena schaute sich um. Keine persönlichen Fotos von der Toten, von Freunden oder Haustieren. Dafür eine Menge Hochglanzplakate mit manikürten Fußnägeln, gestreckten Waden und Nahaufnahmen kunstvoll verzierter Zehennägel.

Sie tippte ein neues Passwort, versuchte eine andere Schreibweise. Beim dritten Mal hatte sie Erfolg.

»Bitte schön.« Sie schob den Laptop so, dass sie beide den Bildschirm sehen konnten. Verena kannte die kleinen Symbole am unteren Bildrand von ihrem eigenen Computer und öffnete den Kalender.

»Sie mochte die Papierversion wohl lieber«, stellte sie fest und schloss die Anwendung wieder. »Kein einziger Eintrag.«

»Was ist mit den Mails?«

»Übersichtlich.« Verena scrollte die Kurzanzeigen der Maileingänge nach oben. »Eine Menge Werbung.« Dann stockte sie und öffnete die Mail.

»Hier ist etwas: Bleibt es beim vereinbarten Treffpunkt? Gruß K. Ziegler«, las sie laut vor. »Die Nachricht ist zehn Tage alt. Gesendet mitten in der Nacht.« Ihr Blick fiel auf die Uhrzeit in der oberen rechten Ecke des Bildschirms. »Oh, Scheiße.« Sie sprang auf, drehte sich und verließ die Praxis. Im Laufen zerrte sie am Reißverschluss des Schutzanzugs. »Ich habe den Termin im Pflegeheim komplett vergessen.«

*

»Das ist mein grundsätzliches Problem, Frau Großegger. Ich kann nicht zuverlässig zusagen, zu einem bestimmten Zeitpunkt an einem bestimmten Ort zu sein. Sobald wir einen Fall bekommen, läuft die Maschinerie an, und wir müssen zur Verfügung stehen, auch wenn es länger dauert.« Verena folgte der Leiterin des Pflegeheims in ihr Büro. Sie hatte alles stehen und liegen lassen, war in ihren Wagen gesprungen und zu ihrem Termin gefahren. Getrieben und bedrängt von der Angst, durch ihre Verspätung den Betreuungsplatz für Ruth aufs Spiel gesetzt zu haben. Sie hatte nicht vor, darüber nachzudenken, was das bedeuten würde. Und trotzdem legte sie sich in Gedanken Worte zurecht, die sie Walter würde sagen müssen. Als sie vor der angegebenen Adresse stand und keinen Parkplatz fand, hatte sie bemerkt, dass sie schneller zu Fuß vor Ort gewesen wäre. Das Pflegeheim lag keine achthundert Meter von ihrem letzten Einsatzort entfernt. Sie fühlte sich wie ein Schulkind im Zimmer der Direktorin. Hilflos dem Urteil einer Fremden ausgeliefert, deren Entscheidung ihr Leben komplett über den Haufen werfen konnte.

»Was natürlich mit der Betreuung einer Alzheimerpatientin nicht zu vereinbaren ist. Das ist verständlich. Unter diesem Zwiespalt leiden viele der Angehörigen, die für ihre Familienmitglieder einen Platz bei uns suchen. Die wenigsten haben die zeitlichen und finanziellen Möglichkeiten, auf die eigene Arbeitsstelle zu verzichten und sich der Pflege zu widmen.« Die Leiterin der Pflegeeinrichtung ging zu ihrem Stuhl hinter dem Schreibtisch, setzte sich und präsentierte Verena einen freundlich professionellen Gesichtsausdruck. Mit einer Hand zog sie eine Schublade auf, holte einen Prospekt heraus, suchte eine bestimmte Seite und reichte ihn Verena. »Hier haben Sie unsere Leistungen komprimiert dargestellt. Wir versuchen in unserer Einrichtung so weit es geht einen Eindruck von Zuhause und Gemütlichkeit zu vermitteln. Dabei orientieren wir uns an den neuesten Erkenntnissen. Zum Beispiel haben wir damit begonnen, auf unserer Demenzstation viele Einrichtungsgegenstände wieder im Stil der fünfziger Jahre zu halten, weil unsere Gäste sich in diesem Ambiente sichtlich aufgehobener fühlen. Es ist der Stil ihrer Jugend, der in ihren Erinnerungen fortbesteht, auch wenn sie vergessen haben, wie ihre letzte Couchgarnitur ausgesehen hat.«

»Besteht trotz meiner Verspätung die Möglichkeit für eine kleine Besichtigung?«

»Natürlich.« Sie stand auf, ging zur Tür und hielt sie Verena auf. »Ich zeige Ihnen die Wohnetage.«

Das Büro der Leiterin lag in einem seitlichen Nebentrakt des Gebäudes mit separatem Eingang. Das eigentliche Pflegeheim hatte Verena bisher noch nicht betreten, und sie bemerkte erstaunt die gediegene Umgebung. Parkettböden, weiße Wände, warmes Licht.

»Das sind Kunstwerke unserer Gäste«, erklärte die Leiterin, als sie Verenas Blicke auf die an den Wänden hängenden Gemälde sah. »Wir arbeiten hier viel mit bildenden Künstlern zusammen, und es ist erstaunlich, welche Fähigkeiten in vielen unserer Gäste schlummern, die sie bisher noch nicht entdeckt haben. In einem anderen Flur hängen die Ergebnisse diverser Fotografie-Workshops, mit denen wir auch schon eine öffentliche Ausstellung bestückt haben und viel Lob für unsere Künstler ernten konnten.« Sie drehte sich erneut zu Verena um. »Gefallen sie Ihnen?«

»Ja. Sehr.« Verena lächelte bei der Vorstellung, Ruth würde hier ebenfalls Gelegenheit bekommen, zu Pinsel und Farbe zu greifen. Sie hatte sich immer für Kunst interessiert, von sich selbst aber behauptet, komplett talentfrei zu sein. »Stammen diese ausgestellten Arbeiten auch von Alzheimerpatienten?«

»Leider nein.« Die Leiterin schüttelte bedauernd den Kopf. »Wir bieten natürlich auch für diese Gruppe Maltherapien an, aber die Ergebnisse unterscheiden sich insofern, als dass die meisten Menschen mit dieser Erkrankung erst zu uns kommen, wenn ihnen diese Art der komplexen Arbeit bereits nicht mehr gelingt.« Sie blieb vor einer verschlossenen Tür am Ende eines Gangs stehen und drückte auf einen Klingelknopf. Nach wenigen Augenblicken hörte Verena Schritte, und die Tür wurde geöffnet.

»Ich bringe Besuch«, erklärte Frau Großegger. »Frau Irlenbusch interessiert sich für den freien Platz in der Kurzzeitpflege.«

»Für meine Großmutter. Ich selbst arbeite, und normalerweise kümmert sich eine Pflegerin bei uns zu Hause um Ruth, aber sie musste kurzfristig …«

»Sie brauchen sich nicht zu erklären, Frau Irlenbusch. Eine Kurzzeitpflege ist oft eine sehr gute Lösung für alle Beteiligten. Es kehrt ein wenig Ruhe ein, und man kommt zum Nachdenken.«

Verena nickte stumm. Sie war sich nicht sicher, ob sie das überhaupt wollte – nachdenken. Der Mangel an Zeit und das ständige Eingespannt- und Auf-dem-Sprung-Sein hatte den Vorteil, sich selbst und seine Lebenssituation nicht hinterfragen und in Zweifel ziehen zu müssen.

»In erster Linie geht es mir um meine Großmutter. Ich

möchte sie gut aufgehoben und betreut wissen, wenn ich unterwegs bin.«

»Da können Sie sich hier ganz sicher fühlen.« Die Leiterin griff in die Tasche ihres Jacketts und holte ihr Handy hervor. Abgewandt führte sie ein kurzes Gespräch und entschuldigte sich dann bei Verena. »Ein Problem in der Verwaltung.« Sie lächelte freundlich. »Frau Maier wird Ihnen alles zeigen. Finden Sie alleine in mein Büro zurück? Sonst lasse ich Sie abholen. Dann können wir alles Weitere besprechen.«

»Ich melde mich bei Ihnen, wenn ich hier fertig bin.« Verena bedankte sich.

»Das passt ja gut. Wir haben gleich Kaffeezeit. Da können Sie den ein oder anderen unserer Bewohner schon mal kennenlernen«, plauderte die Pflegerin fröhlich auf Verena ein und führte sie weiter in den Wohnbereich. Von einem zentralen großen Raum mit Sofas und Sesseln, die alle auf den großen Fernseher hin ausgerichtet waren, gingen mehrere Türen ab. Einige geöffnet. Sie gestatteten einen Blick ins Innere der Zimmer, die alle individuell eingerichtet waren. Zwei alte Damen saßen sich gegenüber in hohen Lehnstühlen. Eine sang immer wieder eine Strophe eines Kinderliedes, das Verena vage bekannt vorkam. Die andere strich immer wieder nicht vorhandene Falten aus ihrer Hose. »Unsere Bewohner können sich innerhalb des Bereiches frei bewegen. Auch im Garten. Er ist eingezäunt, so dass sie sich nicht verlaufen und in Gefahr bringen können. Dieses Gefühl der Eigenständigkeit ist sehr wichtig. Einige reagieren aggressiv, wenn sie das Gefühl haben, sie würden gegängelt.« Sie lächelte wieder. »Was ja auch verständlich ist.«

Verena nickte, schaute sich um und ließ die Atmosphäre auf sich wirken. Alles schien hell und freundlich, sauber und war mit liebevollen Details ausgestattet. Eine alte Jukebox stand in einer Ecke.

»Funktioniert die?«

»Natürlich. Futter für unseren Schlagernachmittag.« Die Pflegerin wiegte sich in den Hüften. »Soll ich Ihnen das Zimmer zeigen?«

»Ja, bitte.« Verena war sich nicht im Klaren darüber, ob ihr die Fröhlichkeit der Pflegerin gefallen oder sie misstrauisch machen sollte. Es konnte unmöglich immer eitel Sonnenschein in einer Pflegestation wie dieser herrschen. Die Menschen, die hier lebten, waren alt. Sie waren dement. Das war anstrengend und mit Sicherheit nicht immer lustig. Aber, so fragte sie sich, hatte sie denn eine Wahl? Welche Alternativen boten sich ihr, außer der, selbst einzuspringen. Und das ging nicht, oder nur unter erheblichen Schwierigkeiten für sie und die Kollegen.

Das Zimmer war hübsch, aber unpersönlich eingerichtet. Ein Bett, ein Schrank sowie ein Tisch mit zwei Stühlen und ein kleines Regal mit Büchern. Es gab ein angeschlossenes Badezimmer und einen kleinen Balkon, auf dem Kästen mit blühenden Geranien hingen. Verena versuchte, sich Ruth in diesem Zimmer vorzustellen. Würde sie sich hier wohl fühlen? Nein. Stopp. Kein Wenn und Aber. Kein Zweifel. Den konnte sie sich nicht leisten. Keine Suche nach Gründen, Ruth nicht hierherzubringen. Das Heim machte einen sauberen und gepflegten Eindruck. Die Bewohner, die sie gesehen hatte, schienen zufrieden zu sein. Wenn sie nur lange genug suchte, würde sie sicher ein Haar in der Suppe finden. Aber es wäre falsch. Ihr und Ruth gegenüber. Denn sie wusste, sie würde versuchen, den Spagat zu schaffen, aber sie wusste auch, dass es ihr nicht gelingen würde. Schaden würde es ihnen beiden, aber Ruth war die eigentliche Leidtragende. Für sie konnte eine mangelnde Aufsicht gefährlich werden. Verena straffte die Schultern. Das war die einzige Alternative, die sich ihr jetzt bot. Eine andere Möglichkeit gab es nicht. Vielleicht war ihr Misstrauen gegenüber der schmucken Fassade, der freundlichen Professionalität der Leiterin und der seltsamen Fröhlichkeit der Betreuerin ja absolut unbegründet. Vielleicht war es nur ihr schlechtes Gewissen, das sie so schwarzsehen ließ. Aber egal, wie sie es drehte und wendete, eine Seite würde immer im Nachteil sein. Arbeit oder Ruth. Die Kollegen oder die Familie. Darum, wie es ihr selbst damit ging, konnte sie sich später kümmern. Sie wandte sich der Pflegerin zu.

»Ich denke, wir nehmen es«, entschied sie und verließ das Zimmer.

»Wunderbar. Alles Weitere besprechen Sie dann bitte mit Frau Großegger.« Die Pflegerin brachte Verena zur Tür und schloss auf. Das metallene Klappern der Schlüssel unterbrach die Stille im Raum. Ruth wird eingeschlossen sein, ging es ihr durch den Kopf. Wie eine von denen, die wir aufgreifen und in Gewahrsam nehmen, weil sie etwas verbrochen haben. Verena schluckte. Auch wenn ihr der Unterschied vom Verstand her klar war, konnte sie das beklommene Gefühl nicht unterdrücken. Langsam ging sie den Flur entlang. Die Gummisohlen ihrer Schuhe quietschten auf dem polierten Parkett.

Eine der geschlossenen Zimmertüren öffnete sich und eine Frau, die Verena auf Mitte fünfzig schätzte, kam heraus. Sie sagte etwas über ihre Schulter hinweg und wandte sich dann in die gleiche Richtung wie Verena.

»Ich brauche unbedingt eine Zigarette«, sagte sie. »Möchten Sie auch eine?«

»Nein, danke, ich …«

»Ah, Nichtraucherin. Vernünftig, ihr jungen Frauen. Ist deutlich gesünder und auch besser für die Haut.« Sie schüttelte den Kopf. »Ich sollte es auch besser sein lassen, aber zurzeit schaffe ich es einfach nicht.« Sie seufzte, kramte im Gehen eine Zigarettenpackung aus ihrer Handtasche und wies mit einer unbestimmten Handbewegung auf das Zimmer, aus dem sie eben gekommen war. »Meine Mutter ist da drin.«

Sie seufzte erneut und sah Verena auffordernd an.

»Sie besuchen sie?«, ging Verena darauf ein, obwohl ihr nicht danach war. Vielleicht konnte diese Frau ihr erzählen, wie zufrieden sie mit der Betreuung ihrer Mutter hier war und sie damit ihr eigenes Unbehagen bekämpfen.

»Jeden Tag.« Wieder wühlte sie in ihrer Handtasche. Diesmal nach einem Feuerzeug. Die Hektik verschwand aus ihren Zügen und machte einer unbestimmten Trauer Platz. »Sie liegt im Sterben.«

»Das tut mir leid.«

»Nein, muss es nicht. Sie hat sich so entschieden. Sie hat starke Durchblutungsstörungen in den Beinen. Die Ärzte haben sie vor die Wahl gestellt, entweder zu amputieren oder daran zu sterben.« Sie reckte das Kinn und deutete ein Lächeln an. »Sie hat sich für die zweite Alternative entschieden.«

»Hat sie keine Angst?«

»Doch. Vor dem Tod nicht so viel wie vor dem Sterben. Aber noch mehr davor, ein Pflegefall zu werden und ihre Autonomie zu verlieren. Ich muss ihre Entscheidung akzeptieren. Egal, ob mir das nun passt oder nicht. Sie ist einundachtzig und bei klarem Verstand.«

»Das kann auch ein großes Glück sein«, murmelte Verena und unterbrach sich sofort. »Bitte entschuldigen Sie. So war das nicht gemeint. Ich wollte nur …«

»Ich weiß, was Sie sagen wollten, Kindchen.« Die Frau lächelte. »Meine Mutter ist todkrank und kann darüber nachdenken. Andere sind körperlich gesund und geistig in der Nähe von Blumenkohl.« Sie zögerte und bedachte Verena mit einem schnellen Seitenblick. »Ich rede auch zu viel. Ich hoffe, ich bin Ihnen jetzt damit nicht zu nahe getreten? Mit dem Blumenkohl meine ich.«

»Nein.« Verena lachte laut auf, überrascht von sich selbst. »Es ist zwar gemein und so weit von politisch korrekt entfernt, wie es nur geht, aber es stimmt. Blumenkohl ist noch lange hübsch anzusehen, auch wenn er innerlich von Würmern schon komplett zerfressen ist.« Sie wurde wieder ernst. »Meine Großmutter ist auf dem Weg dorthin. Sie hat schnell fortschreitende Alzheimer.«

»Maren Kaulen.« Die Frau streckte ihr die Hand entgegen. »Freut mich, Sie kennenzulernen.«

»Verena Irlenbusch. Dito.« Sie schaute auf die Uhr. »Auch wenn das jetzt unhöflich erscheint, ich muss noch in die Verwaltung, Details abklären.«

»Kein Problem, Kindchen. Wir sehen uns sicher noch öfter.« Sie hob die Zigarettenpackung in die Höhe. »Zumindest, solange meine Mutter noch durchhält und ich es nicht schaffe, mir mein Laster abzugewöhnen.«

»Sie können Frau Altenrath schon heute Abend zu uns bringen«, bot die Leiterin an. »Das hat viele Vorteile. Für Sie und für Ihre Großmutter. Es erleichtert die Eingewöhnung, wenn sie in den ruhigen Abendstunden zu uns kommt.«

»Aber wird es sie nicht furchtbar verwirren?«

»Diese Gefahr besteht durchaus. Aber es gibt keine Garantie dafür, dass es anders wäre, wenn Sie sie morgen früh bringen. Vor allem, wenn Sie dann rasch weg müssen. Heute Abend können Sie doch sicher ein Weilchen bleiben, oder?«

Verena nickte.

»Na, sehen Sie.« Die Leiterin reichte Verena eine Mappe. »Diese Unterlagen bringen Sie bitte ausgefüllt wieder mit. Wenn Ihre Großmutter einen Hausarzt hat, wäre es gut, wenn er uns einen kurzen Überblick über den momentanen Ist-Zustand und die einzunehmenden Medikamente gibt.« Sie lächelte. »Haben Sie noch Fragen, Frau Irlenbusch?«

»Nein.« Ein brummendes Surren erklang aus ihrer Handtasche. Leo. »Bitte entschuldigen Sie.« Sie wandte sich ab. »Ja?«

»Bist du noch in dem Heim?«

»Ja.«

»Das ist gut. Dann kannst du dich direkt auf den Weg machen. Den Kollegen Todt habe ich auch schon wieder aufgescheucht. Ihr trefft euch vor Ort.«

»Was, warum und wo?«

»Ich hatte zwei aus dem Team dazu eingeteilt, sich Zieglers Wohnung vorzunehmen.«

»Und?«

»Sie haben sich gemeldet. In Zieglers Wohnung wurde eingebrochen, und sie sind der Meinung, ihr solltet euch das mal ansehen.«

7. Kapitel

»Reinigungsservice«, nuschelte Mike Franke in die Gegensprechanlage, wartete auf das Knarren des Türöffners und schickte ein »Danke« hinterher. Seine Erfahrung hatte ihn gelehrt, die Borniertheit der Menschen, die normalerweise in solchen Gegenden und solchen Häusern lebten, auszunutzen. Er lehnte sich mit der Schulter gegen die schwere Haustür und schob sie auf. Im Hausflur blieb er am Fuß der Treppe stehen und lauschte. Nichts rührte sich. Er hatte wahllos auf einen der Klingelknöpfe gedrückt, nachdem Elisabeth Schäfer nicht geöffnet hatte, und irgendeine gleichgültige Seele hatte reagiert, ohne weiter nachzufragen.

Elisabeth Schäfer antwortete weder auf Anrufe noch auf SMS und Mails, die er ihr geschickt hatte. Ihr Wagen stand in der Nähe der Wohnung am Straßenrand geparkt, und ein Blick durch das Fenster der Tür zum Hinterhof bestätigte ihm, was er bereits geahnt hatte. Ihr Fahrrad mit den rot gepunkteten Satteltaschen stand im Hof.

»Wo zur Hölle bist du?«, murmelte er und versuchte, die Gedanken nicht zuzulassen, die ihm Bilder von Elisabeths Leiche sandten. Er sah sie vor sich mit zertrümmerten Knochen am Boden liegen, blutüberströmt mit einem Messer in der Brust oder einem kleinen dunklen

Loch in der Stirn. Seine Phantasie ließ ihn nicht aus den Fängen.

Er stieg in den Fahrstuhl und fuhr nach oben. Erneut klingelte er bei Elisabeth Schäfer und legte das Ohr an die Tür, um zu lauschen. Im Inneren der Wohnung blieb alles still. Mike Franke zögerte. Er hatte sein altes Leben hinter sich gelassen. Keine kriminellen Eskapaden mehr. Er hatte einfach nur Glück gehabt, dass die Bullen ihn nie erwischt hatten. Oder er hatte früh genug die Kurve gekriegt und aufgehört, sich hart am Rand der Legalität und über deren Grenzen hinaus zu bewegen. Trotzdem konnte er das Wissen, das er sich mit den Jahren angeeignet hatte, nicht einfach leugnen. Er wusste, wie er diese Tür aufbekommen konnte. Die Frage war, ob er dieses Wissen jetzt anwenden wollte.

»Scheiß der Hund drauf«, sagte er leise, zog sein Taschenmesser aus der Hosentasche, und innerhalb von wenigen Sekunden sprang die Wohnungstür auf. Mike Franke trat ein und schloss die Tür lautlos hinter sich.

Eine kleine Lampe über der Garderobe warf gelbes Licht in die stille Wohnung. Die Türen zu den Räumen standen alle halb offen und ließen das Tageslicht in schmalen Streifen einfallen. Die Küche war leer, ebenso das Badezimmer. Das Bett im Schlafzimmer ordentlich gemacht. Mike ging ins Wohnzimmer und sah sich um. Leises Stöhnen erklang aus Richtung des Sofas.

»Elisabeth? Alles klar?« Mit wenigen Schritten war er bei Elisabeth Schäfer und beugte sich über sie.

»Mike«, rief sie erschrocken und richtete sich halb auf. Dann verzog sie schmerzverzerrt das Gesicht und ließ sich wieder in die Kissen sinken, die sie auf dem Sofa ausgebreitet hatte. »Was machst du hier?«

»Warum meldest du dich nicht?« Mike zeigte auf das Handy auf dem Wohnzimmertisch. »Ich habe zigmal versucht, dich zu erreichen.«

»Migräne«, flüsterte Elisabeth Schäfer mit geschlossenen Augen.

»Es war wohl alles ein bisschen viel.«

»Vergiss deine Migräne, Elli. Es wird noch alles viel mehr werden.« Er ging um das Sofa herum und hockte sich neben die liegende Frau. »Ziegler ist tot«, sagte er leise.

»Was?« Elisabeth Schäfer schreckte hoch, schwankte im Sitzen und blinzelte gegen das Licht. Ihr Blick klärte sich.

»Ziegler ist tot«, wiederholte Mike Franke. »Angeblich ein Unfall, aber daran glaube ich nicht. Er hat in das Wespennest gestochen, das wir gefunden haben, und es ist nur eine Frage der Zeit, bis sie auf uns stoßen.«

»Unsinn.« Sie schob die Beine vom Sofa und stellte die Füße dicht nebeneinander, bevor sie aufstand, kurz stehen blieb und sich reckte.

»Nein. Kein Unsinn.« Mike trat dicht vor Elisabeth Schäfer. »Wir haben sie in die Enge getrieben, jetzt wehren sie sich.«

»Was willst du denn? Dass wir aufhören? Dass wir alles wieder in die Kisten packen, aus denen wir es ausgegraben haben?« Elisabeth Schäfer schwankte und fasste sich mit einer Hand an die Stirn. Er sah, wie aufgewühlt sie war.

Mike Franke zuckte mit den Schultern. Er wusste nicht, was sie tun sollten. Er wusste nicht, was er denken sollte.

»Willst du wirklich klein beigeben? Was für ein Journalist willst du denn einmal sein? Einer, der über Verkehrsunfälle berichtet und über kleine Kätzchen auf irgendwelchen Bäumen, die heldenhaft von der Feuerwehr befreit werden? Oder jemand, der etwas bewegt? Der investigativ ist. Der aufrüttelt? Davon bist du gerade sehr weit entfernt.« Sie musterte ihn. »Ich denke, dir ist es wichtig, nicht mit dem Strom zu schwimmen. Oder ist dein Aussehen nur Verkleidung, und es geht dir gar nicht um die Überzeugung, sondern nur um den Schein?«

Mike Franke fühlte sich wie gelähmt, so als stünde er neben sich und beobachte sich selbst. Was er sah, gefiel ihm nicht. Ein Zerrissener, ein Schauspieler, ein Guter-Junge-Darsteller, ohne wirkliche Substanz. Ihm wurde übel.

»Warum sollten wir denn überhaupt Angst haben? Woher sollen sie denn von uns wissen?« Elisabeth Schäfer lachte bitter auf. »Hast du es ihnen gesagt?«

»Natürlich nicht.«

»Ziegler ganz bestimmt nicht. Dem ging es doch darum, dass er derjenige war.«

»Aber er ist tot«, schrie Mike Franke und trat gegen den Wohnzimmertisch. Der schwankte, und ein Stapel Zeitungen fiel zu Boden.

»Hör auf damit, Mike.« Elisabeth Schäfer wich vor ihm zurück. Sie ballte die Hände zu Fäusten und presste sie angestrengt an ihre Seite. Ihre Stimme und Haltung veränderten sich. Der Zorn wich etwas anderem, Abwartendem. »Sie sagen, es ist ein Unfall gewesen? Dann wird es auch so sein. Beruhige dich bitte.« Mike Franke schaute sie an und erkannte ihre Angst. Nicht vor der Gefahr, die er auf sie zukommen sah. Sondern vor ihm. Vor seiner Unberechenbarkeit. Er atmete stoßweise, versuchte, dieses Gefühlschaos aus Wut und Angst in den Griff zu bekommen. Mehr als einmal war er in der Vergangenheit ausgerastet. Hatte gegen Wände geschlagen, nach Gegenständen getreten. Wenn etwas nicht so funktioniert hatte, wie er es geplant hatte. Wenn Dinge anders liefen. Auch Elisabeth hatte ihn schon so erlebt. Sie hatte geschwiegen, sich mehr und mehr zurückgezogen. Jetzt fühlte er sich wieder hilflos, und diese Hilflosigkeit ließ die Wut auflodern.

Er wandte sich ab, senkte den Kopf, konzentrierte sich auf die Form der kleinen Bronzestatue im Regal vor sich. Atmete. Er nahm sie in die Hand. Schwer glitt sie ihm durch die Finger. Als Elisabeth ihn fragte, ob er einen Tee haben wollte, nickte er stumm, ohne sie anzusehen. Er hörte, wie sie in die Küche ging, Wasser in den Kocher füllte, den Tee und die Tassen aus dem Schrank holte. Wie das Wasser aufwallte und in die Kanne gegossen wurde. Ihre Schritte im Flur. Das klirrende Geräusch der Teetassen auf dem Tisch vor dem Bücherregal. Ihre langsamen Schritte auf ihn zu. Kaltes Metall auf seiner Haut.

*

»Nein. Nichts.« Die junge Frau machte Anstalten, die Tür wieder zu schließen.

»Sie sind die direkte Nachbarin und haben nichts gehört?«

»Gestern Abend war ich nicht zu Hause.«

»Woher wollen Sie dann wissen, ob der Einbruch gestern Abend stattgefunden hat?« Christoph Todt schob eine Hand in die Hosentasche, mit der anderen umfasste er lose den Türknauf.

»Ich weiß nicht, wann der Einbruch stattgefunden hat. Und jetzt lassen Sie mich in Ruhe.« Die junge Frau versuchte erneut, ihre Wohnungstür zuzudrücken.

»Laut dem Hausmeister war gestern gegen neunzehn Uhr noch alles in Ordnung, als er hier war.« Verena stellte sich dicht neben Christoph, suchte und fand das Namensschild neben der Klingel.

»Wo waren Sie denn gestern Abend, Frau Stein?«

»Bei meinem Pferd.«

»Kann das jemand bezeugen?«

»Nein. Das Pferd steht gemeinsam mit anderen auf einer Weide. Manchmal ist jemand da. Manchmal nicht.«

»Und gestern Abend nicht.«

»Nein.«

»Gestern Abend hat es heftig geregnet. Und Sie waren die ganze Zeit draußen?«

»Ich bin es gewohnt und habe die richtigen Klamotten dafür.«

»Wie diese Reitstiefel?« Verena zeigte auf ein Paar schwarzer Lederreitstiefel, die auf einer Schutzmatte neben der Haustür standen. Dicke Lehmklumpen klebten an den Sohlen. Die junge Frau zuckte mit den Schultern und deutete ein Nicken an.

»Was soll diese ganze Fragerei eigentlich? Denken Sie, ich wäre in die Wohnung eingebrochen?«

»Auf jeden Fall waren Sie gestern nicht bei Ihrem Pferd. Und bestimmt nicht auf einer regendurchweichten Weide«, stellte Christoph ruhig fest.

»Und was bringt Sie zu der Annahme? Behaupten Sie etwa, ich lüge?« Der Tonfall der jungen Frau wurde deutlich ruppiger. Sie starrte auf Christophs Hand. »Und jetzt lassen Sie endlich meine Tür los. Ich fühle mich ja regelrecht von Ihnen bedroht.«

»Wir können Sie sehr gerne aufs Präsidium zu einem netten Plausch einladen«, schlug Christoph Todt vor.

»Wenn Ihnen das und ein Durchsuchungsbeschluss lieber ist …« Er verstummte.

»Sie haben überhaupt keinen Grund, sich einen Durchsuchungsbeschluss für meine Wohnung zu besorgen. Das ist doch alles Bluff.«

»Stimmt. Aber Sie bluffen auch, Frau Stein.« Verena griff nach den Stiefeln und hob sie hoch. Kleine Lehmbröckchen lösten sich und fielen auf den Boden des Hausflurs. »Wenn Sie behaupten, Sie wären gestern am späten Abend von der Pferdeweide nach Hause gekommen, dann lügen Sie.« Sie trat einen Schritt zurück und zeigte auf das saubere Treppenhaus. »Der Hausmeister hat gestern gegen neunzehn Uhr hier sauber gemacht. Es müssten Lehmspuren von diesen Stiefeln zu sehen sein, aber sind es nicht.« Sie stellte die Stiefel wieder an ihren Platz. »Also, wollen Sie uns nun sagen, wo Sie tatsächlich waren?«

Die junge Frau ging wortlos ein paar Schritte rückwärts in die Wohnung und öffnete dabei die Tür ganz. Dann drehte sie sich um und verschwand in einem der Zimmer.

»Gut, Watson«, frotzelte Christoph und überließ Verena mit einladender Geste den Vortritt.

In der Wohnung roch es nach mediterranem Essen mit vielen Kräutern und noch mehr Knoblauch. Moderne Möbel, kräftige Farben, mit Geschmack ausgesucht. Es herrschte genau das richtige Maß an Unordnung, die den Hochglanzmagazin-Stil mit genügend Lebendigkeit ergänzte, um ein Zuhause zu sein. Auf dem Schreibtisch lagen Papiere und USB-Sticks, neben dem Sofa ein umgefallener Stapel Zeitschriften, und in einem der Bücherregale entdeckte Verena einen Kaffeebecher mit Lippenstiftspuren. Im Vorbeigehen abgestellt. Ein Zuhause. So könnte ich leben, wenn alles anders wäre, dachte Verena und verdrängte die Bilder von Ruths Schrankwand in antiker Eiche. Sie betrachtete die Frau genauer. Sie schätzte sie auf Ende zwanzig, Anfang dreißig, etwas jünger, als sie selbst war. In ihren engen Jeans und der schlichten Bluse wirkte sie sportlich elegant und ganz anders, als ihr Verhalten es an der Tür zunächst hatte vermuten lassen. Kleine Perlen zierten ihre Ohren, und sie trug einen passenden Ring an der linken Hand.

»Ist das Ihre Wohnung?«, wollte Verena wissen.

»Ja. Sie gehört mir. Ich habe sie vor ein paar Jahren gekauft.«

»Eine Investition.«

»Ja. Ich bin Bankerin«, erwiderte sie, als würde diese Information ihr Einkommen erklären.

»Sind die anderen Wohnungen im Haus ebenfalls Eigentumswohnungen?«

»Teilweise.«

»Kai Zieglers Wohnung ...«

»Er hat sie gemietet. Kann sich kein Eigentum leisten.«

»Woher wissen Sie das?«

»Man erfährt so einiges.« Sie umfasste den Raum mit einer Geste. »Sehen Sie nun, dass ich es nicht nötig habe, in anderer Leute Wohnung einzubrechen?«

»Waren Sie denn gestern Abend zu Hause?«

»Ja.« Sie schluckte, setzte sich auf das Sofa und lehnte sich mit geschlossenen Augen nach hinten.

»Und Sie haben nichts gehört?« Verena hob eine Augenbraue. »Die Wohnung nebenan ist ziemlich durchwühlt, Lampen sind umgeworfen, ein paar Gläser zu Bruch gegangen. Das muss doch Lärm gemacht haben.«

»Ich hatte Kopfhörer auf.« Sie ballte die Hände zu Fäusten und stemmte sie tief in die Sitzpolster.

»Den ganzen Abend?« Verena blieb hartnäckig. Die Situation gefiel ihr nicht. Die Frau verbarg etwas vor ihnen.

»Warum nicht?«

Christoph Todt setzte sich neben sie auf das Sofa, beugte sich vor und stützte beide Arme auf die Knie.

»Kai Ziegler ist an den Verletzungen gestorben, die er bei dem Unfall erlitten hat, Frau Stein. Egal, was es ist, von dem sie nicht wollen, dass wir es erfahren, sagen Sie uns bitte, was Sie gehört haben. Es ist wichtig.«

»Kai ist tot?«

»Ja.«

Die junge Frau schwieg, sah aus dem Fenster und dann Verena an.

»Über Tote soll man nichts Schlechtes sagen, oder?«

Verena erwiderte ihren Blick und wartete.

»Erwarten Sie jetzt keine Trauer von mir. Es schockt mich. Ja. Aber nicht mehr.« Sie betrachtete ihre Hände. »Wir hatten eine Beziehung miteinander. Eine Zeitlang. Besser gesagt, hielt ich es dafür. Für ihn war es wohl eher eine Affäre. Er hat mich benutzt.«

»Wozu?«

»Wozu schon? Abends klingelte er, und oft haben wir es noch nicht mal bis ins Schlafzimmer geschafft. Danach musste er häufig noch arbeiten, wie er sagte. Irgendeinen Artikel für irgendeine Zeitung schreiben. Ich habe nie etwas von ihm gedruckt gesehen, außer ab und an mal was im Feuilleton.« Sie lachte leise. »Aber da habe ich mich immer gefragt, wieso die Zeitung das überhaupt veröffentlicht hat.«

»Wieso?«

»Weil es schlecht war. Deswegen. In jedem Online-Buchversand finden Sie fundiertere Hobby-Rezensionen als seine. Bei ihm gab es nur Häme. Hauptsache, er amüsierte sich auf Kosten anderer.«

»Auch auf Ihre Kosten?«

Sie presste die Lippen zusammen und schwieg.

»Je mehr Sie uns sagen, desto schneller können wir klären, wie weit Sie in den Fall verwickelt sind. Natürlich nur, wenn es die Wahrheit ist.« Christoph musterte sie ruhig.

»Es gab Fotos von mir, die er mir in einer stillen Stunde abgeschwatzt hat«, sagte sie widerwillig.

»Nacktbilder?«, fragte Verena. Die junge Frau nickte. »Hat er Sie damit erpresst?«

»Nein.« Sie biss auf ihrer Unterlippe herum.

»Nachdem er mir gesagt hat, dass er kein Interesse mehr an mir hat, habe ich ihn gebeten, mir die Bilder zu geben und die Dateien zu löschen.«

»Ist er Ihrer Bitte nachgekommen?«

»Nein. Er hat nur gemeint, man wisse ja nie.«

»Er hat Sie sehr verletzt«, sagte Verena leise. Eine Feststellung. Keine Frage. Das Gesicht der jungen Frau gefror zur Maske. Dann holte sie tief Luft.

»Als der Lärm nebenan losging, habe ich mir meine Kopfhörer aufgesetzt, bis es vorbei war.« Sie schluckte.

»Hatten Sie keine Befürchtungen, dass ihm etwas geschehen könnte?«

»Ich habe gehofft, dass ihm etwas geschieht. Deswegen wollte ich nicht mit Ihnen reden. Unterlassene Hilfeleistung ist doch strafbar, oder?«

»Und Sie haben nichts gesehen oder sind nachher gucken gegangen?«, fragte Christoph Todt, ohne auf ihre

Frage einzugehen. Die junge Frau zögerte, blickte zwischen Verena und Christoph hin und her.

»Nein«, erwiderte sie schließlich. »Nein.« Es klang wie eine Lüge.

*

Auf der Straße vor dem Haus ergossen sich Sturzbäche über die Bürgersteige in die Rinnsteine. Ein Sommergewitter entlud sich über ihren Köpfen. Verena rannte zu ihrem Wagen, riss die Tür auf und sprang hinein. Christoph Todt rüttelte an der Beifahrertür. Die zwei Sekunden, die Verena brauchte, um die Tür zu entriegeln, genügten, um ihn völlig zu durchweichen.

»Verdammt!«, knurrte er und schüttelte den Kopf wie ein Hund.

Verena kniete sich rittlings auf den Sitz und angelte eine Rolle Papiertücher von der Rückbank. Sie riss ein großes Stück ab und reichte es Christoph Todt, bevor sie sich etwas nahm und den Regen aus dem Gesicht und von den Kleidern rieb.

»Sie hört zu, wie die Wohnung ihres Nachbarn ausgeräumt wird, und greift nicht ein, weil sie sich an ihm rächen will?« Er rubbelte sich mit dem Papiertuch durch die Haare. »Glaubst du das?«

»Je nachdem, wie sehr er sie verletzt hat. Er scheint ja ein Meister darin gewesen zu sein, auf anderer Leute Gefühlen und Empfindungen herumzutrampeln.« Sie hielt inne. »Aber das ist es nicht, was mich stört. Ich glaube, sie hat uns nicht alles gesagt.«

»Inwiefern?«

»Sie war in einem Maß ehrlich zu uns, das sie sich hätte ersparen können. Wenn sie einfach gesagt hätte, sie hätte geduscht oder wirklich die ganze Zeit Musik gehört, wäre das auch glaubhaft gewesen. Aber so füttert sie uns mit der Tatsache an, dass sie nicht eingegriffen hat, und setzt sich damit einer möglichen Anzeige aus. Das mache ich doch nur, wenn ich von etwas anderem ablenken will.«

»Aber wir wissen nicht von was.«

»Nein.« Verena umklammerte mit den Fingern das Lenkrad, blinzelte und schaute angestrengt in den Regen. »Warten wir die Ergebnisse der Spusi ab. Dann sehen wir weiter.« Verena schluckte. Die Feuchtigkeit kroch durch ihre Kleider bis auf die Haut. Sie fror. Ein Schauer lief ihr über den Rücken. Ihr wurde übel, und in ihren Ohren rauschte es. Sie schloss die Augen, lehnte die Stirn auf ihre Handrücken und atmete langsam ein und aus.

»Alles in Ordnung?«

»Ja, ja. Alles okay.« Sie konzentrierte sich. Hinter ihren Lidern drehte sich alles.

»So siehst du aber nicht gerade aus.« Sie hörte die Besorgnis in Christoph Todts Stimme. »Du bist kreidebleich.«

»Geht gleich wieder.« Sie richtete sich auf. Das Surren und Pfeifen in ihrem Schädel wurde stärker, ihr Sichtfeld verschwamm. Ihr Magen krampfte, und sie spürte, wie ihr die Übelkeit in die Kehle kroch. Verena riss die Fahrertür auf, ohne auf den strömenden Regen zu achten, und übergab sich mitten auf die Straße. Ein Auto wich laut hupend aus. Spritzwasser schoss wie eine Fontäne vom Asphalt hoch und regnete in einer Mischung aus Dreck und ihrem Erbrochenen auf Verena nieder, drang kalt durch ihre Kleidung bis auf die Haut. Sie stöhnte auf. In ihr brach ein Damm. Ihre Selbstbeherrschung löste sich auf. Verena schluchzte. Sie spürte salzige Tränen auf ihrem regennassen Gesicht, zitterte, kroch in sich zusammen.

»Komm.« Christoph stand mit einem Mal vor ihr. Seine ausgebreitete Jacke wie einen Schirm über sie haltend, streckte er ihr eine Hand entgegen. »Ich bringe dich nach Hause.« Sie hatte nicht bemerkt, wie er ausgestiegen und um den Wagen zu ihr herum gegangen war. Oder gelaufen? Sie wusste es nicht. Immer noch surrte und brummte es in ihrem Schädel, aber das Geräusch ebbte mehr und mehr ab und machte einer bleiernen Müdigkeit Platz.

»Es geht schon wieder«, murmelte sie und ließ sich gegen den Sitz fallen. »Gib mir nur einen kleinen Augenblick. Ich muss mir irgendeinen Mist eingefangen haben.«

»Jetzt lass dir helfen, Verena.« Erneut streckte er die Hand aus. »So kann ich dich unmöglich fahren lassen. Vorschlag: Ich bringe dich jetzt nach Hause, und du legst dich hin. Deinen Wagen bringt ein Kollege nach.«

»Hinlegen?« Das erschöpfte Lachen verrutschte in ihrem Gesicht. Sie öffnete die Augen, sah Christoph an. »Heute Abend muss ich Ruth in die Kurzzeitpflege schaffen, weil ich niemanden habe, der sich um sie kümmert, wenn ich nicht da bin. Ich kann es mir einfach nicht leisten, mich hinzulegen.«

»Dann kannst du es dir auch nicht leisten, ernsthaft krank zu werden. Und deswegen musst du dich jetzt ausruhen.« Er meinte es gut. Er wollte ihr helfen.

»Sehe ich so schlimm aus, dass du richtig nett zu mir sein musst?«

»Schlimmer.«

Sie nickte, wuchtete ihre bleischweren Beine aus dem Wagen und stand auf, ohne seine Hand zu nehmen. Ihr fiel es schwer, die Balance zu halten, aber sie biss die Zähne zusammen und atmete konzentriert durch die Nase.

»Der Regen hat aufgehört«, bemerkte sie, bevor ihr wieder schlecht wurde und sie in sich zusammenfiel.

*

Verena erwachte. Es roch fremd. Nach Reinigungsmitteln, gestärkter Wäsche und lauwarmem Essen. Ungewohnte Geräusche. Geschirrklappern. Metallrollen auf hartem Boden. Knistern von Papier. Blättern von Seiten.

»Wieder da?« Jemand beugte sich über sie. Leo. Verena öffnete die Augen. Sie war in einem Krankenhauszimmer. Neben ihrem Bett stand ein Stuhl mit einer aufgeschlagenen Zeitung darauf.

»Wie spät ist es?«

»Gleich halb neun. Du hast das Abendessen verpennt.«

»Was?« Verena setzte sich im Bett auf, warf die Bettdecke zur Seite und wollte aufstehen. Leo legte ihr die Hand auf die Schulter und hinderte sie daran.

»Du bist doch sonst nicht so erpicht auf halb vertrocknete Brote und sich aufrollende Wurstscheiben.«

»Natürlich nicht. Es geht nicht ums Essen. Es geht um Ruth. Ich muss sie in das Pflegeheim bringen. Niemand ist da, der sich kümmert. Sie wartet auf mich, dass ich nach Hause komme.« Wieder wollte sie aufstehen. Und wieder drückte Leo sie zurück ins Bett.

»Für Ruth ist gesorgt. Mach dir keinen Kopf. Alles im Lot.«

»Ist Gisela noch bei ihr?«

»Wenn du eure Nachbarin meinst, dann ja. Sie hat dem Kollegen Todt geholfen.«

»Geholfen? Wobei?«

»Ruth in das Pflegeheim zu bringen. Er hat die Unterlagen aus deinem Auto mitgenommen, und weil du ihm wohl erzählt hattest, wie der Stand der Dinge ist, ging das auch alles einigermaßen glatt über die Bühne. Ich sage es ungern, aber er hat es gut hinbekommen.«

»Er hat was?« Verenas Herz raste. Diesmal drückte sie sich an Leo vorbei und stand auf. »Wo sind meine Sachen? Ich muss sofort zu ihr. Sie wird sich furchtbar aufregen und Angst bekommen.« Sie ging zu einem Wandschrank, riss die Tür auf und hielt sich daran fest, als ihr Kreislauf absackte.

»Leg dich hin, Verena. Die Ärzte haben gesagt, sie müssen erst noch ein paar Dinge durchchecken, bis sie dich wieder entlassen. Und das wird frühestens morgen sein.«

»Mir geht's wieder gut.« Verena sah an sich herunter. Sie trug eins dieser Krankenhausnachthemden.

»Es ist hinten offen«, informierte Leo sie trocken. »Du solltest dich wirklich wieder ins Bett legen, bevor du dir noch deine …«, sie hielt kurz inne, ehe sie fortfuhr, »… Nieren verkühlst.« Verena ging zum Bett und setzte sich. »Hier.« Leo schob mit dem Fuß eine Sporttasche auf sie zu. »Ich war bei dir zu Hause und habe dir ein paar Sachen mitgebracht. So etwas Ähnliches wie einen Schlafanzug hab ich nicht gefunden. Aber die T-Shirts reichen dir sicher auch. Und bevor du fragst, ja, ich habe gesehen, wie Ruth es verkraftet hat. Es ging ihr gut. Deine Nachbarin ist mitgefahren, hat ihr alles erklärt.«

»Hat Ruth nicht nach mir gefragt?«

»Doch. Hat sie. Mehrfach. Und nach Nina. Aber deine Nachbarin hat sie beruhigt.«

»Trotzdem muss ich da jetzt hin.«

»Nein. Das musst du nicht.« Leo stand auf, ging um das Bett herum und setzte sich auf die andere Seite. Sie schlug die Decke um und legte sich auf das Bett. Ihr Blick wanderte durch den Raum. »Diese Perspektive hatte ich ziemlich lange, wenn du dich erinnerst. Und ich konnte nicht wie eine Furie aufspringen, nach meinen Sachen schreien und einfach abhauen. Ich hatte Zeit. Eine ganze Menge Zeit. Und eine Menge zum Nachdenken. Zum Beispiel die Frage, was wäre, wenn ich nicht mehr auf die Beine kommen würde. Wenn ich nicht mehr laufen können würde. Nicht mehr in mein altes Leben zurück könnte. Das hat mir Angst gemacht, Verena. So viel, dass ich überhaupt nicht darüber reden konnte. Weder mit den Ärzten noch mit der Psychiaterin, die sie mir geschickt haben. Nicht mit dir. Nicht über alles. Auch wenn du vielleicht mehr mitbekommen hast, als mir eigentlich lieb war.« Sie hob ihre linke schlaffe Hand mit der rechten an. »Das hier ist übriggeblieben. Ein Witz zu dem, was vorher auf dem Spiel gestanden hat. Und trotzdem macht es mich wütend, lässt mich zweifeln an mir und verzweifeln an der Situation.« Sie setzte sich auf, rückte nah von hinten an Verena heran und beugte sich zu ihrem Ohr vor. »Und weißt du, warum ich dir das alles erzähle? Nicht weil ich Mitleid von dir will. Es geht gar nicht um mich. Es geht um dich. Wie du mit dir selbst umgehst. Du denkst an Ruth, du denkst an deinen Job, an mich, an alle, außer an dich selbst. Und jetzt bist du zusammengeklappt. Hast dich vollgekotzt. Auf der Straße. Im Regen. Ziemlich dramatisch im Übrigen. Und was machst du, sobald du wieder einigermaßen die Augen aufbekommst? Du denkst an andere. Nicht an dich.« Sie rückte von Verena ab, die reglos und schweigend dasaß, und setzte sich Rücken an Rücken mit ihr. »Nicht einmal hast du gefragt, was die Ärzte denn über deinen Zustand gesagt haben. Oder mich gebeten, einen Arzt zu holen, damit er dir erklärt, was du hast. Interessiert es dich so wenig?« Sie stand auf, ging zum Fußende des Bettes und legte die Hände auf das Gestänge. »Ist deine Gesundheit so unwichtig für dich? Bist du dir so wenig wert, Verena?«

»Bist du fertig?« Verena schluckte. »Wenn ja, dann geh bitte. Ich möchte mich jetzt anziehen.«

8. Kapitel

Alles ist fremd. Der Geruch. Die Wände. Der Blick aus dem Fenster des Zimmers auf die Bäume, die sich in einiger Entfernung drohend aufrichten. Das Kind hockt am Kopfende eines Bettes, die Knie dicht an den Körper gezogen, die Arme darum geschlungen. Reglos. Seit Stunden sitzt es da. Starrt hinaus in die fahle Dämmerung. Es friert nicht. Es hat keinen Hunger. Es fühlt nichts mehr. Kein Schmerz. Will ihn nicht mehr an sich heranlassen. Das Blut. Die Augen des Mädchens. Die harte Hand an seinem Arm.

Ein Schrank steht in einer Ecke des Zimmers. Das Kind löst sich, streckt suchend die Füße über den Rand des Bettes, steht auf und geht langsam auf den Schrank zu. Der Schlüssel klemmt und gibt nur widerstrebend nach. Die Schranktüren öffnen sich und geben eine staubige Leere preis. Hier ist ein guter Platz. Das Kind legt die Erinnerungen ab. Jedes einzelne Bild. Stück für Stück füllen sie die Regale, bis sie sich biegen von Blut und Angst.

Das Kind schließt den Schrank. Dreht den Schlüssel. Einmal. Zweimal. Dreimal. Die Zimmertür ist nicht abgeschlossen. Die Treppe hinunter, durch den kargen Flur zur Haustür. Auch sie lässt sich öffnen, springt weit auf, und ein Strom kalter Luft weht ins Haus. Das Kind spürt die Kälte nicht. Geht auf den Wald zu. Den Schlüssel des Schranks in den Händen geborgen, wie einen Schatz, den es zu hüten gilt. Zu vergraben. Es geht, bis es eine Stelle gefunden hat, an der sich das weiche Moos mit den Händen ablösen und die Erde mit den Händen ausheben lässt. Der Schlüssel blinkt matt durch die herabfallenden Erdkrumen, bis das Loch wieder geschlossen und mit dem Moos bedeckt ist. Die Bilder sind fort. Das Kind kniet auf dem Waldboden wie vor einem Altar. Jetzt wird alles gut. Eine Decke legt sich um seine Schultern. Hände umfassen es und heben es hoch.

»Was machst du denn hier draußen?«, fragt der Mann, und das Kind hört die Sorge in seiner Stimme. Es lehnt den Kopf an die Schulter des Mannes, spürt die Wärme und seine Arme. Alles wird gut.

Das Kind lächelt.

*

Im Haus empfing sie ungewohnte Stille. Verena lauschte ins dämmrige Licht hinein. Etwas fehlte, auch wenn sie wusste, dass niemand sie erwartete, der ein Geräusch hätte machen können. Sie neigte den Kopf zur Seite und überlegte. Die Standuhr war stehen geblieben. Niemand hatte in den letzten beiden Tagen daran gedacht, sie aufzuziehen. Sie ging zum Uhrenkasten, öffnete die schmale Glastür und nahm den Schlüssel vom Boden des Uhrenkastens. Langsam drehte sie ihn einige Male, bis sie den Widerstand der Feder spürte. Die Zeiger wanderten unter ihrem Finger über die verlorenen Stunden hinweg. Die Stunden schlugen kurz und verstummten knarzend. Noch aus dem Krankenhaus heraus hatte sie im Heim angerufen und gefragt, ob sie noch vorbeikommen könnte.

Die Pflegerin am anderen Ende der Leitung hatte dringend davon abgeraten. Frau Altenrath sei jetzt im Bett, und Verenas Besuch würde sie nur unnötig aufregen. Sie hatte auch einen Arzt gefunden und ihm klargemacht, sie würde nicht bleiben. Sie hatte Protest erwartet, aber der war ausgeblieben. Lediglich ein Formular hatte sie unterschreiben müssen, dass sie auf eigenen Wunsch und eigene Gefahr hin gehen würde. Sie hatten nichts gefunden, was ihren Schwächeanfall hätte erklären können. Keine Infektion, vermutlich auch keinen Virus. Das Erbrechen war nicht wieder gekommen. Der Schwindel auch nicht. Sie horchte in sich hinein. Alles fühlte sich auf eine zerbrechliche Art in Ordnung an. Als würde nur eine dünne Wand sie vor einem erneuten Anfall schützen, der sie erneut in die Knie zwingen konnte. Sie hängte ihre Jacke an den Garderobenhaken, stellte die Sporttasche darunter. Ihre beschmutzten Sachen würde sie morgen waschen. Heute hatte sie keine Energie mehr dazu.

Ohne die Lampe anzuschalten, ging sie ins Wohnzimmer, setzte sich auf das Sofa und schloss die Augen. Die Stille wurde lauter und senkte sich auf sie herab, bis sie nur noch ihren eigenen Atem hörte.

Ein Warnschuss, hatte der Arzt gesagt. Sie mute sich vielleicht zu viel zu. Eine als Frage verkleidete Diagnose. Nichts Organisches. Zu viel von allem. Sie gab ihm recht. Zu viel Ruth, zu viel Arbeit, zu viel Dazwischensein. Aber was änderte das? Sie hatte keine Wahl. Sie musste funktionieren. Ruth war von ihr abhängig. Auf dem Präsidium waren zu viele andere Kollegen krank, als dass sie auch ausfallen und Leo und Christoph im Stich lassen könnte.

Leo. Sie musste sie anrufen. Sich entschuldigen für

das,was sie vorhin gesagt hatte. Dafür, dass sie Leo weggeschickt, ihr das Gespräch verweigert hatte. Aber nicht heute. Morgen. Morgen ging es weiter. Alles. Vieles.

Verena stand auf, schlenderte in die Küche und goss sich kalte Milch in eine große Tasse. Im Schrank fand sie eine Dose Kakao, schaufelte zwei übervolle Löffel in die Milch, rührte und trank mit gierigen Schlucken, bis nur der dunkle Satz am Boden der Tasse zurückblieb. Sie stellte die Tasse in die Spüle. Der Löffel fiel klirrend daneben. Sie ließ ihn liegen, wandte sich ab und ging in Richtung Flur. Am Fuß der Treppe blieb sie stehen, unschlüssig und zögernd, horchte in sich hinein. Sie solle sich schonen. Behutsamer mit sich umgehen. Sie spürte ihren Körper. Ihren jungen Körper, der ihr unerwartet den Dienst versagt hatte. Langsam stieg sie die Stufen hinauf, ging in ihr Zimmer und legte sich in ihren Kleidern aufs Bett, zu müde, sie auszuziehen. Muskeln wie schweres Blei zogen sie immer tiefer, ohne die wild kreisenden Gedanken stoppen zu können. Was sollte sie tun? Was wäre das Richtige? Für Ruth? Für sie selbst? Wie wäre es, wenn Ruth dauerhaft in einem Heim wie diesem untergebracht wäre? Hätte sie dann kapituliert? Versagt? Wie hoch wäre der Preis dafür, ihr eigenes Leben wiederzubekommen? Wie schwer der Verrat? Sie drehte sich zur Seite und stand auf. Ohne das Licht anzuschalten, verließ sie ihr Zimmer und ging wieder ins Erdgeschoss zum ehemaligen Esszimmer, das nun Ruths Schlafzimmer war, damit sie kurze Wege hatte. Vor der Tür zögerte sie kurz, bevor sie sich einen Ruck gab. Vielleicht fand sie hier eine Antwort auf ihre Fragen.

Im Zimmer verbreitete sich der zarte Duft des Lavendelparfüms, das Ruth so liebte, einen Hauch von französischem Sommer. Zarte weiße Gardinen hingen halb zugezogen vor den großen Fenstern, die bis zum Boden reichten und einen wunderbaren Blick auf den Garten boten, auch wenn sie seit dem letzten Winter mit einem Schloss versehen worden waren, um Ruth an unkontrollierten Spaziergängen zu hindern. Sie erinnerte sich daran, wie Ruth daran gerüttelt hatte, bei dem Versuch, sie zu öffnen. An ihre Aufregung, an ihren Glauben, etwas sei kaputt und müsse repariert werden. Nina hatte die Regale aufgeräumt und so neu sortiert, dass sich Ruth gefahrlos in dem Raum aufhalten konnte. Die Kristallgläser waren ins Wohnzimmer geschafft worden, ebenso wie das Geschirr. Dafür standen jetzt Bücher und alte Fotoalben darin, mit denen sich Ruth gern beschäftigte. Die Bilder aus Verenas Kindheit und Jugend brachten Ruth zum Erzählen, und ihre Erinnerungen an diese Zeiten waren lebendiger als ihre Gegenwart.

Verena schaltete eine Stehlampe an, nahm eins der Alben, blätterte durch ihre eigene Vergangenheit in Polaroid und schob es zurück ins Regal. Sie zog ein weiteres heraus. Bilder ihrer Mutter als junge Frau, als Teenager, mit der Neugierde im Blick, von der Ruth immer gesagt hatte, es sei ihr größtes und wertvollstes Vermächtnis an die Tochter. Der Wunsch, den Dingen auf den Grund zu gehen. Sich nicht mit dem ersten Blick zufriedenzugeben. Zu hinterfragen, nicht lockerzulassen. Verena suchte nach Gemeinsamkeiten in den Zügen der Mutter, die auf den letzten Bildern, die es von ihr gab, jünger war als Verena heute. Mit neunundzwanzig hatte ein Autounfall ihr Leben und das ihres Mannes, Verenas Vater, beendet. Plötzlich und unerwartet. Die beiden hatten keine Chance gehabt. Wieder suchte Verena den Blick der Mutter auf dem Bild. Wie wären ihre Eltern heute mit einundsechzig? Hätte sie noch mehr Geschwister bekommen? Wäre ihr Leben ein anderes, wäre sie eine andere? Mit weniger Verantwortung und weniger Last? Sie stellte das Album zurück und nahm ein weiteres. Eine andere Zeit. Ihre Mutter als Kind. Auf Ruths Arm, auf dem Arm ihres Vaters, Verenas Großvater. Max Altenrath war zwanzig Jahre älter als Ruth gewesen und mit dreiundsiebzig, drei Jahre nach Verenas Geburt, gestorben. Den Tod der Tochter hatte er nicht verkraften können. Auf den alten vergilbten Bildern der Fünfziger wirkte er müde und abgespannt, aber Verena wusste von seiner großen Zuneigung für ihre Mutter Sabine, die seine Prinzessin gewesen sein musste. Und immer wieder hatte Ruth ihr von seinem stillen Heldentum erzählt. Wie er ihr geholfen hatte in den Jahren der Verfolgung. Wie er die damals dreizehnjährige Ruth versteckt und sich nach dem Krieg um die Waise gekümmert hatte. Wie daraus später ihre Liebe gewachsen war. Trotz des Altersunterschieds. Verena erinnerte sich an Ruths Erzählungen und an die leuchtenden Bilder, die sie ihr mit ihren Erzählungen von Max gemalt hatte. Sie blätterte die Seiten langsam um, wanderte in der Zeit vor und zurück. Momentaufnahmen, Ausflüge mit dem Rad, im Garten, vor Weinbergen. Schöne Augenblicke, obwohl sie wusste, dass es auch die anderen, die dunklen gegeben haben musste. Sie streckte sich und lockerte mit kreisenden Bewegungen ihre Schultern. Ihre Müdigkeit hatte sich in den hintersten Winkel ihres Bewusstseins zurückgezogen und nur schwere Glieder zurückgelassen. Ein letztes Album stand noch in der Reihe. Sie wollte es anschauen, sich ablenken mit Dingen, die sie nicht an ihre Probleme erinnerten. Verena nahm es heraus, strich mit der flachen Hand über den vergilbten Stoffbezug, schlug es auf und wieder zu. Es kam ihr unbekannt vor. Sie glaubte nicht, es vorher schon einmal gesehen zu haben, erinnerte sich aber daran, dass Nina von einer Aufräumaktion auf dem Speicher erzählt hatte, bei der sie alte Bücher gefunden und diese dann eingeräumt hätte. Vielleicht war das eins dieser Fundstücke. Erneut schlug sie es auf. Alte Schwarzweißfotografien in den für diese Zeit typischen Sepiatönen. Ein Junge in einem Tretauto, geschorene Haare, Strohhut. Der gleiche Junge neben einer alten Frau stehend. Feierlicher Blick. Die Bilder trugen keine erklärenden Unterschriften, nur ab und an eine Jahreszahl und zogen sich durch die Zwanziger des letzten Jahrhunderts. Aus den Zügen des Jungen ergab sich mit jedem Bild mehr das Gesicht ihres Großvaters. Hätte sie ihn auf den ersten Seiten nicht erkannt, unterschied sich der Halbwüchsige in der Mitte des Albums nur durch den veränderten Ausdruck der Augen von dem Mann, den Verena bereits von den anderen Bildern kannte. Die Leichtigkeit der Jugend war in den Kriegsjahren verloren gegangen. Bei den letzten Fotografien stutzte sie und musste genauer hinschauen, aber es bestand kein Zweifel. Ihr Großvater trug das NSDAP-Abzeichen an seiner Uniform. Verena schüttelte den Kopf. Hatte Ruth jemals davon erzählt? Wie passte das zum Bild des Widerständlers? Sicher gab es eine Erklärung dafür. Einen Grund, den sie in diesem Augenblick nicht wusste und der sich aus dem wenigen, was ihr dieses Album an Informationen gab, nicht erklären ließ. Verena spürte, wie das Pulsieren in ihrem Ohr wieder zunahm. Zu viel. Alles zu viel. Die

Standuhr im Flur schlug dreimal und verstummte. Verena legte sich in Ruths Bett, rollte sich zusammen und versuchte, nicht daran zu denken, wie allein sie sich fühlte.

*

Es dämmerte, als Christoph seine leere Wohnung betrat. Er schaltete die Beleuchtung im Flur ein und erinnerte sich zum x-ten Mal daran, endlich die nackte Glühbirne, die seit seinem Umzug dort hing, gegen eine Lampe auszutauschen. Er wusste, er würde es wieder vergessen, weil es ihm nicht wichtig war. Er verbrachte kaum Zeit in diesen Räumen, hatte keine Verbindung dazu, fühlte sich nicht heimisch. Sein Zuhause war das Reihenhaus gewesen, in dem er mit Annika und Emma gelebt hatte. Er hatte lange gezögert, das Haus zu verkaufen, Emma die gewohnte Umgebung und die Spielkameraden wegzunehmen, wenn sie endlich wieder bei ihm wohnen würde. Aber die Blicke der Nachbarn, die je nach Bekanntschaftsgrad zwischen Mitleid und Vorwurf waren, hatten ihn irgendwann endgültig vertrieben. Er hatte es nicht mehr ausgehalten. Die verkrampften Gesprächsversuche, das peinliche Schweigen nach Sätzen, die in den Augen derer, die sie vorschnell ausgesprochen hatten, alte Wunden hätten aufreißen lassen können. Annikas Selbstmord hatte alles aus den Angeln gehoben, und erst seit kurzem hatte er wieder das Gefühl sicheren Bodens unter den Füßen. Bis auf die Tage, die ihm wie Treibsand vorkamen, die ihn in die Tiefe sogen, verschluckten und nicht wieder freigaben. Aber sie wurden seltener und überfielen ihn in immer größeren Abständen.

Ein Neuanfang. Für ihn und für seine Tochter. Alles

auf null. Umgebung. Freunde. Ohne Vergangenheit und Altlasten. Christoph wusste, dass er den Preis für das Haus zu niedrig angesetzt hatte. Der erste Interessent hatte bereits zugeschlagen, und nach einem Monat war alles geregelt. Nur die Bücherregale, die noch aus seiner Junggesellenzeit stammten, seine Plattensammlung und Emmas Spielzeug hatte er mitgenommen. Töpfe, Pfannen, Geschirr. Dinge ohne Erinnerung. Alles andere war verkauft und verschenkt. Er strich mit der Hand über die Musiksammlung. Das meiste Vinyl. Es gab nur wenige Ausnahmen. Sein Finger blieb bei dem Depeche-Mode-Konzert hängen. *One Night in Paris*. Eine Filmaufnahme aus dem Jahr 2002. *Halo* mit harten Gitarrenriffs. Er legte die DVD ein und suchte das Stück. »You wear guilt like shackless on your feet«, röhrte Dave Gahan durch die Räume – »Du trägst die Schuld wie Fesseln an deinen Füßen. Wie einen umgekehrten Heiligenschein.« Der Boden vibrierte, als er den Lautstärkeregler hochfuhr und weiter in die kleine Küche ging. Auch hier war noch einiges zu tun. Er öffnete den obersten Umzugskarton. Auf einem Haufen Legosteine lag ein eingerahmtes Bild von ihm und Emma im Garten eines Freundes. Er trug seine Tochter auf dem Arm, strahlte in die Kamera. Der Freund hatte das Bild damals gemacht. Er nahm es heraus und stellte es auf die Fensterbank. Er löschte das Licht, ging ins Schlafzimmer und legte sich im Dunkeln auf sein Bett. Mit den Zehen streifte er die Schuhe ab und verschränkte die Arme hinter dem Kopf.

Er vermisste seine Tochter, aber war Emma da, wo sie zurzeit war, nicht viel besser aufgehoben als bei ihm?

Er hätte gern einen normalen Tag mit ihr verbracht. Einen Tag, an dem er ihr morgens beim Waschen helfen, sie anziehen und ihr ein Frühstück machen würde. Sie danach zum Kindergarten bringen und nach Dienstschluss pünktlich wieder abholen würde. Ein kleiner Einkaufsbummel durch den Supermarkt, um das Abendessen und ihren Lieblingsjoghurt einzukaufen, anschließend zusammen eine Zeichentrickserie im Vorabendprogramm ansehen, zu Abend essen, Zähne putzen, Hände waschen, Schlafanzug. Auf dem neuen Ohrensessel in ihrem Zimmer eine Gutenachtgeschichte. Nachttischlampe. Träum schön, Süße. Und er würde danach ein Glas Wein auf dem Balkon bis zur nötigen Bettschwere trinken. Eine ruhige Nacht, bis am nächsten Morgen der Wecker klingelte und ihn weckte.

Aber Emma war nicht da. Größter Wunsch und noch größere Angst. Vor dem, was sein würde, wenn sie wieder da wäre. Tage wie den gestrigen würde es in Zukunft oft geben, und er musste sich Gedanken machen, wie er dieses Problem für sich und seine Tochter lösen konnte. Hatte er sein Leben und vor allem sich selbst wieder genügend im Griff, um ein guter Vater zu sein? Ein verlässlicher Vater? Einer, der seiner Tochter Halt geben konnte, weil er in sich selbst Halt finden konnte.

Er wusste nicht, wie er noch vor wenigen Wochen auf einen Tag wie den letzten reagiert hätte. Mitten in den Ermittlungen hatte Verena einen Schwächeanfall erlitten, war buchstäblich vor ihm zusammengeklappt. Er hatte sie aufgefangen und ins Krankenhaus gebracht, Rogmann und Leo informiert und sich dann aufgemacht, um Verenas Großmutter zu dem Pflegeheim zu bringen, in das sie an diesem Abend hatte einziehen sollen. Er hatte ruhig und gelassen eine Aufgabe nach der anderen bewältigt. Eine Selbstverständlichkeit in der Zeit vor Annikas Suizid, danach eine Herausforderung, der er sich gestellt und die er gemeistert hatte. Christoph lächelte in die Dunkelheit seines Schlafzimmers und spürte zum ersten Mal seit dem Tod seiner Frau so etwas wie Zufriedenheit.

Das wiedererlangte Stück Gelassenheit löste allerdings auch nicht das drängende Problem, den Job und Emmas Betreuung unter einen Hut zu bringen. Die Familienhelferin hatte ihm etliche wertvolle Tipps gegeben, und nun war er auf der Suche nach einer Babysitterin, die spontan einspringen konnte, wenn ihn die Arbeit festhielt. Die Suchanzeigen, die er erstellt und ausgedruckt hatte, lagen bereit. Er musste sie nur noch in den umliegenden Supermärkten ans Schwarze Brett heften.

Morgen.

9. Kapitel

Sein Wecker sprang an, und in die ersten Töne eines Westernhagen-Songs mischten sich die schrillen Klingeltöne seines Handys. Er stöhnte, tastete nach dem Telefon.

»Todt«, meldete er sich knapp, schaltete mit der freien Hand den Wecker aus und ließ sich wieder aufs Bett fallen. Seine Stimme knarzte.

»Guten Morgen, Herr Kollege«, sagte Leonie Ritte, die hörbar schlechte Laune hatte. »Sicher habe ich Sie nicht geweckt, oder?« Täuschte er sich, oder schwang da Häme mit?

»Schon wieder im Dienst?«, ignorierte er ihre Frage.

»Ja. Und Sie auch gleich. Eine Putzfrau hat ihre Arbeitgeberin tot in der durchwühlten Wohnung gefunden. Sie haben Dienst. Wenn Sie sich sofort auf den Weg machen, sind Sie gleichzeitig mit der KTU da.« Sie gab ihm die Adresse durch. »Und noch was.« Sie verstummte. Er konnte hören, wie sie auf ihre Lippe biss und mit sich rang, weiterzusprechen. Er stand auf, schaltete den Lautsprecher an und zog sich aus. Er war eingeschlafen, ohne sich umzuziehen. Jeans und Hemd waren zerknittert und durchgeschwitzt. Christoph ging zum Kleiderschrank, öffnete ihn und nahm das letzte saubere Hemd vom Bügel. Er musterte es missbilligend. Türkis war definitiv nicht sein

Favorit bei der Wahl seiner Kleidung. Annika hatte es von einem Einkaufsbummel mitgebracht. Er hatte es so weit hinten wie möglich in seinen Schrank gehängt und es nie getragen. Jetzt musste er, weil kein anderes mehr sauber war. Er trug es mit den anderen neuen Kleidungsstücken ins Badezimmer. Am anderen Ende der Leitung räusperte Leo sich.

»Verena hat sich gestern Abend selbst aus dem Krankenhaus entlassen. Ich konnte es nicht verhindern.«

»Waren Sie nicht bei ihr?«

»Doch. Aber sie hat mich rausgeschmissen.«

»Wo ist sie jetzt?«

»Zu Hause. Denke ich.«

»Haben Sie angerufen?«

»Sie geht nicht ran.«

»Vermutlich schläft sie noch.«

»Vermutlich.«

»Sie machen sich Sorgen.«

»Ja.«

»Ich fahre später bei ihr vorbei und schaue nach dem Rechten.«

»Tun Sie das.« Leo Ritte schwieg, und er hörte, wie sie schluckte. »Danke, Herr Kollege.«

»Christoph. Ich bin nicht immer ein Arschloch.«

»Danke, Christoph.«

*

Das Wohnzimmer der Altbauwohnung war eingerichtet wie eine alte Bibliothek. Deckenhohe Regale, dichtgedrängte Buchrücken, zwei lederbezogene Ohrensessel, deren Duft den Raum durchdrang, auch wenn er jetzt von einem metallischen Blutgeruch überlagert wurde. Die

Frauenleiche lag in der Mitte des Raumes ausgestreckt auf dem Parkett, die Füße auf einem dicken Perserteppich, der nach einem Original aussah. Neben ihrem Kopf hatte sich eine Blutlache ausgebreitet. Christoph Todt blieb an der Tür stehen, analysierte die Raumanordnung. Nichts deutete auf einen Kampf oder einen Einbruch hin, alles stand an seinem Platz, nichts war durchwühlt.

»Darf ich schon?«, fragte er einen der Spurensicherer und erhielt zur Antwort ein Paar Plastiküberzieher für seine Schuhe, Einmalhandschuhe und einen Schutzanzug in die Hand gedrückt.

»Gib uns noch fünf Minuten, damit wir abkleben können.« Der Kollege hielt eine Rolle durchsichtiges Klebeband in der Hand. Er kniete sich neben den Teppich und riss einzelne Stücke davon ab, klebte sie auf den Flor und schrieb mit dickem Filzschreiber eine Nummer darauf. Christoph Todt zog die Schutzkleidung über, wartete, bis der Kollege ihm zunickte, und betrat dann den Raum.

»Todesart?«

»Bin ich der Rechtsmediziner?«

»Nein. Aber du bist ein Kollege mit viel Erfahrung, der so etwas nicht zum ersten Mal sieht.«

»Schau's dir selbst an, und dann sagst du mir, was du meinst.«

Christoph Todt näherte sich der Toten, beugte sich über sie. Weiße Knochensplitter, verkrustetes Blut und Teile von Gehirnmasse quollen aus einer beinahe quadratischen Wunde am Hinterkopf, die kleiner war, als er es wegen des hohen Blutverlustes vermutet hatte. An einer Seite wirkte die Haut wie in Falten gelegt.

»Schlag mit einem Hammer?«

Der Kollege der Spurensicherung nickte. »Japp. Ganz

meine Meinung. Auch wenn der Doktor uns den Hals umdreht, wenn wir mit solch voreiligen Schlüssen daherkommen, das sieht sehr eindeutig aus.«

»Habt ihr das mögliche Tatwerkzeug gefunden?«

»Bisher noch nicht. Aber wir sind noch lange nicht fertig hier.«

»Hm«, murmelte Todt und wandte sich ab. Ein anderes Bild schob sich vor den Anblick, der sich ihm bot. Momentaufnahmen, wie eine zu schnell durchgeklickte Diashow. Die Blutlache. Die Lage der Toten. Das Aussehen der Wunde. Alles wies eine große Ähnlichkeit zu dem Mord an Heidemarie Alligs auf. Christoph schüttelte den Kopf. Noch war es nicht mehr als eine Ahnung, und darauf wollte er sich nicht verlassen. Er würde abwarten, ob seine erste Assoziation, die er gerade gehabt hatte, sich bestätigen würde. Er brauchte klare Anhaltspunkte.

Hinter dem ersten Sessel entdeckte er einen kleinen Beistelltisch mit zwei Teetassen, einer Zuckerschale und einem vollen Milchkännchen darauf, der von seinem Standpunkt an der Tür aus nicht sichtbar gewesen war.

»Sie hatte Besuch«, sagte er unbestimmt in den Raum hinein, aber niemand reagierte. Selbstgespräche führende Kommissare schienen für die Spurensicherer keine Seltenheit zu sein. »Habt ihr schon nachgeschaut, was in der Küche ist?«, sprach er den Kollegen direkt an.

»Kommt noch«, brummte der. »Wir können uns auch nicht vierteilen.«

Christoph Todt stieg über ihn hinweg und verließ das Wohnzimmer. Die gesamte Wohnung war sehr großzügig geschnitten. Von der Wohnungstür aus führte ein Flur, der gerade so breit war, dass zwei Menschen bequem aneinander vorbeigehen konnten, über die gesamte Länge der Wohnung. Links gingen vier, auf der rechten Seite drei Türen ab, von denen die ersten beiden zum Wohnzimmer gehörten, das anscheinend irgendwann einmal aus zwei Räumen zusammengelegt worden war. Die letzte der drei Türen öffnete sich in ein ganz in Weiß gehaltenes Schlafzimmer mit großzügigem Doppelbett, dessen Kopfteil vor einer der Wände eines begehbaren Kleiderschranks stand. Christoph Todt schloss die Tür wieder, ohne das Zimmer zu betreten, öffnete nacheinander die Türen der beiden gegenüberliegenden Räume und fand ein Gäste- und ein Arbeitszimmer. Bei der nächsten Tür hatte er Erfolg. Die Küche. Ein schmaler, sonnendurchfluteter Raum mit Terrassentür an der Stirnseite. Auch hier einfache, aber wertige Eleganz. Hochglänzende, weiße Küchenmöbel, ein unauffälliges, aber durchdachtes Leuchtensystem, das die richtigen Lichtakzente auf die Arbeitsfläche und den kleinen Esstisch setzte. Die Tote hatte nicht nur Geschmack, sondern auch das notwendige Kleingeld dazu besessen.

Neben der Spüle standen ein Wasserkocher und eine Teekanne mit bereits gefülltem Teesieb. Christoph Todt hob den Deckel an. Der Kocher war bis an den Rand mit klarem Wasser gefüllt, und im Gegensatz zu seinem eigenen hatte dieser einen glänzenden Boden ohne jegliche Kalkablagerung, die das Kölner Leitungswasser normalerweise schon bei einem einzigen Durchgang hinterließ. Er trat einen Schritt zurück, spähte in den Schrank unter der Spüle und wurde fündig. Ein Kasten stilles französisches Wasser enthielt zur einen Hälfte leere und zur anderen Hälfte volle Flaschen. In einer angebrochenen fehlte ungefähr die Menge, die sich im Wasserkocher befand. Christoph Todt nickte und fügte dieses Detail wie ein Puzzlestück zu dem Bild hinzu, das er sich über die Tote machte: Teeliebhaberin. Perfektionistin. Bei anderen hätte es vielleicht ein Wasserfilter getan. Dabei ließ er ihre offensichtlichen Daten, wie Alter, Beruf und Familienstand, außer Acht. Früher, vor Annikas Tod, hatte er es geliebt, sich auf diese Art und Weise einem Menschen zu nähern, dessen Mörder er aufspüren sollte, und war damit sehr erfolgreich gewesen. In den letzten Monaten hatte er diese Fähigkeit verloren. Dass sie nun wieder zu ihm zurückkehrte, wertete er als einen weiteren Schritt in die richtige Richtung. Er war nicht mehr länger nur jemand, der einen ermittelnden Kommissar lediglich nach außen darstellte. Er war wieder im Spiel. Seine persönlichen Puzzleteile rückten an die richtigen Stellen. Er zog sein Smartphone aus der Hosentasche, um alles zu dokumentieren. Er machte Fotos und sprach seine Gedanken auf ein Memo, bevor er die Küche verließ und ins Badezimmer ging. Das Bild der perfekten Eleganz setzte sich auch hier fort. Dezente Dekoartikel, Duftseifen und Aqua-di-Parma-Kerzen, ein Stapel Gästehandtücher neben der Tissuebox aus glänzendem Silber. Christoph Todt kontrollierte den Arzneischrank, aber außer einer Packung Kopfschmerztabletten und Halsbonbons standen darin nur Zahnpflegemittel und Pflaster.

Er ging wieder ins Wohnzimmer zurück, das mittlerweile mit kleinen Nummerntafeln übersät war, die jede eine Fundstelle von etwas markierten, was er nachher im Bericht der Spusi wiederfinden würde. Er trat zu dem kleinen Beistelltisch. Auch hier hatten die Kollegen bereits ihre Arbeit getan, die Auffindesituation fotografiert und danach die Tassen gesichert, um sie im Labor auf Fingerabdrücke und DNA-Spuren untersuchen zu können.

»Was ist mit den Bücherregalen?« Er deutete mit einer knappen Bewegung seines Kopfes darauf.

»Gleich. Immer langsam mit den alten Gäulen.« Der Kollege kam ächzend hoch, rieb sich die Knie und stemmte eine Hand ins Kreuz. In der anderen hielt er einen durchsichtigen Beutel. »Hier.« Er reichte ihn Christoph. »Haare. Vom Teppich.« Christoph nahm den Beutel entgegen und betrachtete den Inhalt. »Das sind aber keine Menschenhaare, oder?«

»Nein. Sicher kann ich es dir zwar erst sagen, wenn das Labor es bestätigt, aber wenn du mich fragen würdest, sind das die Haare einer schwarzen Katze. Ich habe selbst so ein Schätzchen zu Hause und bürste die Haare jeden Morgen von meinen Klamotten. Ich weiß, wie Katzenhaare aussehen. Das kannst du mir glauben.«

»Aber du bist sicher, dass sie nicht von dir stammen«, fragte Christoph, erntete aber nur einen strafenden Blick als Antwort, bevor sich der Kollege wieder abwandte und seine Suche weiter fortsetzte.

»Hier in der Wohnung gibt es keine weiteren Anzeichen, dass sie eine Katze hat. Keine Katzentoilette, keine Näpfe, Kratzbaum oder Ähnliches. Keine Kratzspuren an den Möbeln oder Wänden. Sie sind von einem Besucher eingeschleppt. Mit Glück finden wir auch menschliche DNA auf den Haaren«, sagte er zu Christoph, ohne ihn anzusehen, und packte den Beutel in einen offenen Behälter, in dem bereits andere lagen.

Christoph trat näher zu den Regalen. Die Besitzerin hatte die Bücher nach Gebieten und innerhalb der Gebiete alphabetisch nach Autoren sortiert und dabei keinen Unterscheid zwischen Taschenbüchern und gebundenen Ausgaben gemacht.

»Wissen wir schon, was sie von Beruf ist?«, rief er fragend in den Raum, erhielt aber wieder keine Antwort. Er bewegte sich seitlich vor den Regalen entlang, um die Buchtitel zu überfliegen. Eine feine Staubschicht lag auf dem Holz, so viel, wie sich in ungefähr einer Woche in einem heißen Juli ansammeln konnte, wenn die Fenster geöffnet und der Sommer hereingelassen wurden. Die Aussagen der Putzfrau, die sie alarmiert hatte, waren schon von einem der Kollegen der Streife, die als Erste am Fundort der Leiche eingetroffen waren, aufgenommen worden. Er würde sie sich später ansehen. Er wandte sich ab, stutzte und schaute erneut auf den letzten unteren Regalboden. Etwas war anders. Der Staub fehlte in etwa der Breite einer Handvoll Bücher, aber die Reihe war komplett. Christoph Todt ging vor dem Regal in die Hocke. Hinter der ersten Reihe stand eine zweite, und dort fehlte ein Buch. Er stand auf, um dem Kollegen Bescheid zu geben, auch hier nach Fingerabrücken zu suchen, und prallte fast mit ihm zusammen.

»Hier, Meister«, sagte der und wedelte mit einem Sicherungsbeutel vor seiner Nase herum, in dem etwas silbrig glänzte. »Dieses Teil hier gehört sicherlich nicht ihr. Sie hat noch nicht einmal Ohrlöcher.«

»Sie heißt Elisabeth Schäfer. Jahrgang 1979, Abitur, Studium, alles hier in Köln, nie wirklich weg gewesen«, empfing Leo ihn, als Christoph Todt das gemeinsame Büro betrat. »Seit mehr als fünfzehn Jahren an der Unibibliothek beschäftigt. Erst als studentische Aushilfskraft, später fest angestellt. Ihre Wohnung ist eine Eigentumswohnung und mit Geschmack und Geld ausgestattet. Sie ist nicht verheiratet und lebt allein.« Leo musterte ihn. »Schickes Hemd«, warf sie ein und grinste.

»Eine Eigentumswohnung im renovierten Altbau mit teurer Einrichtung von dem Gehalt einer Bibliothekarin?« Christoph Todt runzelte die Stirn, ohne auf ihre kleine Stichelei einzugehen. Er dachte an die teuren Einrichtungsgegenstände.

»Ihre Eltern leben in Marienburg, Villenviertel. Er ist ein hohes Tier bei einer Versicherung gewesen, die Mutter war in der Hauptsache die Frau an seiner Seite. Er hat seiner Tochter vor ein paar Jahren die Wohnung gekauft und auf sie überschreiben lassen, um irgendwann Erbschaftssteuern zu sparen.«

»Wissen sie schon Bescheid?«

»Karen Bernhardt ist bei ihnen.«

Christoph Todt nickte. Er kannte die Polizeipsychologin und schätzte ihre ruhige, sehr sachliche Art.

»Gut. Saubere Arbeit.« Er holte sein Smartphone hervor und legte es vor Leo auf den Tisch, um ihr die Fotos vom Tatort und den Fundstücken zu zeigen. »Bei Elisabeth Schäfer gibt's eine Menge Parallelen zu der toten Fußpflegerin. In beiden Fällen haben wir keine Kampfspuren gefunden, die Frauen haben den Täter oder die Täterin augenscheinlich gekannt oder erwartet und wurden von dem Angriff überrascht. Die Art der Wunde ist ähnlich. Das Tatwerkzeug fehlt.«

»Kannst du etwas dazu sagen?«

»Der Form der Wunde nach muss es etwas Quadratisches gewesen sein.«

»Ein Hammer?«

»Möglich.« Er wischte mit dem Finger über das Display, und das Foto wechselte. »Was wir gefunden haben, ist das hier.«

»Ein Piercingstecker.« Leo blinzelte und sah genauer hin.

»Und Katzenhaare von einer schwarzen Katze.«

»Warte.« Leo stand auf, ging zu einem Beistelltisch, nahm eine Akte und kehrte zum Schreibtisch zurück. Sie schlug sie auf, drehte sie in Christophs Richtung und tippte mit dem Finger auf einen Namen.

»Kann es sein, dass es nicht nur Ähnlichkeiten und Anknüpfungspunkte in zwei, sondern sogar in drei Mordfällen gibt? Von Ziegler führt die Spur zu Heidemarie Alligs, deren Tod wiederum Ähnlichkeiten mit dem der toten Bibliothekarin aufweist?«

»Und bei der Bibliothekarin finden wir Indizien, die darauf schließen lassen, dass sie vielleicht Besuch von Mike Franke hatte, der seit unserem Besuch in der Uni nicht mehr aufgetaucht ist. Er hat eine schwarze Katze und sicher mehr als einen Piercingstecker am Leib gehabt.«

»Wir brauchen einen Durchsuchungsbeschluss für Frankes Wohnung. Und einen DNA-Abgleich.« Leo griff zum Telefon, um Rogmann zu bitten, das für sie zu erledigen.

»Alles klar«, sagte sie, nachdem sie das Gespräch beendet hatte. »Er kümmert sich. Bis der Durchsuchungsbeschluss da ist, sollten wir uns in der Uni umhören, ob es vielleicht eine Verbindung zwischen Franke und Schäfer gegeben hat und uns jemand darüber etwas erzählen kann.«

»Wir?« Christoph Todt verzog das Gesicht. »Rogmann hat dich für den Innendienst eingeteilt. Ich mache das alleine. Melde dich, wenn der Durchsuchungsbeschluss da ist.« Christoph Todt stand auf, griff nach seiner Jacke, ohne auf die wütenden Blicke zu achten, die Leo ihm zuwarf, und beeilte sich, aus dem Büro zu kommen. Seine Schritte hallten auf dem Flurboden wider, und er hörte, wie Leo wütend die Tür hinter ihm zuknallte. Auch wenn sie sich jetzt besser verstanden, würde er sicher keine Eskapaden von ihr decken, so wie sie es mit Verena jahrelang gemacht hatte. Verena.

»Verdammte Scheiße!« Er blieb stehen, drehte sich um, zögerte. Er hatte sein Versprechen, bei ihr vorbeizufahren und nach dem Rechten zu sehen, nicht eingelöst. Aber Leo hatte auch nicht nachgefragt. Vielleicht wusste sie etwas darüber, wie es Verena ging, und hatte es ihm nur nicht mitgeteilt. Oder aber sie hatte es über die Arbeit an dem Fall genauso vergessen wie er. Wenn er jetzt wieder zurückginge, um diese Frage zu klären, würde er unter Umständen das nächste Pulverfass zünden und der mühsam errungene Waffenstillstand zwischen den beiden wäre hinfällig. Er schüttelte den Kopf und wandte sich wieder in Richtung Ausgang.

Zwanzig Minuten später stand er vor Verenas Tür und klingelte. Er trat einen Schritt zurück und wartete. Alles still. Er sah sich um. Die Straße war menschenleer. Noch einmal drückte er auf den Klingelknopf, und als sich wieder nichts rührte, ging er um das Haus herum zur Gartentür. Sie stand einen Spaltbreit offen. Die schweren Holzrollläden an den Seitenfenstern schützten vor unliebsamen Einblicken und Besuchern. Er selbst hatte gestern Abend, nachdem er mit Hilfe der Nachbarin Ruth Altenrath in die Kurzzeitpflege gebracht hatte, kontrolliert, ob alles in Ordnung gewesen war. Auf der Rückseite schien ebenfalls alles unverändert zu sein. Er schaute durch das große Panoramafenster in das Wohnzimmer. Nichts. Zwei Schritte weiter das Fenster und die Terrassentür zum ehemaligen Esszimmer, in dem nun das Schlafzimmer der alten Dame untergebracht war. Er presste die Stirn ans Glas und spähte angestrengt hinein. Die Reflexionen des Sommerlichts blendeten ihn. Nichts. Mit einem leisen Klacken sprang die Tür auf. Christoph zögerte. Verena hatte nicht auf sein Klingeln reagiert. Vielleicht wollte sie allein sein. Vielleicht konnte sie aber auch nicht reagieren, weil sie es nicht konnte und Hilfe brauchte? Laut Leo hatte Verena sich selbst aus dem Krankenhaus entlassen, aber sie wusste nicht, wohin sie gegangen war. Er war sicher, auch diesen Ausgang kontrolliert zu haben. Also musste Verena hier gewesen sein. Oder irgendein anderer. Was, wenn sie wieder einen Schwächeanfall gehabt hatte und gestürzt war. Wenn eingebrochen und sie angegriffen worden war. Wenn sie … Christoph Todt stöhnte und spürte, wie ihm der Schweiß ausbrach. Er hörte den Puls in seinen Ohren rauschen, rang nach Atem und versuchte, das aufkommende Zittern zu unterdrücken. So war es damals gewesen. Seine Hand auf der Terrassentür. Das kalte Glas unter den Fingerspitzen. Seine Schritte auf der Treppe. Die Luft, die ihm zum Atmen fehlte. Die Ahnung. Die Angst. Das Unfassbare. Das, was er gefunden hatte. Vor Monaten. Er hatte gedacht, er wäre darüber hinweg. Hatte gedacht, wieder auf dem Weg zu sein, wieder leben zu können. Er schloss die Augen. Atmen. Ein und aus. Konzentration auf das Jetzt. Das hier war nicht sein Haus. Ruhig. Ein und aus. Das hier war nicht Annika. Das war Verena. Ein anderes Haus. Eine andere Zeit. Eine andere Frau. Seine Kollegin. Die jetzt seine Hilfe brauchte. Christoph Todt spürte, wie die Welle der Panik abebbte, sein Atem ruhiger wurde und das Zittern verschwand. Langsam hob er die Hand, legte sie auf die Scheibe und drückte die Tür weiter auf.

»Verena?«

Stille.

»Verena«, rief er erneut und betrat den Raum. Verenas Schuhe standen neben dem Bett, und ein Abdruck eines Körpers war in den zerwühlten Laken zu sehen. Gestern Abend war das Bett ordentlich gemacht gewesen. Hatte sie hier, im Zimmer ihrer Großmutter geschlafen? Aus dem Augenwinkel registrierte er ein aufgeschlagenes Fotoalbum und ging weiter durch das Wohnzimmer in die Küche. Ohne Erfolg. Verena war nicht hier.

Einige Stufen der Treppe in das Obergeschoss knarzten unter seinem Gewicht.

»Verena? Ich bin's. Christoph. Hallo?«

Die Holzschiebeleiter zum Dachboden war heruntergelassen worden und blockierte den Zugang zu den Zimmern im Obergeschoss. Er drückte sich dicht an der Wand entlang, öffnete die Türen, fand leere Räume. Christoph Todt fror. Wieder schoben sich die Bilder in sein Gedächtnis. Der Balken, der Strick. Annika.

Er schob die Erinnerungen beiseite, schluckte, umklammerte das Geländer, stieg über die schmalen Stufen hinauf und spähte über den Rand hinweg in den Speicher des Hauses. Vereinzelte Sonnenstrahlen drangen durch die bemoosten Scheiben des Dachfensters und tauchten den Raum in staubiges Dämmerlicht. Er blinzelte, und es dauerte einen Moment, bis sich seine Augen daran gewöhnt hatten und er Einzelheiten erkennen konnte. Von beiden Seiten liefen die Dachschrägen im spitzen Winkel aufeinander zu, ließen nicht genügend Raum zum Stehen. Pappkartons stapelten sich übereinander und versperrten die Sicht in die hinteren Bereiche des Raumes. Dicke Schriftzüge gaben Auskunft über den Inhalt der Kartons.

Weihnachten. Ostern. Kinderbücher. Christoph hielt sich mit beiden Händen an dem provisorischen Geländer fest, stieg die letzten Stufen nach oben und bückte sich. Hinter den Kartons lag ein Stoffbündel. Eine Decke oder ein dunkles Laken. Und darunter etwas, was er erst bei genauerem Hinsehen als Fuß erkannte.

10. Kapitel

»Der Durchsuchungsbeschluss ist da.« Walter Rogmann klopfte an den Türrahmen zu Leos Büro.

»Christoph ist unterwegs, um Zeugen zu befragen. Du kannst ihn mir geben, ich sage ihm Bescheid.«

»Wie kommst du klar, Leo?«, wollte Rogmann wissen, legte den Beschluss auf Christophs Schreibtisch und nahm auf dem Besucherstuhl neben der Tür Platz. Er schlug die Beine übereinander, lehnte sich zurück und legte beide Hände entspannt auf die Oberschenkel. Eine Haltung, die Leo schon oft bei ihm gesehen hatte, wenn er sich Zeit nehmen wollte für eine Angelegenheit, und die sie an einen meditierenden Mönch erinnerte.

»Gut. Danke. Wenn man außer Acht lässt, dass wir bis zum Hals in drei Mordfällen stecken und nur langsam vorankommen.«

»Das meinte ich nicht. Ich meinte, wie es dir persönlich geht. Wie es mit der Wiedereingliederung klappt.«

»Gut.«

»Was macht das Schießtraining?«

»Fortschritte.«

Das war gelogen. Sie hatte nicht ein einziges Mal seit ihrem Dienstantritt die Zeit gefunden, auf den Schießstand zu fahren und ihre rechte Hand zu trainieren. Aber sie trainierte mit den Igelbällen und Kraftklammern ihre Feinmotorik.

»Und die Zusammenarbeit hier?« Er schaute nacheinander auf Verenas und Christoph Todts verwaiste Arbeitsplätze und dann wieder auf sie.

»Alles gut. Ich scheine meine Backoffice-Arbeit zufriedenstellend zu erledigen. Bisher hat sich niemand beklagt.« Sie lächelte Rogmann an und hoffte, er würde sich nicht nach ihren Arbeitszeiten erkundigen. Bisher hatte sie jeden Tag deutlich länger gearbeitet, als das Hamburger Modell es zuließ. Rogmann erwiderte das Lächeln.

»Das freut mich, Leo. Das freut mich.« Er hob die Hände und ließ sie mit einem leisen Klatschen auf die Oberschenkel fallen, bevor er aufstand und auf seine Armbanduhr schaute. »Du hast ja gleich Feierabend, richtig? Oder arbeitest du länger? Ich warte auf dich, ich wollte eh nach draußen und mir kurz die Beine vertreten. Dann können wir ja zusammen nach unten gehen.«

»Was?« Leo musste sich zusammenreißen, um nicht in einer Mischung aus Lachen und Wut laut herauszuplatzen. Das war typisch Rogmann. Er hatte es bemerkt, wollte, dass sie das wusste und ihr gleichzeitig die Chance geben, die Sache geradezubügeln. Sie nickte, schickte die Informationen über Mike Franke, an denen sie gerade gearbeitet hatte, per Mail an sich selbst und schaltete den Computer aus.

»Alles klar«, sagte sie, schob ihren Stuhl zurück und folgte Rogmann, der ein Stück durch den Gang vorangegangen war. »Der Feierabend ruft.« Sie verstummte, schlug sich andeutungsweise mit der Hand vor die Stirn und blieb stehen. »Ich habe meine Jacke vergessen.« Sie ging zurück ins Büro, horchte, ob Rogmann auf sie wartete, und nahm ihre Jacke vom Haken und den Durchsuchungsbeschluss von Christophs Schreibtisch. Wenn Rogmann nicht wollte, dass sie länger am Schreibtisch arbeitete, würde sie sich für den Rest des Tages etwas einfallen lassen müssen.

Dank der beiden Damen am Nebentisch wusste Leo nun genau, auf welche Krankheiten sie im Alter gut verzichten konnte. Lautstark hatten die Besucherinnen zuerst ihre, dann die größeren und kleineren Zipperlein des näheren und weiteren Bekannten- und Verwandtschaftskreises durchgehechelt. Dabei hatten sie so einen überschwänglichen Elan an den Tag gelegt, dass es Leo mehr und mehr wie ein Wettbewerb der Schrecklichkeiten vorkam. Je furchtbarer die Erkrankung, desto höher das Ansehen. Zuerst hatte sie es genervt, aber mit der Zeit hatte sie mehr und mehr Gefallen daran gefunden, das Gespräch zu belauschen. Schließlich gehörten Cafébesuche mit unvernünftig großen Stückchen einer wunderbaren Sachertorte in die Freizeitrubrik. Rogmann konnte also nichts dagegen haben, dass sie hier saß, im Zeitlupentempo die Torte verspeiste, alte Damen belauschte und bereits ihren dritten Latte getrunken hatte. Da dieses Café gegenüber dem Haus lag, in dem sich Mike Frankes Wohnung befand und sie sowohl die Eingangstür als auch die Fenster im Blick hatte, hätte sie, wenn jemand sie darauf anspräche, auf ihren Kollegen gewartet. Was in gewisser Weise ja auch stimmte.

Leo rührte mit dem langstieligen Löffel die Kakaosplitter unter den Milchschaum und tippte auf das Display ihres Handys. Zwei Stunden. Ein halber Nachmittag. Dreimal hatte sie versucht, Christoph Todt an die Strippe zu bekommen, dreimal hatte sich seine Mailbox eingeschaltet. Wo zum Teufel war er? Mike Franke war nicht aufgetaucht, die Wohnung ruhig geblieben.

Leo winkte der Kellnerin und zahlte. Sie stand auf, schlenderte zum Tisch der beiden alten Damen und beugte sich verschwörerisch zu ihnen herunter. Zwei erstaunte Gesichter wandten sich ihr zu.

»Ich habe übrigens im Koma gelegen«, hauchte sie und nickte bedeutungsvoll, bevor sie sich umdrehte und grinsend aus dem Café schlenderte. Nur mit großer Willensanstrengung widerstand sie der Versuchung, sich noch einmal umzudrehen. Aber das Spiegelbild in der großen Fensterscheibe reichte ihr. Mit weit aufgerissenen Mündern starrten die beiden Damen ihr hinterher und schwiegen zum ersten Mal seit zwei Stunden.

Leo wechselte auf die andere Straßenseite und brach in lautes Lachen aus, während sie an Frankes Wohnung vorbeiging und ihren Schritt verlangsamte. Eine zufällige Passantin, ein zufälliger Blick ins Innere.

Eine feine Schmutzschicht bedeckte die Fenster. Es dauerte einen Moment, bis ihre Augen sich daran gewöhnt hatten und sie einen Blick in die leere Wohnung werfen konnte. Ein Schatten tauchte auf der anderen Seite des Fensters auf. Sie schrak zurück. Die Katze. Sie maunzte. Leo konnte es durch das Fenster hören.

»Das blöde Viech schreit schon seit zwei Tagen das ganze Haus zusammen. Lässt der die einfach allein. Aber das ist ja typisch für den.« Ein alter Mann war hinter ihr stehen geblieben. In der einen Hand trug er einen Schlüsselbund, in der anderen eine Einkaufstasche, aus der neben Gemüse auch eine Rätselzeitschrift ragte. »Sind Sie von der Hausverwaltung?«, fragte er Leo, ging an ihr vorbei zur Tür und schloss sie auf, ohne ihre Antwort abzuwarten. »Dann kommen Sie mal mit. Wurde ja auch Zeit. Keine Ahnung, wie oft ich da schon angerufen habe.«

Leo folgte ihm in den dunklen Hausflur. Der Mann ging weiter die Treppe hinauf, blieb aber auf halber Höhe stehen und drehte sich zu ihr um.

»Meine Hinweise waren selbstverständlich anonym, junge Frau. Nur damit ich das noch mal gesagt habe. Ich will keinen Ärger mit dem bekommen.«

Leo nickte und sah ihm hinterher, bis er verschwunden war. Dann klingelte sie. Nach wenigen Sekunden hörte sie die Katze. Sie maunzte nicht, sondern schrie und kratzte hektisch von innen an der Tür. Sie klopfte erneut, und das Tier verstummte, nur um Augenblicke später an einer anderen Stelle hinter der Tür zu krakeelen. Konnte es sein, dass die Katze aus Hunger jammerte, weil Franke seit seinem Verschwinden aus der Uni nicht mehr in seiner Wohnung gewesen war? Leo trat einen Schritt zurück und spähte in das Treppenhaus hinauf, um zu sehen, ob der Nachbar nicht doch irgendwo Stellung bezogen hatte und sie mit Argusaugen überwachte. Der Flur war leer. Hatte seine Befürchtung, Ärger zu bekommen, die Neugierde überwogen? Wobei sie sich nicht im Klaren darüber war, wie lange diese Situation anhalten und der Mann in seiner Wohnung bleiben würde. Sie kannte diese Art Mensch, und sie war ihr zuwider. Sogar als Zeugen taugten sie trotz ihrer ständigen Allgegenwärtigkeit oft nicht, weil sie so in ihrer Meinung gefangen waren, dass ihre Vorurteile die Wirklichkeit in der Erinnerung überdeckten. Aber noch hielt er sie für eine Mitarbeiterin der Hausverwaltung, die hier nach dem Rechten sehen wollte. Sie stellte sich dicht vor die Wohnungstür. Ihr erneutes Klingeln rief nur wieder die Katze auf den Plan. Mike Franke war entweder nicht zu Hause, oder ihm war ebenfalls etwas zugestoßen. Aber wenn er tot in der Wohnung lag, würde die Katze nicht vor Hunger schreien, wie jetzt wieder. Das war nun mal ganz klar. Auch wenn es die wenigsten Haustierbesitzer wahrhaben wollten: Die Viecher hatten kein Problem damit, ihre toten Herrchen oder Frauchen portionsweise anzuknabbern, wenn der Hunger groß genug wurde. Kein zwingend schöner Anblick, wenn dann so eine Leiche schließlich entdeckt wurde, aber zumindest hatte Fiffi das Trauerspiel dann überlebt. Leo wägte ab, was sie tun konnte, oder vielmehr, was sie tun durfte.

Den Durchsuchungsbeschluss hatte sie in der Tasche, aber sowohl Rogmann als auch Verena und Christoph Todt würden ihr den Kopf abreißen, wenn sie damit außerhalb ihrer Dienstzeit allein die Wohnung öffnen ließe. Das war keine Option. Noch nicht. Sie drückte die Wahlwiederholung.

»Wo bist du?«, zischte sie in den Hörer. »Ich stehe mit dem Durchsuchungsbeschluss vor Frankes Wohnung. Hier stimmt definitiv was nicht. Melde dich.« Christophs Mailbox schaltete sich ab.

Sie war schließlich Polizistin und mit diesem Fall betraut. Einen ersten Blick, um die Situation einzuschätzen, konnte sie vertreten. Wieder randalierte die Katze. Leo zögerte, verzog das Gesicht und klopfte an die Tür. Die Katze antwortete. Hatte sich der Tonfall des Miauens nicht geändert? War es nicht schriller und panischer geworden? Kurz überlegte sie, ob das für das Protokoll ausreichte. Bestimmt. Das Tier war doch in Not. Sie nickte. Ein klarer Fall von Gefahr in Verzug. Der Katze musste geholfen werden, Durchsuchungsbeschluss hin oder her.

»Deine Rettung naht, Katzentier«, sagte sie dicht an die Tür gepresst. »Ich muss nur noch die Tür öffnen. Vermutlich kannst du da nicht sonderlich hilfreich sein.«

Leo schaute sich um. Es musste eine Möglichkeit geben, das Schloss ohne große Schäden zu knacken. Sie kannte diverse Einbruch-Techniken aus der Theorie und dem praktischen Anschauungsunterricht. Aber Gewalt wäre erst die letzte Alternative. Sie bevorzugte die intellektuelle Herausforderung. Als sie ihre erste eigene Wohnung bezogen hatte, hatte sie ständig befürchtet, sie könnte ihren Schlüssel vergessen, nachts nicht mehr in ihre Wohnung kommen und wäre der Gnade eines Schlüsseldienstes auf Gedeih und Verderb ausgeliefert. Deswegen hatte sie lange Zeit nach dem idealen Versteck für ihren Zweitschlüssel gesucht und später dann noch mehrfach gewechselt. Mike Franke lebte allein und kam, wie die Äußerungen des Nachbarn vermuten ließen, nicht unbedingt gut mit den anderen Bewohnern des Hauses aus. Ihre Chancen standen gut, dass irgendwo hier ein Zweitschlüssel zu Frankes Wohnung versteckt war. In den üblichen Verstecken, unter der Fußmatte, auf dem Türrahmen und unter die Briefkästen geheftet fand sie nichts. Franke gehörte also zu den Leuten, die es gern ein bisschen raffinierter hatten.

Auf dem halben Treppenabsatz stand ein Blumentopf von der Größe eines Bierfässchens mit einer augenscheinlich viel zu kleinen Pflanze darin. Auch wenn sie definitiv keinen grünen Daumen besaß, fiel ihr das seltsame Arrangement ins Auge. Leo ging hinauf und untersuchte die Konstruktion, bis sie einsah, dass auch hier nichts zu holen war. Diverse Stehrümmchen in Form hässlicher Figuren oder seltsamer Dekoartikel, die als Versteck getaugt hätten, gab es in diesem Hausflur ebenso wenig wie

Schuhregale. Beim Hinuntergehen klopfte sie das Geländer und die Wand auf versteckte Hohlräume ab, bis sie schließlich wieder vor Frankes Tür stand. Mist! Vielleicht hatte sie sich ja doch geirrt und sollte diese Idee besser aufgeben, bevor sie in ernsthafte Schwierigkeiten geraten würde. Beziehungsweise die Katze in ernsthafte Schwierigkeiten geriet, korrigierte sie sich in Gedanken. Sie lehnte sich mit dem Rücken an die Wand. Etwas klackte, und die Deckenleuchte flammte auf. Richtig, die Schalter hatte sie noch nicht untersucht. Sie drehte sich um und rüttelte an der Abdeckung. Der Schalter löste sich, der Rahmen fiel zu Boden. Leo bückte sich und hob ihn auf. Sie spürte schon am Gewicht des Kunststoffs, dass ihr auch hier kein Erfolg beschieden war. Mit einigen ärgerlichen Handgriffen steckte sie das System wieder ineinander, wandte sich zur Haustür und blieb stehen. Am Anfang der Treppe und auf halber Höhe waren weitere Lichtschalter, und das System setzte sich auch nach oben hin fort. Damals hatte sie den Schlüssel auch nicht vor ihrer Wohnungstür, sondern vor der ihrer Nachbarin versteckt. Sie ging die Treppe erneut hinauf, wackelte an den Schaltern. Im zweiten Stock auf der Halbetage hatte sie Erfolg. Ein Schlüssel klimperte ihr vor die Füße. Sie hob ihn auf und ging langsam wieder nach unten. Ihr Bein schmerzte vom Treppenlaufen, aber sie ignorierte es.

»Jawohl ja«, murmelte sie triumphierend, als der Schlüssel passte. Ein ekelerregend scharfer Geruch von Kot und Urin schlug ihr entgegen. Die Katze strich ihr laut schreiend um die Beine und lief ihr immer wieder auffordernd voraus. Wie kleine Tretminen lagen über den Flur verstreut die breiigen Hinterlassenschaften der Katze.

»Hallo?« Leo öffnete vorsichtig eine der drei Türen.

Das Badezimmer. In einer Ecke stand eine unberührte Katzentoilette. Das erklärte die Hinterlassenschaften in der Wohnung. Dem Tier war der Zugang zur Toilette versperrt gewesen. Die Katze kam wieder zu ihr, bettelte und maunzte heiser. Sie schien ausgehungert. Leo bückte sich, um sie zu streicheln, drehte das Namensschildchen am Halsband so, dass sie es lesen konnte.

»Pulitzer«, murmelte sie, und das Tier stellte die Ohren auf. »Aha, so heißt du also. Irgendwo muss es etwas zu fressen für dich geben.« Mit dem Handy am Ohr ging sie weiter in die Wohnung hinein, auf der Suche nach Futter. Als der Anrufbeantworter des Katzenschutzbunds Köln ansprang, erklärte sie die Situation und bat um schnelle Hilfe. Sie hatte schon früher auf den Schutzbund zurückgegriffen und gute Erfahrungen damit gemacht. In der Küche schließlich wurde sie fündig. Die Katze stürzte sich auf den Inhalt der Dose und schlang gierig große Brocken hinunter, noch bevor Leo den Napf wieder auf den Boden gestellt hatte.

Leo schaute sich um. Auf und neben der Spüle dreckiges Geschirr, Gläser unter einem tropfenden Wasserhahn, ein zerbrochener, aber bis auf einen kleinen Rand sauberer Teller auf dem Boden, vermutlich von der Katze bei ihrer Suche nach Futter abgeleckt und anschließend umgestoßen. Die Zahn- und Krallenspuren auf einer Pappdose mit Leckerlis erklärten vermutlich den Durchfall des Tieres. Ein Laib Brot mit einem Messer, ein offenes Glas Marmelade mit kleinen Schimmelinseln. Zeugen eines plötzlichen Aufbruchs. Der Schrank mit dem Katzenfutter war voller Vorräte, und zwischen den Hinterlassenschaften des Tieres sah sie kleine Bälle, Fellmäuse mit Federschwänzen und anderes Katzenspielzeug liegen. Mike

Franke lag etwas an seinem tierischen Mitbewohner, und er würde ihn nicht ohne Notwendigkeit allein seinem Schicksal überlassen.

Ein lange vermisstes, vertrautes Kribbeln in der Magengrube überkam sie. Jagdfieber. Hier war sie richtig.

Leo umfasste mit den Fingern der rechten ihre taube linke Hand und knetete die einzelnen Fingerglieder durch. Eine Selbstmassage, die ihr die Physiotherapeutin gezeigt hatte, um die Durchblutung der Hand zu fördern. Jetzt half es ihr, sich zu konzentrieren.

Kai Ziegler, Heidemarie Alligs, Elisabeth Schäfer, Mike Franke. Wie einzelne Glieder einer Kette, die sich am Ende wieder schloss. Franke war Zieglers Student gewesen. Sie hatten sich gestritten. Er war durchs Fenster getürmt und offensichtlich nicht mehr zu Hause gewesen. Traute er sich nicht, oder war er auf einem Rachefeldzug? Leo ließ ihre Fingergelenke knacken, eins nach dem anderen, während sie langsam durch die Wohnung ging, darauf achtete, nichts zu verändern, und alles auf sich wirken ließ. Mike Franke war kein ordentlicher Mensch, aber das Chaos hielt sich in Grenzen. Nichtraucher. In den Bücherregalen Kriminal- und Fantasy-Romane, deren Titel ihr stellenweise bekannt vorkamen. Sie hatte sie in ihrer Teenagerzeit gelesen, als die Welt noch einfach und die Einhörner rosa waren. Heldensagen mit Rittern, Elfen und Prinzessinnen. Auch die Krimis passten in dieses Bild. Moderne Märchen in der Verkleidung der Aufklärung eines Verbrechens. In denen das Gute immer gewann und das Böse immer zur Rechenschaft gezogen wurde. War Franke vielleicht einfach nur getürmt, weil er seine Vorstellungen über die Polizeiarbeit aus diesen Romanen bezog? Eine Spielekonsole. Egoshooterspiele neben anderen, deren bunte Hüllen Harmlosigkeit versprachen. Mike Franke schien ein sehr zwiespältiger Mensch zu sein.

Auf dem Schreibtisch ein Computer, ein geöffneter Laptop neben dem Bildschirm. Leo tippte auf eine Taste, der Laptop ging an und forderte ein Passwort von ihr. Sie probierte vergeblich verschiedene Varianten aus der Kombination von Vor-und Nachname, bevor sie aufgab, am Schreibtisch vorbeiging und aus dem Fenster starrte. Ein Wagen hielt auf der gegenüberliegenden Straßenseite direkt vor dem Haus. Sie erkannte Christoph Todt. Aber der Kollege stieg nicht aus. Die rechte Hand am Schlüsselbund, die linke auf dem Lenkrad blieb er wie erstarrt sitzen, den Blick auf die Straße gerichtet, in Gedanken gefangen. Leo betrachtete sein Profil von der Seite. Er sah müde aus. Nackt und ungeschützt. Sie kam sich vor wie ein Voyeur, ein ungebetener Eindringling in einen Bereich seiner Persönlichkeit, der sie nichts anging, und trat einen Schritt vom Fenster zurück, damit er sie nicht sehen würde, wenn er in ihre Richtung schaute. Auf dem Beifahrersitz leuchtete das Display seines Handys auf, er fuhr zusammen und nahm das Gespräch entgegen. Seine Züge entspannten sich, er sagte etwas, nickte und lächelte, beendete das Gespräch und stieg aus. Leo drehte sich um, wollte am Schreibtisch vorbei in Richtung Wohnungstür, als ihr Blick auf die Rückseite des Laptops fiel. Sie zögerte, blinzelte und versuchte sich zu erinnern. Dann ging sie zur Tür und riss sie auf. Hinter Christoph stand eine Frau.

»Ich glaube, ich habe gefunden, was wir gesucht haben«, sagte sie, ohne die Frau zu beachten, und ging zurück an den Schreibtisch.

*

»Sie haben uns wegen der Katze angerufen?« Die Frau hielt eine Katzentransportkiste hoch. Ihr strahlendes Lächeln nahm dem Zopf, in den sie ihre langen dunklen Haare gebunden hatte, die Strenge. »Wo ist sie denn?«

»Bitte?«

»Ich habe eben einen Anruf von Frau Ritte bekommen, die mich gebeten hat, hier …«

»Die Kollegin ist da drin.« Christoph Todt deutete ein Nicken an.

»Gut. Dann schau ich mal.« Sie drückte sich an ihm vorbei und schaffte es, nicht in einen der zahlreichen Kothaufen zu treten. Auch wenn ihm so etwas normalerweise nichts ausmachte – jetzt war es anders. Er fühlte sich wie gehäutet. Christoph Todt schluckte. Jetzt war nicht die Zeit, über Verena nachzudenken.

Die Katzenfrau stand vor einem Kletterbaum, streckte die Hand in die Höhe und lockte die Katze Stück für Stück herunter. Mit einem Griff packte sie dann das Tier und schob es in die bereitstehende Transportkiste.

»Ich bringe ihn in eine Pflegestelle. Sie wissen ja, wo Sie mich erreichen, Frau Ritte.«

»Ich glaube, er heißt Pulitzer«, rief Leo ihr hinterher.

»Warum bist du alleine hier reingegangen? Weshalb bist du überhaupt hier? Rogmann hat gemeint, du wärst im Feierabend«, zischte Christoph. »Ich dachte, wir hätten das mit deinen und Verenas Eskapaden abgeklärt.«

»Hast du Verena erreicht?«

»Ja.« Er verstummte.

»Und?«

»Und was?« Er wandte sich ab.

»Wie geht's ihr?«

»Gut.«

»Mehr nicht?«

»Nein. Nicht mehr. Sie muss nachdenken.«

»Okay.« Leo runzelte die Stirn, und Christoph spürte ihr Misstrauen. Er schwieg, obwohl er wusste, dass es nicht fair war. Leo sorgte sich um Verena, und er hätte gern mehr darüber gesagt, aber erst wollte und musste er für sich selbst entscheiden, wie er damit umgehen wollte, was geschehen war.

»Die Katze war in Not. Da musste ich in die Wohnung.« Leo riss ihn aus seinen Gedanken.

»Die Katze?«

»Ja.«

»Und wo du schon einmal drin warst ...«

»... habe ich mich direkt ein bisschen umgeschaut.«

»Erfolgreich, wenn ich deine Äußerung richtig deute.«

»Worauf du einen lassen kannst.« Sie machte eine Pause und fuhr dann fort: »Franke hat Zieglers Laptop.« Der Ton war sachlicher als noch vor wenigen Minuten.

»Sicher?«

»Du erinnerst dich an die Sachen, die wir im Krankenhaus gefunden haben? Die Reste der Aufklebefolie?« Leo ging zum Schreibtisch, fasste den Laptop an einer Ecke und drehte ihn so, dass Christoph die Rückseite sehen konnte. Das Apfellogo war teilweise mit Folie abgedeckt und sah nun aus wie eine Banane. Christoph nickte.

»Und die Katze?«

»Sie ist schwarz.« Leo hielt einen kleinen Beutel mit schwarzen Haaren hoch.

»Wo ist die Verbindung zu Elisabeth Schäfer?«

»Es waren schwarze Katzenhaare in der Wohnung. Und der Piercingstecker.«

»Woher sollen die beiden sich kennen?«

»Schäfer arbeitet in der Unibibliothek. Franke ist Student.« Sie hob eine Augenbraue.

»Reicht das aus?«

»Es ist eine Möglichkeit.«

»Die du für wahrscheinlich hältst?«

»Die ich nicht außer Acht lassen möchte. Wir müssen uns immer fragen, was ist, wenn die Morde doch nicht im Zusammenhang stehen und wir in eine völlig falsche Richtung ermitteln.«

»Das nennt man dann Berufsrisiko. Wir leben von Hypothesen. Wir stellen sie auf, halten ihre Gültigkeit für möglich und verifizieren sie. Oder eben nicht. Das ist unsere Arbeit.« Christoph ging zum Schreibtisch, setzte sich und zog die oberste Schublade auf. Ein Stapel bedrucktes Papier, zusammengehalten von einem dicken Haushaltsgummi, lag zuoberst. Er nahm es heraus, überflog die erste Seite der Inhaltsangabe und schob es auf die Schreibtischplatte. Eine Hausarbeit für die Uni. Er wühlte weiter in der Schublade, schüttelte den Kopf und verschloss sie wieder, um gleich die nächste zu öffnen. »Hast du versucht, in Zieglers Dateien reinzukommen?«, wollte er wissen.

»Er ist passwortgeschützt. Allerdings dachte ich bis eben, er gehört Franke. Ich brauche mehr Zeit.«

»Wir kommen hier nicht weiter, wenn wir nicht wissen, wonach wir suchen.« Christoph ging zur Tür, betrachtete die Fotografien, die wild durcheinander am Rahmen entlang geklebt waren, und nahm zwei herunter, auf denen Frankes Gesicht gut zu erkennen war. »Ich möchte gerne wissen, in welcher Verbindung Franke zu Elisabeth Schäfer stand. Wir fahren in die Bibliothek.«

11. Kapitel

»Ja. Natürlich kenne ich den.« Almuth Gerskens beugte sich weit nach vorn über den Empfangstresen, nahm eins der beiden Bilder mit spitzen Fingern und hielt es sich unter die Nase. Christoph konnte in ihrem Gesicht die Abneigung erkennen, die sie Mike Franke gegenüber empfand. »Ich habe nie verstanden, was Elisabeth an dem findet.« Sie schaute über den Rand ihrer Brille auf, räusperte und korrigierte sich mit kratzender Stimme: »Gefunden hat.« Sie legte das Bild ab und wischte sich mit der Hand die Tränen unter den Augen weg.

»Inwiefern?«

»Schauen Sie sich ihn doch an. Wie er rumläuft. Wir sehen ja hier einiges an seltsamen Gestalten, aber in den letzten Jahren hat es sich erfreulicherweise ja wieder etwas beruhigt. Solche Exoten wie diesen Franke haben wir zum Glück nicht mehr jeden Tag.« Sie tippte auf das Bild. »Ungepflegt. Und diese Ohrringe überall, wo sie nicht hingehören. Sogar in der Zunge hat er einen. Das muss doch weh tun.« Sie verzog das Gesicht, ihre Zungenspitze zuckte zwischen den schmalen Lippen hin und her.

»Wie ist denn das Verhältnis von Frau Schäfer zu Herrn Franke gewesen?«

Almuth Gerskens zögerte und schien etwas abzuwägen. »Ich weiß nicht, ob ich das sagen kann«, platzte sie schließlich heraus.

»Alles, was Sie wissen, kann wichtig sein. Sagen Sie es uns.«

»Sie hatten was miteinander.« Almuth Gerskens presste die Lippen aufeinander. »Ich habe sie erwischt.«

»Wobei?«

»Sie hatten ein ...«, sie wedelte mit den Händen, »... na, ein Techtelmechtel eben. Oben zwischen den Historien.«

»Was genau verstehen Sie unter Techtelmechtel?«, wollte Christoph Todt wissen. Diese Frau wirkte wie die Karikatur ihres eigenen Berufsstandes. Obwohl er ihr Alter auf höchstens Ende vierzig schätzte, verströmte sie den Mief der fünfziger Jahre. Dazu passte auch ihre Wortwahl. Wobei er vermutete, dass für sie schon ein harmloser Kuss Sodom und Gomorrha bedeutete.

»Sie haben sich gestritten, geküsst und dann wieder gestritten. Er hat sie förmlich an den Bücherregalen hochgedrückt. Ich habe gedacht, gleich schiebt er ihr den Rock hoch und ...« Sie verstummte und errötete. »Dabei achten wir hier sehr darauf, dass die Studenten sich benehmen.«

»Aber Frau Schäfer war keine Studentin.«

»Umso schlimmer fand ich ihr Verhalten. Zumal sie zehn Jahre älter ist als er. Das gehört sich doch nicht.« Sie schüttelte energisch den Kopf, verharrte mitten in der Bewegung und verstummte, als ihr allem Anschein nach auffiel, wie sie über die Tote sprach. Auch das gehörte sich in ihren Augen vermutlich nicht.

»Wie lange haben die beiden schon eine Beziehung?«

»Ich habe sie vor zwei Monaten zusammen gesehen.

Wie lange vorher das schon gegangen ist, weiß ich nicht. Aber zu diesem Zeitpunkt waren sie bereits sehr vertraut miteinander.«

»Wissen Sie, ob die beiden sich auch privat getroffen haben?«

»Ich gehe davon aus.«

»Aber erzählt hat Frau Schäfer Ihnen nie etwas davon?«

»Nein. Nicht nachdem ich sie in dieser kompromittierenden Situation erwischt und ermahnt habe.«

»Sind Sie ihre Vorgesetzte?«

»Nein. Aber ich bin die Dienstälteste hier, und als solche habe ich die Pflicht und das Recht darauf zu achten, was hier geschieht.«

»Und wie hat Frau Schäfer reagiert?«

»Ich vermute, es war ihr selbst peinlich. Ich hätte auch nie so etwas von ihr erwartet. Sie arbeitet seit Jahren hier und hat immer den professionellen Abstand zu unseren Studenten gewahrt.«

»Dann hat sie Herrn Franke hier kennengelernt?«

Die Bibliothekarin nickte.

»Ist Herr Franke oft hier?«

»Ja.« Sie runzelte die Stirn. »Allerdings habe ich ihn jetzt bereits seit ein paar Tagen nicht mehr gesehen.« Erschrocken sog sie die Luft ein. »Glauben Sie, er hätte …?« Sie schlug sich die Hand vor den Mund.

»Mit welchen Themen hat Herr Franke sich beschäftigt?«, wollte Leo wissen.

»Warten Sie.« Almuth Gerskens ging zu einem der beiden Computer, gab etwas ein und starrte auf den Bildschirm, der ihr Gesicht in ein bläuliches Licht tauchte. Immer wieder sog sie ihre Unterlippe ein und kaute darauf herum. Dann erschien ein zufriedenes Lächeln auf ihrem Gesicht. »Hier bitte.« Mit zwei Fingerspitzen drehte sie den Bildschirm so, dass Christoph und Leo eine gute Sicht darauf hatten.

»Was sind das für Bücher?«, fragte Leo knapp.

»Primär- und Sekundärquellen zur Verfolgung von Kriegsverbrechern nach dem Zweiten Weltkrieg. Vernehmungsprotokolle, Augenzeugenberichte, Gerichtsprotokolle. Aber auch Artikel aus Zeitschriften und Magazinen zum Thema. Elisabeth hat ihm geholfen, die Literaturlisten zusammenzustellen. Geschichte ist ... war ihr Steckenpferd, und sie wusste eine Menge darüber. Ursprünglich wollte sie wohl einmal Geschichte studieren, hat sich dann aber anders entschieden.«

Eine Studentin trat an den Empfangstresen, stellte ihre vollbepackte Ledertasche und zwei große Stoffbeutel ab und entnahm ihnen einen dicken Wälzer nach dem anderen. Die Bibliothekarin beobachtete sie aus dem Augenwinkel, wartete, bis das letzte Buch ausgepackt war, und fragte dann: »Was wird das?«

»Ich möchte die Bücher zurückgeben.« Die Studentin faltete die Stoffbeutel zusammen, stopfte sie in die Tasche und schob die altmodischen Schnappverschlüsse zu. Ihr offenherziges Lächeln ließ Christoph unwillkürlich zurücklächeln, obwohl sie ihn gar nicht beachtete. Die Bibliothekarin zögerte einen Moment mit der Antwort. Christoph Todt hatte das Gefühl, dass sie ihn auskostete.

»Da sind Sie hier komplett am falschen Ort«, erklärte sie mit näselnder Stimme. Das Lächeln der jungen Frau gefror. »Die Rückgabe ist eine Etage höher.«

»Warum haben Sie mir das denn nicht eher gesagt, bevor ich alles ausgepackt habe?«

»Sie haben mich ja nicht gefragt.«

»Ich wollte Sie nicht in Ihrem Gespräch stören.«

»Außerdem steht dort oben klar und deutlich, dass hier die Beratung stattfindet. Sie können doch lesen, oder?«

Die Studentin presste die Lippen aufeinander, holte wütend die Beutel aus der Ledertasche und quetschte die Bücher in wahlloser Reihenfolge wieder hinein.

»Vielen Dank für die Beratung«, sagte sie betont freundlich. Dann wandte sie sich ab und stapfte davon. Christoph Todt beobachtete das Gesicht der Bibliothekarin. Ein leiser Triumph breitete sich darauf aus, der auch so schnell nicht verschwand, als Leo fragte: »War sie glücklich in ihrem Beruf?«

Die Bibliothekarin lachte bitter auf. »Wer ist schon immer glücklich in seinem Beruf.«

»Wissen Sie, wofür Herr Franke diese Materialien benötigte?«, brachte Leo das Gespräch wieder auf den Punkt.

»Bitte?«

»Die unterschiedlichen Quellen zu den …«

»Ach so. Nein.« Sie hob die Schultern in einer Geste des Bedauerns. »Aber wenn Sie mir einen Hinweis geben, dann kann ich versuchen, es für Sie herauszufinden.«

»Können wir die Liste der Bücher und Materialien, die Mike Franke angefordert und ausgeliehen hat, von Ihnen bekommen?«

Die Bibliothekarin nickte, gab einen Befehl in die Tastatur, und am anderen Ende des Empfangstresens ratterte ein Drucker los. Sie warf noch einen Blick darauf und reichte Leo dann die Blätter.

»Die letzten fünf auf der Liste sind überfällig. Er hätte sie schon vergangene Woche abgeben müssen«, sagte sie mit einem Blick, als würde so ein Verhalten das bedeutend größere Verbrechen sein.

»Wir melden uns bei Ihnen, wenn wir weitere Fragen haben.« Christoph Todt reichte ihr die Hand zum Abschied, wandte sich ab und wartete an der Ausgangstür auf Leo, um sie ihr aufzuhalten.

»Eine Mesalliance. Reicht das mit dem anderen zusammen aus, um ihn zur Fahndung auszuschreiben?«, fragte sie, während sie die Unibibliothek verließen.

»Die Spuren in Schäfers Wohnung und die Aussage der freundlichen Kollegin dahinten. Das reicht auf jeden Fall.« Er griff zum Handy, wählte Rogmanns Nummer und bat ihn, die Fahndung nach Franke einzuleiten.

»Irgendwie gefällt mir das alles nicht. Es ist mir noch nicht rund genug«, meinte Leo, nachdem Todt das Gespräch beendet hatte. »Hoffentlich sind wir damit nicht zu voreilig.« Sie sah ihn an, als ob sie auf Widerspruch wartete, aber stattdessen nickte Christoph.

»Ich schlage vor, wir tragen alles zusammen, was wir haben, und verschaffen uns einen kompletten Überblick. Vielleicht haben wir etwas übersehen?« Er blieb stehen, legte den Kopf in den Nacken und ließ ihn kreisen.

»Oder wir haben es gesehen und erkennen es nicht.«

»Das, werte Kollegin, passiert uns allen leider viel zu oft.« Christoph Todt lachte heiser. »Aber egal, was wir tun müssen. Du tust es erst morgen. Jetzt machst du endlich Feierabend. Sonst reißt Rogmann nicht nur dir, sondern auch mir wegen Missachtung seiner Anweisungen den Kopf ab. Und das kann doch keiner wollen, oder?« Er lächelte.

»Alles klar«, erwiderte sie lächelnd. »Ich bin schon auf dem Weg.«

Christoph lächelte, bis Leos Wagen abbog. Dann schaute er auf die Uhr. Nicht nur Leo würde jetzt Feierabend machen.

12. Kapitel

Verena fror. Die Bettdecke lag am Fußende zu einem Bündel zusammengeschoben. Der Radiowecker auf dem Nachttisch zeigte achtzehn Uhr. Sie hatte tatsächlich den Nachmittag verschlafen. Verena rollte sich wärmesuchend zusammen und schloss wieder die Augen. Sie horchte in sich hinein. Das Gefühl der Einsamkeit war verschwunden. An seine Stelle war ein anderes Gefühl getreten. Ein fremdes Gefühl, das ihr Angst machte.

Sie hatte sich erschrocken, als Christoph so unvermittelt hinter ihr gestanden hatte, so vertieft war sie in den Inhalt der alten Holzkiste gewesen, die sie auf dem Speicher gefunden hatte. Briefe, Fotos, ein Stammbuch. Die Sachen rochen muffig und säuerlich. Bruchstücke einer Vergangenheit, die sie vielleicht nicht hätte aufsammeln und zusammensetzen sollen. Wenn sie die Briefe und Bilder zeitlich richtig einordnete, waren die beiden sich begegnet, als der Krieg vorüber war und keine Gefahr mehr für die bis dato Verfolgten bestanden hatte, aber die bisherigen Jäger nun die Verfolgung und gerechte Bestrafung durch die Alliierten zu erwarten hatten. Aber warum hatte Ruth das getan? Warum ihn geschützt? War es die berühmte Liebe auf den ersten Blick gewesen?

In Ruths Erzählungen war Max immer ihr Retter gewesen. Ihr Beschützer vor den Verfolgungen der Nationalsozialisten, die ihre Familie verschleppt und umgebracht hatten. Eine Lüge. Die Ruth so oft erzählt hatte, bis sie sie selbst glaubte?

An dieser Stelle fiel ein Schatten auf das Album, das sie gerade in Händen hielt. Verena schaute auf. Christophs Gesicht schien bleich, eine starre Maske, bis sie sich bewegte und ihm zuwandte. Er zitterte. Sie fuhr zusammen.

»Verdammt, was hast du mich erschreckt.«

»Entschuldige.« Seine sonst so tiefe Stimme klang verändert. »Leo hat mich geschickt. Sie macht sich Sorgen.« Brüchige Worte auf der Suche nach Halt. »Ich habe gedacht ...«

»Mir geht's besser.«

»Als ich nur deinen Fuß gesehen habe, dachte ich ...«

»Der ist eingeschlafen.« Vergeblich versuchte Verena aufzustehen. Ihr Fuß prickelte und sandte heiße Wellen durch ihr Bein. »Hilf mir auf.« Sie streckte eine Hand aus. Christoph kam näher und zog sie hoch. Verena blieb dicht bei ihm stehen, rieb ihren Oberschenkel und verlagerte ihr Gewicht auf die andere Seite.

»Es quält dich immer noch.«

»Ja.«

»Ich dachte, es wäre in den letzten Monaten besser geworden.«

»Das ist es auch. Meistens.«

»Erinnerungen können weh tun.« Sie blickte zu den Fotos und Briefen auf dem Boden hinunter. »Entweder weil sie stimmen, oder weil man feststellen muss, dass sie aus einer einzigen Lüge bestehen.« Sie spürte, wie wieder die Tränen in den Augen brannten, und schluckte. Sie wollte nicht schon wieder weinen. Christoph nahm sie in den Arm und strich ihr über den Rücken. Es gab ihr Halt. Die Mischung aus Wut und Trauer ebbte ab, wurde erträglicher, auch wenn sie wusste, dass sie nicht fort war, sondern nur vom Trost überdeckt.

»Ich bin nicht Annika.«

»Ich weiß.«

»Ich bin Verena.«

»Ja.«

»Mir geht's nicht gut. Es ist alles zu viel. Aber es wird mir wieder bessergehen. Bald.«

»Annika ist tot. Ich habe sie begraben.«

»Hast du das?«

Er nickte stumm. Sie spürte seine Wärme, seinen Atem, die Anspannung in seinen Muskeln. Vieles dachte sie in diesem Augenblick. Und gleichzeitig nichts. Sie lehnte die Stirn an seine Schulter, roch eine Mischung aus Rasierwasser und dem, was wohl sein eigener Duft war. Sein Atem mischte sich mit ihrem. Sie standen, lehnten sich aneinander, stützten sich. Verena hob den Kopf. Betrachtete sein Gesicht. Die Falten, die kleinen Narben, die Lebenszeichnungen. Er beugte sich zu ihr, streifte mit den Lippen ihre Wange.

Ein lauter Knall ließ sie auseinanderfahren. Das Album lag auf dem Boden. Verena trat einen Schritt zur Seite und bückte sich, um es aufzuheben, und presste es dann wie einen Schutzschild fest vor die Brust. Schutzwall. Christoph war ihr Kollege. Er hatte eine harte Zeit hinter sich, kam gerade so unsicher auf die Füße, wie sie seit Monaten durch ihr Leben balancierte. Es war nicht gut. Es war nicht vernünftig. Nicht jetzt. Vielleicht nie. Sie starrten sich an. Unsicher. Einer dem anderen und den eigenen Gefühlen misstrauend. In seinen Zügen spiegelten sich ihre Gedanken. Christoph straffte den Rücken und drückte die Schultern nach hinten.

»Was ist das?« Er zeigte auf das Album.

»Alte Bilder. Briefe.« Verena schluckte. »Die Vergangenheit meines Großvaters.« Sie räusperte ihre Unsicherheit weg. »Keine schöne Vergangenheit. Nichts, auf das ich stolz sein kann.«

»Wieso?«

»Sie haben mich belogen. Er war kein Widerstandskämpfer. Er war noch nicht einmal nur ein Mitläufer. Er war einer derjenigen, die voranmarschiert sind. Einer der Täter.«

»Wer hat gelogen?«

»Ruth. Sie hat ihn immer als den Helden hingestellt, der sie vor der Verfolgung und Vernichtung gerettet hat. Der später ihren Namen als den seinen angenommen hat, obwohl das nicht üblich war.«

»Vielleicht wusste sie es nicht.«

»Ich weiß nicht, was sie wusste, was sie ahnte und was nicht. Aber ich will es wissen.«

»Er ist tot, oder? Was hilft es?«

»Ich weiß nicht. Es ist, als wäre ich auf einmal nicht mehr ich selbst. Als ob Teile von mir fehlen, die mein Ganzes ergeben.« Sie ging zur Leitertreppe, drehte sich um und stieg langsam rückwärts hinunter, wobei sie das Album fest an den Körper drückte. Christoph folgte ihr bis ins Erdgeschoss und in Ruths Schlafzimmer. Verena setzte sich auf das Bett und rutschte bis ans Kopfteil, zog die Beine hoch und legte das Album auf den Knien ab. Christoph lehnte am Türrahmen, eine Hand in der

Hosentasche, die andere an den Rahmen gestützt. Sein Handy klingelte, er nahm es heraus und las die Nachricht auf dem Display.

»Das ist Leo. Sie will, dass ich zu Frankes Wohnung komme. Sie hat schon dreimal angerufen.«

Verena nickte, ohne aufzuschauen. Für einen Moment wallte Schuld in ihr auf. Enttäuschung über den eigenen Egoismus. Da draußen lief ein Mörder herum. Sie hätte aufstehen und sich auf die Suche nach diesem Mörder machen sollen. Aber sie konnte es nicht. War unfähig, einen Schritt zu tun. Sich zu bewegen. Sie konnte nur auf das Bild starren. Die Uniform. Die Abzeichen. Die Insignien der Unmenschlichkeit. Ihre Fingerspitzen tasteten über die glatte Oberfläche, als könnten ihre Finger spüren, was sich hinter dem arroganten Gesichtsausdruck verbarg. Gedanken. Gefühle. Geheimnisse. »Morgen«, hatte sie mehr zu ihrem schlechten Gewissen als zu Christoph gesagt. »Morgen bin ich wieder im Dienst.«

*

»Sie dürfen den Einfluss der prätraumatischen Faktoren nicht unterschätzen, Herr Todt. Alles das, was Ihre Tochter erlebt und an Zuwendung und Liebe erfahren hat, bevor Ihre Frau sich selbst getötet hat. Emma ist in einer sicheren Umgebung und mit stabilen Beziehungen aufgewachsen. Sie konnte Vertrauen entwickeln in die Menschen, die sich um sie gekümmert haben, und deswegen auch in sich selbst. Die Chancen, dass sie den Tod Ihrer Frau und dessen Umstände unbeschadet überstehen wird, sind sehr gut. Wichtig ist, dass Sie ihr, sobald sie wieder bei Ihnen wohnt, wieder eine verlässliche Struktur bieten, einen geregelten Tagesablauf. Kontakt zu den alten und neuen Freunden. Rituale. Sie müssen Ihre gute Vater-Kind-Beziehung reaktivieren, sich selbst und Emma daran erinnern, wie gut Sie sich einmal verstanden haben, und das wiederaufleben lassen. Damit stärken Sie Ihre Tochter, und sie kann besser auf ihre eigenen Fähigkeiten zurückgreifen, die sie braucht, um mit der ganzen Situation klarzukommen.« Die Psychologin schlug die Akte zu, schob sie zur Seite und lächelte Christoph Todt aufmunternd an. Die Beratungszeit war vorüber. Er kannte dieses Ritual, mit dem sie ohne Worte das Ende der Sitzung einleitete. Er hatte viel Zeit in den letzten Wochen und Monaten hier verbracht. Mit ihr über Emma geschwiegen und gesprochen und nach den besten Lösungen für sie gesucht. Offiziell ging es immer um Emma. Ihre Perspektiven, ihre Schwierigkeiten, ihre Zukunft. Aber mit jedem Satz, den er über Emma gesagt oder gehört hatte, über ihre ganz besondere Situation hatte er auch etwas über sich gesagt, aus den Worten herausgehört und für sich selbst Schlüsse daraus gezogen. Es hatte ihm geholfen, hier sitzen zu dürfen, und es verunsicherte ihn, auf diese Hilfe in absehbarer Zeit verzichten zu müssen.

»Aus allen meinen Gesprächen mit Emma bin ich immer sehr zuversichtlich herausgegangen. Ich bin sicher, Ihre Tochter wird ihren Weg weiter gut beschreiten können, wenn wir ihr auch in Zukunft die Hilfestellung geben, die notwendig ist. Sie haben absolut richtig gehandelt, Herr Todt, als Sie sich sofort nach dem Tod Ihrer Frau an uns gewandt haben. Dadurch wurde die Verarbeitung des erlebten Traumas bei Ihrer Tochter gefördert, und wir konnten den sonst möglichen Folgen gut entgegenarbeiten.«

»Ich habe sie weggeben müssen.« Christoph Todt schluckte. Die Erinnerung an die Entscheidung, die er hatte treffen müssen, quälte ihn auch jetzt noch.

»Aber in dem Bewusstsein, dass das ein Zustand auf Zeit sein würde. Es war wichtig, dass auch Sie selbst die Situation verarbeiten konnten.«

»Ich bin ihr Vater. Wer, wenn nicht ich, hätte eigentlich für sie da sein müssen.«

»Sie waren selbst in einer Ausnahmesituation. Sie hätten Ihrer Tochter mehr geschadet als geholfen, solange Sie selbst noch nicht alles verarbeitet hatten. Wenn Sie deswegen nicht der Mensch sind, den Ihre Tochter gewohnt ist, verunsichern Sie das Kind. Ihre Tochter könnte Ihr verändertes Verhalten nicht richtig einordnen. Sie denkt dann, sie wäre schuld daran, und versucht ihr eigenes Verhalten anzupassen, um den ›alten Papa‹ wiederzubekommen. Was natürlich nicht klappen kann, weil die Ursache an anderer Stelle liegt.« Sie beugte sich vor und stützte die Arme auf den Schreibtisch. »Wussten Sie, dass Ihr Trauma auch zum Trauma Ihrer Tochter werden kann? Dass ihre Verhaltensmuster von dem geprägt werden, was Sie erlebt haben und wie Sie damit umgehen? Und diese Muster, diese, Ihre Art, beeinflusst Ihre Erziehungsweise und überträgt sich damit auf Ihr Kind.«

»Also sind die Macken, die wir haben, gar nicht unsere, sondern die unserer Eltern?«, fragte Christoph scherzhaft, obwohl ihm nicht danach zumute war.

»Ganz so einfach ist es nicht. Ab einem gewissen Punkt ist jeder selbst für seine Macken verantwortlich«, stieg sie auf den lockeren Ton ein, wurde aber schnell wieder ernst. Sie schob ihre Hand in seine Richtung, ohne ihn jedoch zu berühren. Eine Geste der Vertrautheit in der Distanz, die ihn tröstete und ihm gleichzeitig Angst machte. Es war so weit. Die Sicherheitsleinen wurden eine nach der anderen gekappt. Emma würde wieder bei ihm wohnen. Er musste wieder die volle Verantwortung übernehmen. Er atmete tief ein, ließ die Luft langsam wieder durch die zusammengepressten Lippen entweichen und nickte langsam.

»Ich stecke gerade mitten in einem Mordfall.«

»Das ist Ihr Beruf.«

»Ich habe noch keinen Babysitter gefunden, der sich um Emma kümmert, wenn ich im Dienst bin.«

»Sie werden sicher eine Lösung finden. Und jetzt gehen Sie Ihr Kind abholen.«

Christoph Todt nickte.

»Sie müssen nicht alles perfekt machen wollen und sich damit unter Druck setzen. Alle berufstätigen Eltern stehen vor diesem Problem. Es gibt viele Lösungsmöglichkeiten. Finden Sie die, die für Sie und Emma die beste ist, und suchen Sie nicht weiter nach Ausreden.«

*

Irgendwo im Haus schrillte das Telefon. Verena schlug die Decke zurück, stand auf und ging dem Geräusch nach.

»Irlenbusch«, meldete sie sich, als sie den Hörer gefunden hatte. Es war das Pflegeheim.

»Frau Altenrath benötigt noch einige persönliche Dinge. In dem Koffer, den der Herr gestern abgegeben hat, fehlte leider einiges. Meinen Sie, Sie können kurz vorbeikommen?« Die Pflegerin zählte alles kurz auf, und Verena notierte es sich. Schweigend starrte sie auf den

Zettel, nachdem das Gespräch beendet war, seufzte und machte sich daran, die Sachen zusammenzusuchen. Die Nachthemden aus der obersten Schublade der Kommode, die beim Öffnen leise quietschte. Unterwäsche, einige Poloshirts und Ruths Lieblingsbluse. Taschentücher, in deren Ecke Ruth als junge Frau ihre Initialen gestickt hatte. Mit der Hand über der Schmuckkassette zögerte sie. Keine Wertgegenstände, hatte die Pflegerin gesagt. Sie können nicht dafür haften, wenn etwas abhandenkommt. Verena öffnete die Kassette, starrte auf die Schmuckstücke. Mehrere Halsketten und Ringe, schwer und altmodisch anmutend. Ruth hatte sie immer nur zu besonderen Gelegenheiten getragen. Ich bin kein Weihnachtsbaum, man muss mich nicht behängen, war einer ihrer Lieblingssprüche gewesen. Nur die kleinen Perlenohrringe bildeten eine Ausnahme. Ruth liebte sie sehr. Verena hob sie aus dem Kästchen, legte die Ohrringe auf ihre Handfläche und stupste sie mit dem Zeigefinger hin und her. Sie hatte sie zum zehnten Hochzeitstag von Max geschenkt bekommen. Unzählige Male hatte Ruth Verena davon erzählt. Unzählige Male hatte Verena sich erfreut an der Geschichte, an der innigen Liebe der Großeltern zueinander. Was davon war wahr gewesen? Was erfunden? Die perlmuttschimmernde Oberfläche der Ohrringe nichts als schillernde Lüge? Verena ließ die Ohrringe zurück in das Schmuckkästchen fallen, als wären es glühende Kohlenstückchen, schloss den Deckel und schob das Kästchen in eins der schmalen Seitenfächer der gepackten Reisetasche.

»Hallo, Ruth.« Verena schob behutsam die Tür zum Zimmer ihrer Großmutter auf, nachdem sie angeklopft hatte, und trat ein. Ruth saß an einem kleinen Tisch, vor sich eine Tasse Tee. Sie hatte die Hände gefaltet und schaute aus dem Fenster. Sie reagierte nicht. Verena ging langsam auf sie zu, damit sie sich nicht erschreckte. »Hallo, Ruth«, wiederholte sie. Ruth schaute sie an und lächelte.

»Hallo, Reni.« Sie stand auf, ging zu dem Schrank und stellte sich vor die geschlossenen Türen. »Der Schlüssel ist verschwunden, und ich kann nicht aus dem Zimmer gehen.«

»Deine Zimmertür ist offen. Du kannst jederzeit rausgehen, Ruth.«

»Nein, nein. Das meine ich nicht.« Sie schüttelte den Kopf und legte eine Hand auf den Schrank. »Da ist viel Geld drin, und der Schlüssel ist verschwunden. Deswegen kann ich nicht aus dem Zimmer gehen. Ich muss auf das Geld aufpassen.«

»Wie viel Geld hast du denn dabei?«

»Ich weiß es nicht genau. Aber es ist viel Geld.«

»Darf ich nachsehen?«

Ruth nickte und ließ Verena an den Schrank. Sie öffnete die Türen, fand Ruths Handtasche und nahm die Geldbörse heraus.

»Du hast zehn Euro in deinem Portemonnaie, Ruth.«

»Der Schlüssel ist verschwunden. Ich kann nicht aus dem Zimmer gehen.« Ruths Stimme klang verzweifelt. Verena nahm sie in den Arm und brachte sie zu ihrem Stuhl zurück. Sie spürte das Zittern ihrer Großmutter, summte ein Kinderlied und drückte sie tröstend an sich, wie sie es unzählige Male vorher getan hatte. Nur, dass es ihr diesmal falsch und aufgesetzt vorkam. Ein hohles Ritual, auf die reine Funktion beschränkt. Ohne Herz. Aus einer Distanz heraus, die sie selbst schmerzte. Ruth beruhigte sich langsam. Verena wartete ein paar Minuten, bis sie den Eindruck hatte, der Schlüssel sei nun nicht mehr wichtig und Ruth in der Lage, ihre Frage zu verstehen.

»Ich muss dich etwas fragen, Ruth.« Sie zog den zweiten Stuhl unter dem Tisch hervor und setzte sich darauf. »Über Max. Deinen Mann.« Sie beugte sich vor und sah ihrer Großmutter ins Gesicht. »Erinnerst du dich an ihn?«

Ruth blinzelte.

»Max«, sagte sie tonlos.

»Ja. Max. Dein Mann. Mein Großvater.«

»Max ist ein guter Mann.«

»Er ist schon lange tot, Ruth. Aber ich möchte dich etwas über ihn fragen.«

Ruth senkte den Kopf. Sie runzelte die Stirn, setzte an, etwas zu sagen, blieb dann aber stumm.

»Ich habe eine Holzkiste gefunden. Auf dem Speicher. Darin sind alte Fotos. Aus dem Krieg. Und aus der Zeit davor.«

»Max ist ein wunderbarer Mann. Er hat mich gerettet, als ich ein junges Mädchen war.« Tränen schimmerten in Ruths Augen. Sie sah sich suchend im Zimmer um. »Ist er hier? Ist er gekommen? Ich warte auf ihn, aber er kommt mich hier nie besuchen.« Sie lächelte. »Er ist so ein wunderbarer Vater. Er liebt unsere Tochter über alles. Er liest ihr Geschichten vor und geht mit ihr im Garten spazieren.« Sie erhob sich halb von ihrem Stuhl, schaute durch das Fenster hinaus in den Garten. »Er kommt bestimmt gleich.« Eine leichte Röte überzog ihre Wangen. »Er kommt mich holen, und dann gehen wir zusammen spazieren. Er hat so weiche Hände. Und er ist so ein wundervoller Ehemann.« Sie lächelte wieder.

»Ich habe Bilder von ihm gesehen. Mit dem NSDAP-

Abzeichen an der Uniform. Kannst du mir dazu was erzählen?«

»Und er singt so schön. Er hat so eine tiefe Stimme. Er hätte gut Sänger werden können mit dieser Stimme.« Ruth sang mit brüchiger Stimme eine Melodie, die Verena nicht erkannte.

»Was ist mit dem Abzeichen, Ruth?«, bedrängte sie ihre Großmutter, aber die reagierte nicht. Verfiel stattdessen in ein leises Summen, umarmte sich selbst und wiegte sich vor und zurück. Verena seufzte. Auf diese Weise würde sie keine Antworten von Ruth bekommen.

Verena zog mit dem Fuß die Reisetasche näher zu sich heran, öffnete sie und nahm das Schmuckkästchen hervor.

»Ich habe dir die Ohrringe mitgebracht, die Max dir geschenkt hat.« Sie ließ die Perlen in ihre Hand gleiten und hielt sie Ruth hin. »Soll ich sie dir anlegen?«

Ruth schaute für einen Moment verblüfft auf den Schmuck, dann lächelte sie, hob zaghaft einen Finger und berührte eine der Perlen.

»Sind die für mich?«

»Sie gehören dir, Ruth. Max hat sie dir geschenkt.« Verena umfasste Ruths andere Hand.

»Sie sind so weich.« Wieder strich sie zitternd über die Oberfläche der Perlenohrringe.

»Hat er dir früher auch schon Sachen geschenkt?«

Ruth nickte stumm. Sie war völlig in den Anblick des Schmucks versunken.

»Max war sicher immer schon ein großzügiger Mann.«

»Ja. Großzügig. Er ist immer gut zu mir und zu Sabine. Sabine ist sein Ein und Alles.«

»Und was war vor dem Krieg, Ruth? Max war ein Nazi.«

Ruths Kopf fuhr hoch. Erschrocken starrte sie Verena an und duckte sich.

»Max ist ein guter Mann. Er hat mich gerettet. Er liebt Sabine über alles.« Sie entzog Verena ihre Hand, stand auf, ging zum Schrank, öffnete die Tür, schloss sie wieder. Nervös blickte sie sich um. »Wo ist Max? Wann kommt er? Ich muss ihm sagen, dass der Schlüssel fehlt. Ich kann nicht aus dem Zimmer gehen.«

»Ich wüsste gerne mehr über ihn.« Verena stand ebenfalls auf, ging zu Ruth und strich ihr über den Arm. Ruth zuckte zusammen, duckte sich wieder und hob abwehrend die linke Hand. Sie blickte gehetzt im Zimmer umher und rang hörbar nach Luft. Verena trat einen Schritt zurück und verschränkte die Hände fest ineinander. Das hier ging auf ihr Konto. Sie hatte Ruth aufgeregt mit ihren Fragen über die Vergangenheit, und es würde schwierig werden, sie wieder zu beruhigen. Sie hatte sie überfordert. Ruth konnte ihre Fragen nicht mehr beantworten. Sie hatte es in anderen Zusammenhängen schon oft erlebt und hätte es wissen müssen. Es war zu spät, um mit Ruth darüber zu sprechen. Sie zu fragen und um Erklärungen zu bitten, wie sie darüber gedacht hatte, wozu ihr Mann beigetragen hatte – aus purem Egoismus. Ruth regte sich über dieses Thema auf, es verunsicherte sie. Doch neben dem Schuldgefühl gegenüber und ihrem Mitleid mit Ruth verspürte Verena gleichzeitig eine ungeheure Wut über die jahrzehntelange Lüge und wie sie ihr dadurch den Zugang zur Vergangenheit ihrer Familie verwehrte. »Es ist in Ordnung«, lenkte sie ein und strich Ruth erneut sanft über den Arm. Ihre Großmutter versteifte sich.

»Wir sprechen nicht mehr darüber, Sabine. Du hast das alles schon zu oft gefragt. Und wir haben dir zigmal gesagt, dass wir nicht darüber sprechen wollen. Das war alles schon zu viel für deinen Vater. Er liebt dich über alles. Er ist ein guter Mensch. Er hat mich gerettet. Das muss dir genügen«, sagte sie und hob den Zeigefinger. Strenge und trügerische Klarheit in der Stimme und im Blick, die Verena nie bei ihr gesehen hatte. Eisern und kalt. Eine Fassade, die es zu bewahren galt, an der nicht gekratzt werden durfte. Auch nicht von der eigenen Tochter, für die sie Verena jetzt hielt. Anscheinend hatte ihre Mutter Sabine ebenfalls nachgebohrt, hatte wissen wollen, was gewesen war. Mehr als einmal. Ob sie eine Antwort bekommen hatte, die sie befriedigt hatte, glaubte Verena nach Ruths Reaktion nicht. Was war dann geschehen? Hatte ihre Mutter aufgehört, wissen zu wollen? Hatte sie sich zufriedengegeben mit dem Schweigen, das darüber gebreitet worden war? Hatte ihre Mutter die Briefe gelesen und die Fotos betrachtet, die sie selbst in der Kiste gefunden hatte? Oder hatte sie eine Tatsache wiederaufgedeckt, die mit unendlich viel Mühen über die Jahrzehnte hinweg vertuscht und vielleicht mit ihrem Großvater begraben worden war? Aber Ruth hatte mit diesem Mann zusammengelebt. Sie hatte eine Tochter mit ihm bekommen. Sie hatte davon gewusst und ihn trotzdem geliebt.

»Mein Schlüssel, Sabine. Wo ist mein Schlüssel? Ich kann nicht aus dem Zimmer gehen, wenn ich den Schrank nicht abschließen kann.« Ruth schaute sie verwirrt an, die eine Hand in der Geste erstarrt, die andere hing kraftlos an ihrer Seite.

»Ich bin Verena, Ruth. Deine Enkeltochter. Nicht deine Tochter. Ich frage jetzt nach deinem Schlüssel. Vielleicht hat ihn ja jemand gefunden. Beruhige dich und trink deinen Tee. Alles wird wieder gut. Du brauchst keine Angst zu haben.«

»Keine Angst«, wiederholte Ruth, setzte sich in der gleiche Haltung an den Tisch, in der Verena sie bei ihrem Eintreten angetroffen hatte. Nur ihre bebenden Hände verrieten, dass sich etwas geändert hatte. Sie umfasste den Rand der Tischdecke und rollte ihn auf und wieder ab. Auf und wieder ab. Verena verließ leise das Zimmer, ging auf den Flur hinaus und den Gang entlang zum Zimmer der Pflegerinnen, traf aber dort niemanden an.

»Ah, die Nichtraucherin.«

Verena drehte sich um. Maren Kaulen stand an der Abzweigung des Ganges und hielt eine Zigarette in der einen und ein Feuerzeug in der anderen Hand.

»Wie geht's Ihrer Mutter?«, erkundigte Verena sich.

»Mal schlechter, mal besser. Aber in der Tendenz eher schlechter.« Sie hielt die Zigarette hoch und wies mit dem Kopf in Richtung Ausgang. »Haben Sie Lust auf einen kleinen Plausch mit mir? Bis hier wieder jemand ist? Kann nicht so lange dauern.«

Verena nickte und folgte ihr. Maren Kaulen war ihr sympathisch, und vielleicht würden ihr ein paar Minuten Ablenkung helfen, ihre eigenen Gedanken zu sortieren.

»Wie geht's Ihrer Großmutter? Hat sie sich eingewöhnt?«

»Sie vermisst ihren Schrankschlüssel und ist beunruhigt, weil sie denkt, sie würde bestohlen werden.« Verena atmete die klare Luft ein. »Und ich habe sie noch mehr aufgeregt, indem ich sie nach der Vergangenheit unserer Familie gefragt habe. Sie hat mich mit meiner Mutter verwechselt, was sie sonst nie tut.«

Maren Kaulen steckte sich die Zigarette in den Mund und zündete sie an. Gierig sog sie daran, blies den Rauch in kleinen Wolken aus, nahm einen zweiten Zug, den sie langsam und gleichmäßig wieder ausatmete.

»Hatten Sie nicht gesagt, Ihre Großmutter habe Alzheimer?«, wollte sie wissen.

»Ja.«

»Dann ist es besser, wenn Sie vorsichtig mit Fragen sind, die alte Wunden aufreißen könnten. Gerade für Alzheimer-Patienten ist es schwer, das wieder in den Griff zu bekommen.«

»Ich dachte, Ihre Mutter ist nicht dement. Woher ...«

»Weil ich mich damit beschäftigt habe. Aber auf einem anderen Hintergrund. Meine Mutter möchte erzählen. Sie möchte ihre letzte Chance nutzen, um mit dem, was sie in den Kriegsjahren erlebt hat, abschließen zu können. Je älter sie geworden ist und je hilfloser sie sich gefühlt hat, desto mehr sind die Erinnerungen an die schrecklichen Erlebnisse wieder in ihr wach geworden.« Sie drehte die Zigarette zwischen den Fingern. »Es hat gedauert, bis ich es begriffen hatte, woher ihr seltsames Verhalten manchmal kam, wenn sie sich zum Beispiel geweigert hat, sich von den Pflegern waschen zu lassen.« Sie senkte den Kopf. »Es ist hart, was sie erzählt. Wie sie eines Morgens das Klopfen an der Tür an das Klopfen der Russen nach dem Krieg erinnert hat. Und wie der Anblick des fremdem jungen Mannes, der wohl ein neuer Pfleger war, sie in helle Panik versetzt hat.« Maren Kaulen strich sich mit dem Handballen unter dem Auge entlang und schluckte. »Verstehen Sie? Sie wurde vergewaltigt. Wie Millionen anderer Frauen zwischen den beiden Wintern vierundvierzig und fünfundvierzig auch. Sie war kein Einzelschicksal, aber damals hat niemand darüber gesprochen. Die Betroffenen blieben damit allein und verstummten, was natürlich wunderbar zum öffentlichen Schweigen der Gesellschaft über die Kriegsfolgen passte. Kollektives Verdrängen eines Schreckens, über den wir heute ohne Tabus sprechen können, wenn es passiert.«

»Private Probleme werden im Privaten gelöst«, murmelte Verena und fragte sich, wie oft Ruth ihr diesen Leitsatz mit auf den Weg zu geben versucht und wie sehr sie ihn verinnerlicht hatte. Wie sehr er sie hinderte, sich Hilfe zu suchen, wenn sie Hilfe brauchte.

»Ich höre ihr zu.« Maren Kaulen nahm einen letzten Zug, bevor sie die Zigarette auf den Boden warf, austrat und dann mit spitzen Fingern wieder aufhob, um sie in einen nahe stehenden Mülleimer zu werfen. »Mehr kann ich nicht tun.« Sie lächelte Verena an. »Aber wissen Sie was? Bei vielen dieser Sachen wird mir klar, dass nicht nur meine Mutter unter den Folgen ihrer Erlebnisse zu leiden hat, sondern in der ganzen Konsequenz auch ich. Meine ganze Erziehung ist unter dem Einfluss ihrer Erlebnisse und ihren Möglichkeiten des Verdrängens abgelaufen. Ich habe nie verstanden, warum ich nicht alleine ausgehen durfte, sondern nur in der Gruppe. Warum es immer so lange gedauert hat, bis sie das Misstrauen ablegen konnte, wenn ich einen neuen Verehrer hatte. Dieses grundsätzliche Misstrauen Männern gegenüber hat mich geprägt. Mein eigenes Leben beeinflusst, und zwar nicht zwingend zum Guten. Und diese Erkenntnis ist der wirklich harte Teil des Ganzen.«

*

Ruth hatte sich schließlich beruhigt und Verena nach Hause fahren lassen. Auf dem Weg hatte sie an einem Supermarkt angehalten und neue Lebensmittel eingekauft. Milch, Müsli, Brot. Etwas Obst. Eine Pizza, die sie lustlos in den Ofen geschoben und dann hatte kalt werden lassen, als ihr klarwurde, dass eine Dusche jetzt besser für sie sein würde als Essen.

Heißes Wasser prasselte auf ihren Nacken, rann über ihren Rücken und ihre Brüste. Verena genoss die Wärme. Blieb stehen. Schloss die Augen. Nach ihrer Rückkehr aus dem Pflegeheim hatte sie versucht, die Bilder und kurzen Bemerkungen in altmodischer Handschrift unter den eingeklebten Fotografien zu entziffern. Wenn sie wissen wollte, welche Rolle ihr Großvater wirklich gespielt hatte, was von dem, was sie bisher für die Wahrheit gehalten hatte, wirklich stimmte, würde sie es selbst herausfinden müssen. Er war kein Held, der von Anfang an gegen das System gekämpft hatte. Im Gegenteil, er war stolz darauf gewesen, Teil dieses Systems zu sein. Hatte sich mit den Ideen identifiziert. Die Bilder legten Zeugnis darüber ab und straften das andere Lügen. Verena suchte in sich, was das neue Wissen über ihren Großvater und damit auch über Ruth in ihr auslöste.

Sie hatte ihn nur durch Ruths Erzählungen kennengelernt, durch gefilterte Sichtweisen. Durch Lügen. Jetzt war er ein Fremder, mit dem sie nichts zu tun hatte. Den sie nie gesprochen, nie mit ihm diskutiert hatte. Ein Mann, der vertraut schien und den sie nicht kannte. Eine andere Welt. Eine längst vergangene Zeit, mit der sie nichts zu tun hatte. Und doch beschlich sie ein nicht greifbares Gefühl der Schuld. In ihrem Selbstverständnis hatte sich etwas geändert. Sie war nicht die Enkelin eines

Widerstandskämpfers, sondern die eines aktiven Nazis. Wie oft hatte sie sich als Jugendliche und zu Beginn ihrer Ausbildung gefragt, ob ihr Sinn für das Recht, ihr Bedürfnis nach Gerechtigkeit ein Erbe ihres Großvaters gewesen waren. Seine guten Anlagen, die in ihr wieder wach wurden und die sie den Beruf hatten ergreifen lassen, den sie heute hatte. Sie war fest davon überzeugt gewesen. Es hatte sie beflügelt, war ihr Beispiel gewesen und eine Durchhalteparole in harten Zeiten, die nie so hart sein konnten wie das, was Max er- und überlebt haben musste. Und jetzt? Stürzte das Bild ein wie ein Kartenhaus. Und wenn es im Guten gestimmt hatte, dass sein Erbe in ihr lebte, was war nun, nachdem sie die Wahrheit entdeckt hatte? Was von ihm war in ihr? Böses Blut? Dunkle Seiten? Ihr Verstand sagte ihr, dass das Unsinn sei, dass sie damit den kruden Theorien der Blutschuld folgte und sich gemein damit machte. Trotzdem blieb ein Knoten in ihrem Inneren. Irrational. Nicht greifbar. Schwärend wie ein Krebsgeschwür, dem sie keinen Raum geben durfte, wenn sie nicht wollte, dass es überhandnahm.

Sie reckte das Gesicht dem Wasserstrahl entgegen, strich mit beiden Händen ihre Haare nach hinten. Staub und Schmutz und Schweiß. Ihr Großvater. Ruth. Christoph. Arbeit und Stress. Vernunft und Schuld. Das Wasser spülte alles von ihr ab. Das Reale und das Gefühlte. Für den Moment.

13. Kapitel

»Du kannst mir das Fleißkärtchen später geben«, sagte Leo, ohne sich zu Verena umzudrehen. Verena legte ihre Handtasche auf den Besucherstuhl, ging zu ihrem Schreibtisch und schaltete den Computer ein. Sie kämpfte gegen die Watte in ihrem Kopf, gegen das allumfassende Gefühl, nicht richtig zu sein. An diesem Ort, für ihre Aufgaben, in sich selbst.

»Du hast alles zusammengetragen, was wir haben?«, fragte sie und hoffte, Leo würde von ihrer Stimmung nichts mitbekommen. Für eine Diskussion oder einen Schwall guter Ratschläge, und seien sie noch so gut gemeint, fehlten ihr die Nerven.

»Die offensichtlichen Dinge. Alles, von dem ich weiß. Trotzdem müssen wir jeden Punkt einzeln durchsprechen.« Leo trat einen Schritt von der Pinnwand zurück und betrachtete ihr Werk. Auf bräunlichem Packpapier bildeten Fotos, Karteikarten mit Stichworten und Verweisen und einer Menge Pfeile eine Landkarte der Mordfälle, an deren Lösung sie gerade arbeiteten. Leo hatte einige Punkte mit einem dicken Filzer eingekreist und an anderen Stellen Fragezeichen gesetzt. Sie warf Verena einen schnellen Seitenblick zu, krauste die Nase und schüttelte nach kurzem Zögern beinahe unmerklich den Kopf. Sie hatte ihre Stimmung bemerkt, aber allem Anschein nach beschlossen, sie weder darauf noch auf ihr letztes Zusammentreffen anzusprechen. Verena seufzte.

»Entschuldige bitte, dass ich so unmöglich zu dir war und dich rausgeschmissen habe«, sagte sie leise.

Leo ließ die Karte, die sie gerade an die Wand heften wollte, sinken und wandte sich ihr zu.

»Ist in Ordnung. Krankheit macht einen hilflos, und Hilflosigkeit macht wütend. Ich war nicht begeistert, kann es aber aushalten.« Sie grinste. »Hast du dich erholt?«

»Geht so.«

»Guten Morgen.« Christoph Todt stand in der Tür, hielt die Klinke in der Hand. Verena sah das Unschlüssige in seinem Blick. Sie hatte sich vor diesem Augenblick gefürchtet. Obwohl, wie sie sich im Laufe des Abends immer wieder selbst beruhigt hatte, nichts geschehen war, was ihr oder ihm hätte peinlich sein müssen. Sie lächelte ihn an. Er nickte und ging wortlos zu seinem Platz. Leo schaute von einem zum anderen, hob fragend eine Augenbraue, sagte aber nichts von dem, was Verena in ihrem Gesicht zu lesen glaubte.

»Also, was haben wir bisher«, wechselte sie stattdessen das Thema und ging wieder zur Pinnwand. »Kai Ziegler, wegen Unfähigkeit erfolgloser Journalist, unbeliebter Uni-Dozent und noch unbeliebterer Mitmensch, erhält per SMS eine Drohung, verunglückt unter dem Einfluss von starken Medikamenten mit seinem Wagen, an dem die Radmuttern manipuliert wurden, und erliegt wenig später in der Klinik seinen Verletzungen.« Sie trat einen Schritt zur Seite. »Die Verbindung zu Mike Franke ist die Universität. Franke ist Zieglers Student. Er verschwindet, als ihr beide dort auftaucht und eine Befragung durchführt.«

»Laut seiner Kommilitonin hatten Ziegler und Franke einen heftigen Streit, bei dem es fast zu Handgreiflichkeiten gekommen ist«, ergänzte Christoph Todt. Leo reichte ihm eine Karte.

»Schreib es auf.« Sie wartete, bis er fertig war, und hängte die Ergänzung an die entsprechende Stelle.

»Über Franke selbst wissen wir Folgendes: Er lebt allein, Student, Katzenliebhaber. Auffälliges Äußeres. Engagiert sich als ehrenamtlicher Redakteur bei einer Obdachlosenzeitung. Zwischen ihm und Elisabeth Schäfer besteht laut der Aussage der Kollegin von Schäfer eine intime Beziehung. Untermauert wird diese Aussage durch die in Schäfers Wohnung gefundenen Katzenhaare und den Piercingschmuck, von dem wir vermuten, dass es Frankes ist.«

»Gibt's da schon Ergebnisse aus dem Labor?«, wollte Verena wissen. Leo schüttelte den Kopf.

»Das dauert noch.« Sie wechselte auf die andere Seite der Pinnwand. »Darüber hinaus fanden wir in Frankes Wohnung einen Laptop, von dem wir vermuten, dass es Zieglers sein könnte. Leider ist es mir bisher noch nicht gelungen, das Passwort zu knacken.«

»Vermutlich ist Franke auch der junge Mann gewesen, der Zieglers Sachen aus dem Krankenhaus abgeholt hat, auch wenn wir das noch nicht zu hundert Prozent bestätigen können. Ich gehe mit einem Foto von Franke noch mal auf die Station und kläre das ab«, sagte Verena und machte sich eine Notiz.

»Franke ist jetzt unser Hauptverdächtiger. Er hatte ein Motiv für den Mord an Ziegler.«

»Es gibt nichts Neues von der Fahndung nach ihm. Alle Streifenkollegen sind aber informiert«, fügte Leo hinzu.

»Wir wissen nicht, ob er mit Elisabeth Schäfer Streit hatte.«

»Es liegt durchaus im Bereich des Wahrscheinlichen, dass es in dem Fall kein Intimizid ist, sondern einen anderen Hintergrund hat.«

»Wie wäre es damit: Schäfer hat ihm geholfen, die Quellmaterialien zusammenzusuchen, die er für seine Arbeit braucht.«

»Das wäre ein möglicher Ansatz.«

»Und wie passt dann Heidemarie Alligs ins Bild? Als Fußpflegerin wird sie sich wenig in der Uni oder der Unibibliothek aufgehalten haben.«

»Eine Verbindung zwischen Franke und Heidemarie Alligs haben wir nicht herausfinden können.« Leo trommelte mit dem Filzstift auf die Handfläche ihrer linken Hand. »Noch nicht.«

»Vielleicht gibt es da auch keine. Heidemarie Alligs' Telefonnummer haben wir auf einem Einkaufszettel hingeschmiert in Zieglers Müll gefunden.«

»Aber die Art, wie sie umgekommen sind, stimmt überein.« Christoph Todt stand auf, ließ abwechselnd seine Schultern kreisen und ging zum Fenster. »Sie wiesen beide Rissquetschwunden am Schädel auf, die auf stumpfe Gewalt, eventuell mit einem Hammer ausgeführt, zurückzuführen sind.«

»Da sind für meinen Geschmack zurzeit noch ein bisschen viel Vermutung und Eventualität im Spiel. Ich mag es lieber handfest.« Leo runzelte die Stirn.

»Ich fahre heute in die Rechtsmedizin und werde den

Kollegen dort mal auf die Füße treten«, bot Christoph Todt an. Leo nickte.

»Wir wissen auch immer noch nicht, was es mit dem Einbruch in Zieglers Wohnung auf sich hat.« Verena biss sich auf die Lippe, stand auf und ging zur Kaffeemaschine. Mit dem dampfenden Becher in der Hand lehnte sie sich an die Wand und betrachtete nachdenklich das Ergebnis ihrer bisherigen Ermittlungen. »Mir gefällt das alles auch noch nicht. Wenn Franke wirklich der Mörder ist, was für ein Motiv hat er, Ziegler, Schäfer und Alligs umzubringen? Für Ziegler und Schäfer gibt es ein jeweils denkbares Motiv. Aber keinen gemeinsamen Nenner. Bei Heidemarie Alligs tappen wir, was das angeht, völlig im Dunkeln.«

»Franke ist untergetaucht.«

»Eine Flucht ist noch kein Geständnis.«

»Aber auch kein besonders gut geeignetes Mittel, um seine Unschuld zu beweisen.«

»Mal angenommen, Franke wäre gar nicht vor uns auf der Flucht, sondern vor jemand oder etwas anderem? Wie sähe es dann aus?«

»Du meinst, er sieht sich als mögliches nächstes Opfer? Das heißt aber auch, er muss von Elisabeth Schäfers Tod gewusst haben.«

»Durch uns hat er dann von Zieglers Tod erfahren, hat Panik gekriegt und ist abgetaucht.«

»Möglich.«

»Wir sollten beides in Betracht ziehen.«

»Wir brauchen mehr Anhaltspunkte.«

»Was haben wir übersehen?«

»Mal angenommen, wir bleiben bei der Opfertheorie: Wovor flüchtet er? Wer bedroht ihn?«

»Vielleicht kommen wir der Frage näher, wenn wir uns überlegen, weswegen er bedroht werden könnte.«

»Er recherchiert in der Unibibliothek, dabei hilft ihm Elisabeth Schäfer. Dass die beiden sich dabei näherkommen, ist eher ein Zufall.« Christoph Todt lief in dem engen Büro auf und ab. »Er findet bestimmtes Material, das von Ziegler einfach für einen seiner Artikel verwendet wird, ohne dass er mit Franke darüber einig ist.«

»Hat Ziegler in letzter Zeit irgendwelchen relevanten Artikel veröffentlicht?«, wandte Verena sich an Leo. »Die Liste der ausgeliehenen Bücher, die wir von Elisabeth Schäfers Kollegin in der Bibliothek bekommen haben, zeigt ja deutlich die Richtung an. Zweiter Weltkrieg und die Zeit danach.«

»Nein. Nichts. Also nicht nur nichts Relevantes, sondern gar nichts.«

»Ziegler stand unter Erfolgsdruck.«

»Und unter finanziellem Druck.«

»Der Artikel war noch in Arbeit.«

»Und bei seinen Recherchen ist er demjenigen aufgefallen, der nicht möchte, dass, was auch immer es ist, ans Tageslicht kommt.«

»Ich kümmere mich um den Laptop.« Leo schaute in die Runde. »Dann werden wir sehen, was an unserer Opfer- statt Täter-Theorie dran ist.«

*

»Dann lag mein Kollege von der Spurensicherung also nicht falsch?« Christoph Todt folgte dem Rechtsmediziner Dr. Steinhage durch den Sektionssaal in die Kühlkammer. Links und rechts gab es vier Reihen stahlglänzender

Türen, hinter denen die Toten aufbewahrt wurden, bis die Untersuchungen beendet waren. Kleine Zettel gaben Auskunft über Alter, Geschlecht und Gewicht und, wenn bekannt, auch über den Namen des Verstorbenen. Ein diffuser Geruch von Desinfektionsmitteln und trotz Abzugsanlage unterschwelligen Verwesungsgerüchen unterstrich die Kälte des Raumes, die nicht nur physisch zu spüren war.

»Nein. Guter Blick, der Kollege. Auch wenn ich es nicht mag, wenn voreilige Schlüsse gezogen werden, weil sich dann oft der Blick in eine bestimmte Richtung wendet und andere Perspektiven, die zum Ergebnis führen können, vielleicht verstellt werden. Aber zum Glück stützen wir uns hier auf die Wissenschaft.« Er blieb vor einem der Kühlfächer stehen und las die Angaben. »Wenn ein Schlag auf den Schädel ausgeführt wird, ist die Seite, die der Platzwunde gegenüberliegt, mehr unterblutet und gequetscht. Es können zwar in Einzelfällen auch Verwechslungen mit Schnittwunden vorkommen, aber in diesem Fall habe ich Gewebebrücken in der Wunde gefunden, die eindeutig auf eine Rissquetschwunde hindeuten.« Er entriegelte das Kühlfach, zog die Schublade heraus und öffnete den Leichensack. »Bei Frau Alligs ist der Schlag definitiv von oben vorne gekommen. Der oder die Ausführende befand sich in einer höheren Position als das Opfer.« Er zeigte auf die Wunde an Heidemarie Alligs' Stirn, knapp über dem Haaransatz, und beugte sich darüber. »Sehen Sie hier: Die Haare sind abgeknickt. Wäre die Waffe ein scharfer Gegenstand gewesen, dann wären sie glatt durchtrennt.« Er richtete sich wieder auf. »Ich habe die Wunde natürlich auch auf das Vorhandensein von Fremdkörpern untersucht. Es waren kleine Metallteilchen vorhanden. Stahlpartikel. Passt zu einem Hammer. Baumarktware. Wird schwierig, den zu finden. Es sei denn, man serviert ihn uns auf dem Silbertablett.«

»Heidemarie Alligs ist also an dem Schlag gestorben?« Christoph betrachtete das Gesicht der toten Frau. Es schien sich wieder verändert zu haben, und er fragte sich zum wiederholten Male, ob es wirklich nur die in der Kälte des Kühlfaches nur langsam voranschreitenden Auswirkungen der Verwesung waren, die diese Veränderung hervorriefen, oder ob es ein Bestandteil des Sterbens war, dass der Mensch an sich mehr und mehr verschwand. Das war beim Tod seines Vaters so gewesen und bei Annika, deren Züge sich im Laufe der wenigen Tage bis zu ihrer Beerdigung immer weiter versachlicht hatten, bis alle Emotionen, Erfahrungen, Ängste und damit das, was sie ausgemacht hatte, daraus verschwunden waren.

»Nein. Der hat sie vermutlich nur betäubt. Für ihren Tod verantwortlich ist der große Blutverlust«, riss Steinhage ihn aus seinen Gedanken. »Gerade am Kopf bluten solche Wunden sehr stark, und das Opfer verliert in kurzer Zeit eine Menge Blut. Vor allem, wenn, wie hier, auch noch Blutverdünner vorhanden sind. Sie hatte kurz vorher eine recht hohe Dosis Schmerzmittel eingenommen.« Der Rechtsmediziner verschloss den Leichensack und schob die Schublade zurück in das Kühlfach, bevor er auf der anderen Seite des Raumes ein anderes Fach öffnete. »Hier war es nicht so eindeutig.« Er zeigte auf den Leichnam von Elisabeth Schäfer. »Wenn man sich nur auf das Aussehen der Rissquetschwunden stützt, erlaubt das oft keine genaue Unterscheidung, ob es ein Schlag gewesen ist oder die Wunde vielleicht durch einen Sturz entstanden ist. In dem Fall schauen wir uns die Tatortbilder an und folgen der Hutkrempenregel.« Er deutete einen Kreis in mittlerer Höhe der Stirn rund um den Kopf an. »Alles, was darunterliegt, kann von einem Sturz herrühren, alles, was darüberliegt, eher nicht. Es sei denn, der Mensch ist aus der Höhe heruntergestürzt. Von einem Berg oder einem Balkon. Oder ist das Opfer eines Verkehrsunfalls. Aber das können wir hier alles eindeutig ausschließen.« Er drehte Elisabeth Schäfers Kopf behutsam zur Seite, umkreiste die Wunde mit einem Finger, ohne die Tote zu berühren. »Größe und Form sind ähnlich, wie bei Heidemarie Alligs. Bisher habe ich noch keine Metallsplitter finden können, die beweisen würden, dass es sich um dasselbe Tatwerkzeug handelt.«

»Der gleiche Hammer?«

»Richtig.« Steinhage nickte. »Hier habe ich Plastikabrieb vorgefunden, möglicherweise von einer Plastiktasche oder etwas Ähnlichem.«

»Der Täter hat also mit einer eingepackten Waffe zugeschlagen?«

»Das liegt im Bereich des Möglichen.«

»Und würde auch die fehlenden Abwehrspuren erklären.«

»Unter Umständen. Weder bei Frau Alligs noch bei Frau Schäfer habe ich Hämatome an den Fingern oder an den Unterarmen feststellen können, die unweigerlich vorhanden wären, wenn die Opfer sich gewehrt hätten.«

»Können Sie etwas über den Täter selbst sagen?«

»Nur dass die Schläge von einem Rechtshänder mit größerer Wucht in jeweils einem Winkel von oben ausgeführt wurden.«

»Ein Mann?«

»Jemand mit viel Kraft im Arm.«

»Liegen die Laborergebnisse schon vor?«

»Im Fall Schäfer frühestens morgen. Die Auswertung der Untersuchungen im Fall Alligs könnten mittlerweile in meinem Mailfach gelandet sein. Wenn Sie möchten, könnten wir nachsehen gehen.«

»Einen Kaffee?« Steinhage sah Christoph fragend an und gab den Druckbefehl ein. »Sie wollen die Unterlagen doch sicher in Kopie mitnehmen, oder?« Christoph nickte. Steinhage überflog die Zeilen, wog den Kopf hin und her und runzelte die Stirn.

»Wie zu erwarten«, murmelte er. »Eine Menge Spuren. Vor allem im Fußbereich des Behandlungsstuhls.« Er lachte. »Wo gehobelt wird, da fallen Späne, was? Auch wenn's nur Hornhaut ist.« Er reichte die Blätter an Christoph weiter. »Insgesamt über dreißig verschiedene DNA-Profile konnten wir ausmachen. In der Hauptsache Frauen und nur ein paar Männer.«

»Sind die Profile schon in der Überprüfung?«

»Das dauert aber noch etwas. Ich lasse Ihnen die Ergebnisse direkt zukommen, sobald sie vorliegen.«

Christoph bedankte sich und trank den letzten Schluck Kaffee aus. Draußen vor der Tür blieb er einen Moment stehen und genoss die Wärme der Sonnenstrahlen und die Luft, die ihm trotz der Abgase der nahe gelegenen Straße frisch vorkam. Er kontrollierte sein Handy. Kein Anruf. Er wählte Verenas Nummer. Sie meldete sich nach dem dritten Klingelzeichen.

»Wo bist du?«

»Auf dem Weg zum Krankenhaus.«

»Was hat sich bei dir ergeben?«

»Nichts wirklich Neues. Im Grunde hat er nur das bestätigt, was wir bereits vermutet hatten.« Christoph setzte sich in seinen Wagen. »Ich komme zu dir.«

»Warum?«

Christoph zögerte, drehte den Schlüssel im Zündschloss und setzte rückwärts aus der Parklücke. »In einer Viertelstunde bin ich bei dir. Wir treffen uns am Haupteingang.« Er beendete das Gespräch und warf einen Blick in den Rückspiegel, bevor er losfuhr.

*

Die einfallende Sonne flutete die Eingangshalle und warf lange Schatten auf den Marmorboden. Verena ging langsam auf Christoph zu, ohne dass er sie bemerkte. Er hatte neben den Fahrstühlen im Erdgeschoss des Bettenhauses der Uniklinik auf sie gewartet, den Blick nach draußen gerichtet, und beobachtete die Gesichter der Hereinkommenden.

»Es hat sich schon erledigt. Der Pfleger hat Mike Franke identifiziert als denjenigen, der Zieglers Sachen abgeholt hat«, sagte Verena. Christoph drehte sich zu ihr um. »Ich hatte dir gesagt, dass ich fast da sei. Du hättest nicht zu kommen brauchen, nur um diese Routinesache abzuarbeiten.«

»Ich wollte in erster Linie mit dir reden.«

»Ich bin nicht sicher, ob das eine gute Idee ist.«

»Was? Das Reden, oder das, worüber ich gerne reden möchte.«

»Beides.« Sie ging an ihm vorbei und setzte sich auf eine der Besucherbänke in der Eingangshalle. Er folgte ihr, setzte sich neben sie und wartete, ob dem einen Wort noch eine Erklärung folgen würde. Verena verschränkte die

Hände. Für Außenstehende sahen sie vielleicht aus wie ein Paar, angestrengt von dem, was sie beide in den Zimmern des Krankenhauses erwartete, oder von dem, was sie gerade erfahren hatten.

»Ich glaube, wir würden einen Fehler machen, wenn wir etwas an unserem Verhältnis zueinander verändern. Das Risiko ist zu groß, dass wir uns gegenseitig verletzen, weil wir unterschiedliche Vorstellungen haben. Lass es uns dabei belassen, wie es ist.« Sie stand auf, schob beide Hände in die Taschen ihrer Jeans und straffte die Schultern. »Ich fahre zu Ruth. Wir sehen uns morgen.« Sie wandte sich ab und ging zur Treppe, die nach unten in die Parketagen führte, ohne sich noch einmal umzudrehen.

Ihr Handy klingelte, kaum, dass sie aus der Tiefgarage heraus war.

»Was gibt's, Leo?«

»Ich habe den Computer geknackt und interessante Neuigkeiten. Christoph weiß schon Bescheid. Er kommt noch mal ins Präsidium.«

14. Kapitel

Leo saß vor dem Computer, knetete ihre linke Hand und wunderte sich darüber, wie einfach es letztlich doch wieder gewesen war, mit dem richtigen Programm und ein bisschen Zeit das Passwort zu knacken. Ziegler hatte anscheinend die Ordnung geliebt. Er hatte Ordner für die verschiedenen Arbeitsbereiche angelegt, alphabetisch geordnet. Der Privatordner enthielt Kontoauszüge, Schreiben der Stromgesellschaft, einige wenige Scans von Abrechnungen über einzelne Artikel bei verschiedenen Zeitungen. Versuchsweise hatte sie sich in seinem Konto eingeloggt. Zu ihrer eigenen Überraschung war es ihr gelungen, da der Laptop das Kennwort gespeichert und automatisch eingesetzt hatte. Sie hatte ein Hoch auf die Cookies dieser Welt ausgesprochen und sich eine Notiz gemacht, eben diese Cookies auf ihrem eigenen Computer zu löschen, sobald sie wieder zu Hause war.

Zieglers finanzielle Situation war alles andere als rosig. Sein Girokonto und sein Kreditkartenlimit waren bis zum Anschlag ausgereizt.

»Ziegler war pleite«, begrüßte sie Christoph Todt bei seinem Eintreffen. »Wenn er nicht größere Zahlungen zu erwarten hatte, wäre am Monatsende für ihn der Geldhahn abgedreht gewesen.«

»Was hast du noch gefunden?«

»Ich stecke noch mittendrin.« Sie klickte einen Ordner mit der Aufschrift »Arbeit« an, und sofort erschien eine Liste mit Unterdateien. Christoph Todt setzte sich neben sie. Leo seufzte. »Er mag ja ein Unsympath gewesen sein, aber ein Chaot war er nicht.« Sie öffnete die Dateien eine nach der anderen, fand Rezensionen, Berichte über Theaterstücke und ab und an einen Artikel über einen Autounfall.

»Nichts, was uns weiterbringt.« Christoph verschränkte die Arme vor der Brust und lehnte sich nach hinten.

»Warte.« Leo öffnete den Terminal des Computers, gab einige Befehle ein, und auf der Oberfläche erschien ein weiterer Ordner, der aber nur transparent angezeigt wurde. Leo grinste. »Wusste ich's doch. Er hat sie versteckt. Hier«, sie deutete auf den Bildschirm, »wenn du den Namen der Datei mit einem Punkt anfangen lässt, dann ist sie auf den ersten Blick nicht sichtbar.«

»Sonnenberg«, las Christoph leise vor. »Irgendwie sagt mir das was.«

»Gleich werden wir's wissen.« Leo fächerte den Ordner auf, und wieder erschienen eine Menge Unterdateien.

Ein Gebäude erschien auf dem Bildschirm. Ein nichtssagender betongrauer Industriebau. Zwei Etagen, fensterlos an der der Kamera zugewandten Seite, an der anderen sichtbaren Wand eine Reihe einfacher Quadrate. Ein Flachdach. Von der Umgebung war nichts zu sehen. Das nächste Bild zeigte das gleiche Gebäude aus einem anderen Winkel, diesmal von vorn. Die Eingangstür in der Mitte. Kein Schild, kein Name, aber in der linken Ecke erhob sich ein anderes Gebäude im krassen architektonischen Gegensatz. Weiße Stuckarbeiten an hohen Fenstern.

»Jetzt weiß ich's. Sonnenberg GmbH. Sie stellen Carbon-Bauteile für Autos, Fahrräder und die Luftfahrt her. Beim Ballonfahren ist mir dieser Name das ein oder andere Mal aufgefallen. Ursprünglich ein Familienbetrieb.«

»Warum interessierte sich Ziegler dafür?« Leo arbeitete sich weiter durch die gespeicherten Rechercheunterlagen. »Ich finde hier nichts Ungewöhnliches. Er hat einfach Daten zusammengesammelt, die offiziell zugänglich waren.«

»Er wird es aber nicht getan haben, weil er sich gelangweilt hat. Irgendeine Story hat er dahinter gewittert. Vielleicht ist es genau das, wonach wir suchen«, sagte Verena. Leo schrak zusammen. Sie hatte sie nicht kommen gehört, so sehr war sie in die Sache vertieft gewesen. Sie spürte, wie Christoph neben ihr sich für einen Moment versteifte und dann aufstand.

»Am besten wird es sein, wir statten der Firma einen Besuch ab.« Er schaute auf die Uhr. »Mal sehen, wie lange die da arbeiten.« Er bedachte Leo mit einem Seitenblick. »Apropos lange arbeiten …«

»Das ist alles eine Frage der Perspektive, Herr Todt.« Leo grinste.

*

Der Haupteingang zur Firmenverwaltung befand sich auf der straßenabgewandten Seite und machte den Eindruck, nur ausgesuchte Besucher hier willkommen zu heißen. Das Haus lag im Schatten von hohen Bäumen und verströmte den Wohlstand vergangener Tage. Feine Stuckarbeiten über jedem Fenster, leichte Abstufungen von Weiß im Anstrich und der starke Kontrast der dunkelgrünen Buchsbäume in den Beeten zu beiden Seiten der Eingangstür verstärkten den Eindruck alter Eleganz. In den Fenstern der oberen Etage brannte Licht, obwohl es noch hell war.

Die Gründerzeitatmosphäre wich technischer Kühle, als Verena und Christoph das Haus betraten. Hochglänzender geschliffener und lackierter Beton spiegelte das Licht eines Metalllüsters, dessen filigrane Arme unter der Decke der hohen Halle zu schweben schienen. Über der Treppe, die sich in U-Form durch die gesamte Eingangshalle an der Wand nach oben schraubte, hingen zwei Portraits in gedämpften Gold- und Brauntönen, die Verena an Bilder von Jörg Immendorf erinnerten. Ein Mann und eine Frau, er deutlich älter als sie. Hinter einer Glasfront befanden sich Büroräume für mehrere Mitarbeiter. Eine Frau kam auf sie zu. Ein professionelles Lächeln auf den Lippen.

»Haben Sie einen Termin bei Herrn Sonnenberg?«, wollte sie wissen.

»Nein.« Christoph Todt reichte ihr seinen Dienstausweis. »Aber wenn er da ist, möchten wir ihn sprechen.«

»Ich werde nachsehen.« Sie machte auf dem Absatz kehrt, ging zu einem der Schreibtische hinter der Glaswand und telefonierte, ohne dass Verena verstehen konnte, was gesagt wurde.

»Herr Sonnenberg erwartet Sie. Wenn Sie mir bitte folgen möchten.«

Sonnenbergs Büro befand sich in der ersten Etage. Auch hier hatte ein fähiger Architekt Neues mit Altem verbunden und zu einem gelungenen Gesamtbild zusammengefügt. Anders als im Erdgeschoss waren hier allerdings nicht die Wände durch Glas ersetzt worden. Unter Verenas Füßen knarzte der Parkettboden bei jedem Schritt. Die Sekretärin öffnete eine Seite einer Flügeltür, hielt sie auf und bat Verena und Christoph mit einer Geste einzutreten.

»Die Herrschaften von der Polizei«, verkündete sie, bevor sie die Tür hinter ihnen schloss.

»Thomas Sonnenberg, Geschäftsführender Gesellschafter der Sonnenberg GmbH. Wie kann ich Ihnen helfen?«, stellte sich der Mann hinter dem Schreibtisch vor, kam dann zu ihnen und reichte ihnen nacheinander die Hand. Sein dunkles lockiges Haar war in einem strengen Kurzhaarschnitt gebändigt, der nicht zu seinem jungenhaften und charmanten Lächeln passte. Er trug ein blaues Hemd in der Farbe seiner Augen zu einem dunkelgrauen Anzug, unter dem sich eine sportliche Figur abzeichnete. Die kleine Metallhantel auf seiner Fensterbank war demnach nicht nur Dekoration.

»Frau Schneider bringt uns gleich einen Kaffee. Oder möchten Sie etwas anderes?«

»Nein, danke. Wir haben einige Fragen an Sie, Herr Sonnenberg. Kennen Sie Kai Ziegler?«

»Ziegler?«, murmelte Sonnenberg, runzelte die Stirn und murmelte erneut den Namen.

»Ein Journalist«, warf Verena ein. Sie beobachtete Sonnenbergs Reaktion. Sonnenberg sah sie für einen kurzen Moment an, als könnte er die Antwort auf ihre Frage in ihrem Gesicht ablesen, dann klärten sich seine Züge.

»Ja. An den Journalisten erinnere ich mich. Er war vor ungefähr zehn Tagen hier. Genau kann ich es Ihnen nicht sagen. Aber sicher weiß Frau Schneider da Bescheid.«

»Hatte er einen Termin bei Ihnen?«

»Ja, natürlich.«

»Warum?«

»Weil er darum gebeten hatte.«

»Was wollte er?«

»Investigativen Journalismus betreiben, denke ich.« Thomas Sonnenberg lachte entspannt und ging wieder zu seinem Stuhl. Mit einladender Geste zeigte er auf die beiden Besucherstühle vor dem Schreibtisch und setzte sich. »Der Kaffee ist sicher gleich fertig.«

»Was genau meinen Sie denn mit ›investigativem Journalismus‹?«, ahmte Christoph Todt Sonnenbergs ironischen Tonfall nach, setzte sich ebenfalls und lächelte jovial. Verena bedachte ihn mit einem Seitenblick. Seine Fähigkeit, sich auf Gesprächspartner einzulassen, indem er ihre Art, sich zu geben, spiegelte, hatte sie schon seit ihrer ersten Begegnung fasziniert. Auch dieses Mal verfehlte es nicht seine Wirkung.

»Nun, er dachte, er hätte große Firmengeheimnisse aufgedeckt.«

»Und … hatte er das?«

»Natürlich nicht.«

»Ihre Geheimnisse sind sicher?«, fragte Christoph Todt und zwinkerte.

»Wir haben gar keine Geheimnisse.« Thomas Sonnenberg fuhr sich mit gespreizten Fingern durch die Haare. »Bis auf die, die unseren Werkstoff betreffen, natürlich. Aber das ist nichts Ungewöhnliches.«

»Carbon?«

»Richtig. Carbon. Das ist, um es vorsichtig zu formulieren, der Werkstoff der Zukunft. Kohlenstofffaserverstärkter Kunststoff. Leicht, stabil und lässt sich nahezu beliebig formen.«

»Wohin liefern Sie?«

»In der Hauptsache Auto- und Flugzeugbau. Überall wo es darauf ankommt, Gewicht zu vermindern. Oder auch im Maschinenbau.«

»Was wollte Ziegler genau von Ihnen?«

»Ich glaube, das wusste er selbst nicht so genau.«

»Inwiefern?«

»Nun, er machte bei seinem Besuch nicht gerade den kompetentesten Eindruck, wenn ich es mal freundlich formulieren darf.« Sonnenberg sah abwechselnd zwischen Verena und Christoph hin und her und wartete auf die nächste Frage. Aber beide schwiegen. Verena wusste, Christoph wollte Sonnenberg aus der Reserve locken, ihm das Gefühl geben, lediglich ein lockeres Gespräch zu führen, auch wenn er in Wirklichkeit auf jede Kleinigkeit achtete, die entweder den anderen überführen oder dessen Unbeteiligtsein an der Sache beweisen würde. »Er stellte Fragen zu allen möglichen Bereichen der Firma. Arbeitssicherheit, Mitarbeiterüberwachung, unsere Geschäftsverbindungen ins Ausland. Aber wir bieten da keinerlei Angriffsfläche, auch wenn gerne immer mal wieder irgendeine Sau durchs Dorf gejagt werden soll und der nächste Skandal ausgegraben wird. Letztlich geht es dabei doch nur darum, Kasse zu machen. Die Reporter bekommen ihren großen Moment, drei Wochen lang sind alle Zeitungen voll davon, und dann gibt es das nächste Thema, über das sich unsere ach so gerechte und politisch korrekte Gesellschaft aufregen darf, damit man nicht über die wirklichen Probleme nachdenken muss.« Sonnenberg hatte sich in Rage geredet.

»Bieten Sie keinerlei Angriffsfläche, weil alles glattgeschliffen ist?«, warf Verena ein.

»Wir bieten keine Angriffsfläche, weil es keine gibt, Frau Irlenbusch.« Das ewige Lächeln war aus Sonnenbergs Gesicht verschwunden, und Verena sah den knallharten Verhandlungspartner hinter dem Sonnyboy. »Wir halten uns an alle Regeln, behandeln unsere Mitarbeiter gut und beachten die Gesetze. Das Einzige, was Sie uns vermutlich mit Fug und Recht vorwerfen können, ist, dass der Kaffee in unserer Kantine scheußlich schmeckt«, erklärte er schnaubend.

Wie aufs Stichwort erschien die Sekretärin Frau Schneider mit einem Tablett in der Hand, auf dem drei kunstvoll geschichtete Caffè Latte in halbhohen Gläsern schwappten. Sie stellte vor jedem ein Glas ab und wandte sich mit einem knappen »Wenn Sie mich noch brauchen« an Sonnenberg, bevor sie die Tür wieder hinter sich zuzog.

»Warum, glauben Sie, ist Ziegler auf Sie gekommen?«, ignorierte Verena seinen Ausbruch, nahm den Kaffee und trank vorsichtig einen Schluck.

»Ach, wissen Sie, es gibt immer streunende Hunde, die versuchen, an den Fuß der Eiche zu pinkeln.« Sonnenberg stand auf, ging zum Fenster hinter seinem Schreibtisch und starrte hinaus. »Mein Großvater hat diese Firma nach dem Krieg in einer Garage gegründet und sie aus Trümmern aufgebaut. Er hat Lkw-Ersatzteile verkauft. Er ist erst vor kurzem im hohen Alter gestorben und war sehr stolz auf das, was meine Mutter und seit ein paar Jahren ich aus dem Betrieb gemacht haben.«

»Herr Sonnenberg, Kai Ziegler ist bei einem Autounfall so schwer verletzt worden, dass er wenig später im Krankenhaus gestorben ist«, sagte Verena leise. »Das Auto wurde manipuliert. Er selbst stand unter Einfluss von Medikamenten.« Sonnenberg schob die Hände in die Hosentaschen, drehte sich langsam um und sah Verena an. Er war blass geworden.

»Und jetzt glauben Sie, ich hätte etwas damit zu tun?«

»Hätten Sie denn einen Grund, Kai Ziegler umzubringen?«

»Wegen eines lächerlichen, ergebnislosen Interviews?« Sonnenberg schüttelte den Kopf. »Das können Sie doch nicht wirklich annehmen.«

»Wir haben auf Kai Zieglers Laptop eine Menge Informationen über Ihr Unternehmen gefunden, Herr Sonnenberg. Warum sollte ein Journalist sich damit beschäftigen, wenn er nicht eine Story dahinter wittert?«

Sonnenberg sog geräuschvoll die Luft ein, streckte beide Hände in einer hilflosen Geste aus und schüttelte erneut den Kopf.

»Hören Sie. Ich kann nichts dafür, womit Kai Ziegler sich beschäftigt hat. Ich habe ihn weder dazu aufgefordert noch ihn, als er bei mir war, ermuntert, weiterzumachen.« Er trat zu seinem Schreibtisch und griff nach dem Kaffee. »Ich versichere Ihnen: In unserer Firma werden Sie nichts finden, was irgendeinen Anlass zur Sorge geben könnte. Sie können gerne genauer hinschauen, wenn Ihnen danach ist.« Er trank einen Schluck, ließ Verena aber über den Rand des Glases hinweg nicht aus den Augen.

»Vielleicht kommen wir auf dieses Angebot zurück, Herr Sonnenberg.« Christoph Todt stand auf und nickte Verena zu. »Jetzt danken wir Ihnen erst einmal für Ihre Zeit.« Demonstrativ holte er den Autoschlüssel aus der Hosentasche und ließ ihn durch seine Finger gleiten. Sonnenberg folgte der unausgesprochenen Forderung und ging zur Tür.

»Ich bringe Sie nach unten«, sagte er, ließ den beiden den Vortritt und folgte ihnen die lange Treppe hinunter bis in die Eingangshalle. Er reichte ihnen die Hand. Die Haustür öffnete sich, und eine ältere Dame betrat das Haus. Sie trug weiße Sportkleidung. Ihre weißen Haare hatte sie zu einem Knoten im Nacken zusammengebunden. Trotz ihres sportlichen Aussehens wirkte sie zierlich und elegant. Fragend blickte sie zwischen den dreien hin und her. Verena warf einen raschen Blick auf das Portrait im Treppenhaus. Kein Zweifel, hier hatte sie die gealterte Version der Frau auf dem Bild vor sich.

»Mutter.« Sonnenberg ging zu der Frau, beugte sich zu ihr herunter und gab ihr einen Kuss auf die Wange. »Frau Irlenbusch und Herr Todt sind von der Polizei.« Er wandte sich an Verena und Christoph. »Gudrun Sonnenberg. Meine Mutter und die Seniorchefin des Hauses«, stellte er vor. »Erinnerst du dich an den Journalisten, der uns vor kurzem einen Besuch abgestattet hat?« Er wartete die Antwort nicht ab, sondern sprach direkt weiter. »Er hatte einen furchtbaren Unfall und ist leider verstorben.«

»Und was hat das mit uns zu tun?« Gudrun Sonnenberg runzelte die Stirn und stellte die Sporttasche ab. Ihre Stimme klang dunkel und heiser und schien nicht zu ihrer zierlichen Erscheinung zu passen. Sie wechselte einen schnellen Blick mit ihrem Sohn, bevor sie Verena fragend ansah.

»Herr Ziegler hatte Informationen über Ihre Firma gesammelt. Deswegen haben wir mit Ihrem Sohn gesprochen.«

Gudrun Sonnenberg nickte langsam und hob dann die Tasche wieder auf.

»Wie ich sehe, haben Sie ja alle Antworten, die Sie benötigten, bekommen und sind bereits wieder im Aufbruch begriffen.« Sie ging in Richtung Treppe. »Wenn Sie noch weitere Fragen haben, steht Ihnen mein Sohn selbstverständlich zur Verfügung.« Sie stieg die ersten Stufen hoch und blieb dann aber noch einmal stehen. »Wir haben nichts zu verbergen.«

*

Die Tür ist fest verschlossen. Ruth hat es kontrolliert. Viele Male. Wie Mama es ihr gesagt hat, bevor sie gegangen ist. Als sie sie abgeholt haben. In der Wohnung gepoltert und alles aufgerissen haben auf der Suche nach anderen. Aber sie haben sie nicht gefunden. Ruth war gut versteckt. Unter Brettern und Bohlen hat sie gelegen. Gezittert. Geweint. Stumm. Kein Geräusch, das sie hätte verraten können. Jetzt sitzt sie wieder da. Aber alles ist anders. Das Zimmer. Es ist ein anderes. Und die Frau, die sie sieht, wenn sie in den Spiegel schaut, ist alt. Aber sie ist doch ein Mädchen. Wo ist der Schlüssel? Sie muss sich einschließen in der Wohnung und sich verstecken. Allein.

»Frau Altenrath?«, hört sie eine Stimme vor ihrem Versteck. »Wo sind Sie?« Ruth drückt sich an die Wand. So heißt sie. Ruth. Ruth Altenrath. Das ist ihr Name. Aber was will die Stimme von ihr?

»Frau Altenrath?«, fragt die Stimme wieder. Eine Tür wird geöffnet, die Schritte kommen näher an ihr Versteck heran, bleiben davor stehen. Ein schmaler Schlitz öffnet sich. Ein Lichtstrahl fällt hindurch und blendet sie.

»Was machen Sie denn im Schrank? Kommen Sie, ich helfe Ihnen.«

Eine Hand streckt sich nach ihr aus, will sie aus ihrem

Versteck ziehen. Es ist nicht Mamas Hand. Diese Hand hat lange lackierte Fingernägel. Rot wie Blut. Die Hand will ihr weh tun, so wie sie Mama geschlagen und zum Bluten gebracht haben.

»Nein, nein. Ich will nicht.« Ihr Herz rast. Sie spürt, wie sie sich einnässt. Ein warmer Schwall läuft ihr die Beine herunter.

Die Tür zu ihrem Versteck öffnet sich ganz, und die Frau schaut an ihr herunter. Sie sieht das Rinnsal und seufzt.

»Frau Altenrath, bitte kommen Sie aus dem Schrank. Ich muss Sie waschen und umziehen.« Die Hand umklammert ihren Oberarm und zieht fester. Ruth kneift die Augen zusammen und schlägt um sich.

»Nein, nein. Alle weg! Weg! Weg!« Sie liegt wieder unter den Bohlen. Schritte über ihr. Langsame schwere Männerschritte. Sie sind wieder gekommen, um nach ihr zu suchen, obwohl schon so viele Wochen vergangen sind. Die Schritte verharren. Es ist nur einer. Er bleibt genau über ihr stehen, lauscht auf das Knacken des Holzes. Atmet. Durch die Ritzen im Holz fällt Licht. Staubflocken tanzen durch die Strahlen, fallen auf ihre Augen, ihr Gesicht, ihren Mund. Sie liegt still. Ganz still.

Der Mann lauscht, geht einen Schritt zur Seite, bückt sich. Findet die lockere Stelle, zieht die Bohle hoch. Ruth starrt ihn an. Im Gegenlicht erkennt sie seine Uniform. Es ist die gleiche wie die der Männer, die Mama abgeholt haben. Sie blinzelt, versucht, klarer zu sehen, aber der Staub vernebelt ihre Sicht.

»Wen haben wir denn da?« Der Mann beugt sich zu ihr herunter, kniet neben ihr nieder, streckt die Hand nach ihr aus.

»Nun kommen Sie schon, Frau Altenrath, Sie müssen aus diesem Schrank raus.«

Ruth schüttelt den Kopf. Kneift die Augen zusammen und verkrampft die Hände zu Fäusten.

»Dann eben nicht.« Die Hand lässt ihren Arm los, die Frau geht weg. Ruth hört ärgerliches Gemurmel und Schritte, die sich entfernen. Sie atmet auf.

»Steh auf, Fräulein«, sagt der Mann über ihr. Sie folgt seinem Befehl. Als sie steht, mustert er sie. Schweigt. Kaut auf seiner Lippe. Sie mustert ihn. Seine Uniform ist dreckig und zerrissen, nicht mehr so, wie sie sein muss, um einen ordentlichen Soldaten abzugeben, wie der Nachbar das genannt hat.

Er wendet sich ab, reißt Schränke und Schubladen auf, lässt alles zu Boden fallen. Wütend im Raum.

»Wo ist dein Essen?«

Ruth beißt stumm die Lippen zusammen, schlingt die Arme um sich, krümmt sich. Er tritt auf sie zu, holt aus und schlägt sie mit dem flachen Handrücken ins Gesicht.

»Wo?«

Ruth wimmert, duckt sich vor dem nächsten Schlag, der über ihr ins Leere geht.

»Wo?«, brüllt er sie an.

»Im Keller.« Er reißt Ruth an den Armen hoch, starrt sie an.

»Bring mich hin.« Er stößt sie durch die Küche. Ruth stolpert, hält sich fest, richtet sich wieder auf. Vielleicht lässt er sie in Ruhe, wenn sie ihm Essen gibt. Er ist allein, keine anderen Soldaten. Sie führt ihn die Treppen hinunter. Hier unten ist es kühl. Leere Regale an den Wänden, wo sich früher die Einweckgläser stapelten. Ruth führt ihn durch die Gewölbe. Ganz hinten hat sie ihre Vorräte gebunkert. An der dunkelsten und kühlsten Stelle. Äpfel vom vergangenen Herbst. Möhren in einer Kiste mit Sand. Kartoffeln in einer Schütte. Und die letzten Gläser Marmelade, die sie zusammen mit Mama gekocht hatte, als es schon schwer war, genügend Zucker zu bekommen.

Der Mann stürzt sich auf das Obst, dreht ein Marmeladenglas auf und fährt mit den Fingern hinein. Schmatzend leckt und beißt er abwechselnd, behält sie im Blick mit dem Ausdruck des Gehetzten in den Augen.

»Wie heißt du?«, will er von ihr wissen, als er satt ist und sich die Hände an seiner vor Schmutz starrenden Hose abgewischt hat.

»Ruth«, sagt Ruth leise und lauscht dem Klang ihres Namens hinterher. Sie hat ihn lange nicht mehr gehört.

»Seit wann hältst du dich versteckt?« Er fährt flüchtig mit dem Finger über den Stern auf ihrer Jacke. Ruth zuckt mit den Schultern. Wochen? Monate? Sie weiß es nicht mehr. Unter den Bohlen und in der Stille des Hauses hat die Zeit ihre Bedeutung verloren, war nur Warten und Ausharren. Auf den Tod. Auf das Leben. Was der Mann ihr nun bringt, weiß sie nicht.

Er mustert sie erneut.

»Wie alt bist du?«

»Dreizehn«, antwortet sie nach langem Nachdenken und hofft, dass es stimmt. Er nickt. Betrachtet sie lange und scheint über etwas nachzudenken. Schließlich dreht er sich, schüttelt sich und zeigt nach oben.

»Vermutlich wirst du mir nützlich sein können.« Er beugt sich zu ihr herunter. Ganz nah. »Bald schon.«

Ruth blinzelt wieder. Das Gesicht des Mannes verschwimmt zu einem Frauengesicht.

»Mama?«

»Nein, Frau Altenrath. Ich bin es, Frau Großegger.«

»Mama?« Ruth zittert. Die Frau sieht sie an, lächelt, streckt die Arme aus.

»Komm, Ruth, alles wird gut. Du brauchst dich nicht mehr zu verstecken.«

Ruth nickt. Aber sie weiß, dass die Frau lügt und dass es besser ist, bald von hier zu verschwinden.

Verena beugte sich tief hinunter zum Mund der alten Frau und horchte auf ihre leise gemurmelten Worte. Immer wieder strich deren faltige, von dunklen Altersflecken übersäte Hand über Verenas Unterarm, blieb dann darauf liegen. Die Frau schaute sie mit wässrigen blauen Augen fragend an, als erwarte sie eine Antwort. Verena nickte freundlich und versuchte, sich zu befreien. Beim Betreten des Pflegeheims hatte die Empfangsmitarbeiterin sie gebeten, einen Moment zu warten, weil die Heimleitung gern mit ihr sprechen wollte, bevor sie Ruth besuchte. Die alte Dame hatte sie zu sich gewinkt, und Verena war hilfsbereit zu ihr gegangen.

»Frau Irlenbusch?« Verena wandte sich zu der Stimme um, aber die Dame ließ sie immer noch nicht los. Frau Großegger, die Leiterin des Pflegeheims, kam zu ihnen, beugte sich herunter und löste sehr freundlich, aber bestimmt die Umklammerung.

»Ich muss jetzt etwas mit Frau Irlenbusch besprechen, Frau Müller«, sagte sie laut und langsam, bevor sie sich wieder aufrichtete und dann an Verena gewandt fortfuhr: »Wir gehen besser in mein Büro, da sind wir ungestörter.«

»Nach Ihrem letzten Besuch war Frau Altenrath sehr unruhig. Können Sie mir sagen, was geschehen ist?«, eröffnete die Leiterin das Gespräch ohne weiteres Vorgeplänkel. »Oft sagen wir Dinge, die dann in den Demenzpatienten etwas auslösen oder wieder wachrufen, von dem wir nicht wissen konnten, dass es da war. Manchmal rühren wir an ein lange vergessenes Trauma.«

»Ich habe sie nach meinem Großvater gefragt, aber schnell eingesehen, dass es wohl nichts bringt. Ich habe Unterlagen gefunden, die mich vermuten lassen, dass die Geschichten, die über ihn erzählt werden, nicht der Wahrheit entsprechen.«

»Ist es wichtig für Sie, die Wahrheit zu erfahren?«

»Ja. Nein. Ich weiß es nicht.« Verena zögerte. »Vielleicht erklärt es einiges. Auch in meinem Leben. Es fühlt sich an, als wäre ein Teil von mir einfach verschwunden.«

Die Leiterin nickte. »Ich verstehe.« Sie lächelte. »Ich werde versuchen, Ihnen zu helfen. Aber Sie müssen wissen, dass es nicht einfach sein wird und wir immer wieder Gefahr laufen, Ihre Großmutter in Panik zu versetzen, weil sie es nicht mehr intellektuell einordnen kann.«

Verena schüttelte den Kopf. »Das will ich nicht.«

»Überlegen Sie, wie wichtig Ihnen die Sache ist, und dann werden wir nach einer Möglichkeit suchen.« Die Leiterin stand auf, kam um ihren Schreibtisch herum und nickte Verena freundlich zu. »Für heute möchte ich Sie bitten, Ihre Großmutter nicht zu besuchen, damit sie sich nicht wieder so aufregt. Ich denke, das wäre besser.«

*

Mit einer Hand schob Verena den Temperaturregler der Dusche zur Seite. Die Wärme wich langsam der Kälte. Sie hielt sie aus. Spürte, wie ihr Körper sich anspannte, wie die feinen Härchen auf der Haut sich aufrichteten. Sie stieg aus der Dusche, griff nach dem Handtuch und rubbelte ihre Haut so lange trocken, bis sie glühte. Sie föhnte ihre Haare und band sie zu einem losen Zopf zusammen. Sie betrachtete ihren nackten Körper im Spiegel des Kleiderschranks und lauschte der Stille des Hauses. Raum für die Gedanken, die kamen und sie ansprangen. So vieles von so vielem. Christoph hatte sich direkt nach dem Besuch bei der Firma abgesetzt. Er musste zu seiner Tochter. Sie wollte zu Ruth. Sie würden morgen an dem Fall weiterarbeiten. Irgendwann musste Pause sein. Um sich zu regenerieren. Der Erschöpfung die Grundlage entziehen. Um Gedanken zu sortieren. Aber sie wollte nicht denken. Nicht jetzt.

Sie durfte nicht immer vernünftig sein wollen. Ihr Leben allem unterordnen, nur nicht ihren Wünschen. Immer nett sein, immer behutsam mit den anderen. Immer auf der Suche nach Harmonie.

Mit einer einzigen Bewegung löste sie den Zopf wieder. Das dunkle Haar fiel ihr weich über die Schultern. Wenn sie nicht unter der Last ihrer Verantwortung zusammenbrechen wollte, musste sie etwas ändern. Musste sich befreien. Von dem Glauben, ein neues Wissen über die Vergangenheit ihres Großvaters hätte Einfluss auf ihre eigene Zukunft. Was, wenn das wieder nur eine vermeintliche Erklärung wäre. Warum suchte sie diese Erklärungen? Um was damit zu erreichen? Die Verantwortung für ihr eigenes Leben auf das abzuschieben? Ruth hatte sie immer liebevoll behandelt. Hatte immer in Treue zu ihr gestanden. Wenn sie das auch mit ihrem Mann getan hatte, war es Teil ihres Lebens, nicht Verenas. Die Lüge hatte vielleicht schützen sollen, wenn es denn wirklich eine Lüge war. Wen? Ruth? Sie selbst? Sie beide?

Sie würde versuchen, mehr darüber zu erfahren. Aber nicht, um es als Entschuldigung für ihr eigenes Leben zu brauchen. Alles, was ihr hier im Wege stand, war sie selbst.

Christophs Berührungen hatten sie daran erinnert, was sie vergessen hatte zu vermissen. Was verschüttet war unter all dem Müssen und Dürfen und Können und Denken ihres Alltags. Wünsche. Bedürfnisse. Begierden. Es wurde Zeit für Veränderung. Jetzt. Ohne nachzudenken. Keine Schranken. Nicht im Kopf und anderswo.

Die wummernde Musik ließ sie zweifeln, ob ihre Idee eine gute gewesen war. Sie spürte die Bässe über die Fußsohlen auf dem ganzen Körper. Die Masse auf der Tanzfläche bewegte sich im Rhythmus, jeder für sich allein und trotzdem wie ein homogener Leib. Für einen Moment stand sie neben sich, beobachtete die junge Frau, wie sie die Menge sondierte, als suchte sie etwas oder jemanden Bestimmtes. Wie sie auf dem Sprung war, in Habachtstellung, bereit, loszusprinten und den Gejagten zu verfolgen. Sie atmete tief ein, sog die von Parfüm und Schweiß geschwängerte Luft durch die Nase. Ein Teil des Ganzen. Nicht die Jägerin. Spaß haben. Tanzen. Den Kopf frei bekommen.

Langsam ging sie die wenigen Stufen hinunter, die die Tanzfläche wie eine Arena einrahmten, schob sich durch die zuckenden Leiber, bis sie einen Platz für sich gefunden hatte. Sie hob die Arme, schloss die Augen. Musik. Rhythmus. Bewegung. Sie warf den Kopf in den Nacken, öffnete den Mund, lachte, spürte sich ein, wurde eins. Leer. Vergessen. Frei.

Sie wusste nicht, wie lange sie so getanzt hatte, oder was sie aus ihrer Trance herausgerissen hatte. Schweiß lief in Strömen ihren Rücken herunter, ihr Kleid klebte an Schenkeln und Bauch. Sie senkte die Arme, strich sich die verschwitzten Haarsträhnen aus der Stirn und bahnte sich einen Weg zur Bar.

Sie musste etwas trinken. Mit dem Glas in der Hand stellte sie sich wieder an den Rand der Tanzfläche und schaute sich um.

»Was wolltest du vergessen, eben auf der Tanzfläche?« Der junge Mann lächelte sie an, hob sein Glas und bot es ihr zum Anstoßen an. Verena zuckte zusammen. Sie hatte nicht bemerkt, wie dicht er neben ihr stand. Sie wandte sich ab, trat einen Schritt zur Seite, zögerte. Warum wich sie ihm aus? Er versuchte auf nicht uninteressante Weise, Kontakt zu ihr aufzunehmen. Auch wenn sie das Spiel durchschaute, musste das nicht bedeuten, dass sie es nicht mitspielen durfte. Sie sah ihn an. Sein Gesicht war offen. Dunkle Jahre, dunkle Augen, die sie nicht losließen.

»Vieles.«

»Und, ist es dir gelungen?«

»Ja.« Sie stieß mit ihm an und lächelte über ihre Unsicherheit hinweg. Sie wusste nicht mehr, wie man flirtet.

»Es hat mir gefallen, wie du dich bewegt hast.« Er ließ ihren Blick nicht los.

»Danke.« Sie trank den Rest, stellte das Glas auf den Boden und ging wieder auf die Tanzfläche. Suchte Platz und Rhythmus, fand sich ein. Wieder tauchte sie ab, diesmal aber in dem Bewusstsein, dass er sie beobachtete. Es reizte sie. Sie bewegte sich langsam, konzentrierte sich auf ihren Körper, auf ihre pulsierende Mitte. Fühlte die Musik wie Finger auf der Haut. Sie öffnete den Mund, lachte ungehört, rang nach Luft, schwitzte, drehte sich. Stakkato. Selbstvergessen bis zur Auflösung. Erschöpft verstummten ihre Muskeln. Sie fing seinen Blick auf, ging auf ihn zu. Er nickte, drehte sich um und bahnte sich einen Weg durch die Menge zum Ausgang. Verena folgte ihm.

15. Kapitel

Leo stieg aus der Straßenbahn. Für das letzte Stück bis zum Präsidium hätte sie einen Bus nehmen können, aber sie genoss den kurzen Spaziergang entlang der Schaufenster der in den frühen Morgenstunden geschlossenen Einkaufspassage. Nicht viele Menschen waren bereits unterwegs. Berufspendler, Schüler. Hinter ihr setzte sich die Straßenbahn ächzend in Bewegung, Autos und Lkws rauschten an ihr vorbei. Leo ging langsam, achtete ganz bewusst auf ihr Bein. Sie hatte Zeit, und wenn sie ehrlich war, drängte sie nichts an ihren von Akten und Unterlagen überladenen Schreibtisch. Wieder ein Tag, an dem sie nur mit, wie sie es für sich bezeichnete, »halber Kraft« arbeiten und nicht weiterkommen würde. Obwohl das nicht stimmte und es ihr auch klar war. Ihre Arbeit, das, was sie tat, war wichtig für das Team. Sie hatte Informationen geliefert, ohne die Verena und Christoph Todt nicht so schnell in den Ermittlungen hätten Fortschritte machen können. Sie hielt ihnen den Rücken frei, erledigte Formalitäten, schrieb endlose Protokolle. Das Tippen auf der Tastatur betrachtete sie mittlerweile als hilfreiche Bewegungstherapie. Trotzdem fühlte es sich nicht richtig an. Was, wenn sich an diesem Zustand doch auf Dauer nichts mehr ändern würde. Wenn sie auf ewig an den

Innendienst gefesselt wäre, ohne die leiseste Hoffnung, wieder mit auf die Straße zu dürfen. Sie würde etwas ändern müssen. Entweder mehr Praxis, oder sie würde sich ernsthaft mit dem Gedanken auseinandersetzen, doch etwas an ihrem Beruf zu ändern. Sie musste mit Rogmann sprechen. Unbedingt.

Im Haus herrschte schweigsame Betriebsamkeit. Die Kollegen der Nachtschicht schlichen mit müden Gesichtern und vom vielen Kaffee grauer Haut durch die Gänge, erledigten mit bleiernen Bewegungen die letzten Routinearbeiten und warteten auf die Übergaberunden. Leo grüßte freundlich, kannte aber keinen der Entgegenkommenden näher, und so wurde sie nicht durch einen kurzen Schwatz aufgehalten, bis sie vor Rogmanns Büro stand. Die Tür war angelehnt, im Zimmer brannte Licht, obwohl bereits genügend Helligkeit durch die hohen Glasfenster fiel. Leo klopfte an den Türrahmen.

»Ja?«

»Guten Morgen, Walter.« Sie schob die Tür zur Hälfte auf, trat einen Schritt zur Seite und blieb abwartend stehen. Walter Rogmann hob den Kopf und lächelte, als er sie erkannte. Mit einer einladenden Geste bat er sie einzutreten.

»Leo. Welch Glanz in meiner Hütte.« Er presste für einen kurzen Augenblick seine Handballen auf die Augenhöhlen, zwinkerte und schüttelte sich leicht. »Kaffee?«, fragte er und stand auf. Er schwankte leicht, und Leo erkannte die Erschöpfung in seinen Bewegungen.

»Alles in Ordnung, Walter?«

»Ja. Danke. Es ist nur …« Er brach ab, ging zu einer kleinen Anrichte, auf der eine Kaffeemaschine der edleren

Sorte stand, und fuhrwerkte daran herum. Das Geräusch mahlenden Kaffees, und im selben Augenblick auch der starke Duft, füllten den Raum. Er hob eine leere Tasse in Leos Richtung und blickte sie fragend an. Leo nickte.

»Was führt dich in so früher Stunde zu mir?«, fragte er, als er die dampfende Tasse vor ihr abstellte.

»Hattest du Nachtschicht?«

»Nein. Ich konnte nur nicht richtig schlafen, und da der Tisch voll ist, dachte ich mir, ich könnte auch genauso gut hier weitermachen, statt Marlies von ihrem Schlaf abzuhalten.«

Leo lächelte. Sie kannte Walter Rogmanns Frau von einigen Gelegenheiten, bei denen sich die Kollegen im privaten Kreis getroffen und man miteinander gefeiert hatte. Sommerfeste und Weihnachtsfeiern. Marlies Rogmann war eine freundliche, liebevolle Frau, die nie einen Hehl daraus gemacht hatte, dass sie so gut mit Walters Arbeitszeiten und seinem berufsbedingten unsteten Familienleben klarkam, weil sie ihr eigenes Leben führte. Sie arbeitete in einer Apotheke, hatte ihre Arbeitszeiten im Laufe der Jahre den Bedürfnissen der Kinder angepasst und sich so ihre Freiräume geschaffen. Mittlerweile waren Rogmanns Kinder erwachsen, und sie hatte, wenn Leo sich richtig erinnerte, eine Aufgabe in einer privaten Willkommensorganisation für Flüchtlinge in Köln übernommen.

»Geht's Marlies gut?«

»Ja. Danke. Alles fein zu Hause.« Wieder lächelte Rogmann verhalten und starrte Leo eine Sekunde zu lange an, als dass sie es als Zufall abtun konnte. Leo runzelte die Stirn.

»Also, was ist los, Walter?« Sie blies in ihren Kaffee.

»Eigentlich wollte ich dich etwas fragen, aber wie mir scheint, hast du etwas auf der Seele.« Sie grinste, um der Situation die Ernsthaftigkeit zu nehmen. »Auch wenn du mein Vorgesetzter bist, wenn hier jemand so etwas fragen darf, dann ja wohl ich.«

Rogmann nickte, ging um seinen Schreibtisch herum und setzte sich wieder. Den Becher mit seinem Kaffee, den er die ganze Zeit umklammert gehalten hatte, stellte er achtlos vor sich ab.

»Ich arbeite seit mehr als zwanzig Jahren bei der KK11, habe diverse Positionen besetzt und eine Menge Mord und Totschlag erlebt«, sagte er in den Raum hinein, ohne Leo anzusehen. »Ich habe oft gedacht, ich halte es nicht mehr aus, aber das stimmte nicht. Was ich nicht ausgehalten habe, war, wenn ich nicht gut genug, nicht effektiv genug oder nicht erfahren genug gewesen bin, um einen Fall schnell genug zu lösen. Um den Toten Gerechtigkeit widerfahren zu lassen.« Er machte eine Pause, suchte Leos Blick. Sie schwieg. Er erwartete jetzt keine Frage oder Antwort von ihr. Er wollte, dass sie zuhörte. »Mir war klar«, fuhr er fort, »dass ich das nicht ewig so weitermachen kann. Weil es doch anstrengt und an den Kräften aller Beteiligten zehrt. Und dass es noch andere Dinge im Leben geben muss als nur die Arbeit.« Er lächelte, und diesmal hatte Leo das Gefühl, er meinte tatsächlich sie. »Dein Unfall im letzten Jahr hat mir das sehr klargemacht, Leonie. Wie schnell etwas passieren kann. Wie schnell es vorbei sein kann. Wie schnell wir nicht mehr unsere Pläne leben können, wenn wir denn welche gehabt haben.«

»Hattest du Pläne?«

»Ich nicht. Aber Marlies. Sie will reisen. Das wollte sie schon, als wir noch jung waren. Erst die Kinder, hat sie gesagt, uns etwas aufbauen und dann das Leben genießen. Etwas von der Welt sehen, solange wir noch können. Solange wir gesund sind. Ich habe es ihr versprochen. Vor ewigen Zeiten.« Er trank einen Schluck und stand wieder auf. »Ich bin mit Leib und Seele Polizist. Aber ich liebe auch meine Frau. Und ich halte meine Versprechen.«

»Hast du gekündigt?«

»Nein.« Er lachte. »Das kann ich mir dann doch nicht leisten. So dicke haben wir es nicht, dass wir auf die Einkünfte verzichten könnten. Nein«, wiederholte er. »Ich habe ein Sabbatjahr beantragt und seit gestern die Bewilligung auf dem Tisch liegen. Ich muss nur noch den endgültigen Zeitpunkt angeben, zu dem ich gehen will.«

»Und das wird wann sein?«

»Wenn du wieder endgültig dienstfähig geschrieben sein wirst, Leo.«

»Was hat das mit mir zu tun?«

»Weil du, meine Liebe, mich in diesem Jahr meiner Abwesenheit hier vertreten wirst. Ich habe dich vorgeschlagen, weil ich weiß, dass du das kannst, und ich vollstes Vertrauen in dich habe. Du bist eine verdammt gute Polizistin.«

Leo sah ihm an, dass er auf eine Antwort von ihr wartete, eine Reaktion auf das Gehörte. Aber sie schwieg. Ihre Gedanken rasten. Wie würde Verena darauf reagieren? Was war mit Christoph Todt? Auch er wäre ein geeigneter Kandidat. Aber Walter hatte sie vorgeschlagen, auch wenn es ein Risiko war, auf ihre vollständige Genesung zu warten. Weil er in ihr die ideale Besetzung sah? Weil er sie für das Quantum mehr qualifiziert hielt als die anderen beiden? Oder weil es die Umstände nicht anders zuließen? Verena hatte Ruth und damit einen Haufen Probleme, die ihre Zeit fraßen. Christoph Todt baute gerade sein Familienleben wieder auf und tastete sich behutsam wieder näher an seine Tochter heran. Sie war ungebunden, hatte Zeit, und ihre gesundheitliche Einschränkung wäre mit einem Mal nicht mehr so wesentlich, da Rogmanns Arbeit im Wesentlichen im Innendienst stattfand. Sie trank einen großen Schluck Kaffee, stellte die Tasse auf dem Schreibtisch ab und ließ die Hand darauf ruhen. Die Wärme drang in ihre Finger, und sie freute sich darüber, sie zu spüren.

»Danke, Walter. Für dein Vertrauen in mich.« Sie sah ihn an, stand auf und nickte.

»Ich denke darüber nach.«

*

Almuth Gerskens nahm das Foto aus der Mappe, betrachtete den Mann darauf und blinzelte. War es das, was Elisabeth Schäfer gesucht und gefunden hatte? Was sie verstecken wollte? Sie musste ihre Gründe dafür gehabt haben. War das Foto ein Beweis? Und wenn ja, wofür? Als die Polizisten vor ihr gestanden und sie über Elisabeth und diesen Franke ausgefragt hatten, war sie mehr als einmal versucht gewesen, ihnen von der Mappe zu erzählen und davon, wie seltsam ihre Kollegin sich in den letzten Tagen verhalten hatte. Aber dann hatte sie sich dagegen entschieden. Auch die Beamten waren ihr nicht mit der Höflichkeit und dem Respekt entgegengetreten, die sie eigentlich erwartet hätte. Ganz im Gegenteil. Statt sie zu unterstützen und ihr beizupflichten, was zum Beispiel die dreiste Studentin mit ihrer Bücherrückgabe anging, hatte sie sich des Gefühls nicht erwehren können, dass sie ihre,

Almuths, berechtigte Reaktion eher missbilligen würden. Auch wenn sie so direkt nichts gesagt hätten. Deswegen hatte sie das Gefühl der Macht genossen. Von ihr, Almuth Gerskens, hing ab, wie schnell die Polizisten zu einem Ergebnis kommen würden.

Darüber hinaus hatte sie sich selbst Zeit verschafft, die Lösung zu finden. Dann wäre es immer noch früh genug, ihre Erkenntnisse mit der Welt zu teilen – wenn sie es denn überhaupt wollte. Sie stellte sich die Gesichter der beiden vor, wenn sie, Almuth Gerskens, ihnen den entscheidenden Hinweis geben würde. Die Aufmerksamkeit, die ihr dann zuteilwerden würde. Vielleicht käme sogar jemand von der Zeitung und würde darüber berichten? Aber da vor dem Lohn bekanntlich die Arbeit gestellt war, musste sie das Rätsel erst einmal lösen.

Sie blätterte die Bücher und Materialien durch, die sie sich anhand Frankes Ausleihlisten zusammengesucht hatte. Zum Glück gab es von einigen der Titel, die er noch nicht zurückgegeben hatte, weitere Ausgaben im Bestand.

Sie las und blätterte und machte sich Notizen, stellte Hypothesen auf und verwarf sie wieder. Bei einem Foto in der noch recht neuen Ausgaben einer Wochenzeitschrift stutzte sie. Sollte es wirklich so einfach sein?

Sie schaute genauer hin. Es war denkbar. Almuth Gerskens lächelte. Sie war in gewissem Maße stolz auf sich. Man musste nicht studiert haben, um ebenso schlau wie die Damen und Herren Akademiker zu sein.

Nachdenklich betrachtete sie die Unterlagen. Sie hatte jetzt zwei Möglichkeiten. Entweder ging sie zu den beiden Beamten und servierte ihnen alles, was sie an Erkenntnissen hatte, auf dem Silbertablett, riskierte damit aber auch Vorwürfe, warum sie jetzt erst damit käme. Das gefiel ihr nicht. Die Alternative hingegen könnte gefährlich werden. Immerhin waren Menschen gestorben.

»Ach was«, murmelte sie leise und schob die Unterlagen zu einem Stapel zusammen. »Wer nicht wagt, der nicht gewinnt.«

*

»Später. Nicht jetzt«, murmelte Leo. Sie kannte sich. Es war besser, wenn sie sich ein wenig Zeit gab, die Sache zu verdauen, ohne direkt alle Wenn und Aber abzuwägen. Leo schaltete ihren Computer an und versuchte, sich auf die anstehende Arbeit zu konzentrieren, mehr über die Mordopfer herauszufinden. Elisabeth Schäfer und Heidemarie Alligs. Die offensichtlichen Fakten lagen ihnen vor. Jetzt ging es um die Feinheiten, die Parallelen und Ungereimtheiten, in deren Details die Lösung zu diesem Fall versteckt sein konnte. Sie rief eine Nahaufnahme Schäfers auf. Klare blaue Augen mit hellen Wimpern und Augenbrauen. Erste feine Fältchen. Dichte Haare von einem undefinierbaren Blond. Kein Make-up. Frauen wie sie fielen nicht auf, weil sie keinen Wert darauf legten, aufzufallen. Oder Angst davor hatten. Elisabeth Schäfer hatte ein Leben geführt, das die einen als ruhig, die anderen als langweilig bezeichnen würden. Arbeit in der Bibliothek, zweimal in der Woche zum Sport in ein Frauen-Fitness-Studio, nur wenige Bekannte und noch weniger Freunde. Ihr Verhältnis zu Mike Franke stach wie ein Leuchtturm aus der ruhigen See ihres Lebens. Leo lehnte sich zurück, verschränkte die Hände im Nacken und schloss die Augen. Wenn sie sich selbst gegenüber ehrlich war, führte sie das gleiche Leben. Auf die Arbeit fokussiert, keine Familie, keine Hobbys, keine anderen Lebensmittelpunkte außerhalb des Präsidiums. Leo spürte, wie sich in ihrer Brust ein Knoten immer fester zusammenzog und ihr die Luft nahm. Sie starrte auf den Bildschirm. Im Spiegelbild des Monitors verschwammen ihre Züge mit denen des Mordopfers. Es waren nicht nur die körperlichen Folgen des Unfalls, die ihr zu schaffen machten. Viel schwerer wog die drohende Perspektivlosigkeit, die Angst vor dem Wegbrechen ihres Lebensinhaltes. Wenn sie keinen Kontakt mehr zu den Kollegen hatte, wer blieb ihr dann? Die Nachbarin in der Wohnung über der ihren, die hin und wieder Pakete für sie annahm? Der Kioskbesitzer, mit dem sie regelmäßig ein Schwätzchen hielt, dessen Interesse an ihr sie bislang immer erfolgreich ignoriert hatte? Ihre Freundin aus Schultagen, mit der sie regelmäßig telefonierte, die aber so weit entfernt wohnte, dass sie es höchstens zweimal im Jahr zu einem Treffen schafften?

Verena hatte Ruth, und auch wenn diese mehr und mehr zur Belastung wurde, war es doch jemand, dem Verena sich verantwortlich gegenüber fühlte. Um den sie sich kümmern konnte und musste. Einen Menschen, für den sie da war. Für den es wichtig war, dass es sie gab. Christoph Todt hatte Emma, seine Tochter. Walter löste ein Versprechen ein, das er seiner Frau gegeben hatte, und ging ein Jahr lang auf Reisen.

Was wäre, wenn sie das Angebot, ihn zu vertreten, annehmen würde? Was würde das mit ihr und ihrem Leben machen? Noch mehr Zeit auf dem Präsidium? Noch weniger für ihr Leben? Aber war diese Trennung überhaupt richtig? Leo blickte in Elisabeth Schäfers blaue Augen. Was war falsch daran, mit Leib und Seele Polizistin zu sein? Oder Bibliothekarin? Beruf oder Berufung?

Leo schüttelte den Gedanken ab. Darum ging es jetzt nicht. Hier zählten nur Fakten. Sie zog Heidemarie Alligs' Terminkalender hervor. Alle Kunden, die am Tag des Mordes einen Termin gehabt hätten oder an einem der vorherigen, waren ohne Ergebnis überprüft worden, soweit sie sich identifizieren ließen. Sie las die Namen, blätterte zurück und wieder vor. Fast alle Kunden waren regelmäßig im Abstand von vier Wochen zur Fußpflege gekommen. Die Namen und Kürzel wiederholten sich. Leo nahm einen Notizblock, schrieb die Namen auf und verglich. Ohne Ergebnis. Heidemarie Alligs' Kundschaft war extrem treu gewesen. Erst mehr als sechs Wochen zurück stieß sie auf einen Namen, der zu diesem Zeitpunkt neu zu sein schien und der ein paar Tage vor der Tat zum zweiten Mal auftauchte, zu dem es allerdings keine weiteren Notizen gab. Lippert. Leo rief die Auskunft im Internet auf. Es gab ungefähr zwanzig Einträge unter diesem Namen in Köln. Sie seufzte und griff zum Telefon, aber niemand der Aufgeführten kannte Heidemarie Alligs oder hatte eine Fußpflege in Anspruch genommen. Blieben noch die Geheimnummern. Erneut gab sie eine Nummer ein.

Nach dem dritten Läuten meldete sich ihr Gesprächspartner.

»Du schuldest mir noch was.«

»Oh! Hallo, Leo. Schön, von dir zu hören.«

»Lange nicht gesprochen und sofort wiedererkannt.«

»Eine Frau wie dich vergisst man doch nicht.«

»Das ist auch besser so.« Sie grinste. Kevin Schmitz entsprach allen Vorurteilen und Klischees, die sie im Laufe der Jahre bei der Polizei kennengelernt hatte. Kleinkrimineller aus dem Norden der Stadt, schon mit vierzehn das erste Mal straffällig geworden. Aber in seinem Fall trug auch das vielzitierte Umfeld nicht unerheblich zu seiner Laufbahn bei, wie der Richter es dann letztlich genannt hatte. Im Gefängnis hatte er die Chance genutzt, eine Ausbildung zum Telekommunikationstechniker absolviert und arbeitete nun bei einem Handyanbieter als Verkäufer. Trotzdem hatte er sich nie ganz von seinen alten Freunden trennen können und bewegte sich mehr als einmal haarscharf am Rande der Legalität. Dass er irgendwann einmal Leo über den Weg gelaufen war und sie sein Potenzial als Informant erkannt hatte, bezeichnete er als sein großes Glück. Leo bekräftigte ihn darin und kontaktierte ihn in Fällen wie diesen, weil sie wusste, er würde schnelle und gute Informationen liefern.

»Ich suche einen Anschluss, der auf den Namen Lippert läuft. Alle offiziellen Einträge habe ich bereits gecheckt. Vielleicht haben sie eine Geheimnummer.«

»Oder nur noch eine Handynummer.«

»Wie auch immer. Kannst du mir helfen?«

»Klar.«

»Wie lange?«

»Gib mir zehn Minuten.« Es klackte in der Leitung. Kevin hatte aufgelegt. Leo stand auf, ging zur Kaffeemaschine und schaltete sie ein. Sie spülte die beschmutzten Tassen vom Vortag mit kaltem Wasser aus und stellte sie am Rand des Waschbeckens zum Trocknen auf. Auf einem der oberen Regalbretter fand sie noch eine Packung mit kleinen Dosenmilchportionen. Sie füllte drei Portionen in eine Tasse, goss den frischen Kaffee dazu und schaute auf die Uhr. Kevin hielt normalerweise, was er versprach. Sie ging zu ihrem Schreibtisch, setzte sich und starrte aus dem Fenster. Für sie war ihr Beruf Berufung.

Daran gab es keinen Zweifel. Leo blies in den Kaffee, bis die kleine weiße Wolke in der Mitte in Bewegung geriet. Wenn sie Rogmann vertrat, wenn sie ihn gut vertrat, erhöhten sich ihre Chancen, eines Tages in eine solche Führungsposition aufzusteigen. In diesem Jahr konnte sie herausfinden, ob sie dafür geeignet war und ob ihr diese Art der Arbeit genauso viel Spaß machen würde, ebenso Berufung war, wie ihr Job heute. Das Klingeln des Telefons riss sie aus ihren Gedanken.

»Ich höre.«

»Die habe ich unter dem Namen gefunden.« Kevin nannte fünf Telefonnummern. »Wenn du kein Glück hast, melde dich noch mal.« Er lachte. »Und melde dich überhaupt noch mal. Ich wollte dich doch ewig schon mal zu einem romantischen Essen ausführen.«

»Ist das ein Anmachversuch?«

»Und wenn es einer wäre?«

»Würde ich dir sagen, dass man Frauen, die im Alter der eigenen Mutter sind, nicht zu romantischen Abendessen einlädt.«

»Ich mag meine Mutter.«

»Dann lad sie ein.«

Leo lachte, schüttelte den Kopf und beendete das Gespräch. Er versuchte es immer wieder. Und sie blockte es immer wieder ab. Mittlerweile war es eine Art Ritual zwischen ihnen geworden. Irgendwann würde sie ihn verblüffen, indem sie einfach zusagte. Sie grinste bei der Vorstellung und nahm sich die neuen Nummern vor. Bei der letzten hatte sie Erfolg.

»Ja. Ich kannte Frau Alligs«, entgegnete die Frau am anderen Ende der Leitung, nachdem Leo ihr den Sachverhalt erläutert hatte. »Sie ist meine neue Fußpflegerin. War meine Fußpflegerin.« Leo hörte die Betroffenheit in der Stimme.

»Ich habe einen Termineintrag gefunden, drei Tage, bevor Frau Alligs getötet wurde. Können Sie mir sagen, ob Ihnen etwas Besonderes aufgefallen ist? War sie anders als sonst?«

»Nein. Das kann ich Ihnen nicht sagen. Ich habe den Termin nicht wahrnehmen können, weil ich überraschend zum Zahnarzt musste. Einer meiner Zähne ist abgebrochen.«

»Das kann Ihr Zahnarzt sicher bestätigen.«

»Natürlich.« Sie nannte den Namen der Praxis und die Telefonnummer.

»Ich danke Ihnen für die Information, Frau Lippert. Auf Wiederhören.«

»Warten Sie. Mir ist noch was eingefallen. Auch wenn ich nicht weiß, ob das wichtig ist.«

»Lassen Sie hören.«

»Normalerweise war Frau Alligs immer ziemlich, wie soll ich sagen, sauer, wenn man kurzfristig absagen musste. Ich war noch nicht so oft bei ihr, weil es nicht immer geklappt hat. Beim zweiten Mal musste ich mir einen Vortrag darüber anhören, dass sie nun einen Verdienstausfall hätte und den Termin ja anderweitig vergeben hätte können, wenn sie es nur früh genug gewusst hätte. Deswegen hatte ich schon befürchtet, dass sie mir sagen würde, ich bräuchte gar nicht mehr zu kommen.«

»Aber das hat sie nicht?«, fragte Leo.

»Nein. Zu meinem großen Erstaunen habe ich von Ärger über meine Absage nichts gespürt. Ganz im Gegenteil. Sie wirkte sogar erfreut darüber.«

»Erfreut? Dass Sie einen Termin absagen?«

»Ja. Sie sagte, wenn ich sie richtig verstanden habe, dass ihr das sehr zupasskäme, weil sie dann nicht hin und her laufen müsste, sondern direkt dableiben könnte.«

»Wo?«

»Das weiß ich nicht. Tut mir leid.«

»Vielen Dank, Frau Lippert.« Leo griff wieder nach dem Terminbuch, um die Einträge vor und nach deren Termin zu überprüfen. »Aha!«, murmelte sie, nickte und schnappte sich ihre Handtasche. »Das macht ja Sinn, wenn ich da eben selbst vorbeischaue.«

*

Der Kaffeegeruch hing wie ein schweres Parfüm in der Luft. Leos Computer lief, auf ihrem Platz stand eine halbvolle Tasse. Verena berührte sie im Vorbeigehen. Sie war noch warm. Leo konnte also nicht allzu weit weg sein. Sicher war sie nur kurz im Haus unterwegs. Verena startete ihren Computer und warf Jacke und Tasche achtlos auf den Besucherstuhl. Obwohl sich ihr Körper wie nach einem Marathonlauf anfühlte, ging es ihr gut. Sehr gut sogar. Sie lächelte bei dem Gedanken an die letzte Nacht. Wobei es ihr nicht so sehr darauf ankam, was geschehen war, sondern vielmehr darauf, was nicht passiert war. Sie hatte sich nicht wieder selbst im Weg gestanden, den inneren Zensor lahmgelegt und das Denken ausgeschaltet. Kein Warum. Kein Weshalb. Kein Was-wäre-wenn oder Wenn-nicht. Sie hatte einfach das genossen, was ihr angeboten worden war. Mit allen Sinnen. Fühlen und spüren. Nicht mehr und nicht weniger. Auch jetzt wollte sie es nicht durch Nachdenken kaputtmachen. Irgendwann in den frühen Morgenstunden war sie gegangen, ohne ihre

Telefonnummer zu hinterlassen. Sie wollte nicht angerufen werden. Das Ganze war eine einmalige Sache gewesen und sollte es auch bleiben.

»Guten Morgen.« Christoph Todt betrat das Büro. »Gut geschlafen?«

»Ja.« Sie konnte sich ein Lächeln nicht verkneifen. Christoph sah sie an, runzelte die Stirn, sagte aber nichts weiter. »Wie war's mit Emma?«, fragte Verena, bevor er es sich anders überlegen konnte.

»Gut. Anstrengend, aber gut.« Er setzte sich an seinen Platz. »Wir werden noch eine Weile brauchen, bis wir uns wieder zusammensortiert haben. Aber es wird schon. Da bin ich sicher.«

»Fein.« Verena nickte, legte die Hand auf die Fallakte und trommelte mit den Fingern darauf. »Wo waren wir gestern stehen geblieben?«

»Dass wir Sonnenberg nicht trauen sollten. Das zumindest ist meine Überzeugung.«

»Du meinst, nur weil er so auffallend offen ist, uns Einblick in seine Firmeninterna anbietet und sich betont locker und unbefangen präsentiert, hat er automatisch gelogen?«

»Meiner Erfahrung nach ja. Jeder hat irgendeine Leiche im Keller, von der nichts ans Tageslicht dringen soll. Vor allem, wenn in kurzer Reihenfolge erst ein Journalist und dann in direkter Konsequenz die Bullen vor der Tür stehen. Dann habe ich mir das vorher gut durch den Kopf gehen lassen, um so zu reagieren, wie der gute Herr Sonnenberg sich uns gegenüber verhalten hat.«

»Eine sehr krude Logik, die du da hast. Weil du so ehrlich bist, lügst du.«

»Nenn es krude. Ich nenne es Erfahrung.« Christoph

Todt zuckte mit den Schultern, stand auf und ging ebenfalls zur Kaffeemaschine, um sich eine Tasse zu nehmen. Unschlüssig blieb er stehen. »Dazu kommt die Dame in Weiß. Gudrun Sonnenberg und ihr Auftritt.«

»Okay. Nehmen wir mal an, du hast recht …«

»Wovon du ausgehen darfst«, unterbrach Christoph sie. Verena schüttelte ärgerlich den Kopf.

»Wir nehmen es an. Was dann? Ziegler hat nichts gefunden. Er hat eine Menge Staub aufgewirbelt, mal hier und dort gegraben, wo er Dreck vermutete, aber er wurde nicht fündig. Arbeitsrecht, Betriebssicherheit, Steuer, Lieferungen in Kriegsgebiete. Alles lupenrein. Wenn Ziegler richtig recherchiert und sauber gearbeitet hat. Die Firma ist ein moderner, fairer und politisch korrekter Betrieb.«

»Was ist, wenn er nicht am falschen Ort, sondern in der falschen Zeit gebuddelt hat? Die Firma gibt es ja nicht erst seit gestern.«

»Du meinst, so etwas wie verdeckte und vertuschte Umweltskandale in der Vergangenheit?«

»Zum Beispiel. In den Siebzigern ist eine Menge Müll produziert worden. Im wörtlichen und metaphorischen Sinne.«

»Wäre möglich.« Christoph stellte seine Tasse ab. »War auf den Computern irgendwas, was diesen Rückschluss zuließ?«

»Nein. Nur das, worüber wir gesprochen haben.«

»Lass uns noch mal in Zieglers Wohnung fahren und unter diesem Aspekt suchen. Vielleicht hat er es versteckt.«

*

»Seine alten Artikel hat er alle ausgeschnitten und gesammelt.« Verena schlug den Ordner zu und setzte sich auf die Kante von Zieglers Schreibtisch.

»So viel kann das ja dann nicht gewesen sein, wenn der eine Ordner reicht.«

»Zumindest habe ich keinen weiteren Ordner finden können.«

»Dann gibt's auch keine weiteren Artikel. Wenn ich Ziegler richtig einschätze, hat er alles gesammelt, was seinen Ruhm in welcher Art auch immer belegen könnte. Er hat sogar seine Grundschulzeugnisse aufbewahrt.«

Verena nickte, stand auf und trat ans Bücherregal. Langsam ging sie daran entlang, las die Titel der Buchrücken, nahm ein paar Bücher auf einmal heraus und schaute hinter die Reihen. Außer einigen Staubflusen konnte sie nichts entdecken.

»Wir haben den Computer, aber nichts darauf, was uns in dieser Frage an diesem Punkt weiterbringen könnte. Hier sind wir ebenso erfolglos. Kein angefangener Artikel, keine Notizen, nichts, was einen Hinweis darauf geben könnte, worauf er wirklich hinauswollte. Dabei hat er sogar ein eigenes Logo.« Sie nahm ein Blatt aus dem Drucker und wedelte damit in der Luft. In der rechten oberen Ecke prangte Zieglers Name und darunter das Bild einer Federspitze. Verena ließ das Blatt zu Boden fallen, verschränkte die Arme und schaute Christoph nachdenklich an. Sie runzelte die Stirn, ging zu den Aktenordnern, nahm einen nach dem anderen heraus, blätterte darin und stellte ihn wieder zurück.

»Kannst du mir sagen, was das wird?«

»Wir haben alles durchsucht. Richtig?«

Christoph nickte schweigend.

»Und wir haben nichts gefunden.«

»Nichts, was uns weiterhilft. Stimmt.«

»Nein. Ich meine nicht nur, nichts, was uns weiterhilft. Ich meine wirklich nichts. Wir haben gar keine Arbeitsunterlagen gefunden. Keinen angefangenen Text, keinen Ausdruck, nichts auf den Computern. Aber er hat daran gearbeitet.«

»Das ist es, was uns hätte auffallen müssen. Das Fehlen jeglicher Arbeitspapiere.« Christoph Todt hob das leere Blatt vom Boden auf und ging zur Wohnungstür. »Gut gemacht, Watson.« Er grinste sie über die Schulter hinweg an. »Aber ich denke, ich weiß, wo wir die Unterlagen finden werden. Das Offensichtliche ist oft unsichtbar.«

16. Kapitel

Das Kind erwacht. Es schlägt die Augen auf. Starrt an die Decke. Es liegt reglos. Spürt seine Arme und Beine. Seinen Rücken und seinen Bauch. Sie fühlen sich fremd an, verändert. Es erinnert sich an den Schrank. Ein Bild entsteht vor seinem inneren Auge. Der Schlüssel. Es hat ihn vergraben. Trotzdem liegt der Schlüssel mit einem Mal in seiner Hand. In der fremden Hand, die irgendwie doch zu seinem Körper gehört.

»Können Sie den Schrank beschreiben?«, fragt eine Stimme von ganz weit weg. Ist es der Mann, der das fragt? Das Kind runzelt die Stirn.

»Er ist groß«, sagt es.

»Wo genau steht der Schrank?«

»An der Wand gegenüber.«

»Wissen Sie, was in dem Schrank ist?«

»Nein.« Das Kind kneift die Augen zusammen, ballt die Hände zu Fäusten und stampft mit den Füßen auf. »Nein«, ruft es und schleudert den Schlüssel weg. Es will nicht wissen, was in diesem Schrank ist, weil es ahnt, dass alles darin besser verborgen bleibt.

*

»Mal sehen, ob mich meine Erinnerung nicht täuscht.« Christoph Todt legte das Blatt aus Zieglers Drucker neben den Stapel Papier auf Elisabeth Schäfers Schreibtisch und blätterte durch die ersten Seiten, bis er stockte, grinste und eine Seite triumphierend hochhielt. »Na bitte.« Er reichte das Blatt Verena.

»Der Schriftzug ist sehr blass und kaum zu erkennen.«

»Aber die Feder. Ein Fehldruck. Oder die Farbtinte war leer. Auf jeden Fall hat er dieses Blatt als Schmierpapier benutzt und nur die Rückseite bedruckt.«

»Was ist das?«

»Eine Abhandlung über einen Mann namens Fritz Möllner.« Christoph zog sich einen Stuhl heran. »Ein Nazi, wie es scheint.«

»Hat Ziegler das geschrieben?«

»Das wird nicht klar. Es steht kein Verfasser da.« Christoph runzelte die Stirn, vertiefte sich in den Text und schüttelte den Kopf. »Wie furchtbar«, murmelte er, schluckte und sah Verena an. »Sagt dir ›mobile Gaskammer‹ etwas?« Er war blass geworden.

»Nein.«

»Hier steht, dass ab 1939 Experimente mit Lkws gemacht wurden, deren Ladeflächen abgedichtet wurden. Sie haben die Menschen in die Wagen verladen, alles abgeriegelt und die Motoren laufen lassen.« Christoph ließ die Papiere sinken. »Ab 1939 gab es erste Versuche in Polen mit eingeleitetem Kohlenmonoxid aus Gasflaschen. Geistig behinderte Patienten aus dem Warthegau, Danzig, Ostpreußen und Pommern wurden darin getötet. Aber das war ihnen nicht effektiv genug. Sie haben die Methode weiterentwickelt, und wie es scheint, auch hier einen perversen Grad an Perfektion erreicht.« Er blätterte weiter.

»In Weißrussland, der Ukraine und vor allem im Vernichtungslager Maly Trostinec in der Nähe von Minsk wurden Tausende so umgebracht.« Christoph legte die Blätter wieder auf den Stapel und richtete die Papiere zu einem ordentlichen Stapel, bevor er seine Hände ruckartig wie von einem Feuer fortzog. »Das waren die Informationen aus der Einleitung. Wenn ich es richtig verstanden habe, ist Fritz Möllner einer der Techniker gewesen, die an der Verbesserung der Methode gearbeitet haben.«

»Das macht man nur, wenn man von der Sache überzeugt ist.«

»Richtig.« Christoph teilte den Stapel in zwei Hälften und reichte ihr eine hinüber. »Für jeden etwa fünfzig Seiten.«

Eine Dreiviertelstunde später rückte Christoph den Stuhl vom Tisch ab, stand auf und ging zum Fenster. Mit Schwung riss er es auf, stützte sich auf das Fensterbrett und lehnte sich hinaus. Er atmete tief durch, bevor er sich Verena zuwandte und abwartend die Arme vor der Brust verschränkte. Verena beendete ihre Lektüre, schloss die Augen und versuchte, die inneren Bilder der Menschen im Todeskampf zur Seite zu schieben, um wieder einen klaren Gedanken fassen zu können. Die Worte, Beschreibungen und Darstellungen der Sachlage hatten sie zutiefst erschüttert. Vielleicht umso mehr, als sie wusste, dass ihr Großvater ebenfalls Teil dieses Systems gewesen war, auch wenn sie nicht genau wusste, welche Rolle er gespielt hatte. Die Rolle Fritz Möllners hingegen war sehr deutlich aus dem Text hervorgegangen. Er hatte federführend bei der Entwicklung der Technik mitgearbeitet. Einzelheiten, die die Menschenverachtung und Perversion des Systems noch deutlicher machten, schockten sie zutiefst. So hatte man in den ersten Minuten, nachdem die Opfer in die Lkws gestiegen waren, das Licht brennen lassen, damit sie sich beruhigten, bevor man dann den Motor startete. Die Motoren waren auf einen besonders hohen Benzinverbrauch aufgerüstet worden, damit sie möglichst viel Abgas in kurzer Zeit produzierten. Verena wurde übel. Auch wenn sie täglich in ihrem Job mit den Folgen von Mord und Totschlag konfrontiert wurde, hatte das hier eine ganz andere Dimension.

»Wir denken viel zu wenig darüber nach, weil es so lange her ist. Aber jedes Mal, wenn ich wieder mit der Nase darauf gestoßen werde, wird mir das ganze Ausmaß dieses Schreckens klar und wie wichtig es ist, sich heute daran zu erinnern«, sagte Christoph. Er kehrte zum Schreibtisch zurück, ohne das Fenster zu schließen, und setzte sich wieder. »Das hier sollte man diesen Demonstranten, die meinen, sie müssten den Fremdenhass hier im Land schüren, so lange unter die Nase reiben, bis sie kapiert haben, welchen Mächten sie mit ihren Aktionen in die Hände spielen.« Verena hörte die Wut in seiner Stimme.

»Hier in Köln waren es mehr als das Zehnfache an Gegendemonstranten.«

»Gut so.« Christoph legte beide Hände flach auf das Manuskript. »Trotzdem. Oder gerade deswegen. Wir müssen die Mordfälle aufklären. Dürfen uns auch hier nicht emotional beeinflussen lassen.« Er machte eine Pause, bevor er weitersprach. »Es stellen sich jetzt mehrere Fragen: Wer hat das geschrieben? Ziegler oder Franke?«

»Oder Elisabeth Schäfer?«

»Wenn Franke oder Schäfer, wieso ist es dann auf Zieglers Papier ausgedruckt?«, nahm Christoph Verenas Einwand auf.

»Was hat das mit unserem Fall zu tun?«

»Wenn es überhaupt einen Zusammenhang gibt.«

»Und das Wichtigste überhaupt, um vielleicht eine Antwort auf dieses Fragen zu bekommen.«

»Das wäre?«

»Wo sind die fehlenden Seiten, und was genau steht darin?«, ergänzte Verena und zeigte Christoph das letzte Blatt, das zuunterst im Stapel gelegen hatte. »Wenn in deinem Teil nichts war, sind die letzten Seiten verschwunden. Ich habe die Seitenzahlen kontrolliert. Der Text hört mitten im Satz auf, und die Kapitelübersicht am Anfang weist zehn Seiten mehr auf, als wir hier vorliegen haben. Laut der Kapitelüberschrift müsste hier etwas über Fritz Möllners Verbleib nach dem Krieg stehen.«

»In Zieglers Unterlagen haben wir nichts gefunden. In Frankes Wohnung auch nicht.«

»Was ist mit der Redaktion der Obdachlosenzeitung? Vielleicht hat er da noch Material liegen.«

»Einen Versuch ist es wert«, stimmte Christoph zu. Verena wählte Leos Nummer im Präsidium, wartete und lauschte auf das Freizeichen.

»Sie ist nicht am Platz. Vermutlich immer noch im Haus unterwegs. Müssen wir uns die Adresse eben anders besorgen.« Sie öffnete die Internetsuchmaschine ihres Handys und gab einige Stichwörter ein. »Ich hab sie. Lass uns fahren.«

*

Wenn sie hier fertig wäre, würde sie im Präsidium Bescheid geben und direkt zum Schießstand weiterfahren, um ihre Gesundschreibung weiter voranzutreiben. Denn egal, wie sie sich im Bezug auf Walters Angebot entscheiden würde, sie wollte die Wahl haben, ja oder nein zu sagen. Leo lief auf die Eingangstür zu, die sich automatisch vor ihr öffnete, orientierte sich kurz und ging dann zu einer Art Rezeption.

»Leonie Ritte«, stellte sie sich vor, »Kriminalpolizei.« Sie zeigte ihren Ausweis. Die Frau hinter dem Empfang nickte freundlich.

»Gibt's ein Problem?«, wollte sie wissen und lächelte unverbindlich.

»Nein. Ich habe einige Fragen zu einer Fußpflegerin, die hier Kunden besucht hat.«

»Sie meinen sicher Frau Alligs.« Die Empfangsdame legte die Hand auf den Mund und schüttelte den Kopf. »Ich habe davon gehört, was ihr zugestoßen ist. Schrecklich. Ich kann es gar nicht richtig glauben.« Sie lächelte wieder, diesmal aber deutlich verhaltener. »Sie meinen doch Frau Alligs, oder?«

Leo nickte. »Gibt es jemanden, der Bescheid weiß, wen Frau Alligs bei ihren Besuchen behandelt hat?«

Die Empfangsdame hob beide Schultern in einer Geste des Bedauerns und griff zum Telefonhörer.

»Sie hat die Termine immer selbst gemacht. Nur für einige Bewohner haben wir das erledigt. Ich frage kurz bei der Stationsleitung nach. Vielleicht weiß sie mehr.« Sie lächelte wieder, bevor sie die Frage stellte, nachdem sich allem Anschein nach jemand am anderen Ende der Leitung gemeldet hatte. »Sie kommt. Einen Moment bitte.« Die Empfangsdame wies mit der Hand auf eine gemütliche Sitzecke in der Nähe der Eingangstür. »Nehmen Sie doch einen Moment Platz. Wenn Sie möchten, bringe ich Ihnen einen Kaffee.«

»Danke. Nein.« Leo schüttelte den Kopf, ging aber zu der Sesselgruppe, setzte sich und schaute sich um. Die elegante Atmosphäre erinnerte sie eher an ein Hotel als an ein Pflegeheim. Ganz anders, als sie es von den Heimen her kannte, in denen ihre eigenen Verwandten zum Ende ihres Lebens gewohnt hatten und an die sie sich nur mit Grauen erinnerte. Vielleicht lag es daran, dass sie zu jung gewesen war, um alles richtig zu verstehen. Für sie war es furchtbar, ihren Opa nicht mehr in seinem Garten werkeln zu sehen. Nicht mehr auf der Schaukel zu sitzen, die er für sie gebaut hatte, und nicht mehr gemeinsam aus den Kastanien, die sie von der Wiese aufgesammelt hatten, die lustigen Männchen zu basteln. Stattdessen saß er im Sessel, stumm und halb gelähmt. Der Schlaganfall hatte ihn aus dem Leben, wie er es geliebt hatte, gerissen. Nur seine Augen beobachteten sie bei ihren Besuchen wach und mit der Liebe, die sie von früher kannte. In diesen Ausdruck hatte sich mit der Zeit etwas geschlichen, was sie damals nicht verstanden und erst mit dem Abstand der Jahre begriffen hatte. Verzweiflung. Über das Schicksal, das ihm auferlegt worden war. Sehnsucht nach Erlösung, nach dem Ende. Sie hatte ihn gern besucht, jedes Wochenende. Auch wenn ihre Mutter das ein oder andere Mal vorgeschlagen hatte, einen anderen Ausflug zu unternehmen, war sie hartnäckig geblieben. Sie wollte zu ihrem Opa. Auch wenn es in dem Heim düster und stickig war und der Gestank nach Alter und Urin bei ihr Brechreiz auslöste. Als er starb, erkannte Leo bei ihrer Mutter Erleichterung, und sie hasste sie über lange Zeit dafür. Vielleicht war das der Grund, warum sie Verena unterstützte und oft gedeckt hatte, wenn es um Ruth ging. Sie begriff, was es bedeuten konnte, auch wenn Ruth eine andere Krankheit hatte als ihr Großvater. Wobei sie sich fragte, was schlimmer war. Ein gesundes Gehirn, gefangen in einem kranken Körper, der sich weigerte, zu laufen und zu sprechen, oder ein gesunder Körper mit einem Gehirn, das einen das eigene Selbst vergessen ließ. Eine Antwort auf diese Frage hatte sie bis heute nicht finden können.

Kurz vor ihrem Unfall war sie durch Zufall in der Straße vorbeigefahren, in der ihr Großvater gewohnt hatte, und hatte sie beinahe nicht erkannt. Das Haus war abgerissen, die Kastanie gefällt. Auf dem Grundstück standen nun vier Reihenhäuser, die sich so dicht aneinanderpressten wie die Vogelküken im Nest, das sie einmal in der Hecke entdeckt hatte. Zugebaute Kindheit.

»Warten Sie auf jemanden?« Ein älterer Herr mit weißem Hemd und roter Fliege stand, auf seinen Rollator gestützt, vor ihr und lächelte sie freundlich an. »Wenn Sie nichts dagegen haben, setze ich mich einen Moment zu Ihnen«, fügte er hinzu, noch bevor Leo eine Antwort geben konnte, und ließ der Ankündigung Taten folgen. Leo nickte.

»Haben Sie Verwandte hier?«

»Nein.«

»Sie bewerben sich auf eine Stelle?«

»Nein, ich …«

»Sie sind von der Presse?«

»Nein.« Leo runzelte die Stirn und rückte ein Stück zur Seite.

»Irgendwie kommen Sie mir bekannt vor.« Der alte Herr beugte sich vor und betrachtete sie mit zusammengekniffenen Augen. »Aber ich komme nicht darauf, woher.« Er umfasste mit der Hand sein Kinn und strich darüber. »Dabei ist mein Gedächtnis noch ausgezeichnet.« Er schüttelte nachdenklich den Kopf.

»Ich glaube nicht, dass wir uns kennen.« Leo war die Situation unangenehm. Der Mann rückte ihr zu nah auf die Pelle. Sie fühlte sich bedrängt und in die Enge getrieben und stand aus dem Sessel auf.

»Frau Ritte, wie kann ich Ihnen helfen?« Eine hochgewachsene Frau in sportlicher Kleidung kam mit langen Schritten auf sie zu und streckte ihr eine Hand entgegen. In der anderen trug sie eine dicke Kladde. »Annika Franzen. Ich habe gehört, Sie brauchen eine Auskunft in Bezug auf Frau Alligs?« Sie warf einen Seitenblick auf den alten Herrn im Sessel und lächelte. »Ich sehe, die Wartezeit haben Sie für ein Pläuschchen genutzt?« Sie wandte sich an den Mann. »Herr Müller, wie zufrieden sind Sie denn mit der jungen Kollegin?«

Leo wandte sich wieder dem alten Herrn zu und schaute ihn erstaunt an.

»Ritte?«, murmelte der, runzelte die Stirn und erwiderte ihren Blick, während er ihren Namen mehrmals leise wiederholte. »Wir hatten eine Anwärterin namens Leonie Ritte. In meinem letzten Jahr vor der Pensionierung. Talentierte junge Frau, wenn ich mich recht erinnere.« Er nickte. »Doch, doch. Das muss sie gewesen sein, weil sie mir sonst nicht aufgefallen wäre.« Er blinzelte wieder.

»Das ist aber wirklich ein paar Jährchen her«, erwiderte Leonie verblüfft und versuchte vergeblich, in den Zügen des alten Herrn etwas Bekanntes auszumachen.

»Im nächsten Jahr werde ich fünfundachtzig, junge Frau.« Müller verneigte sich leicht im Sitzen. »Auch wenn man mir das nicht unbedingt anmerkt.« Er grinste verschmitzt. »Aber, wie gesagt: Mein Gedächtnis funktioniert immer noch ausgezeichnet. Wo sind Sie denn gelandet?«

»Im KK11.«

»Ah! Abteilung Mord und Totschlag.« Er nickte versonnen. »Schönes Arbeitsfeld. Sehr vielfältig. Und warum sind Sie dann jetzt hier?«

»Sie hat ein paar Fragen, bei denen ich hoffe, dass ich ihr helfen kann.« Annika Franzen bat Leo mit einer versteckten Geste, ihr zu folgen. »Wissen Sie, er ist ein sehr angenehmer Zeitgenosse«, sagte sie leise. »Nur manchmal schlägt sein Beruf noch durch, und er schießt ein wenig über das Ziel hinaus.« Sie stellte sich so, dass sie dem alten Herrn den Rücken zuwandte. »Was genau möchten Sie denn über Frau Alligs wissen? Ich hoffe, ich kann Ihnen helfen. Es tut mir so leid, was ihr geschehen ist. Sie war so eine nette Frau.« Ihr freundlicher Gesichtsausdruck erlosch, und für einen kurzen Moment erschien ihre Haut Leo wie mit einem grauen Schleier überzogen.

»Meine Kollegen haben bereits alle Termine, die Frau Alligs in den Tagen vor ihrem Tod hier im Haus wahrgenommen hat, überprüft. Allerdings hat sich eine neue Information ergeben. Laut Aussagen einer Kundin, die ihren Termin absagen musste, hat Frau Alligs die dadurch gewonnene Zeit dazu genutzt, um hier einen anderen Kunden zu besuchen. Können Sie mir dazu etwas sagen?«

»Wir tragen alle Termine unserer Bewohner hier in diesem Buch ein, insofern wir davon wissen.« Annika Franzen schlug die Kladde auf und reichte sie ihr. Leo glich die Namen mit denen der von den Kollegen überprüften ab, fand aber keine Abweichung.

»Von weiteren Terminen ist Ihnen nichts bekannt?«

»Nein.« Sie schüttelte bedauernd den Kopf. »Es kommt natürlich vor, dass Angehörige das direkt regeln und wir gar nicht darüber in Kenntnis gesetzt werden.«

»Müssen die nicht Bescheid geben?«

»Natürlich nicht. Wir sind ja kein Gefängnis. Unsere Bewohner haben hier alle Freiheiten, die sie auch in ihren eigenen vier Wänden haben würden.«

»Ohne Einschränkung?«

»Solange sie niemand anderen mit was auch immer belästigen.« Sie hob bedauernd die Schultern. »Es tut mir leid, dass ich Ihnen nicht besser helfen kann, Frau Ritte.«

»Besteht die Möglichkeit, dass ich die Bewohner selbst danach frage?«

»Natürlich. Aber ob es Erfolg hat, kann ich Ihnen nicht versprechen. Nicht alle unserer Bewohner sind in der Lage, sich an alle Einzelheiten zu erinnern. Und wenn die Angehörigen den Termin vereinbart haben ...«

»Ich verstehe.« Leo seufzte leise. »Dann werde ich gegebenenfalls auch mit denen sprechen müssen. Können Sie mir die Kontaktdaten zur Verfügung stellen?«

»Das müssen Sie bitte mit der Heimleiterin abklären. Sie ist aber auf einer Fortbildung und kommt erst heute am späten Nachmittag zurück.« Annika Franzen ging zum Empfang, wechselte ein paar Worte und kam mit einem Zettel zurück. Zwei handgeschriebene Telefonnummern standen darauf. »Hier die Nummern. Einmal die direkte Durchwahl in ihr Büro und die Handynummer. Vielleicht erreichen Sie sie ja in der Mittagspause.« Sie gab Leo den Zettel. »Mich müssen Sie leider jetzt entschuldigen. Ein Haufen Arbeit, der sich nicht von alleine erledigt.« Sie lächelte, reichte Leo zum Abschied die

Hand und ging eilig zurück in die Richtung, aus der sie gekommen war. Leo sah ihr hinterher. Warum sie damit gerechnet hatte, einfach hier hereinzuspazieren und die gewünschte Information zu bekommen, konnte sie sich selbst nicht erklären. Sie hätte es wissen müssen. Nichts war einfach. Nichts fiel einem in den Schoß. Sie trat zwei Schritte zurück, nickte der Dame am Empfang freundlich zum Abschied zu und ging zum Ausgang.

»Nicht nur mein Gedächtnis ist noch hervorragend, Frau Kollegin. Auch mein Gehör ist im Gegensatz zu vielem anderen noch ausgezeichnet«, rief der alte Herr von seinem Sessel aus. Leo blieb stehen. Sie hatte Müller komplett vergessen und kam sich unhöflich vor, weil sie sich nicht von ihm verabschiedet hatte.

»Entschuldigen Sie, dass ich Ihnen nicht auf Wiedersehen gesagt habe, Herr Müller. Ich war in Gedanken so mit meinem Fall beschäftigt …«

»Papperlapapp«, unterbrach er sie. »Natürlich sind Sie auf den Fall fokussiert. Es wäre auch schlimm, wenn es anders wäre. Und ich beschwere mich mitnichten, dass Sie sich nicht von mir verabschieden. So ein verknöcherter Alter bin ich auch noch nicht.« Er lachte und rückte seine Fliege gerade. »Nein, junge Kollegin. Ich habe Sie aufgehalten, weil ich glaube, Ihnen helfen zu können.«

»Inwiefern?«

»Sie sind in Sachen Alligs unterwegs. Die Fußpflegerin, die Opfer eines Mordes geworden ist, richtig?«

»Ja.«

»Und Sie überprüfen nun die letzten Kontaktpersonen.«

»Ja, aber …«

»Kein Aber. Ich kann Ihnen helfen.«

»Aha!«

»Auch keine süffisanten Äußerungen bitte, junge Kollegin.« Er pochte mit der flachen Hand auf den Griff seines Rollators. »Ich weiß, bei wem die Fußpflegerin an diesem Tag war.«

»Führen Sie Protokoll über die Aktivitäten Ihrer Mitbewohner?«, entfuhr es Leo, sie biss sich aber sofort auf die Lippe.

»Natürlich nicht.« Er spitzte die Lippen. »Wobei das nicht allzu schwierig wäre. Die meisten hier sitzen den ganzen Tag in ihren Sesseln und starren die Wand an. Da gibt es nicht mehr viel zu protokollieren.« Er schnaubte verächtlich, aber Leo spürte die Bitterkeit hinter seinen Worten. »Nein. Ich weiß es, weil es sich um den Herrn gehandelt hat, der in dem Zimmer direkt neben meinem gewohnt hat, und ich Teile des Gesprächs zwischen Frau Alligs und der Tochter des Herrn mitbekommen habe. Unfreiwillig, wie ich betonen möchte. Denn wie gesagt, mein Gehör ist noch …«

»… ausgezeichnet. Ich weiß.« Leo verschränkte die Arme. »Können Sie mich zu dem Herrn bringen?«

»Sind Sie mit dem Wagen da?«

»Was wollen Sie mit dem Wagen? Ich denke, der Herr bewohnt das Zimmer neben Ihnen.«

»Sie hören nicht richtig hin, junge Kollegin. Das ist nicht gut.« Müller lachte keckernd. »Ich sagte, ›der im Zimmer direkt neben meinem gewohnt hat‹. Nicht ›der im Zimmer direkt neben meinem wohnt‹. Perfekt, Vergangenheitsform. Beschreibt eine Handlung, die in der Vergangenheit abgeschlossen wurde, wobei die Folge der Handlung oder das Ergebnis im Vordergrund steht. Wenn Sie mich also bitten, Sie zu dem Herrn zu bringen, brauchen wir einen Wagen, da der momentane Aufenthaltsort dieses Herrn der Melatenfriedhof ist und ich nicht mehr so gut zu Fuß bin, als dass ich diese Strecke unmotorisiert bewältigen könnte.«

»Er ist tot?«

»Das wollte ich damit ausdrücken.«

»Und seine Tochter?«

»Die nicht.«

Leo starrte ihn an. Dann lachte sie los.

»Jetzt erinnere ich mich an Sie. Und an Ihre Sprüche. Wir waren uns damals nicht sicher, ob wir die witzig oder seltsam fanden.«

»Wissen Sie es denn heute?«

»Auch ich bin älter und vielleicht ein wenig weiser geworden.«

»Vielleicht. Das zeigt sich aber erst ganz am Ende, glauben Sie mir. Ich weiß das.« Er stand auf, ruckelte seinen Rollator und ging langsam zur Rezeption. Dort sprach er mit der Empfangsdame und kam ebenfalls mit einem Zettel zurück, den er Leo wortlos in die Hand drückte. »Hier, junge Kollegin. Ich habe Ihnen etwas Arbeit abgenommen. Die Adresse der Tochter meines ehemaligen Zimmernachbars. Den Rest müssen Sie aber jetzt alleine hinbekommen.«

»Keine Angst, Herr Müller. Das schaffe ich.« Sie grinste. »Danke schön.«

»Keine Ursache. Ich helfe gern.« Er lächelte, hob zum Abschied die Hand und deutete ein Winken an. Leo ging zu ihrem Wagen, setzte sich hinein und faltete den Zettel auseinander, um die vollständige Adresse zu lesen.

»Ach, schau an.« Sie pfiff leise durch die Zähne. »Das ist ja mal interessant.«

17. Kapitel

»Schön hier, wenn man sich nicht umdreht und nach hinten schaut.« Verena stieg aus dem Wagen, reckte sich und betrachtete das vor ihr liegende Rheinpanorama. Auf der gegenüberliegenden Seite ragten die Kranhäuser über den Fluss, und sie erkannte die flanierenden Menschen auf dem Uferweg. Jogger, Spaziergänger, Mütter mit Kinderwagen. Auf dieser Seite des Rheins war es deutlich ruhiger. Nur vereinzelt saßen Leute auf der Wiese, rauchten oder tranken Kaffee. Vermutlich Angestellte der in dieser Straße ansässigen Industriebetriebe, die hier ihre Pausen verbrachten.

»Wie man es nimmt. Der Trick ist ja der, in dem hässlichen Haus zu wohnen und auf die schönen Häuser zu schauen«, ergänzte Christoph, stieg ebenfalls aus und schloss die Wagentür. »Ich denke nicht, dass es viele Leute hier in der Stadt gibt, die so einen wunderbaren Ausblick während ihrer Arbeit haben.«

»Bevor du in Neidattacken ausbrichst und die Branche wechselst, lass uns lieber schauen, ob wir hier fündig werden.« Verena ging über die Straße auf das flache, zweistöckige Gebäude zu, in dem die Redaktion des Obdachlosenmagazins untergebracht war. Ein schmaler Grünstreifen trennte das Haus vom Bürgersteig und gab dem eher nüchternen Bau eine freundliche Note. Auf der Tür prangte das Logo der Zeitung, und in den Fenstern hingen diverse Plakate.

Verena klingelte. Eine Frau öffnete. Ihre dunklen halblangen Haare rahmten ein fröhliches Gesicht mit einem ansteckenden Lächeln ein. Verena zeigte ihren Ausweis und stellte sich und Christoph vor.

»Sabina Hacher, ich bin die Chefredakteurin des Magazins.« Die Frau bat sie mit einer einladenden Geste hineinzukommen. »Gibt's Ärger?«, wollte sie wissen und ging voraus in eins der Büros. Ein langer Tisch mit mehreren Stühlen stand in der Mitte des Raumes.

»Nein. Wir sind auf der Suche nach Mike Franke.«

»Er ist nicht hier.«

»Haben Sie ihn in der letzten Zeit gesehen?«

»Nein. Schon seit ein paar Tagen nicht mehr. Das tut mir leid. Das habe ich aber auch bereits Ihren Kollegen erklärt, die hier nach ihm gefragt haben. Was um Himmels willen hat er denn angestellt?«

»Dazu dürfen wir Ihnen leider keine Auskunft geben, Frau Hacher. Aber es ist sehr wichtig, dass wir mit ihm sprechen können.« Christoph lächelte die Chefredakteurin freundlich an.

»Hat er einen festen Schreibtisch in der Redaktion?«

»Nein. Er hilft uns zwar regelmäßig, ist aber meistens nur zu den Redaktionssitzungen hier. Er arbeitet eher von zu Hause aus.«

»Lässt er schon mal Recherchematerialien hier?«

»Er hat ein Fach, in dem wir Papiere, die für ihn bestimmt sind, ablegen. Wenn Sie das meinen.« Sie zeigte auf eine Regalwand. Auf den Brettern standen nebeneinander einzelne Ablagekästen, auf deren Vorderseiten jeweils ein Name stand. Frankes Ablagekasten war der letzte in der Reihe.

»Dürfen wir einen Blick hineinwerfen?«, bat Verena.

»Dazu brauchen Sie einen Durchsuchungsbeschluss.«

»Den haben wir nicht. Wir könnten ihn besorgen, aber …« Verena machte eine Pause und wechselte einen Blick mit Christoph. Manchmal war es gut, mit offenen Karten zu spielen, auch wenn das nicht den Vorschriften entsprach. »Wir wissen nicht, welche Rolle Mike Franke in dem Ganzen spielt. Ob er Täter oder Opfer ist. Wir tendieren zu Zweiterem. Wenn wir damit recht haben, ist er in Gefahr. Deswegen wäre es gut, wenn Sie uns Zugriff auf sein Fach gewähren würden. Vielleicht finden wir dort die Informationen, die wir brauchen, um klarer zu sehen und ihm helfen zu können.« Verena schaute die Chefredakteurin abwartend an. Sabina Hacher zögerte und runzelte die Stirn.

»Ich verstehe Ihr Problem, aber ich kann Ihnen keinen Zugriff ohne Durchsuchungsbeschluss erlauben. Zumindest muss ich Rücksprache mit meinem Chef halten.« Sie wandte sich um, nahm ihr Handy vom Schreibtisch und tippte einige Befehle ein. »Ich kann ihn nicht erreichen. Leider nur die Mailbox«, sagte sie und schüttelte bedauernd den Kopf. Dann biss sie sich auf die Lippe und blinzelte. »Warten Sie. Mir ist noch was eingefallen, was ich versuchen könnte, um Ihnen zu helfen.« Sie wählte erneut. Das Festnetztelefon auf dem Schreibtisch klingelte. Sie schob ihr Handy in die Jackentasche, hob ab und lauschte für einen kurzen Moment.

»Ja. Natürlich. Bitte warten Sie einen Moment, dann habe ich einige Minuten Zeit für Sie«, sagte sie und wandte sich dann an Verena und Christoph Todt. »Ein wichtiges

Gespräch, das ich nicht verlegen kann. Ich leite es in den Nebenraum um. Ich bin in fünf Minuten wieder bei Ihnen. Bitte nehmen Sie solange Platz. Sie können sich auch gerne einen Kaffee machen. Die Maschine steht dort.« Sie zeigte auf das Regal direkt neben den Ablagefächern, drückte einige Knöpfe, und Verena hörte ein weiteres Telefon im Nebenraum klingeln. Sabina Hacher nickte lächelnd und verließ den Raum.

»Ist es das, was ich glaube, dass es ist?« Verena hob eine Augenbraue.

»Ich für meinen Teil möchte dringend einen Kaffee haben. Du nicht auch?« Christoph ging zu dem Regal und schaltete die Maschine ein. Dann trat er einen Schritt zur Seite, zog Frankes Ablagekasten heraus und blätterte durch den Stapel.

»Auf den ersten Blick nichts, was mit unserer Sache zu tun haben könnte«, murmelte er und reichte Verena die Unterlagen weiter. Sie nahm sie und überflog die einzelnen Blätter.

»Das scheinen Artikel für das Magazin zu sein. Von ihm und von anderen. Hier ist ein Protokoll der letzten Redaktionssitzung.« Verena runzelte die Stirn, überprüfte einige Blätter erneut und nickte. »Ein Name taucht besonders häufig auf, vielleicht ...«

»Auf Wiederhören, Herr Schönenberg, und vielen Dank«, hörte sie Sabina Hachers Stimme aus dem Nebenraum laut und deutlich. Verena legte die Papiere wieder in den Ablagekasten und schob ihn zurück ins Regal. Sie setzten sich an den Tisch.

»Ich hoffe, ich habe Sie nicht zu lange warten lassen.« Sabina Hacher betrat den Raum, ging zu ihrem Schreibtisch und setzte sich.

»Nein. Kein Problem. Wir haben uns nicht gelangweilt.«

»Das ist gut. Wissen Sie, ich finde Mikes Engagement in unserer Sache sehr gut. Wir könnten mehr solcher Leute brauchen. Er hat sehr an sich gearbeitet. Ich möchte auf keinen Fall, dass er in Schwierigkeiten gerät. So oder so.« Sie faltete die Hände vor sich auf der Schreibtischplatte. »Wenn ich Ihnen also noch irgendwie weiterhelfen kann, tue ich das gerne.«

»Kennen Sie einen Gerald Wolters?«, fragte Verena nach dem Namen, der ihr in den Unterlagen aufgefallen war. Christoph warf ihr einen verwunderten Blick zu.

»Ja. Er ist einer unserer Redakteure.«

»Auch ein freiwilliger Helfer?«

»Ja. Aber nicht wie Mike Franke. Gerald weiß, wovon er schreibt. Er lebt auf der Straße.«

»Hat er viel mit Franke zu tun?«

»Die beiden verstehen sich recht gut. Ich glaube, Mike versucht ihm zu helfen, wieder auf die Beine zu kommen.«

»Wissen Sie, warum er obdachlos ist?«

»Wie bei jedem ist das auch bei ihm eine lange Geschichte. Da reichen drei Sätze nicht. Auch bei ihm ist die Alkoholsucht nicht die Ursache, sondern die Folge vieler anderer Dinge, die in seinem Leben schiefgelaufen sind.«

»Wo können wir ihn finden?«

»Normalerweise kommt er regelmäßig zu den Redaktionssitzungen. Die nächste haben wir übermorgen. Aber ich vermute, so lange wollen Sie nicht warten.«

»Wenn es möglich ist, nicht.«

»Eine Adresse kann ich Ihnen naturgemäß nicht nennen, aber er hat einige bevorzugte Plätze, an denen er sich aufhält.« Sabina Hacher notierte drei Adressen und reichte Christoph den Zettel.

»Was ist mit den offiziellen Übernachtungsplätzen?«, wollte er nach einem Blick darauf wissen.

»Viele meiden sie, wenn es möglich ist. Vor allem jetzt im Sommer. Versuchen Sie es an den Punkten, die ich Ihnen aufgeschrieben habe. Wenn Sie ihn nicht antreffen, gehen Sie später noch einmal hin. Die wenigsten haben feste Rhythmen in ihren Tagesabläufen. Das ist eins der Probleme.«

»Haben Sie ein Foto von Gerald Wolters für uns?«, bat Verena.

»Ja. Es gibt eins auf unserer Homepage.« Sie rief die Seite auf und klickte sich durch das Untermenü. »Allerdings ist es etwas älter, und Gerald hatte sich für das Bild extra aufpoliert, wie er es nannte. Wenn er nichts geändert hat, trägt er gerade Bart. Und in der letzten Woche konnte er in unserer Kleiderkammer eine recht neue blaue Sportjacke ergattern, die er mit Sicherheit anhat.«

Verena fotografierte das Foto auf dem Bildschirm mit ihrem Smartphone, sie bedankten und verabschiedeten sich von Sabina Hacher.

»Wenn wir ihn nicht finden, melden wir uns noch einmal bei Ihnen.«

»Man muss auch mal Glück haben«, murmelte Verena, verlangsamte das Tempo und suchte eine Parklücke. »Dahinten sitzt er. Vielleicht kann er uns zu Franke führen.« Sie zeigte auf einen Mann auf einer Parkbank, die auf der anderen Seite des Straßenbahnübergangs stand. Er trug einen kurzen Bart und eine blaue Sportjacke, las die aktuelle Tageszeitung und trank Kaffee aus einem Starbucks-

Becher. Verena schaltete den Motor ab, stieg aber nicht aus, sondern beobachtete die Umgebung. Die Bank stand an der Ecke einer Straßengabelung in der Nähe einer Straßenbahnhaltestelle und bot demjenigen, der auf ihr saß, einen guten Rundumblick. Wolters wirkte entspannt. Ab und an schaute er in Richtung der Straßenbahn und dann auf die Anzeigentafel über dem Wartestellenhäuschen, die eine Verspätung für die nächste Bahn verkündete. Er stand auf, reckte sich, vertrat sich die Beine und ging ein paar Schritte um die Bank herum, bevor er sich wieder hinsetzte. Verena kniff die Augen zusammen und runzelte die Stirn. Sie nahm ihr Handy, betrachtete Wolters' Bild, schaute erneut hinüber.

»Komm«, sagte sie unvermittelt. »Aber langsam. Wir beide gehen nur spazieren. Ganz unauffällig.« Sie öffnete die Wagentür, stieg aus und wartete, bis Christoph bei ihr war. Nebeneinander gingen sie in Richtung der Parkbank. Christoph hob fragend eine Augenbraue.

»Das ist nicht Wolters. Sabina Hacher sprach von einem Alkoholproblem. Ich sehe keine Flaschen. Noch nicht mal Bier. Und das um diese Uhrzeit. Und er hat nichts dabei. Keinen Rucksack, keine Tüten, keinen Einkaufswagen. Nichts. Er sitzt einfach nur da und scheint auf jemanden zu warten.«

»Und du willst jetzt näher heran, um zu sehen, ob es …«

»… Franke ist«, unterbrach Verena Christoph. »Richtig. Wenn die beiden so dicke miteinander sind, liegt es doch durchaus im Bereich des Möglichen, dass Franke in den letzten Tagen bei Wolters untergetaucht ist. Niemand kennt die geheimen Aufenthaltsorte in der Stadt so gut wie ein Obdachloser. Und Wolters und Franke sind

Freunde. Normalerweise hilft Franke Wolters. Warum nicht auch mal umgekehrt?«

»Sie haben die Kleidung getauscht, und Franke hat sich in den letzten Tagen einen Bart stehen lassen.« Christoph nickte.

Mit einem Klingeln senkten sich die Schranken des Bahnübergangs, und Verena hörte die Bahn näher kommen. Franke schaute auf und blickte sich um. Sein Blick verharrte auf ihr und Christoph, und sie sah, wie es in ihm arbeitete. Verena bückte sich unter der Schranke hindurch, schaute in beide Richtungen nach der Bahn und rannte los. Christoph folgte ihr. Franke drehte sich um und floh die Straße in entgegengesetzter Richtung hinunter. Verena hörte Christoph neben sich fluchen. Sie beschleunigten das Tempo, aber Franke hielt den Vorsprung. Er bog nach links in eine Einfahrt. Verena keuchte, erhöhte das Tempo aber ein weiteres Mal, während sie sich innerlich verfluchte, nicht regelmäßiger zu trainieren. Am Ende der langen Einfahrt stand ein hüfthoher Maschendrahtzaun, der das Grundstück von der benachbarten Reihenhaussiedlung abtrennte. Franke kletterte hinauf, rutschte ab, fing sich aber wieder und ließ sich hinüberfallen. Auf der anderen Seite rappelte er sich wieder hoch und stolperte weiter. Verena und Christoph setzten ihm nach. In der Siedlung gabelte sich die Straße erneut. Franke bog nach rechts, rannte an den Häusern vorbei. Es schien Verena, als würde er noch einmal an Tempo zulegen. Aus einer kleinen Seitengasse schoss ein etwa vierjähriger Junge auf einem Fahrrad und blockierte den Weg. Franke stoppte abrupt, verlor das Gleichgewicht und stürzte auf den Jungen. Beide gingen zu Boden. Sofort erhob sich lautes Geschrei. Das Kind zappelte und weinte. Franke versuchte, sich aus dem Gewirr zu befreien, aber es gelang ihm nicht.

Mit wenigen Schritten war Christoph bei ihm und hielt ihn fest, während er mit der anderen Hand dem Kind auf die Beine half. Franke schlug um sich und traf Christoph an der Schläfe. Der stöhnte auf, ließ aber nicht locker.

»Aufhören!« Eine Frau in Jeans und T-Shirt kam angelaufen, riss das Kind von den beiden Männern weg und sah Verena wütend an. »Was wird das hier?«

»Polizei«, keuchte Verena und beugte sich zu Franke herunter. »Herr Franke, hören Sie auf, sich zu wehren. Wir wollen nur mit Ihnen sprechen. Es ist wichtig.«

»Bullenschweine.« Franke trat nach Verenas Schienbein. Der Schmerz schoss in ihrem Bein hoch, und sie taumelte einen Schritt nach hinten. Christoph fasste Frankes Handgelenk, drehte ihm den Arm gewaltsam auf den Rücken und presste ihn zu Boden.

»So, Freundchen.« Er drückte Frankes Schulter mit dem Knie noch stärker auf den Boden, holte ein Paar Handschellen aus der Jacke und ließ sie um Frankes Handgelenke schnappen. Franke stöhnte.

»Ich habe nichts mit Elisabeths Tod zu tun«, knurrte er. »Auch wenn ihr es mir anhängen wollt.«

»Niemandem wird irgendwas angehängt, Herr Franke.«

Mike Franke lachte höhnisch, hörte aber auf, sich gegen die Umklammerung zu wehren. »Wer's glaubt.«

»Sie sollten uns glauben.« Christoph lockerte den Griff, rückte von ihm ab und ließ ihn los, blieb jedoch auf dem Sprung. Verena half Franke auf.

»Du hast mich verletzt. Das wird teuer«, zischte er in Christophs Richtung, während er schwankend dastand und versuchte, sich gegen die Handfessel zu wehren. Verena umfasste seinen Oberarm fester.

»Mama, was sind Bullenschweine?«, fragte der Junge und griff nach der Hand seiner Mutter. Er schaute mit großen Augen zwischen den Erwachsenen hin und her. Plötzlich ging ein Strahlen über sein Gesicht. »Mama, das ist ein echter Verbrecher, und die Polizeifrau und ihr Freund haben ihn gefangen.«

»So ungefähr«, murmelte Verena und musste gegen ihren Willen grinsen. Die Frau schaute sie misstrauisch an.

»Soll ich die Streife holen?«

»Nein, danke. Wir haben es im Griff.« Sie wandte sich an Mike Franke. »Entweder, Sie erzählen uns jetzt ein paar Einzelheiten, oder wir bringen Sie auf das Präsidium, und da bekommen Sie eine Menge Zeit, um über alles nachzudenken.« Ihr Handy meldete sich. Mit einer Hand zog sie es aus der Tasche.

»Irlenbusch.«

»Frau Irlenbusch, es ist mir sehr unangenehm, aber es gibt ein Problem mit Ihrer Großmutter«, hörte sie die Leiterin des Pflegeheims am anderen Ende der Leitung.

»Ich bin im Dienst. Kann es warten?«

»Ich fürchte nicht. Sonst hätte ich Sie nicht angerufen.« Es entstand eine kurze Pause. »Tut mit leid, aber Frau Altenrath ist seit zwei Stunden verschwunden, und wir können sie nirgendwo finden.«

*

»Ich hoffe, es ist wirklich wichtig, was Sie mir zu sagen haben. Ich habe nicht viel Zeit.«

»Darf ich hereinkommen?« Almuth Gerskens hob den

Kopf, streckte den Rücken durch und sah ihrem Gegenüber fest in die Augen. Sie würde sich nicht einschüchtern lassen. Weder von der Arroganz noch von dem Anschein von Macht, den hier alles ausstrahlte. Sie hatte lange darüber nachgedacht und wusste genau, was sie wollte. Hatte geschwankt zwischen der Aussicht auf Ruhm, Ehre und Anerkennung und der Verlockung des Geldes, das hier sicher zu holen war. Deswegen war sie hier. Sie öffnete ihre Handtasche, griff hinein und nahm die Klarsichthülle mit dem Foto heraus. Sie hielt das Bild hoch. »Ich denke, es ist wichtig genug, dass Sie sich ein paar Minuten Zeit für mich nehmen und sich vielleicht mein Angebot anhören möchten.«

Wortlos öffnete ihr Gegenüber die Tür, drehte sich um und ging durch die Diele voraus. Almuth Gerskens folgte.

*

Die angegebene Adresse gehörte zu einem eleganten Villenviertel im Süden der Stadt, weg von der Hauptstraße. Hier einen Parkplatz zu finden war kein Problem. Die meisten Häuser hatten großzügige Doppelgaragen, die größer waren als so manches Einfamilienhaus, um die wertvollen Wagen ihrer Besitzer zu beherbergen. Leo stellte den Wagen direkt vor dem Haus ab und schaute auf die Uhr. Beinahe vier. Die Zeit war schneller vergangen, als es ihr klar war. Hinter ihrem Computerbildschirm im Innendienst krochen die Minuten und Stunden oft quälend langsam dahin. Mit Glück traf sie jemanden an.

Ein mannshoher Metallzaun umgab das Grundstück des Hauses, das sich in vier Stufen wie eine überdimensionierte Treppe über die komplette Breite zog. Nur ein schmaler Gang an der rechten Seite gewährte einen kleinen Einblick in den dahinterliegenden Garten. Der Weg führte zu einem Zauntor zwischen zwei Mauersäulen. Die grüne Lampe der Gegensprechanlage blinkte Leo entgegen. Daneben befanden sich vier Klingeln mit unterschiedlichen Namen.

»Ja, bitte?«, antwortete ihr eine heisere dunkle Stimme, nachdem sie geklingelt hatte.

»Frau Gudrun Sonnenberg?«

»Ja.«

»Mein Name ist Ritte. Ich komme von der Polizei. Haben Sie kurz Zeit für mich, um mir ein paar Fragen zu beantworten?«

»Wenn es um die Firma geht, dann wenden Sie sich bitte an meinen Sohn.«

»Nein, es geht um etwas anderes. Wenn Sie mir öffnen, wäre es vielleicht besser. Dann muss ich nicht so laut in die Gegensprechanlage rufen.«

Es surrte, und das Tor sprang auf. Leo trat ein und lief den Weg entlang bis zur Haustür, die ebenfalls mit einem leisen Geräusch aufging. Im Inneren des Hauses empfing sie die weiße Marmorkühle des Treppenhauses. Ein gläserner Fahrstuhl bildete das Zentrum des Raumes.

»Frau Ritte?« Aus einer der Türen trat eine ältere Dame. Leo erkannte die heisere Stimme.

»Guten Tag, Frau Sonnenberg.« Leo ging zu ihr und zeigte unaufgefordert ihren Dienstausweis.

»Bitte treten Sie doch ein.« Gudrun Sonnenberg drehte sich um und ging Leo voraus ins Wohnzimmer. Die kühle Atmosphäre aus Marmor, Glas und Metall setzte sich im Inneren der Wohnung fort. Antiquitäten mischten sich mit moderner Kunst an den Wänden. Ein weißes Eckledersofa dominierte den Raum. Die Fensterfront an der Längsseite gab den Blick auf einen üppig blühenden Garten frei. Durch die geöffnete Terrassentür hörte Verena Vogelgezwitscher. Einzig eine verknautschte Decke auf dem Boden neben dem Sofa und ein angenagtes Gummihuhn brachten etwas Unordnung und Leben in die Perfektion der Umgebung.

»Was kann ich für Sie tun, Frau Ritte?« Gudrun Sonnenberg blieb neben dem Sofa stehen und faltete die Hände vor ihrem Bauch. Einen Platz bot sie Leo nicht an, sondern schaute demonstrativ auf eine alte Uhr über einer Kommode. Leo räusperte sich.

»Kennen Sie eine Frau namens Heidemarie Alligs?«

»Ich kenne eine Fußpflegerin dieses Nachnamens.« Gudrun Sonnenberg nickte. »Ich hatte sie für meinen Vater gebucht. Ob diese Dame allerdings Heidemarie mit Vornamen heißt, vermag ich Ihnen nicht zu bestätigen.«

»Frau Alligs ist tot.« Leo beobachtete Gudrun Sonnenberg, aber die Frau verzog keine Miene, sondern schaute sie nur aufmerksam an.

»Das ist sehr bedauerlich. Aber da ich sie nicht kannte, beziehungsweise nur einmal getroffen habe, verzeihen Sie mir sicher meine Distanziertheit.« Sie deutete ein leichtes Nicken an.

»Zu welchem Anlass haben Sie Frau Alligs getroffen?«

»Das sagte ich doch gerade. Sie war die Fußpflegerin meines Vaters, und ich habe des Öfteren Termine mit ihr vereinbart. Allerdings habe ich sie dann nur einmal wirklich getroffen. Sie kam zu meinem Vater, als ich noch zu Besuch bei ihm war. Das ist allerdings auch bereits ein paar Wochen her. Mein Vater ist vor kurzem verstorben.«

»Mein Beileid.«

»Danke.« Sie presste die Lippen aufeinander, und um ihre Mundwinkel herum zitterte es. »Auch wenn er bereits sehr alt war und wir seit Jahren täglich damit rechnen mussten, trifft es mich doch härter, als ich erwartet hatte. Es ist halt der Vater. Da kann man so alt werden, wie man will.« Sie schluckte, blinzelte und wischte sich mit dem Zeigefinger eine Träne aus dem Augenwinkel. Leo senkte den Blick. Als sie wieder aufschaute, hatte Gudrun Sonnenberg sich bereits wieder gefangen, und ihre Miene spiegelte nur die weiße Kälte ihrer Wohnung.

»Aber Sie haben mit ihr gesprochen?«

»Natürlich. Ich habe die Termine mit ihr vereinbart, und sie hat mich über den Zustand der Füße meines Vaters informiert.«

»Mehr nicht?«

»Ich wüsste nicht, worüber wir uns sonst noch hätten unterhalten sollen. Sie war die Fußpflegerin meines Vaters. Eine Dienstleisterin«, erwiderte sie in einem Tonfall, der deutlich machte, auf welcher Stufe diese Tätigkeit in ihren Augen anzusiedeln war. Genauso gut hätte sie Dienstbotin sagen können. Gudrun Sonnenberg schüttelte den Kopf und schaute wieder auf die Uhr. Leo nickte. Das war ein unmissverständlicher Rausschmiss. Trotzdem wollte sie sich nicht so einfach vor die Tür setzen lassen.

»Wir haben Heidemarie Alligs' Telefonnummer in Kai Zieglers Unterlagen gefunden. Die beiden hatten also Kontakt.« Sie beobachtete Gudrun Sonnenbergs Reaktion. Deren Gesicht blieb unverändert, als sie fragte: »Und wer ist Kai Ziegler?«

»Ein Journalist. Ihr Sohn hat mit ihm gesprochen. Er wollte einen Artikel über die Firma schreiben.«

Gudrun Sonnenberg zuckte mit den Schultern.

»Diese Journaille wird immer unerträglicher. Sie haben keinen Respekt mehr vor dem Privatleben der Menschen. Jetzt erinnere ich mich. Wir sprachen darüber. Er hat meinen Sohn in der Firma belästigt, musste aber unverrichteter Dinge wieder von dannen ziehen, weil es nichts gibt, was zu investigativem Journalismus Anlass geben könnte.« Sie verzog verächtlich die Mundwinkel und beugte sich geistesabwesend zu ihrem Hund herunter, der aus dem Garten hereingelaufen kam, um ihn zu kraulen. Der Hund würgte, und sein Leib krampfte sich zusammen. Mit weit aufgerissenen Augen übergab er sich vor Gudrun Sonnenbergs Füßen. Dunkelrote Flüssigkeit, durchmischt mit Resten von etwas, was aussah wie Federn und Knochen eines Vogels. Leo trat automatisch einen Schritt zurück, um nichts von den Spritzern abzubekommen. Im ersten Moment hielt sie es für Blut, aber dann erkannte sie die Beeren, die das Tier allem Anschein nach mit dem Vogelkadaver zusammen gefressen hatte und nun wieder von sich gab. Nachdem der Hund seine Last von sich gegeben hatte, ging es ihm besser, und er wedelte freundlich mit dem Schwanz. Gudrun Sonnenberg gab ein gequältes Geräusch von sich und taumelte zwei Schritte rückwärts. Ihr Gesicht glich einer Maske. Alle Farbe war daraus gewichen. Mit großen dunklen Augen starrte sie auf die Lache auf dem Boden, fasste sich an den Hals und rang nach Luft. Sie stöhnte auf und sackte zusammen. Schweißperlen standen auf ihrer Stirn. Leo lief zu ihr, beugte sich zu ihr und umfasste ihren Arm.

»Frau Sonnenberg?« Leo spürte, wie sie zitterte. Mit ihrer freien Hand angelte sie ihr Handy aus der Tasche, wählte die Nummer des Notrufs und gab die Adresse durch. Sie hockte sich hinter die Frau und stützte ihren

Rücken ab, während sie gleichzeitig versuchte, den Hund daran zu hindern, Gudrun Sonnenberg über das Gesicht zu lecken. Die schloss die Augen, unter denen sich dunkle Schatten abzeichneten, und schnappte weiter nach Luft. »Ganz ruhig, Frau Sonnenberg. Der Krankenwagen ist unterwegs. Der Arzt ist gleich hier und wird Ihnen helfen«, beruhigte Leo sie, war sich aber nicht sicher, ob die Worte zu der Frau durchdrangen. Gudrun Sonnenberg erschlaffte und kippte nach hinten über. Leo hatte Mühe, sie zu halten, und verfluchte ihre eigene körperliche Schwäche. Sie bettete den Oberkörper auf ihre Beine und hielt den Kopf hoch. Der Atem ging jetzt flach, aber gleichmäßiger als vorher. Der Körper beruhigte sich in der Ohnmacht. Trotzdem schob Leo sich unter dem schlaffen Körper hervor, brachte die Frau in eine stabile Seitenlage. Sie ließ sie nicht aus den Augen, überprüfte immer wieder die Uhrzeit und versuchte selbst ruhig zu bleiben. Endlich war das Martinshorn des Notarztwagens zu hören. Leo lief zur Haustür, um die Sanitäter hereinzulassen. Mit kurzen Worten schilderte sie das Geschehen und trat dann zurück, damit die Helfer ungestört arbeiten konnten. Angespannt beobachtete sie die Situation und bemerkte jetzt erst, wie ihr der Schweiß den Rücken herunterlief. In ihrer ersten Zeit bei der Polizei, kurz nach der Ausbildung, war sie einmal Zeugin geworden, wie ein Autofahrer bei einer Verkehrskontrolle einen Herzinfarkt erlitten und noch vor Ort verstorben war. Auch wenn ihr natürlich klar gewesen war, dass die Kontrolle nicht die eigentliche Ursache des Infarktes gewesen war, sondern es genauso gut an der nächsten Ampel oder auf der Autobahn hätte passieren können, hatte sie lange Jahre in der Furcht gelebt, dass so etwas noch einmal passieren könnte. Dass ihre Ermittlungen und Fragen einen Menschen zu sehr aufregten und ihn damit in Gefahr brachten.

Gudrun Sonnenberg kam langsam wieder zu sich. Sie blinzelte, erfasste die Situation und richtete sich benommen auf. Sie entfernte die Saugnäpfe des EKGs von ihrer Brust und knöpfte ihre Bluse wieder zu. Fragend blickte sie den Arzt an.

»Ihre Werte haben sich beruhigt, und ich kann auf den ersten Blick nichts erkennen, was auf einen Herzinfarkt hindeuten würde. Der Troponin-Bluttest, mit dem ich eine Schädigung des Herzmuskels nachweisen kann, ist negativ ausgefallen, aber zur Vorsicht möchte ich Sie trotzdem gerne mitnehmen, Frau Sonnenberg.« Der Arzt setzte sein Stethoskop erneut auf die Brust der Patientin und lauschte. Gudrun Sonnenberg hustete und schob die Hand des Arztes weg.

»Das wird nicht nötig sein. Mir geht es wieder gut. Vielen Dank.«

»Aber Sie sollten das untersuchen lassen, Frau Sonnenberg.« Der Arzt runzelte die Stirn.

»Ich kenne die Ursache.« Sie kam erstaunlich flink auf die Beine. Unter der sportlichen Bräune schimmerte noch die Blässe der Ohnmacht, aber die Farbe kehrte mit jeder Sekunde deutlicher in ihr Gesicht zurück, die dunklen Schatten verschwanden, und sie lächelte förmlich. »Vielen Dank für Ihr Bemühen, junger Mann. Alles ist wieder in Ordnung.«

18. Kapitel

»Ihre Katze haben wir dem Katzenschutzbund übergeben.« Verena öffnete die hintere Tür des Wagens. Sie wollte das Gespräch mit einem Thema beginnen, das nichts mit dem eigentlichen Fall zu tun hatte, aber Franke trotzdem emotional bewegen würde. Mike Franke verharrte in der Bewegung. Verena fiel es unendlich schwer, sich auf das Gespräch zu konzentrieren. Immer wieder wanderten ihre Gedanken zu Ruth. Zwei Stunden, hatte die Heimleiterin gesagt, und Verena war fassungslos vor Wut und Sorge gewesen. Zwei Stunden, in denen alles Mögliche passieren konnte. Wenn Ruth sich verlaufen hatte, musste sie schnellstmöglich wiedergefunden werden, bevor ihr etwas zustieß. Sie konnte sich verletzen. Sie konnte ausgeraubt und misshandelt werden. Sie konnte stürzen. In Verena ballte sich die Angst um Ruth zu einer kalten Faust zusammen, die sie gefrieren ließ. Am liebsten wäre sie sofort losgefahren und hätte Ruth gesucht, aber das verbot sie sich. Stattdessen hatte sie umgehend die Kollegen alarmiert, und alle Streifenwagen im Stadtbezirk waren nun auf der Suche nach Ruth Altenrath. Sie versuchte, sich wieder auf Mike Franke und das Gespräch zu konzentrieren.

»Wieso? War sie in der Wohnung?«

»Wo hätte sie denn sonst sein sollen?«

»Ich hatte einen Bekannten gebeten, sie abzuholen und auf sie aufzupassen, bis ich mich wieder um sie kümmern kann.«

»Ihr Bekannter scheint Ihr Vertrauen nicht zu verdienen. Das Tier war völlig ausgehungert und Ihre Wohnung ein einziges Katzenklo.«

»Geht's Pulitzer gut?«, wollte Franke wissen, und Verena erkannte echte Panik in seinen Augen.

»Er ist in besten Händen, keine Sorge.«

»Kann ich ihn wiederbekommen?«

»Kommt drauf an.«

»Worauf?«

»Warum, glauben Sie, haben wir mit Ihnen Nachlaufen gespielt?«, fragte Christoph in neutralem Ton. Ihm war weder die Anstrengung anzumerken noch seine Meinung dazu.

»Weil Sie mich gesucht haben.«

»Können Sie sich denken warum?«

»Ich vermute, weil ich verdächtig bin.«

»Sie sind zur Fahndung ausgeschrieben. Eigentlich müssten wir Sie umgehend ins Auto verfrachten und zum Präsidium bringen«, sagte Verena leise. »Aber mein Kollege hier«, sie machte eine Kopfbewegung in Christophs Richtung, »lässt sich vielleicht davon überzeugen, das Gespräch in einer, sagen wir mal, weniger stressbesetzten Umgebung fortzusetzen.«

Franke warf einen raschen Blick auf Christoph Todt, wandte sich dann wieder Verena zu und wartete augenscheinlich darauf, dass sie weitersprach.

»Besuchen Sie die Unibibliothek häufig?«

»Natürlich.«

»Was machen Sie dort?«

»Was soll das jetzt hier? Sie wissen doch genau, was ich dort mache.«

»Ich möchte es nur noch mal von Ihnen selbst hören.«

»Ich arbeite dort für mein Studium. Ich leihe Bücher aus. Ich lese.«

»Treffen Sie sich dort auch mit Bekannten?«

»Nein.«

»Haben Sie eine Freundin, Herr Franke?«, wollte Christoph beiläufig wissen. Er rieb sich das Kinn an der Stelle, die Franke bei dem Gerangel mit dem Knie getroffen hatte. Die ersten Anzeichen eines Blutergusses zeichneten sich bereits ab.

»Ich habe dich ganz schön erwischt.« Franke sagte es mit leisem Stolz in der Stimme.

»Das macht uns nicht zwingend zu Duzfreunden.« Christoph drehte sich um und ging den Weg zurück, den sie gekommen waren.

»Beantworten Sie einfach meine Frage: Haben Sie eine Freundin?«

»Nein.«

»Erzählen Sie uns von Ihrer Verbindung zu Elisabeth Schäfer«, bat Verena ihn und setzte sich ebenfalls in Bewegung. Sie ließ sich nichts von ihrer Verwunderung anmerken. Almuth Gerskens hatte die beiden als Paar geschildert, Franke leugnete eine Beziehung. Einer von beiden log. Franke ging neben ihr, die Hände tief in den Taschen seiner Hose vergraben. Verena sah, dass er leicht humpelte. Die beiden Männer hatten sich nichts geschenkt. Von dem aggressiven Verhalten war jetzt bei Franke allerdings nichts mehr zu spüren. Er schaute sie aufmerksam von der Seite an. Den Blick wachsam, seine Konzentration auf sie fokussiert. Ein Ausdruck der Trauer machte seine Züge weich und verletzlich.

»Ich habe sie geliebt.«

»Sie sagten doch gerade, Sie hätten keine Freundin.«

»Das eine schließt das andere ja nicht aus, oder?« Franke lachte bitter auf. »Ein der Antifa nahestehender Student und eine fast zehn Jahre ältere Bibliothekarin aus sogenanntem gutem Hause? Wir waren einmal bei Elisabeths Eltern, weil sie etwas abholen musste und ich ihr geholfen habe. Die haben mich wie Aussatz behandelt.«

»Frau Schäfers Kollegin hat erwähnt, dass Sie sich in der Bibliothek nicht so zurückgehalten haben.«

»Ach, die Alte? Furchtbares Weib. Niemand kann sie ausstehen. Anstatt den Studenten zu helfen, die richtigen Materialien zu finden, macht sie sich einen Spaß daraus, uns möglichst viele Steine in den Weg zu legen.«

»Frau Schäfer war da anders?«

»Unbedingt.«

»Inwiefern?«

»Sie hatte Spaß an ihrem Beruf. Sie wusste eine Menge. Und sie hatte selbst ein großes Interesse an bestimmten Themen.«

»Neuere Geschichte gehörte auch dazu?«

»Klar. Sie kannte fast jede Quelle. Unglaublich. So haben wir uns kennengelernt.« Er verstummte, blieb stehen und schüttelte den Kopf. Mit dem Ärmel wischte er sich die Tränen aus dem Gesicht, rang um Fassung.

»Dort ist eine Eisdiele.« Christoph überquerte die Straße, warf einen Blick durch das Fenster und nickte Verena zu. »Nahezu leer. Hier sind wir ungestört.«

Sie setzten sich an einen freien Tisch weit hinten im Lokal. Die umliegenden Tische waren frei, so dass niemand ihr Gespräch würde belauschen können. Mike Franke hatte sich wieder beruhigt und rührte Zucker in seinen Espresso.

»Frau Schäfer hat Ihnen also bei Ihren journalistischen Recherchen geholfen?«, nahm Verena das Gespräch wieder auf.

»Nein. Zuerst nur bei der Materialsuche für eine Hausarbeit. Das mit den Artikeln kam später, als wir feststellten, dass die ganze Sache ein heißes Eisen war. Da hatte ich dann irgendwann die Idee, einen Artikel daraus zu machen und ihn Zeitungen anzubieten.« Er legte den Löffel beiseite. »Als Student braucht man Geld zum Leben. Außerdem schadet es nicht, sich bereits vor dem Abschluss einen guten Namen in den Redaktionen zu machen. Auch wenn eine Festanstellung als Redakteur mittlerweile unwahrscheinlicher ist als ein Sechser im Lotto, bringt es doch den ein oder anderen Freelancer-Job ein.«

»Und bei dieser Sache waren Sie sicher, dass das so eine Geschichte sein könnte.«

»Unbedingt.« Er trank einen Schluck. »Ich hatte mich im Rahmen der Hausarbeit mit der Entwicklung der Techniken für den Massenmord an der jüdischen Bevölkerung beschäftigt.«

»Fritz Möllner«, warf Christoph Todt ein und ergänzte, als Franke ihn irritiert ansah: »Wir haben den Ausdruck Ihrer Hausarbeit in Elisabeth Schäfers Wohnung gefunden. Oder besser gesagt, Teile davon.«

»Ja. Möllner. Wenn Sie die Arbeit gelesen haben, wissen Sie ja, worum es geht. Er hat sich richtig ins Zeug gelegt, dieses Schwein. Mobile Gaskammern für die Gebiete des Reiches, an denen sich der Bau fester Stationen nicht lohnte, weil nicht so viele Juden dort ansässig waren oder die Bevölkerung ihre Behinderten und psychisch Kranken von sich aus schon so schlecht behandelte, dass sie auch ohne die Mithilfe der Nazis schnell starben. Und warum sie noch lange durchfüttern, wenn man sie schon auf dem Weg ins KZ einfach und sauber umbringen konnte?« Wut loderte in seinen Worten auf, er schob die Tasse weg und starrte Verena und Christoph abwechselnd an.

»Was ist aus Möllner geworden?«, fragte Christoph. Franke zögerte.

»In den Unterlagen steht, dass er als in russischer Gefangenschaft verstorben gilt.« Mike Franke schaute auf seine Hände, atmete tief ein und aus. »Wissen Sie, was das Schlimmste ist? Dass aus dieser ganzen Scheiße anscheinend nicht alle gelernt haben. Schauen Sie sich diese Idioten an, die gegen eine drohende Islamisierung unseres heiligen Landes zu Felde ziehen. Oder die, die meinen, sich im Namen irgendeiner Religion bemüßigt zu fühlen, Mord und Totschlag zu verbreiten. Beide Gruppen folgen einem reaktionären und autoritären Weltbild, das den Menschen aufgrund ihrer Kultur und ihrer Herkunft einen unterschiedlichen Wert zuschreibt. Sie drohen jedem mit Vernichtung, der nicht in ihr Weltbild passt. Die einen genauso wie die anderen.« Franke schnaubte.

»Sah Elisabeth Schäfer das genauso?«

»Natürlich. Sonst hätte es nicht funktioniert mit uns beiden.«

»Weil Sie auch Schwierigkeiten damit haben, zu akzeptieren, wenn jemand ein anderes Weltbild hat?« Christoph lehnte sich zurück und verschränkte die Arme. Franke erwiderte ruhig seinen Blick.

»Nein, Herr Kommissar. Weil ich Schwierigkeiten habe, so jemanden dann zu lieben.« Er führte die Tasse zu den Lippen, trank und schluckte Kaffee und Tränen hinunter.

»Wie hat Elisabeth Schäfer auf Ihre Übergriffe reagiert?«

»Welche Übergriffe?«

»In der Bibliothek. Als Sie sie geküsst haben.«

»Es war kein Übergriff.«

»Sie waren kein Paar, haben Sie gesagt.«

»Muss man ein Paar sein, um Sex zu haben?«

»Nein.« Verena spürte die Heiserkeit in ihrer Stimme.

»Sie hat mitgemacht.«

»Und dann?«

Franke senkte den Blick.

»Haben Sie sie in Ruhe gelassen, nachdem sie signalisierte, dass Sie aufhören sollen?«, fragte Verena.

»Gehört es zu Ihren üblichen Verhaltensweisen, Frauen zu bedrängen?«, schob Christoph nach. Franke schnappte nach Luft.

»Gab es deswegen Streit in ihrer Wohnung?«, ergänzte Verena, ohne Franke Zeit zum Nachdenken zu geben.

»Haben Sie Elisabeth Schäfer umgebracht?«, kam es von Christophs Seite. Er hatte Verenas Absicht verstanden. Franke durch ein Feuerwerk von Fragen unter Druck zu setzen und so zu einer Reaktion zu bringen, die mehr über seine Schuld oder Unschuld aussagen würde als jedes gesprochene Wort. Wenn er jetzt klar und deutlich und ohne Zögern alle Schuld weit von sich weisen würde, spräche das dafür, dass er die Wahrheit sagte. Wenn er nun ausweichen und nur zögerlich antworten würde, wäre es Zeit, die Zelte hier abzubrechen und das Ganze zu einer offiziellen Vernehmung werden zu lassen, weil er ihnen eine Lüge auftischte.

»Nein.« Franke schlug mit der Faust auf den Tisch. Die Wut und das Entsetzen über diese Frage stand ihm ins Gesicht geschrieben. »Ich habe Elisabeth weder bedrängt, noch habe ich sie umgebracht.«

»Sie hatten Streit mit Ziegler, Herr Franke«, wechselte Christoph Todt abrupt das Thema.

»Wie kommen Sie denn darauf?«

»Beantworten Sie meine Frage.« Verena wurde hellhörig. So spontan er bei der Frage nach Elisabeth Schäfer geantwortet hatte, so zögerlich wurde er beim Thema Ziegler. Lag hier der Schlüssel zu der Wahrheit, die sie finden mussten?

»Wieso sollte ich Streit mit ihm gehabt haben?« Mit der weiteren Frage bestätigte Franke Verenas Eindruck.

»Hatten Sie noch nie Probleme mit einem Ihrer Lehrer?«

»Doch, natürlich.« Franke lehnte sich entspannt auf seinem Stuhl zurück und fläzte sich hin. »Schauen Sie mich an. Sehe ich so aus, als würde ich alles widerspruchslos hinnehmen?«

»Wir haben mit Ihren Kommilitonen gesprochen, Herr Franke. Sie haben uns alles erzählt.«

»Dann wissen Sie ja, was es zu wissen gibt.«

»Wir möchten das gerne von Ihnen noch einmal hören.«

»Ich dachte, das hier wäre kein Verhör.« Franke rutschte auf seinem Stuhl nach oben und verschränkte die Arme vor der Brust. Von der entspannten Haltung war nichts mehr übrig. Er wurde nervös. Die Muskeln an seinem Kinn traten hervor. Sein ganzer Körper spannte sich an.

»Ist es auch nicht, solange wir keinen Anlass sehen, Sie mit aufs Präsidium zu nehmen. Also geben Sie uns keinen.«

Franke presste die Lippen zusammen, wandte den Kopf und schaute aus dem Fenster auf die Straße. Unvermittelt sprang er auf, stieß den Tisch um und rannte los. Auf seinem Weg zur Eingangstür warf er Stühle in den Weg und rempelte die Kellnerin an. Sie schrie auf, und ihr volles Tablett fiel mit lautem Krachen zu Boden. Heißer Kaffee spritzte hoch, Scherben flogen durch den Raum.

»Scheiße!« Christoph sprang auf, versuchte sich einen Weg durch das Chaos zu bahnen, stolperte und hatte Mühe, nicht zu stürzen. Verena folgte nach einer Schrecksekunde. Vor dem Café blieben sie stehen und sahen sich um. Franke war nicht zu sehen.

»Verdammter Mist!« Verena knallte ihre Tasche auf den Schreibtisch. Ein Papierstapel kam ins Rutschen. Blätter segelten zu Boden. Wütend bückte sie sich, hob sie auf und legte sie zurück. »Ich könnte mich ohrfeigen. Ich habe seine Erregung gesehen. Aber mich wie ein Anfänger überrumpeln lassen.« Sie wandte sich zu Christoph um, der kurz nach ihr erschienen und an der Tür stehen geblieben war. »Tut mir leid. Ich war nicht bei der Sache wegen Ruth. Deswegen hat er uns so abgehängt.«

»Wer hat euch abgehängt?« Leo rollte ihren Schreibtischstuhl mit Schwung nach hinten und sah zu Christoph auf. Dann wandte sie sich an Verena. »Noch nichts Neues von Ruth. Willst du nicht doch selbst nach ihr suchen?«

Verena setzte sich und ließ den Kopf auf die Arme sinken. Eine Welle der Erschöpfung überrollte sie. Ihr ganzer Körper fühlte sich leer an. Eine Hülle. »Das bringt doch nichts«, murmelte sie und wusste selbst nicht, was genau sie damit meinte. Sie konnte nicht mehr. Es hatte keinen Sinn, sich und den anderen etwas vorzumachen. So zu tun, als wäre sie stark genug, alles zu stemmen. Denn es wurde immer mehr. Mehr Aufgaben. Mehr Sorgen. Mehr von allem. Verena weinte lautlos. Eine Hand legte sich auf ihre Schulter. Leo. Verena spürte, wie sie neben ihr in die Hocke ging und sie behutsam streichelte. Verena kniff die Augen zusammen. Nicht weinen. Nicht hier. Konzentrier dich, dachte sie. Auf das, was ansteht. Arbeit hilft immer.

»Wir hatten Franke, und er ist uns entwischt.« Verena hob den Kopf und wischte die Tränen weg. »Weil wir Idioten ihn nicht mit aufs Präsidium genommen haben.«

»Soll ich dich nach Hause bringen?«, ignorierte Leo ihre Information. Verena schüttelte den Kopf.

»Wir haben ihn aufgespürt und uns mit ihm in ein Café gesetzt, um uns zu unterhalten«, sagte sie. Christoph fuhr sich mit gespreizten Fingern durch die Haare und legte den Kopf in den Nacken. Verena erkannte die Zerrissenheit in seiner Geste. Er wusste, was in ihr vorging, sah ihre Erschöpfung, wusste aber genau wie sie, dass sie nicht ausruhen konnte, bevor das alles hier zu einem Ende gebracht worden war. »Es ist meine Schuld. Ich dachte, wir kriegen ihn eher zum Reden, wenn wir nicht direkt die dicken Geschütze auffahren. Bei Typen wie ihm gehen doch sofort die Schotten runter, wenn sie das Wort Polizei auch nur hören.« Verena schluckte.

»Moment mal. Einmal zum Mitschreiben. Ihr habt Franke erwischt?« Leo erhob sich aus der Hocke, stemmte die Fäuste in die Hüften und trat einen Schritt zurück. »Den Mike Franke, der in dem Fall, den wir gerade bearbeiten, als einer der Hauptverdächtigen gilt, der zur Fahndung ausgeschrieben ist, und ihr geht mit ihm in ein Café?« Sie hielt kurz inne. »Das glaube ich jetzt nicht. Seid ihr völlig von allen guten Geistern verlassen? Habt ihr noch nie was von Regeln im Umgang mit Tatverdächtigen gehört? Dienstvorschriften? Menschenverstand?«, rief sie, allerdings deutlich in Christophs Richtung.

»Ja. Das haben wir. Und ja, das war ein Fehler. Das wissen wir sehr genau. Da brauchen wir dich nicht, um es uns noch mal unter die Nase zu reiben und uns von dir runtermachen zu lassen. Du bist hier nicht die Chefin, Leo.« Christoph knallte die Tür von innen zu.

»Noch nicht. Aber bald«, murmelte Leo, zog ihren Stuhl heran und setzte sich wieder. Schweigen. Verena und Christoph starrten Leo an. Sie legte die Hände auf die Computertastatur. »Ich wollte es euch eigentlich anders sagen. Tut mir leid.«

»Was wolltest du uns anders sagen?« Verena runzelte die Stirn.

»Rogmann hat ein Sabbatjahr beantragt. Ich soll ihn in der Zeit hier vertreten.« Leo bemühte sich um eine feste Stimme, obwohl sie sich in diesem Moment alles andere als selbstsicher fühlte.

»Du?«, fragte Christoph.

»Ja. Ich.« Sie fixierte ihn. »Hast du damit ein Problem?«

»Nicht, wenn du der Rolle gerecht wirst.«

»Du hast mir nichts davon gesagt. Ich dachte, wir ...« Verena brach mitten im Satz ab. Sie wusste nicht, was sie davon halten sollte. Weder von der Tatsache, dass Leo demnächst ihre Vorgesetzte sein würde, noch davon, dass die Freundin ein Geheimnis daraus gemacht hatte. »Wann wolltest du uns denn informieren?«, fragte sie müde.

»Wenn es so weit ist. Noch habe ich nicht endgültig zugesagt. Und wenn ich eure Reaktionen sehe, dann werde ich es mir wahrscheinlich besser noch einmal gründlich überlegen müssen.«

Sie schluckte. »Aber darum geht's hier jetzt nicht. Jetzt geht es um einen Fall, den wir lösen müssen.«

»Wenn du überlegst, deine Entscheidung von unserer Meinung abhängig zu machen, solltest du es besser sein lassen«, sagte Christoph sachlich. »Dann bist du nicht für eine Führungsposition geeignet.« Er schaute sie an. Leo erwiderte seinen Bick, schien einen Moment in sich gekehrt.

»Danke für den guten Rat, Herr Kollege«, sagte sie ohne einen Hauch von Ironie. Sie räusperte sich und wechselte das Thema. »Es gibt neue Informationen. Gerald Sonnenberg, der verstorbene Gründer der Firma, war vor seinem Tod Kunde bei Heidemarie Alligs. Ich habe das bei seiner Tochter überprüft. Sie hat es bestätigt.« Leo zögerte. Sollte sie den Vorfall mit Gudrun Sonnenberg erwähnen? Dass sie vorhin so überreagiert hatte, lag mit Sicherheit auch daran, dass sie selbst immer noch unter dem Eindruck des Geschehenen stand. Das war auch der Grund gewesen, warum sie noch einmal ins Präsidium gefahren war. Aber machte sie sich nicht unglaubwürdig damit, wenn sie den anderen schilderte, wie sie an die Informationen gekommen war? Auch sie hatte sich nicht an die Regeln gehalten und damit kein Recht, die anderen zu verurteilen. Sie musterte Christoph von der Seite. Er würde nicht eine Sekunde zögern, ihr das klarzumachen. Und die wichtigen Informationen hatte sie ja weitergegeben. Wie sie daran gekommen war, musste niemanden interessieren. Jetzt nicht. Später vielleicht.

»Aber Gerald Sonnenberg ist schon länger tot. Er kann nicht der Mörder sein«, gab Christoph zu bedenken und stieg damit wieder auf das Sachthema ein.

»Alligs ist die Fußpflegerin von Sonnenberg senior, und Ziegler will sich mit ihr treffen, weil er was von ihr will? Informationen. Woher hat sie diese Informationen? Von Sonnenberg selbst.«

»Weswegen sollte ein todkranker, alter Mann seiner Fußpflegerin Informationen geben, wegen derer sie später umgebracht wird?«

»Vielleicht hat er geplaudert und dabei versehentlich Geheimnisse preisgegeben.«

»Wenn ich es richtig verstanden habe, war Gudrun Sonnenberg immer anwesend, wenn ihr Vater die Füße gemacht bekam. Sie wird schon dafür gesorgt haben, dass alle Geheimisse, so es denn welche gab, gut behütet blieben.«

»Aber woher sollte Ziegler etwas von der Existenz der Fußpflegerin ahnen. Nein. Es muss andersherum sein. Ziegler vermutet oder weiß aus Frankes Unterlagen etwas, was die Sonnenbergs unbedingt geheim halten wollen. Als er bei dem Junior nicht weiterkommt, versucht er es beim Senior. Als auch das nicht gelingt, überlegt er sich einen anderen Weg und heuert die Fußpflegerin an, um den alten Sonnenberg auszuspionieren.«

»Alles nur Vermutungen. Wir wissen nicht, ob Ziegler jemals versucht hat, Kontakt zu Sonnenberg senior aufzunehmen.« Wie Pingpong-Bälle schoben Christoph und Leo sich die Argumente und Hypothesen zu. Verena hörte zu, versuchte sich weiter darauf zu konzentrieren und merkte, wie sie sich mehr und mehr beruhigte.

»Wartet.« Leo griff zum Hörer und rief das Altenheim an.

»Ist Herr Müller zu sprechen?«, fragte sie und nahm Stift und Papier, um sich die Nummer zu notieren.

»Wenn Sie Glück haben, erreichen Sie ihn jetzt auf seinem Zimmer. Vor dem Abendessen macht er immer eine kleine Pause.«

Leo bedankte sich, legte auf und wählte erneut.

»Hat Gerald Sonnenberg in der letzten Zeit Besuch von einem Journalisten bekommen?«, wollte sie von Müller übergangslos wissen, nachdem sie ihren Namen genannt und ihn begrüßt hatte, und beschrieb Zieglers Aussehen. »Ich schalte Sie auf laut, damit meine beiden Kollegen hören können, was Sie zu sagen haben.«

»Ja. So jemand war hier, junge Kollegin. Aber nur einmal. Dann hat die Tochter ihn, um es höflich auszudrücken, vor die Tür komplimentiert. Sie schien wenig erfreut über sein Anliegen.«

»Wie sicher sind Sie sich da?«

»Ziemlich sicher.«

»Was bedeutet ziemlich bei Ihnen?«

»Fünfundneunzig Prozent. Der Herr hatte sich zunächst in der Zimmertür verirrt und stand bei mir auf der Matte. Ich habe mich erschrocken, weil er so unvermittelt vor mir stand. Wissen Sie, ich lasse meine Tür immer offen stehen, wenn ich tagsüber auf meinem Zimmer bin. Ich habe gerne Besucher. Aber noch lieber mag ich es, wenn sie sich ankündigen.«

»Hat dieser Besucher nicht angeklopft?«

»Nein.«

»Sicher?«

»Ich habe ein ...«

»... ausgezeichnetes Gehör. Ich weiß.«

»Dann berücksichtigen Sie das bitte auch.« Müller räusperte sich. »Nein. Dieser Herr hat nicht angeklopft. Da die Flure der Zimmer leicht versetzt gebaut sind, sieht man nicht direkt, wenn jemand den Raum betritt. Und ich hatte den Fernseher laufen.« Letzteres klang wie eine Entschuldigung.

»Wie lange ist das her?«

»Einige Wochen. Nicht allzu lange danach ist Sonnenberg gestorben.«

»Danke schön. Sie haben uns sehr geholfen, Herr Müller.«

»Es war mir ein großes Vergnügen, junge Kollegin.« Es knackte in der Leitung. Müller hatte aufgelegt.

»Was war das?«, fragte Verena verblüfft.

»Eine Art Informant.«

»Junge Kollegin?«, ahmte Christoph Müller nach.

»Er war früher Polizist. Deswegen vertraue ich seiner Aussage«, bekräftigte Leo. »Ziegler hat tatsächlich erfolglos versucht, mit Sonnenberg zu sprechen, wie wir vermutet haben.«

»Gibt es auffällige Zahlungen auf das Konto von Heidemarie Alligs?«

»Nein. Aber wenn er sie wirklich als Spitzel eingesetzt hat, wird er ihr auch eher Bargeld gegeben haben.«

»Okay.« Verena stützte den Kopf in die Hände, strich mit den Fingern über die Stirn und rieb ihre Augen, wischte damit alle anderen Gedanken fort. »Mal angenommen, Ziegler hat Alligs auf Sonnenberg senior angesetzt, um ihn auszuhorchen. Aber Gudrun Sonnenberg spielt den Wachhund und lässt kein Fragespielchen zu.«

»Eine Variante wäre, dass sie die beiden bei einem Gespräch belauscht hat. Ob absichtlich oder unabsichtlich sei dahingestellt. Das Ergebnis ist am Ende das gleiche. Heidemarie Alligs weiß etwas, was sie nicht wissen darf.«

»Und schon mal gar nicht weitergeben.«

»Deswegen muss sie sterben.«

»Und weil Ziegler in der gleichen Richtung bohrt und wühlt, wird er auch aus dem Verkehr gezogen.«

»Aber was hat Alligs mitbekommen, und was weiß Ziegler?«

»Etwas, was er wiederum aus Frankes Arbeit weiß.«

»Franke leugnet, mit ihm Streit gehabt zu haben.«

»Aber er lügt. Hast du den Unterschied in seinem Verhalten gesehen? Als wir ihn zu Elisabeth befragt haben, hat er schnell und konkret geantwortet. Ganz anders hat er bei Fragen nach Ziegler reagiert.«

»Du meinst, er hat die Hände bei Zieglers Unfall im Spiel?«

»Die Radkappen waren lose, und er hatte Beruhigungsmittel im Blut. Das passt nicht zusammen.«

»Du meinst, Franke wollte Ziegler eins auswischen und löst die Radkappen.«

»Das läge im Bereich des Möglichen. Er wollte ihn nicht töten, sondern nur das Auto beschädigen.«

»Und wer hat ihm das Medikament verabreicht, wenn er es nicht selbst getan hat?«

Stille trat ein.

»Zieglers Recherchen beruhen auf Frankes und Schäfers Arbeit«, sagte Christoph schließlich in einem Tonfall, der die anderen beiden aufforderte, sich diesem Gedankenspiel anzuschließen. »Aber die beiden haben sich mit einem Kriegsverbrecher beschäftigt, der schon lange tot ist.« Er setzte sich auf die Kante seines Schreibtisches und verschränkte die Arme. »Franke hat selbst gesagt, dass Fritz Möllner als in russischer Kriegsgefangenschaft vermisst gilt. Was hat das dann mit unserem Fall zu tun?« Er schüttelte den Kopf. Verena stutzte und ging zu ihrem Computer.

»Uns fehlt der Schluss der Arbeit. Franke selbst hat nichts darüber gesagt, bevor er abgehauen ist.« Sie blinzelte. »Es kann doch sein …«, murmelte sie und verstummte, während sie Befehle in die Tastatur hackte.

Leo trat zu ihr. Der Bildschirm zeigte ein altes grobkörniges Bild eines Mannes in SS-Uniform. Verena vergrößerte das Bild und rief ein weiteres Fenster auf, gab den Namen des Firmengründers der Sonnenberg GmbH ein und startete die Bildersuche. Der Computer rechnete. Es würde eine Weile dauern.

Leo schob die Tastatur fort und drehte sich zu Verena um.

»Du musst dich jetzt entscheiden. Bist du weiter dabei, oder willst du dich um Ruth kümmern? Beides ist in Ordnung. Was wir nicht brauchen können, ist eine Verena, die hadert und nicht voll bei der Sache ist. Du musst es uns nur sagen.«

Verena nickte. Leo hatte recht. Aber was sollte sie tun? Wenn sie jetzt aufstehen und ihre Kollegen im Stich lassen würde, um Ruth zu suchen, wäre sie wieder da, wo sie schon einmal gewesen war. Unter den Konsequenzen ihres damaligen Verhaltens hatte Leo bis heute zu leiden. Die Heimleiterin und auch der Kollege der Streife hatten ihr beide glaubhaft versichert, alle Kräfte mobilisiert zu haben, um Ruth zu finden. Objektiv betrachtet, machte es also keinen Unterschied, ob sie bei der Suche mithalf oder nicht. Der Unterschied bestand nur für sie selbst. Wäre purer Egoismus. Verena schluckte.

»Ich bleibe«, sagte sie in das Pling des Computers hinein, das das Ende des Suchlaufs signalisierte. Leo sog zischend die Luft ein, als das Ergebnis erschien.

»Egal, wie viel Scheiße ihr gebaut habt, und egal, ob das rauskommt. Wir müssen Franke finden. Schnell. Denn entweder wird er jetzt zum Opfer oder zum Täter. Wenn es nicht schon zu spät ist.«

19. Kapitel

Sonnenbergs Wagen stand neben vier weiteren auf dem Parkplatz der Firma, hinter deren Fenstern Licht brannte.

Verena parkte den Wagen abseits. Sie, Leo und Christoph stiegen aus und warteten auf die beiden Streifenpolizisten, die sie zur Verstärkung angefordert hatten.

»Klingeln oder stürmen wir?« Christoph lehnte sich an den Wagen. »Sieht alles ruhig aus. Vielleicht schon zu ruhig.« Er runzelte besorgt die Stirn.

»Wir klingeln. Wenn niemand öffnet, verschaffen wir uns Zutritt.« Verena kontrollierte den Sitz ihrer Dienstwaffe im Holster, wandte sich zu den eintreffenden Streifenpolizisten um und erläuterte kurz die Sachlage.

»Sie warten hier«, bat sie einen der beiden. »Für den Fall, dass die Situation normal ist, müssen wir niemanden unnötig aufscheuchen«, erklärte sie.

Zu dritt näherten sie sich dem Haus, der Streifenpolizist folgte in einigem Abstand. Sie schwiegen, und Verena spürte die Anspannung und Wachsamkeit in den Bewegungen der anderen. Sie zögerte. Reichte ihre Kraft wirklich für das hier aus? Welches Risiko ging sie ein? Was, wenn sie auch hier versagte? Sie musterte Christoph und Leo. Ihre beiden Kollegen. Ihr Team. Nein. Sie schob ihre Bedenken beiseite. Genau das hatte Leo vermeiden wollen. Jetzt war es zu spät, sich umzuentscheiden. Jetzt musste sie funktionieren. Auch wenn die nicht wussten, was sie erwarten würde. Sie streckte Hals und Nacken, reckte das Kinn und holte tief Luft. Dann folgte sie den beiden.

Gerald Sonnenberg und Fritz Möllner waren ein und dieselbe Person. Ein Naziverbrecher, verantwortlich für den Tod unzähliger Menschen, dem es gelungen war, der Bestrafung zu entgehen, indem er unter dem Deckmäntelchen eines jüdisch anmutenden Namens eine falsche Identität angenommen hatte.

Das musste das Geheimnis dieser Firma sein, das es zu schützen galt. Um jeden Preis. Mike Franke und Elisabeth Schäfer waren hinter dieses Geheimnis gekommen, Kai Ziegler hatte versucht, sich mit fremden Lorbeeren zu schmücken. Heidemarie Alligs war von Ziegler in die Sache hineingezogen worden. Ziegler, Schäfer und Alligs waren ermordet worden. Als Franke von Zieglers Kontakt zu Sonnenberg erfuhr, zog er seine eigenen Konsequenzen. So weit die Theorie. Ergebnis der gesammelten Fakten, ihrer Diskussionen und einem großen Teil Gespür und ermittlerischer Erfahrung.

Verena schob ihre Zweifel an der Richtigkeit dieser Theorie beiseite. Auch wenn ihnen die letzten Beweisstücke fehlten, war dieses Motiv glaubhaft und wahrscheinlich. Für die Suche nach dem fehlenden Puzzlestück hatten sie jetzt keine Zeit. Verena hoffte inständig, dass Franke Sonnenberg aus Rache für den Mord an Elisabeth Schäfer nicht ebenfalls verletzen oder sogar töten würde. Oder selbst zum Opfer wurde, als Letzter in der Reihe der unerwünschten Mitwisser.

»Der Anrufbeantworter der Firma springt nach wie

vor an.« Leo steckte das Handy wieder in die Tasche. »Genau wie vor einer halben Stunde.«

»Aber es ist definitiv jemand im Haus. Hast du's auf Sonnenbergs Mobilnummer probiert?«

»Ebenfalls Fehlanzeige. Ich bekomme nur seine Mobilbox.«

Verena drückte auf die Klingel und wartete. Nichts rührte sich. Unruhig trat sie von einem Fuß auf den anderen, suchte Rat in den Augen der Kollegen, klingelte ein weiteres Mal. Sie drückte gegen die Tür, die zu ihrem Erstaunen mit einem leisen Klickgeräusch aufsprang. Verena beugte sich vor, schob die Tür weiter auf und spähte ins Haus. Der Eingangsbereich und der dahinterliegende Flur waren leer.

»Gehen wir rein?« Christoph nickte, zog seine Waffe aus dem Holster und entsicherte sie. Leo winkte die Kollegen der Streifenpolizei hinzu, und sie verteilten sich links und rechts des Eingangs, bevor sie, sich gegenseitig sichernd, ins Haus traten. Stille empfing sie. Nur unterbrochen von den leisen Klängen klassischer Musik aus dem oberen Stockwerk. Verena und Christoph sicherten die unteren Räume und fanden sie verlassen vor. Leise stiegen sie in die erste Etage hinauf, folgten den Klängen der Musik, die lauter wurde, je näher sie Thomas Sonnenbergs Büro kamen, dessen Tür nur angelehnt war. Verena spähte durch den Spalt. Sie erkannte einen Teil der Rückenlehne von Sonnenbergs Schreibtischstuhl. Links hing ein Arm schlaff über der Lehne. Kamen sie bereits zu spät?

Verena trat zurück und bedeutete Christoph und Leo, sich selbst ein Bild von der Situation zu machen. Stumm verständigten sie sich. Christoph nickte, schob mit dem

Fuß die Tür weiter auf und sicherte mit gezogener Waffe den Raum. Verena und der Streifenpolizist folgten ihm. Das Zimmer war bis auf den Mann im Sessel leer. Der Stuhl war mit dem Rücken zur Tür gedreht, so dass sie nur die beiden Hände und einen Teil des Hinterkopfes erkennen konnten. Langsam ging Verena um den Schreibtisch herum und trat zu dem Sessel.

Thomas Sonnenberg schlug die Augen auf und zuckte zusammen, als er Verena vor sich stehen sah. Er schrie auf, schreckte hoch, wirkte verwirrt. Verena zuckte zurück.

»Was ...?«, stammelte er und richtete sich auf. Er hatte geschlafen.

»Herr Sonnenberg?«, sprach Christoph ihn mit fester Stimme an. »Alles in Ordnung?«

»Ja. Natürlich.« Er klang verwundert, sah von Verena zu Christoph und dann zu dem im Hintergrund stehenden Streifenpolizisten und Leo. »Mein Gott. Was für ein Aufmarsch. Ist etwas geschehen?«, fragte er beunruhigt.

»Wir müssen mit Ihnen sprechen. Als niemand öffnete, die Haustür aber offen war, wollten wir auf Nummer sicher gehen.«

»Das nenne ich mal Bürgerservice.« Er lächelte. Langsam gewann er seine Fassung wieder. Das charmante Auftreten ihres letzten Besuches bei Sonnenberg kehrte zurück. Als keiner der Polizisten darauf reagierte, wechselte er die Tonlage. »Was kann ich denn für Sie tun?«, fragte er sachlich.

»Herr Sonnenberg, Sie sagten uns, es gäbe keine Geheimnisse in Ihrer Firma, die für einen Journalisten wie Kai Ziegler interessant sein könnten«, erwiderte Christoph Todt knapp.

»Das stimmt.« Sonnenberg nickte. Mit einladender Geste wies er auf die Besucherstühle. »Nehmen Sie doch Platz.« Keiner der drei Kommissare folgte seiner Aufforderung.

»Wir haben Informationen, die darauf hinweisen, dass das so nicht stimmt.« Verena beobachtete seine Reaktion, aber nichts in Sonnenbergs Mimik verriet mehr als Verwunderung.

»Sicher sind Sie so freundlich und klären mich auf. Ich kann es mir nämlich beim besten Willen nicht vorstellen. Wie ich Ihnen bereits bei unserem ersten Zusammentreffen erläutert habe, legen wir hier großen Wert auf einen fairen Umgang mit unseren Mitarbeitern. Wir bezahlen übertariflich, geben mehr Urlaub, als wir müssen, und engagieren uns in Umweltprojekten.«

»Es geht um Gerald Sonnenberg.«

»Mein Großvater ist vor einiger Zeit verstorben. Aber das wissen Sie doch.«

»Natürlich.«

»Und er ist auch schon lange nicht mehr im aktiven Geschäft tätig gewesen.«

»Auch das wissen wir.«

»Dann sagen Sie mir, was Sie genau meinen, und ergehen sich nicht in diffusen Andeutungen.«

»Was wissen Sie über die Vergangenheit Ihres Großvaters, Herr Sonnenberg?«

»Er hat diese Firma nach dem Krieg gegründet und ist bis weit in die neunziger Jahre hinein als Gesellschafter und Geschäftsführer tätig gewesen. Er war nicht jemand, der mit dem Eintritt ins Rentenalter alles an den Nagel hängen konnte. Dazu war er viel zu agil und engagiert. Ihm verdankt die Firma ihr heutiges Ansehen.«

»Was ist mit der Zeit vor Kriegsbeginn und den Kriegsjahren selbst?«

»Darüber hat er nicht gesprochen. Er hat immer gesagt, es gäbe keinen Grund, sich zu erinnern. Was zählte, wäre das Hier und Jetzt. Nicht das Vergangene.«

»Nach unserem Kenntnisstand ist Ihr Großvater ein gesuchter Kriegsverbrecher gewesen.«

»Machen Sie Witze?« Thomas Sonnenberg wirkte ehrlich verblüfft. »Wir heißen Sonnenberg. Das ist ein jüdischer Name. Mein Großvater hat das KZ überlebt.«

»Das hat er Ihnen erzählt.«

»Das hat er nicht mir erzählt.« Sonnenberg setzte den Satz mit einer knappen Geste in Anführungsstriche. »Das ist allgemein bekannt.«

»Es ist eine Lüge«, sagte Verena heiser und beobachtete Sonnenberg. Wie würde er darauf reagieren? Ungläubig? Entsetzt? Oder so, dass es die Vermutung nahelegen würde, seine erste Überraschung sei nur vorgetäuscht. Sonnenberg schwieg einen Moment. Runzelte die Stirn. Wurde blass und schüttelte dann langsam den Kopf.

»Die des Holocaustüberlebenden ist eine falsche Identität, die Ihr Großvater nach dem Krieg angenommen hat, um der Strafverfolgung zu entgehen. Das ist es, mit dem Ziegler Sie erpresst hat. Und Sie haben sich gewehrt. Der Skandal wäre ein unkalkulierbares Risiko für die Firma, das es zu verhindern galt.«

»Was reden Sie da für einen Unsinn, Herr Todt?«, zischte Thomas Sonnenberg. Kleine Speicheltropfen blitzten im Licht der Deckenleuchte auf. Die Blässe war einer aufgeregten Röte gewichen. »Haben Sie das aus den Unterlagen dieses Schmierfinks?« Er stand auf, beugte sich über seinen Schreibtisch und stützte sich mit beiden

Fäusten auf der Platte ab. »Und Sie glauben einfach so, was sich da jemand ausdenkt?« Er richtete sich auf und wandte sich mit einer abrupten Bewegung zum Fenster. »Ich kann es nicht glauben, wie hilflos man so etwas ausgeliefert ist. So langsam muss ich meiner Mutter recht geben, wenn sie von Schmierfinken und Wahrheitsfledderern spricht.«

»Sie können sicher sein, dass wir unsere Ermittlungsergebnisse sorgfältig recherchieren, Herr Sonnenberg.«

»Dann teilen Sie mir die doch einfach mal mit, Herr Todt. Und dann werde ich Ihnen sagen, was davon der Wahrheit entspricht«, entgegnete Sonnenberg mit kaum verhüllter Wut. »Und selbst wenn es so wäre.« Er machte eine Pause und sammelte sich. »Das ist eine private Angelegenheit und hat nichts mit der Firma zu tun, die ich heute leite. Ich führe sie in die Zukunft. Die Ära meines Großvaters ist Vergangenheit. So oder so.« Entweder war er ein wirklich großartiger Schauspieler, oder seine Entrüstung war echt. Stimmten ihre Ergebnisse und die Schlussfolgerungen, die sie daraus gezogen hatten, womöglich doch nicht? Für einen Moment war sie unsicher. Hatte sie einen Fehler gemacht? Aber alles passte. Auf den ersten Blick. Hielt es auch dem zweiten stand?

»Herr Sonnenberg, ich muss Sie bitten, mit uns aufs Präsidium zu kommen. Sie stehen unter dem dringenden Mordverdacht an Kai Ziegler, Elisabeth Schäfer und Heidemarie Alligs«, sagte Christoph. »Selbstverständlich steht es Ihnen frei, Ihren Anwalt zu kontaktieren.« Auf dem Schreibtisch vibrierte Sonnenbergs Handy. Auf dem Display erschien der Text einer Nachricht. Sonnenberg las sie kopfüber, griff danach und öffnete die Nachricht. Ein Foto, ein paar Zeilen. Sonnenberg wurde blass. Er reichte

Christoph das Mobiltelefon mit nach oben gedrehtem Display.

»Fragt sich, wer hier gewalttätig ist.«

*

»Jetzt nehmen Sie den Schlüssel und stecken ihn in das Schloss.«

Das Kind gehorcht.

»Drehen Sie den Schlüssel um.«

Das Kind zittert. Ihm wird übel. Es würgt. Magensäure füllt seinen Mund.

»Atmen.«

Das Kind atmet gehorsam. Es glaubt zu ersticken. Und dreht den Schlüssel im Schloss.

Einmal.

»Nein!«

*

»Er rechnet mit Sonnenberg. Nicht mit uns.« Verena stieg aus dem Wagen, den sie außer Sichtweite des Hauses geparkt hatten, in dem Gudrun Sonnenberg nur wenige Minuten von der Firma entfernt lebte. Ein Streifenwagen hielt kurz hinter ihnen. Sie hatten Thomas Sonnenberg mitgenommen, weil er sich im Haus auskannte, ihnen Möglichkeiten und Wege aufzeigen konnte, wie sie ungesehen hineingelangen konnten. Verena sah auf die Uhr. Die Kollegen des Sondereinsatzkommandos, die sie zur Verstärkung angefordert hatten, waren bereits vor Ort und hatten begonnen, den Bereich weiträumig abzusichern.

»Es gibt keine Lösegeldforderung?«, fragte Rogmann, der zeitgleich mit ihnen eingetroffen war.

»Nein. Er will Sonnenberg, und er will Journalisten.«

»Die hat er ja schon, ohne dass wir uns extra darum bemühen mussten.« Rogmann wies mit einer knappen Kopfbewegung in Richtung der Absperrung, die deutlich sein Missfallen darüber ausdrückte, wie schnell die Reporter an Ort und Stelle erschienen waren. Ein Blitzlichtgewitter flammte auf, als Thomas Sonnenberg aus dem Wagen stieg und flankiert von zwei Streifenpolizisten auf ihre kleine Gruppe zukam. Schützend hielt er sich die Arme vor das Gesicht.

»Mir ist völlig egal, was Sie denken, das ich getan haben soll«, sagte er unvermittelt, sobald er in Hörweite war. »Das können wir alles später klären. Oberste Priorität hat nun die Befreiung meiner Mutter aus den Händen dieses Irren. Wenn er mich da drin haben will, dann gehe ich da rein. Und wenn er will, dass ich gestehe, dass die Erde eine Scheibe ist, dann bekommt er auch das«, erklärte er in einem Tonfall, als leite er die Ermittlungen.

»Das überlassen Sie mal ruhig uns, Herr Sonnenberg. Wir …«, wollte Rogmann ihn zurechtweisen, wurde aber von Handyklingeln unterbrochen. Thomas Sonnenberg nahm ab und nickte in die Runde. Er lauschte und schaltete dann den Lautsprecher ein.

»Ich weiß, dass Sie nicht alleine gekommen sind. Das ist gut. Dann bekommen es wenigstens genügend Leute mit.« Franke lachte.

»Sie müssen nicht meinen, die Verbrechen Ihrer Familie könnten einfach so unter den Teppich gekehrt werden. Und das gilt für die Taten Ihres Großvaters genauso wie für Ihre eigenen.«

»Hören Sie, ich weiß nicht, was in Ihrem kranken Hirn vor sich geht, aber …«, schrie Thomas Sonnenberg, aber

Rogmann nahm ihm das Telefon aus der Hand und gebot ihm mit einer herrischen Geste zu schweigen. Sonnenberg wollte nach dem Handy greifen, aber sofort waren die Streifenpolizisten zur Stelle, packten ihn und zerrten ihn von der Gruppe weg.

»Herr Franke?« Rogmanns Stimme klang ruhig. »Mein Name ist Rogmann. Ich möchte gerne mit Ihnen über Ihre Forderungen sprechen.«

»Da gibt es nicht viel zu sprechen. Erfüllen Sie sie einfach.«

Franke beendete die Verbindung. Rogmann ging zu Thomas Sonnenberg, der wieder im wenige Schritte entfernten Streifenwagen saß und bewacht wurde. Seine Wut schien ungebrochen, aber er beherrschte sich mühsam.

»Haben wir eine Chance, unbemerkt in das Haus zu kommen?«

»Was?«

»Wenn wir es schaffen, unbemerkt in das Haus zu gelangen, dann steigen unsere Chancen, Ihre Mutter zu befreien.«

Thomas Sonnenberg starrte ihn an. Dann nickte er.

»Es gibt einen Kellereingang hinter einer hohen Hecke im Garten. Der ist vom Haus aus nicht einsehbar. Sie können über das Grundstück des Nachbarn rein.«

»Haben Sie einen Schlüssel?«

»Nein.« Er zögerte. »Doch, warten Sie. Meine Mutter hat immer einen Ersatzschlüssel in ihrer Sporttasche. Die hat sie bei ihrem letzten Besuch vergessen, und ich habe sie ihr noch nicht wieder zurückgeben können. Sie liegt im Kofferraum meines Autos.« Er gab den Beamten seinen Autoschlüssel.

Walter Rogmann sah Leo an und schwieg abwartend. Sie sollte ab hier übernehmen. Leo nickte.

»Sie fahren mit den Kollegen und holen die Tasche hierher«, entschied sie und gab den Schlüssel zurück. »Wenn Franke sich wieder meldet, werden wir ihn so lange beschäftigen, bis Sie wieder zurück sind.«

»Verena, Christoph, sobald sie wieder da sind, geht ihr beiden durch den Hintereingang rein. Nehmt Verstärkung mit.«

Sie nahm Sonnenbergs Handy in die Hand, warf einen Blick auf Rogmann und suchte auf der Anruferliste die Nummer des letzten Anrufs. »Unterdrückte Nummer«, murmelte sie. »Bleibt uns nichts, als zu warten, bis er sich von alleine meldet.« Sie wandte sich in Richtung der Journalisten. »Mal sehen, ob wir das beschleunigen können.« Verena folgte ihr.

Blitzlichtgewitter empfing die beiden, als sie sich der Gruppe der wartenden Reporter näherten.

»Welche Botschaft hat der Geiselnehmer?«

»Gibt es bereits neue Erkenntnisse?«

»Was können Sie uns über den Zustand der Geisel sagen?«

Die Fragen prasselten auf Verena und Leo ein. Leo hob abwehrend die Hand.

»Bevor Sie Fragen stellen, brauche ich eine Antwort von Ihnen: Woher wussten Sie von der Geiselnahme?«

»Er hat eine Mail an die Redaktion geschickt«, antwortete einer aus dem Pulk. Die anderen nickten.

»Was steht darin?«

»Keine Einzelheiten. Nur, dass er die Seniorchefin in seiner Gewalt hat und uns auffordert zu kommen, weil er interessante Informationen für uns hat.«

»Haben Sie alle die gleiche Mail bekommen?«

»Ja.« Eine jüngere Journalistin mischte sich ein. »Er hat den Verteiler falsch gesetzt. Man konnte sehen, wer alles die Info bekommen hat.«

»Wir brauchen Ihre Hilfe.« Leo blickte die junge Frau an und wandte sich dann auch an die anderen. »Sie sind Teil seiner Forderungen. Er möchte, dass Sie über etwas berichten.«

»Das ist unser Job«, warf jemand zynisch lachend ein.

»Und unser Job ist es, dafür zu sorgen, dass die Geisel unbeschadet aus der Gewalt des Entführers befreit wird«, erwiderte Leo mit fester Stimme, ohne auf die Bemerkung einzugehen. »Ich brauche einen oder zwei von Ihnen, die mit mir nach vorne kommen.« Mehrere Hände gingen hoch. »Ihre Kameras und andere Gerätschaften geben Sie bitte für die Zeit des Einsatzes bei einem meiner Kollegen ab. Selbstverständlich bekommen Sie alles zurück. Erlaubt ist ein Notizblock. Ob es zu einem Gespräch mit dem Geiselnehmer kommt, kann ich Ihnen jetzt nicht sagen.«

»Sie brauchen einen Lockvogel.«

»Wenn Sie es so ausdrücken möchten. Zu Ihrer eigenen Sicherheit sind Sie komplett an meine Weisung gebunden. Das bedeutet, was ich sage, wird umgehend von Ihnen befolgt.« Leo blickte wieder in die Runde. Die junge Frau trat vor, und gemeinsam gingen sie zurück. Sie trafen gleichzeitig mit Christoph bei der Einsatzgruppe ein.

Er kniete auf dem Boden, hatte die Tasche geöffnet und suchte darin nach dem Schlüsselbund. Mitten in der Bewegung stockte er und blickte zu den anderen hoch, während er eine Plastiktüte aus der Tasche hob. Vorsichtig griff er hinein und zog einen Hammer hervor.

»Können Sie das erklären, Herr Sonnenberg?« Christoph wechselte einen schnellen Blick mit Verena und Leo. Er betrachtete den Hammer und die Tüte genauer. »Es sind Haare in der Tüte. Und der Hammer ist feucht. So als hätte jemand versucht, Spuren davon abzuwaschen. Aber ich bin sicher, unsere Spurensicherung wird die Dinge problemlos einem oder beiden der Opfer zuordnen können.«

Thomas Sonnenberg starrte auf den Hammer in Christophs Hand. In seinem Gesicht arbeitete es. Er sah zum Haus hinüber, wurde blass und begann zu zittern. Er räusperte sich.

»Ich habe es getan«, erklärte er heiser.

»Was haben Sie getan?«

»Die Leute umgebracht.«

»Wie?«

»Mit dem Hammer erschlagen.«

»Und dann?«

»Den Hammer in der Tasche meiner Mutter versteckt.«

»Warum haben Sie die Leute umgebracht, Herr Sonnenberg?«

»Weil sie uns bedroht haben.«

»Womit?«

Sonnenberg schwieg.

»Womit?«, wiederholte Verena die Frage.

»Was?« Sonnenberg blickte zwischen Haus und Verena hin und her. Seine Bewegungen wirkten fahrig und unkonzentriert.

»Wie wurde Ihre Firma bedroht?«

»Sie wollten uns mit der Vergangenheit meines Großvaters erpressen.«

»Warum lügen Sie, Herr Sonnenberg?«, schnitt Christoph ihm das Wort ab. Er stand auf.

»Was?« Thomas Sonnenberg schwankte und wich einen Schritt zurück, als würde ihn allein Christophs Nähe bedrohen.

»Sie lügen. Sie hatten keinen Grund, wie Sie uns noch vor einer Stunde sehr deutlich gemacht haben. Und warum sollten Sie uns schicken, um die Tasche zu holen, wenn Sie wissen, dass das Tatwerkzeug darin ist. Das macht keinen Sinn.«

Sonnenberg schüttelte den Kopf.

»Ich lüge nicht«, murmelte er und starrte wieder zum Haus. »Ich lüge nicht.«

»Wir gehen rein.«

Das Schloss drehte sich schnell und lautlos. Verena und Christoph und die beiden Streifenpolizisten bewegten sich langsam und sich gegenseitig sichernd durch den Keller des Hauses. Die Tür zum Heizungskeller stand offen, ein regloses Frauenbein war zu sehen. Mit kurzen Kopfbewegungen verständigten sich die vier untereinander, sicherten die Lage, und Verena stieß die Tür zum Heizungsraum auf. Almuth Gerskens, die Bibliothekarin, lag auf dem Boden, den starren Blick an die Decke gerichtet, eine dunkle Blutlache neben ihrem Kopf. Verena biss sich auf die Lippe. Hier kam jede Hilfe zu spät. Sie mussten sich um die Leiche kümmern, wenn alles vorbei war. Christoph trat an ihr vorbei auf die Treppe zu. Aus dem Erdgeschoss hörte man Gudrun Sonnenbergs Stimme. Sie lachte schrill. Langsam gingen sie hinauf. In Verenas Hosentasche vibrierte das Handy mehrfach, verstummte und setzte dann erneut an. Verena zuckte zusammen, ihre Hand fuhr an die Hosentasche. Wenn es das Heim war mit Neuigkeiten von Ruth? Hatten sie Ruth gefunden? Nein. Nicht jetzt. Sie schluckte, folgte Christoph weiter die Treppe hinauf. Die Tür zum Wohnzimmer war nur angelehnt.

»Sie sind Abschaum«, hörten sie Gudrun Sonnenberg sagen. »So etwas wie Sie gehört in ein Lager. Mein Vater hat sein Leben lang gearbeitet. Mit Fleiß und Disziplin unsere Firma aufgebaut. Der Familie gedient und zur Ehre verholfen. Weil ihm das Wort Ehre noch ein Begriff war. Weil er ein großartiger Mann war. Ein bewundernswerter Mann. Er hat alles für mich und meinen Sohn getan. Sich nie das Geringste zuschulden kommen lassen. Und da kommen Sie und meinen, seinen Namen und sein Lebenswerk in den Schmutz ziehen zu können?« Sie lachte wieder und zerrte an ihren Fesseln. Franke hatte ihre Hände hinter der Lehne eines Stuhls zusammengebunden. »Wie dieser Schmierfink von Reporter? Und diese kleine Schäfer? Diese Kanaillen hatten mich unterschätzt. Ich bin die Tochter meines Vaters und beschütze meine Familie. Die Lebenden und die Toten. Ich lasse nicht zu, dass jemand dem Ansehen und dem Ruf meines Vaters schadet.«

»Sei still!«, schrie Franke. »Ihr Nazischweine. Alle zusammen!« Er tobte und trat mit dem Fuß gegen eine Konsole. Krachend fiel ein Kerzenleuchter zu Boden. Er hob ihn auf und stürzte schreiend auf Gudrun Sonnenberg zu.

Verena und Christoph reagierten sofort.

»Polizei«, schrie Verena und richtete die Waffe auf Franke. Sie stürmten in das Zimmer. Christoph warf sich gegen Franke und riss ihn zu Boden. Mit wenigen Schritten waren die Streifenpolizisten bei ihm und nahmen den brüllenden und fluchenden Franke fest.

Verena ging zu Gudrun Sonnenberg. Wieder meldete sich das Handy in ihrer Hosentasche.

»Sind Sie in Ordnung, Frau Sonnenberg?«

»Ja.«

»Frau Sonnenberg, ich nehme Sie fest wegen Verdachts auf Mord an Kai Ziegler, Heidemarie Alligs, Elisabeth Schäfer und Almuth Gerskens.« Verena trat hinter sie, schnitt die Kabelbinder durch und half ihr auf. Gudrun Sonnenberg schwieg und presste die Lippen aufeinander. Sie senkte den Kopf. Als sie ihn wieder hob, strahlte sie eine große Verletzlichkeit aus. Sie trat einen Schritt zur Seite und betrachtete Verena.

»Es gibt Dinge, die getan werden müssen, Frau Irlenbusch. Egal, ob sie uns gefallen oder nicht. Egal, ob wir es gerne tun oder nicht. Ob es uns schwerfällt. Wir haben die Pflicht, den Menschen, den man liebt und über alles verehrt, vor Schaden und Leid zu bewahren. Auch über den Tod hinaus.« Gudrun Sonnenberg straffte die Schultern. »Ich bereue nichts. Was ich tat, war richtig. Um meines Vaters willen.« Sie nickte. Verena führte sie aus dem Wohnzimmer und durch den Flur nach draußen, wo die Kollegen der Streife sie in Empfang nahmen und ihr ihre Rechte erklärten. Verena blieb stehen und blickte Gudrun Sonnenberg nach. Sie hatte diese Menschen umgebracht, weil sie das Ansehen des Vaters schützen wollte vor der Wahrheit. Einer Wahrheit, die sie selbst nicht akzeptieren konnte, weil ihr ganzes Leben dann wie ein Kartenhaus zusammenfallen würde und sie die Lüge erkennen musste, mit der sie sich selbst betrog. Gudrun Sonnenberg war Opfer und Täterin, ohne auch nur eines von beiden für sich zu akzeptieren. Verena zog die Schultern hoch. Sie fror. Schließlich zerrte sie mit zitternden Fingern ihr Handy hervor. Das Heim. Viermal. Sie wählte die Nummer und nannte ihren Namen, sobald sich jemand am anderen Ende meldete.

»Wir haben Ihre Großmutter gefunden. Sie sollten so schnell wie möglich kommen, Frau Irlenbusch.«

20. Kapitel

Verena parkte den Wagen und schaltete den Motor aus. Vor ihr lag das Pflegeheim. Sie starrte auf die Fenster und Türen, auf den Grünstreifen und die Blumenkästen vor dem Haus. Alles erschien ihr unwirklich, wie durch einen Nebel. Das war nicht sie, die in dem Wagen saß. Nicht sie, die aussteigen, über den Rasen zum blumengeschmückten Eingang gehen und das Heim betreten würde. Nicht sie, die in einem Zimmer neben einem Bett stehen und auf die alte Frau starren würde, die einmal ihre Großmutter gewesen war. Ruth. Es ging ihr sehr schlecht. Sie hatten sie gefunden. Nicht weit von hier in einem kleinen Park. Sie war gestürzt und hatte vermutlich ein paar Stunden dort gelegen. Stunden, in denen sie, Verena, nicht da gewesen war. In denen sie Ruth allein gelassen hatte. Verena zitterte. Sie ließ ihre Stirn auf das Lenkrad sinken. Ruth starb. Jetzt. Weil sie sie allein gelassen hatte. Verena stöhnte.

Sie musste sich bewegen. Aussteigen. Hineingehen. Sie musste. Jeder Knochen und jeder Muskel ihres Körpers schmerzte. Weigerte sich, die Befehle auszuführen, die ein automatisch funktionierender Verstand aussandte.

Der Empfangsbereich des Heims war leer. Mit mechanischen Schritten wandte sie sich in Richtung von Ruths Zimmer.

»Frau Irlenbusch?« Frau Großegger, die Heimleiterin, kam auf sie zugeeilt. »Frau Altenrath ist nicht auf ihrem Zimmer. Wir haben sie in die Krankenabteilung verlegt.«

»Wie geht es ihr?« Tonlose Stimme. Großegger senkte kurz den Blick. Dann hob sie den Kopf und lächelte tröstend.

»Den Umständen entsprechend.«

»Das heißt?«

»Ihre Großmutter ist gestürzt. Dabei hat sie sich den Oberschenkelhalsknochen gebrochen. Ob der Sturz durch einen Schlaganfall verursacht wurde oder ob es infolge des Sturzes zu einer Thrombose und einem anschließenden Schlaganfall gekommen ist, lässt sich nicht sagen. Es hat niemand gesehen.«

»Schlaganfall?«

»Ja. Ein schwerer Schlaganfall. Frau Altenrath ist nicht bei Bewusstsein.« Die Heimleiterin seufzte. »Hören Sie, Frau Irlenbusch. Es tut mir unendlich leid, dass das passiert ist. Ich versichere Ihnen, dass so etwas bisher in unserer Einrichtung noch nicht vorgekommen ist, und ich kann mir immer noch nicht erklären, wie es Ihrer Großmutter gelingen konnte, das Gebäude zu verlassen. Ich …«

»Ich will zu ihr«, unterbrach Verena sie. Sie wollte die Beteuerungen und Erklärungen jetzt nicht hören. Vielleicht gab es später einen Zeitpunkt, um darüber zu sprechen. Eine Zeit für Vorwürfe und Erklärungen. Vielleicht würde es auch egal sein. Sie wusste es nicht. »Ich will zu ihr«, wiederholte sie leise.

»Natürlich. Folgen Sie mir bitte.«

Verena hörte den Hall ihrer eigenen Schritte wie ein Echo auf dem Weg durch die Gänge bis zur Krankenstation. Vor der geschlossenen Tür eines Zimmers blieb Großegger stehen.

»Ihre Großmutter hat eine Patientenverfügung, die für einen solchen Fall genaue Anweisungen gibt«, sagte sie und legte eine Hand auf die Klinke. »Wir haben keine lebenserhaltenden Maßnahmen eingeleitet, sondern schauen nur auf das größtmögliche Wohlbefinden.«

Verena nickte stumm. Ihr Herz raste, und sie spürte, wie ihr der Schweiß den Rücken herunterlief. Unzähligen Leichen hatte sie ins Gesicht gesehen. Hatte sich gefragt, wie ihre letzten Minuten gewesen sein mochten. Wie es gewesen war. Was für ein Kampf hinter diesem gewaltsamen Sterben gelegen hatte. Aber es waren Fremde gewesen, deren Tod sie aufklären musste. Unbekannte Gesichter. Sie konnte Distanz wahren. Jetzt, hier vor diesem Zimmer, hatte sie zum ersten Mal das Gefühl, dem Sterben und Tod wirklich zu begegnen.

Als Kind hatte sie gedacht, man hörte des Nachts einfach auf zu atmen, wenn man starb. Leise. Sauber. Und ohne Schmerzen. Ruth und sie hatten einmal darüber gesprochen, als sie zehn war und Ruth für sie unsterblich schien. Ruth hatte gelacht und sie in den Arm genommen. Das wünsche ich mir vom lieben Gott. Das ist ein schöner Tod, hatte sie gesagt und ihr dann »Aber erst in hundert Jahren« ins Ohr geflüstert. Die Worte hatten sich in ihr festgebrannt. Das unausgesprochene Versprechen, über das sie sich erst viel später klargeworden war. Sie hatte Angst davor, es an die Wirklichkeit zu verlieren. Die Leiterin öffnete die Tür und gab Verena den Weg frei.

»Wenn Sie mich brauchen, klingeln Sie einfach. Die Schwester wird mir Bescheid geben.«

Ruth lag still in einem Bett in der Mitte des Raumes.

Verena erschrak. In den wenigen Stunden, seitdem sie Ruth zum letzten Mal gesehen hatte, hatte sich ihr Aussehen dramatisch verändert. Ihr Unterkiefer war nach hinten gefallen, die Augen lagen tief in den Höhlen, und ihre Haut hatte einen wächsernen Ton angenommen. Nur das rasselnde Stöhnen verriet, dass noch Leben in diesem Körper war.

Verena näherte sich langsam. Die Schwester lächelte ihr freundlich zu, tupfte das Innere von Ruths Mund mit einer Art Wattestäbchen ab und befeuchtete ihre Lippen.

»Brauchen Sie etwas, Frau Irlenbusch? Soll ich Ihnen etwas zu trinken bringen?«

Verena schüttelte den Kopf.

»Was kann ich tun?«, murmelte sie und trat zu Ruth ans Bett.

»Da sein.« Die Schwester blieb dicht neben ihr stehen. »Es wird eine Weile dauern. Ihre Großmutter hat ein starkes Herz.«

»Hat sie Schmerzen?«

»Wir geben ihr Morphinpflaster. Die nehmen die Schmerzen und beruhigen.« Sie deutete auf eine Packung auf dem Beistelltisch. Verena nickte, und die Schwester verließ den Raum. Verena holte einen Stuhl aus der Ecke des Zimmers, stellte ihn neben das Bett und setzte sich. Ruths Hände lagen ruhig rechts und links neben ihr. Blaue Adern unter pergamentener Haut. Verena betrachtete die Fingernägel. Sie hatten immer noch diese wunderschöne Form, um die sie Ruth schon als sehr junges Mädchen beneidet hatte. Sie selbst hatte breite, kurze Nägel. Erbe ihres Vaters. Ruths Nägel waren perfekt, und Verena erinnerte sich an Winternachmittage, an denen Ruth geduldig Stunde um Stunde ihre Verschönerungsaktionen ausgehalten und das verkleisterte buntlackierte Ergebnis mit stoischer Gelassenheit ertragen hatte, bis der Lack absplitterte. Verena nahm Ruths Hand in ihre. Sie strahlte eine vertraute weiche Wärme ab. Tränen traten Verena in die Augen, liefen ihr über die Wangen. Ihr Blick verschwamm. Ihre Ruth. Die immer für sie da gewesen war. Ihr Zuhause. Ihre Heimat. Bilder stiegen in ihr auf. Sie auf dem Apfelbaum im Garten. Zu hoch geklettert. Schwankend. Ruth am Fuß des Baumes stehend. Sie hatte ihr Mut zugesprochen und ihr die richtigen Äste für den Abstieg gezeigt. Sie in den Arm genommen, als sie unten angekommen war. Ausgeschimpft für ihre Unvernunft und bewundert für ihren Mut, sich gegen die Vernunft auszuprobieren. Gerüche. Der Zitronenduft des Frühjahrsputzes. Ruths Parfüm. Erinnerungen an den Geschmack ihres Lieblingskuchens, den Ruth ihr jedes Jahr zum Geburtstag gebacken hatte. Ihr Lächeln. Ihre klugen Augen. Verena wischte mit dem Handrücken über ihr Gesicht. Ihre Kehle brannte vor Trauer und Angst vor dem Verlust.

Ruth röchelte und rang nach Atem. Verena schreckte hoch. Es war schwer, dieses Sterben. Es war ein Kampf darum, loszulassen. Den letzten Rest eines Lebens, aus dem das Wesen dieses Menschen sich schon lange verabschiedet hatte. Verena sah auf Ruth. Ihre Brust hob und senkte sich. Mühsam. Angestrengt. Ruth lag hier und rang mit dem Tod. Zum ersten Mal verstand Verena, was diese Worte bedeuteten. Und es war ihre Schuld. Hätte sie Ruth nicht allein gelassen. Hätte sie nicht ihre Arbeit für wichtiger gehalten. Wäre sie zu Hause geblieben, solange Nina nicht da war. Hätte sie Leo und Christoph diesen Fall allein lösen lassen. Hätte sie nach Ruth gesucht, statt sich auf die anderen zu verlassen. Vielleicht wäre Ruth dann wirklich eines Tages im Schlaf gestorben, wie sie es sich immer gewünscht hatte. Einfach. Ohne Schmerzen. Nicht mehr wach werden. Verena legte den Kopf an Ruths Seite, streichelte ihr die Hand. Die Finger zuckten leicht, als ob sie auf die Berührung reagierten. Ruth bewegte sich, wurde unruhig. Sie stöhnte. Verena stand auf. Was konnte sie tun, um es ihr leichter zu machen? Die Schwester rufen? Was würde sie tun können? Da sein, hatte die Schwester gesagt. Da sein.

»Ich bin hier, Ruth. Ich bin bei dir. Du bist nicht allein.« Sie streichelte wieder die Hand, nahm den feuchten Lappen und strich Ruth über die Stirn. Liebevolle Gesten der Hilflosigkeit. Warum war der Tod jetzt so viel schlimmer als ihr langsamer Abschied in den Jahren vorher? War es nicht das, was Ruth selbst auch gewollt hatte? Ihre Großmutter keuchte und kämpfte. Sie stöhnte. Verenas Blick fiel auf das Morphinpflaster. Schlafen. Einfach schlafen. Und nicht mehr wach werden. Sie würde Ruth nicht allein lassen. Es war ihre Schuld, dass ihre Großmutter so schrecklich sterben musste. Verena ging um das Bett herum und nahm die Packung mit den Morphinpflastern. Von den zehn auf der Packung angegebenen Pflastern fehlte eins. Verena nahm die Pflaster heraus, wog sie in der Hand. Dann riss sie das erste auf, klebte es auf Ruths Oberarm, strich zärtlich darüber, bevor sie ein zweites, drittes und viertes nahm, öffnete und aufklebte.

»Schlaf, Ruth.« Verena weinte. Sie setzte sich wieder auf den Stuhl, nahm Ruths Hand und wartete. Der Atem ihrer Großmutter wurde ruhiger, der Kampf leichter. Verena betrachtete Ruth. Ohne Erinnerungen an frühere

Zeiten. Ohne andere Bilder. Sie war einfach da. Blieb bei ihr. Jetzt. In diesem Augenblick. Ruth atmete ein letztes Mal aus, stöhnte und blieb dann ruhig. Verena verlor das Gefühl für die Zeit. Sie saß einfach da. Lauschte auf die Stille des Raumes und die gedämpften Geräusche der Welt. Vor dem Fenster sang ein Vogel. Auf dem Gang hinter ihr klapperte Geschirr. Irgendwann stand sie auf und ging zur Tür. Es war vorbei. Sie hatten es geschafft.

*

»Ihr Sohn hat die Morde gestanden, Frau Sonnenberg.« Leo schob das Aufnahmegerät in die Mitte des Tisches. Christoph nahm neben ihr Platz. Sie hatten Mutter und Sohn zum gemeinsamen Verhör in den Raum gebeten. Solange beide darauf beharrten, der alleinige Täter zu sein, und sie keine eindeutigen Beweise hatten, die zu einem der beiden führten, würden sie stagnieren.

»Das ist Unsinn.« Gudrun Sonnenberg saß sehr gerade und schaute auf die Tür des Verhörraums.

»Warum ist es in Ihren Augen Unsinn?«

»Mutter, bitte.« Thomas Sonnenberg beugte sich zu ihr hinüber, aber sie gebot ihm mit einer knappen Geste zu schweigen.

»Weil er mich damit schützen will.« Sie wandte Leo langsam den Kopf zu. »Vor Ihnen. Vor der Strafverfolgung. Aber das ist unnötig. Ich habe verhindert, dass die Ehre unserer Familie, das Andenken meines Vaters, der ein großartiger Mensch, ein weitsichtiger Firmenchef und ein wunderbarer Vater war, von skandalsüchtigen Schmarotzern in den Schmutz gezogen werden.« Sie schaute ihren Sohn an, lächelte kurz.

»Fragen Sie ihn nach den Einzelheiten. Er wird sie Ihnen nicht sagen können. Ich hingegen schon.«

»Weil Sie die Opfer getötet haben?«

»Ich habe sie aufgehalten. Es war notwendig.« Sie räusperte sich und legte ihre Hand auf die ihres Sohnes. Leo irritierte die Zärtlichkeit dieser Geste, die in krassem Gegensatz zu den von ihr begangenen Taten stand. »Thomas, es spricht für dich, dass du mir helfen willst. Es steht in der Tradition unserer Familie, einander zu schützen und auf das Ansehen zu achten. So habe ich dich erzogen. Aber in diesem Fall sind deine Treue und dein Opfer nicht adäquat.« Thomas Sonnenberg sog die Oberlippe ein und kaute darauf. Von dem charmanten und souveränen Firmeninhaber war in diesem Moment nichts zu sehen. Hier saß ein kleiner Junge, dem die Angst um seine Mutter deutlich ins Gesicht geschrieben stand. Ihre Taten selbst schienen ihn hingegen nicht zu schockieren. Was war das für eine Familie? Vereint im Kampf gegen den Feind von außen? Bereit, jeden Preis zu zahlen? Die Treuetat als höchstes Gut? Leo blinzelte.

»Die Rechercheergebnisse von Mike Franke und Elisabeth Schäfer sind nachzuprüfen. Ihr Vater war Fritz Möllner, der für die Nazis die Technik der mobilen KZs optimiert hat und für den Tod Hunderter Menschen verantwortlich ist.« Christoph lehnte sich auf dem Stuhl zurück, verschränkte die Arme. Er wollte eine Reaktion provozieren.

»Schweigen Sie!«, rief Gudrun Sonnenberg. »Es ist nicht wahr. Es ist eine Lüge.« Ihre heisere Stimme überschlug sich. Die Haut an ihrem Hals und ihrem Dekolleté färbte sich dunkelrot. Sie zitterte vor Entrüstung. Rang um Fassung. »Es ist mir gleichgültig, was Sie mit mir machen. Ob Sie mich in ein Gefängnis schicken. Wie Sie es nennen, was ich getan habe, das spielt keine Rolle. Ich bin alt und kann vor mir und meinem Schöpfer verantworten, wie ich mein Leben gelebt und was ich getan habe.« Sie senkte für einen kurzen Moment den Kopf. Als sie ihn wieder hob, war ihr Blick hart. »Sie wissen nicht, was es bedeutet hat, nach dem Krieg alles wiederaufzubauen. Welche Entbehrungen wir auf uns nehmen mussten. Trotz allem war mein Vater immer für mich da. Hat alles für mich getan. Er war mein Lehrer, mein Mentor, mein Vorbild. Ich werde nicht zulassen, dass seine Lebensleistung zerstört wird.«

»Warum haben Sie Heidemarie Alligs getötet?«

»Sie hat uns belauscht. Hat Dinge aus dem Zusammenhang gerissen. Wollte mit dem Schmierfink kollaborieren.«

»Belauscht?«

»Mein Vater war gegen Ende seines Lebens nicht mehr Herr seiner Sinne. Er hat über Dinge fantasiert, die nicht der Wahrheit entsprachen. Hat von Zeiten geredet, die lange vorbei waren.«

»Hat er Ihnen seine wahre Identität verraten?«

»Mein Vater war Gerald Sonnenberg. Das ist seine Identität. Und keine andere.« Gudrun Sonnenberg stand auf. »Bitte bringen Sie mich in meine Zelle. Ich habe alles gesagt, was zu sagen ist.«

Leo schluckte. Gudrun Sonnenberg war in ihrer Welt gefangen und verteidigte ihre Grundfesten bis aufs Letzte. Verschloss sich der Wahrheit, weil sie sie nicht sehen wollte. Nicht ertragen konnte. Weil sie sich selbst schützen musste. Aber wovor? Sie nickte.

*

»Wir werden sie später nach den Einzelheiten fragen müssen. Aber ich glaube ihr. Sie macht keinen Hehl aus ihren Taten.« Leo trank einen Schluck Kaffee und schaute aus dem Fenster. »Wir hatten im Großen und Ganzen recht mit unserer Theorie. Trotzdem verstehe ich nicht, was sie letztlich zu den Morden bewegt hat. Die Ehre des Vaters retten?«

»Vielleicht steckt noch mehr dahinter«, wandte Christoph ein. »Eine Ebene, die nicht sofort klar wird. Sie weigert sich, der Wahrheit ins Gesicht zu sehen, weil diese Wahrheit ihr komplettes Leben als eine Lüge entlarven würde. Mit den Morden hat sie nicht den Vater, sondern sich geschützt. Auch wenn das unbewusst abgelaufen ist und sie es nicht so sehen kann.«

»Aber für sie ist Rettung der Ehre ihres Vaters die Wahrheit.«

»Ja. Sie schützt sich damit. Wir wissen nicht, was sie als Kind erlebt hat. Im Krieg. Nach dem Krieg. Welches Trauma das alles womöglich in ihr ausgelöst hat.«

»Und mit welchen Folgen für alle Beteiligten.«

»Was geschieht nun mit Franke und Thomas Sonnenberg?«

»Franke wird wegen Freiheitsberaubung und Erpressung angezeigt werden. Wenn Sonnenberg sein Geständnis zurückzieht ... Wir werden sehen, was sein Anwalt daraus macht.«

Die Tür öffnete sich. Rogmann betrat das Büro, nickte den beiden kurz zu und blieb abwartend stehen. Leo fasste die Ergebnisse in kurzen Worten zusammen und fragte dann: »Hat Verena sich bei dir gemeldet? Ich habe bisher nichts von ihr gehört.«

»Ja.« Rogmann ging zur Kaffeemaschine, goss sich

eine Tasse ein und setzte sich damit auf Verenas Platz. Nachdenklich stellte er die Tasse vor sich ab und strich mit den Händen über die Tastatur, bevor er seine Aufmerksamkeit wieder Leo und Christoph zuwandte. »Ihre Großmutter ist eben gestorben.«

»O nein!« Leo griff zum Telefon, wählte Verenas Nummer, aber Rogmann schüttelte den Kopf.

»Nein. Warte. Sie ist nicht zu sprechen.«

»Wie verkraftet sie es?«, wollte Christoph wissen.

»Den Umständen entsprechend.« Rogmann seufzte. »Aber das ist nicht das Problem.«

»Sondern?«

»Das Pflegeheim hat uns angerufen. Zwei Kollegen sind auf dem Weg dorthin.«

»Wieso? Was ist passiert?«

»Ich weiß es nicht genau.« Rogmann schaute abwechselnd von Leo zu Christoph. Unter seinen Augen zeichneten sich dunkle Ringe ab, und er wirkte unendlich müde. »Das Heim hat uns alarmiert, weil Ruth Altenrath nicht auf natürlichem Weg gestorben ist. Jemand hat ihr zu viele Morphinpflaster aufgeklebt.« Er schluckte. »Und dieser Jemand scheint Verena gewesen zu sein.«

21. Kapitel

»Sie haben den Schrank geöffnet, Frau Sonnenberg. Was sehen Sie?«

»Ein Kind. Es stolpert durch die Nacht. Das Kind muss sich beeilen, um Schritt zu halten, schiebt seine Hand fester in die des Mannes. Laub raschelt unter seinen Füßen. Die Nacht schwärzt die Bäume und taucht den Waldboden in Zwielicht.«

»Was spürt das Kind?«

»Es ist dunkel und kalt.«

»Hat das Kind Angst?«

»Nein. Der Mann ist bei ihm. Er beschützt es. Auch wenn das Kind ihm noch nicht ganz vertraut.« Gudrun Sonnenberg atmet heftig und schließt die Augen. Tränen laufen ihr über die Wangen, aber sie spricht leise weiter. Lässt die Bilder aus ihrem Inneren nach außen fließen.

»Der Mann ist gut, das weiß das Kind, weil er es ihm immer wieder gesagt hat. Er hat dabei gelächelt, ihm über den Kopf gestrichen und versprochen, dass es einen großen Kakao bekommen wird, wenn sie am Ziel angekommen sind. Das Kind liebt Kakao.«

»Wie alt ist das Kind?«

»Viereinhalb Jahre.«

»Wer ist das Kind, Frau Sonnenberg?«, fragt die warme Stimme.

Gudrun Sonnenberg öffnet die Augen.

»Ich«, flüstert sie heiser. »Ich bin dieses Kind.« Sie wimmert. Zittert.

»Lassen Sie sich Zeit, Frau Sonnenberg. Wir machen weiter, wenn Sie so weit sind.«

Stille. Nur das Atmen der beiden Menschen im Raum. Zeit versickert. Gudrun Sonnenberg regt sich, bewegt Arme und Beine, als ob die Erinnerung nicht mehr nur in ihren Gedanken, sondern auch in ihren Körper zurückgekehrt ist.

»Ich will wissen, wohin wir gehen, aber er gibt mir keine Antwort. Stapft und stampft weiter und weiter. Nur sein schnaufender Atem ist zu hören, und er geht noch schneller. Ich stolpere, der Mann reißt mich hoch und zerrt mich hinter sich her. Als er sich wieder zu mir umdreht, ist sein Gesicht verändert. Die dunklen Schatten werden stärker. Jetzt habe ich doch Angst und sehne mich nach meiner Mutter. Aber die ist nicht hier.« Gudrun Sonnenberg runzelt die Stirn.

»Was ist?«

»Ich weiß es nicht. Da ist ein Schleier, wie ein dichter Nebel.«

»Möchten Sie wissen, was hinter diesem Schleier liegt?«

»Nein. Ich habe Angst.« Ein Beben geht durch ihren Körper, wie eine Welle. Ihr Blick klärt sich, verliert das kindlich Verlorene. »Doch, ich will es wissen«, sagt sie mit fester Stimme. »Ich muss mich erinnern.«

»Schauen Sie hin.« Die Psychologin lächelt ermutigend. Gudrun Sonnenberg richtet den Blick wieder in die Vergangenheit. Sie blinzelt, runzelt die Stirn.

»Er hat eine Pistole.« Gudrun Sonnenberg schreit auf und schlägt sich selbst mit der Hand auf den Mund. Mit weit aufgerissenen Augen starrt sie, ohne den Raum zu sehen, in dem sie sich befindet. »Er geht weiter in den Wald hinein. Allein. Ich folge ihm, obwohl er es mir verboten hat. Aber meine Angst, alleine zu bleiben, ist größer als meine Angst vor seiner Strafe. Ich renne und laufe, stolpere und schlage mir mein Knie auf. Es brennt, aber das ist mir egal. Dahinten ist ein Licht. Darauf laufe ich nun zu. Ein Haus. Ein kleines Holzhaus. Immer wieder bleibe ich stehen und schaue mich um, nähere mich Schritt für Schritt. Der Wald reicht bis an die Hütte heran. Ich höre ein anderes Kind lachen. Kurz nur, dann ist es wieder still. Gebückt schleiche ich bis zur Hütte und schaue durch das Fenster hinein. Ich muss die Augen zusammenkneifen, so hell ist das Licht mit einem Mal. Trotzdem kann ich den Raum hinter der Scheibe erkennen. Er ist beinahe leer. In einer Ecke ein Bett, daneben ein Schrank und eine Tür. Ein Mädchen steht auf der anderen Seite des Raumes. Es ist so groß wie ich. Es hat einen Apfel in der Hand und freut sich. Es will hineinbeißen. Eine Frau kommt und nimmt ihm den Apfel weg. Aber sie lächelt. Das Mädchen protestiert, aber die Frau nimmt es in den Arm, streicht ihm über den Kopf und tröstet es.« Gudrun Sonnenberg weint, ringt nach Luft nach dieser atemlosen Rede. »Jetzt sehe ich auch einen Mann, der zu dem Mädchen gehört. Er ist groß und sehr dünn, hat dunkle Ränder unter den Augen und schmale Lippen. Aber die Augen und die Lippen lachen, als er etwas zu der Frau sagt und auf den Apfel und danach auf das Mädchen deutet. Blitzschnell ist das Mädchen beim Tisch, greift nach dem Apfel und beißt hinein. Ich sehe, wie der Saft zu allen Seiten spritzt. Mein Magen knurrt, und ich stelle mir vor, wie der Apfel schmeckt. Diese Leute sind gute Leute. Das weiß ich nun sicher.« Gudrun Sonnenberg lächelt zaghaft und schnappt im nächsten Augenblick erschrocken nach Luft.

»Die Tür steht offen. Da ist jemand. Das Mädchen schreit, läuft zu der Frau, flüchtet sich in ihre Arme. Ein Schatten an der Tür. Groß. Dunkel. Ein Blitz, ein lauter Knall, ein weiterer greller Schein und noch einer.« Gudrun Sonnenberg schlägt die Hände auf die Ohren, kneift die Augen zu, kriecht in sich.

»Was sehen Sie, Frau Sonnenberg?«

Gudrun Sonnenberg öffnet die Augen, spricht weiter. Mühsam. Um jedes Wort kämpfend.

»Das Mädchen liegt mit offenen Augen in den Armen seiner Mutter auf dem Boden und schaut mich an. Die dunkelrote Lache neben dem Ohr des Mädchens wird immer größer und größer. Der Mann und die Frau liegen so still wie das Mädchen. Das Lachen ist aus ihren Gesichtern verschwunden. Dahinter steht der Mann, der mich mitgenommen hat. Er hält die Pistole in der Hand. Er hat das Mädchen und seine Eltern umgebracht. Er schaut mich an. Ich will schreien, aber es geht nicht. Der Schrei bleibt in meiner Kehle stecken.« Gudrun Sonnenberg umfasst ihre Kehle mit einer Hand. Ihre Heiserkeit ist übermächtig geworden.

»Können Sie ihn jetzt erkennen?«

»Ja.«

»Wer ist dieser Mann?«

»Nein.« Gudrun Sonnenberg schwankt. »Nein.«

»Wer ist dieser Mann, der das getan hat?«

»Mein Vater.« Gudrun Sonnenberg schreit.

Danksagung

Allen, die mich bei der Entstehung dieses Buches unterstützt haben, gilt mein herzlicher Dank:

Dr. Jens Neuhaus für seine nun schon im achten »gemeinsamen« Buch erprobte, literarische Rufbereitschaft in psychiatrischen Fragen, seine sehr interessanten Ausführungen zum Thema der transgenerationalen Traumafolgen und den Zugang zu seiner Fachbibliothek.

Dr. Harald Schulze für die detaillierte Diagnose der Unfallverletzungen, die passende Nachbehandlung und natürlich die fachkundige Wiedereingliederung der Kommissarin Leo Ritte in den Polizeidienst.

Barbara Hentschel, Corinna Klimek und Heike König für ihren geschärften Blick während des Testlesens in verschiedenen Entstehungsphasen des Buches: Eure Tipps waren Gold wert.

Christiane Dieckerhoff, meiner Freundin und Kollegin, die mir in einer sehr schwierigen Phase der Arbeit nicht nur Mut zugesprochen, sondern mir durch ihre ehrliche Kritik einen neuen Zugang zum Text ermöglicht und mich angespornt (SdS …) hat.

Meinem Agenten Peter Molden und Renate Molden für die Unterstützung und das immer offene Ohr.

Dem Ullstein-Verlag für das in mich gesetzte Vertrauen.

Und wie immer zum Schluss und vor allem meiner Familie, allen voran meinen Kindern und meinem Mann für die Geduld, die Unterstützung und die »Leidensfähigkeit«, wenn mal wieder für nichts anderes außer für das Schreiben Zeit ist.

Köln, im Juli 2015

Nele Neuhaus

Böser Wolf

Kriminalroman.
Taschenbuch.
Auch als E-Book erhältlich.
www.ullstein-buchverlage.de

»Frau Neuhaus aus dem Taunus lehrt uns das Gruseln mit Einblicken in trügerische Idyllen.«
Brigitte

An einem heißen Tag im Juni wird die Leiche einer 16-Jährigen aus dem Main bei Eddersheim geborgen. Sie wurde misshandelt und ermordet, und niemand vermisst sie. Auch nach Wochen hat das K 11 keinen Hinweis auf ihre Identität. Die Spuren führen unter anderem zu einer Fernsehmoderatorin, die bei ihren Recherchen den falschen Leuten zu nahe gekommen ist. Pia Kirchhoff und Oliver von Bodenstein graben tiefer und stoßen inmitten gepflegter Bürgerlichkeit auf einen Abgrund an Bösartigkeit und Brutalität. Und dann wird der Fall persönlich.

ullstein

Deutschlands größte Testleser Community
Jede Woche präsentieren wir Bestseller, noch bevor Du sie in der Buchhandlung kaufen kannst.
Finde Dein nächstes Lieblingsbuch
vorablesen.de
Neue Bücher online vorab lesen & rezensieren
Freu Dich auf viele Leseratten in der Community, bewerte und kommentiere die vorgestellten Bücher und gewinne wöchentlich eins von 100 exklusiven Vorab-Exemplaren.
© PIKSEL · istockphoto